dtv
premium

Peter-Paul Zahl

Der Domraub

Ein Schelmenroman

Deutscher Taschenbuch Verlag

Von Peter-Paul Zahl
ist im Deutschen Taschenbuch Verlag erschienen:
Die Glücklichen (20465)

Originalausgabe
April 2002

www.dtv.de
Umschlagkonzept: Balk & Brumshagen
Umschlagbild: The Image Bank/Yuri Dojc Inc.
Satz: Fotosatz Reinhard Amann, Aichstetten
Gesetzt aus der Stempel Garamond 10,5/12,75' (QuarkXPress)
Druck und Bindung: Kösel, Kempten
Gedruckt auf säurefreiem, chlorfrei gebleichtem Papier
Printed in Germany · ISBN 3-423-24299-X

Schon wieder ein neues, geradezu unerhörtes Büchlein,
darin viele Schwänke und Geschichten,
die man in Schenken und Kommunen,
Schlaf- und Wohnzimmern, in Klein- und Großfamilien,
Heimen und Gefängnissen erzählen kann,
die schweren, melancholischen Gemüter damit zu ermuntern,
ohne jeden Anstoß von Jung und Alt zu lesen und zu hören,
und allen Menschen, die hin & wieder
die Gemeinschaft brauchen,
zur Kurzweil an den Tag gebracht,
gesammelt und im Auftrag aufgeschrieben vom Erzschelmen
Peter-Paul Zahl in Werl, Westberlin, Ratingen, Heidenheim
und Long Bay (Portland, Jamaica)
Anno 1979 bis 2001.

Die Personen der Handlung sind frei erfunden. Ähnlichkeiten mit tatsächlichen Ereignissen und Verhaltensweisen waren beim besten Willen nicht zu vermeiden.

Der Autor dankt dem Kultusministerium von Nordrhein-Westfalen für ein dreimonatiges Stipendium.

P.-P. Zahl
Rose Hill Long Bay P.O.
Portland, Jamaica, W.I.

Für Debbie
und (posthum) Ljubo

INHALT

Erstes Buch
LEHR- UND WANDERJAHRE

Viertes Buch

SÜNDENBÖCKCHEN GESUCHT

Fünftes Buch
DER ÜBERRASCHENDE SIEG DES RECHTS

Erstes Buch

LEHR- UND WANDERJAHRE

Im

ERSTEN KAPITEL

wird erzählt, warum der Beruf des Halsabschneiders zum Traumberuf werden kann

Meine Dame, mein Herr, ich bin in Belgrad geboren. Mein Vater stammte aus Österreich. Er hieß Franz Heiter – Gott hab' ihn selig! – und war, wie alle ihn schildern, von Beruf Musiker. Die künstlerische Ader hab' ich von ihm. Er war katholisch und wurde auch nach dem Ritus der römischen Kirche begraben. Er starb neunzehnhundertvierzig, als ich acht Jahre alt war. Nachdem ich das Schäufelchen Erde auf seinen Sarg geworfen hatte, brach ich weinend zusammen und war anschließend drei Wochen krank.

Als ich aus dem Bett wieder aufstand, war ich kein Katholik mehr. Ich muß aber gestehen, daß mich mit dem Katholizismus auch heute noch vieles verbindet. Man könnte geradezu von einer unverbrüchlichen Beziehung sprechen. Lesen Sie meine Geschichte – worum ich Sie herzlich bitte, erhalte ich doch acht Prozent vom Ladenpreis des Buches (die Mehrwertsteuer abgezogen) –, dann erfahren Sie, wie und warum.

Verheiratet war mein Vater mit Draginja, der dritten Tochter eines hochanständigen, patriotischen Paares aus Serbien. Von ihr habe ich die Frohnatur, das Durchhaltevermögen und höh're Streben. Wie Sie bald sehen werden, vereinige ich die besten Züge beider – nicht unproblematischer – Völker in mir. Mich beschleicht – im Gegensatz zu meinem berühmten, aber leider fiktiven Kollegen – nicht das geringste Bedenken, »wenn ich die Feder ergreife, um in völliger Muße und Zurückgezogenheit«, die mir wegen der meinem Beruf innewohnenden Risiken aufgezwungen sind, gesund übrigens, wenn auch mit einem schwachen Herzen und etwas müde, »mich anschicke, meine Geständnisse in der sauberen und gefälligen Handschrift, die mir eigen ist, dem geduldigen Papier anzuvertrauen«.

Bedenken hat nur der, der entweder in den ersten siebzehn Lebensjahren einer Gehirnwäsche unterzogen wurde oder prägende Erfahrungen gemacht hat. Ersteres war bei mir nicht der Fall. Als ich neun Jahre alt war, bombardierte die deutsche Luftwaffe Belgrad. Sie lehrte mich eine bestimmte Bedenkenlosigkeit: die der Selbstverteidigung. Ich lernte, daß es einer zielgenauen Flak bedarf, um Die Da Oben abzuschießen, die Bomben, Lügen, fromme Sprüche, Lehren von Rassenüberlegenheit, Selbstlosigkeit, Zucht und Ordnung auf uns regnen lassen. Die jungen Männer, die das in meiner Heimat taten, waren leider älter als ich. Sie hatten die Gnade der früheren Geburt. Bedenken entwickelten sie erst, als sie – durch das reinigende Feuer des Partisanenkampfes gegangen – feststellen mußten, daß die Herren, die es ausbliesen, ihren Opportunismus, ihre Privilegien, ihre Bürokratie, ihr Karrieredenken und ihre korrupte Herrschaft Sozialismus nannten. Aber das ist eine andere Geschichte.

Ja, ich habe das Unglück, zu spät geboren zu sein. Die Städte Serbiens waren im Herbst '44 schon von der Nazipest befreit. Da war ich zwölf Jahre alt. Und wie jeder Junge in unserem Haus, unserer Straße und unserer Stadt, wollte ich Partisan werden. Nichts, dachten wir damals, kommt diesem Beruf gleich! Wir alle dachten es, und Partisanen zu werden war unser Traum.

Gut für unser Volk, aber schlecht für uns Jungen war hingegen der Umstand, daß der Krieg zu Ende ging. Mein Freund Ivo, er war nur sieben Jahre älter als ich, kam mit den Partisanen aus den Wäldern zurück. Er trug eine Kalaschnikow, die Mündung nach unten, an der Schulter, die Pistole, die er einem getöteten deutschen Offizier abgenommen hatte, im Gürtel und dessen elegante Stiefel an den Füßen. Unsere Straße, die Mladen Stojanovića in Dedinje, jubelte ihm und seinen Kameradinnen und

Kameraden zu. Die Mladen Stojanovića war und ist eine feine Straße. Marschall Tito wohnte später, das nur nebenher und ganz bescheiden gesagt, ganz in meiner Nähe in seiner eleganten Villa. Da aber waren schon einige andere Nachbarn getötet oder geflohen oder hinausgespült, verschollen oder im Knast, die Nazis und ihre Helfer und Sympathisanten, Spione, Informanten, Royalisten, Tschetniks, Ljotić-Männer, Ustaschas, Weißgardisten, Kriegsgewinnler und Spekulanten. Wir Jungs haben den Partisanen und der Miliz geholfen, sie zu schnappen. Darin hatten wir Erfahrung. Im Partisanenkrieg ist niemand zu jung, zu alt, zu blind, zu taub, zu dick oder dünn, der guten Sache zu dienen. Diese Sache war kein Ideal, sie betraf unser Leben.

Aber dann, schon neunzehnhundertfünfundvierzig, änderten sich Ivo und seine Kameraden auf seltsame Weise. Oder anders: Man veränderte sie. Zum Schlechten hin. Ohne großen Druck. Zumal sie damals, als sie noch nicht entwaffnet waren, einem Druck noch hätten widerstehen können. Nun, sie lernten das besinnungslose Gehorchen. Ich weiß nicht, warum. Aber ich sah, wie. Der Anteil der Anschnauzer an der Hundwerdung des Menschen mißfiel mir im höchsten Maße. Niemand sollte es einem Affen in Uniform mit viel Lametta darauf verübeln, wenn er Menschen anschnauzt. Ich meine, das ist seine Natur. Aber ich verübelte es Ivo und seinen Kameraden und Kameradinnen, daß sie sich das Anschnauzen gefallen ließen und den Befehlen gehorchten. Affen und als hohe Offiziere verkleidete Primaten verjagt man mit der Kalaschnikow auf die Bäume zurück, aus denen sie herabgestiegen sind. So beschloß ich, was auch kommen möge, dem Gehorsam keine Chance zu geben. Nur in äußerster Not würde ich die Hände an die Hosennaht pressen; und auch das nur so lange, wie die Lebensgefahr andauerte. Wenn sie vorbei war, würde ich mich grausam rächen. Denn was man mir antut, tut man allen an; und was man anderen antut, tut man mir an. Wir können uns nicht freie Menschen nennen, wenn nicht alle Menschen frei sind. Der Gehorsam der Menschen ist der erste Schritt zu Folter, Gefängnis und KZ. Da macht es wenig Unterschied, ob du Folterer und Wärter bist oder Gefangener.

So war ich schon immer. Mein Vater hat mich nie geschlagen. Hätte er es getan, wie ich es viele Väter habe tun sehen, ich hätte geschwiegen, das Weinen, so gut es ging, unterdrückt und mir im Stillen vorgenommen: Na warte, Alter, bis ich sechzehn bin …

Ja, wir träumten von der Partisanenlaufbahn, meine Dame, mein Herr. Jugoslawien hatte sich selbst befreit (mit ein wenig Hilfe von außen). Es war nur eine Frage der Zeit, wann die Faschisten und Nazis ihren Krieg verlieren würden. Aber vielleicht gab es anderswo welche, und wo unsere Partisanen gerade dabei waren, konnten sie uns mitnehmen, anlernen und ausbilden: Wir würden in die Wälder gehen, dies Pack angreifen, zunächst mit Nadelstichen, zum Schluß in offner Schlacht, und besiegen. Daran gab es nicht den geringsten Zweifel.

Und dann würde geschehen, wie wir es so oft gehört und gesehen: Wie jedes Mal, wenn die Freiheitskämpfer aus den Bergen und Wäldern kamen, die Menschen in den befreiten Dörfern und Städten, Weilern und Kreisen würden aufstehen, Räte bilden, die Arbeit und Produktion organisieren, die Verteilung der Güter und des Glücks, das Leben völlig verändern. Die Uhren würden zerschossen und Sonnenuhren installiert. Der zerlumpte, magere, verlauste, ungewaschene und unrasierte Partisan war das Symbol für eine neue Zeit. Und bis heute weiß ich – der ich einen ganz anderen Weg gehen mußte –, daß diese war und sein wird und nie umgebracht werden kann. Sie sucht sich jedes Mal nur einen neuen Ort.

Der schönste Beruf auf Erden, dachten wir Jungen aus Dedinje in Belgrad und anderswo, ist der des Halsabschneiders, wenn es um die Hälse von Halsabschneidern geht, die der Reichen und Mächtigen, ob sie sich nun Nazis nennen oder Adlige, bürgerliche Demokraten oder Faschisten. Daß ich nicht aus dieser Neigung und Berufung einen Beruf machen konnte, daran war nicht ich, daran waren die Umstände schuld. Dies ist der Grund dafür, daß Sie mein Bild nicht auf einer Briefmarke sehen und ich heute, dreißig Jahre später, nicht meinen Berufungen nachgehen kann, sondern im Knast sitze.

Im

ZWEITEN KAPITEL

erfahren Sie etwas über meine zweite Berufung, die ich aber – bis heute – nur aus Leidenschaft und als Hobby ausüben kann

Ja, wir sollten aus unserer Berufung einen Beruf machen. Ist dies der Fall, tritt in gewissen Augenblicken an Stelle des Bedenkens die Ehre. Sie gehört zum Beruf. Ich bin ein ehrenwerter Mann.

Ich weiß nun nicht, wie Sie es mit Ihrem Beruf halten. Traut man den Meinungsumfragen, ergibt sich das erschreckende Bild, daß vier von fünf Menschen sich in ihrem Beruf unglücklich fühlen.

Unglückliche sind zu allem Möglichen, ja zum Schlimmsten fähig. So mancher Polizist wollte in seiner Kindheit Cowboy oder Astronaut werden. Er durfte oder konnte es nicht. So ist es kein Wunder, daß er sich, gibt man ihm einen Knüppel oder eine Pistole in die Hand, bei Aufläufen und Demonstrationen grausam an anderen rächt – den falschen natürlich, nicht selten an Frauen, Kindern und Greisen. Der deutsche Bundeskanzler zum Beispiel wollte schon als Fünfjähriger Bahnhofsvorsteher werden: Zierlich, wie er nun einmal ist, die Haartolle mit Spray fixiert, in eleganter Uniform mit roter Lacklederschärpe, die rote Kelle in der Rechten, hätte er Macht über eine zwanzig oder mehr Tonnen schwere Intercity-Lokomotive gehabt: Auf sein bloßes Zeichen hin müßte sie zum Stillstand kommen. So aber weint er in seinem bescheidenen Häuschen – vierundzwanzig

Stunden am Tag hautnah von martialischen Beamten des Bundeskriminalamts bewacht – heiße Tränen in sein Kissen und übt verbissen Macht aus. Dieses entsetzliche Unglück brachte es mit sich, daß er gar einen Herzschrittmacher tragen muß. Den dicken Oppositionsführer zog es in zarter Jugend zum Beruf des Bademeisters hin. Nun glaubt er in seiner Verblendung, ein Zweihunderttausendtonnentanker zu sein, der selbst beim Einlegen aller Rückwärtsgänge zehn Seemeilen braucht, ehe er zum Stillstand gelangt. Er wird es bestimmt – die Dummheit der Deutschen kennt keine Grenzen – dereinst zum Regierungschef bringen. Aber wird er dann glücklich sein? Ich glaube nicht. Aus lauter Frustration, seiner Berufung nicht nachgeben zu können, wird er sich den Wanst mit dermaßen viel Nußnougatcreme und Schweinemagen vollschlagen, daß er platzen oder an Schlagfluß sterben wird. Rudolf Höss wollte in seiner Kindheit Priester werden. Er wurde Lagerkommandant in Auschwitz. Das ist so eine Sache mit der Berufsberatung in deutschen Arbeitsämtern. Sein Oberster Vorgesetzter, das Idol aller reinrassigen Arier, wollte Maler werden. Leider fehlte es dazu an einem jüdischen Sponsor. Was er wurde, wie er es wurde und was daraus wurde, wissen wir alle. Wehe den Völkern, die ihre Töchter und Söhne nicht deren Traumberuf lernen lassen!

Neunzehnhundertachtunddreißig wurde ich eingeschult, elf Jahre später machte ich das Abitur. Im Zeugnis der Föderativen Volksrepublik Jugoslawien (Volksrepublik Serbien) befand sich achtmal die Note *ausgezeichnet*, zweimal *sehr gut* und viermal *gut*. Es war gewiß kein Zufall, daß ich in den Fächern, von denen ich am wenigsten hielt – Führung und militärische Ausbildung – nur »gut« war. Lehrer und Eltern scheinen ernstlich der Meinung zu sein, wir Kinder und Jugendlichen würden in der Schule fürs Leben lernen. Das ist natürlich grober Unsinn. Die Schule ist ein Informations- und Unterhaltungszentrum für Minderjährige. Kommt sie dieser wichtigen Aufgabe nicht nach, wird sie für diese uninteressant, woran nicht einmal Prügel etwas ändern können.

Wir lernen für das Leben, heißt es, nicht für die Schule. In der Schule aber lernten wir nichts für das Leben. Das Leben, das war bis Herbst neunzehnhundertvierundvierzig der Krieg, war die Besatzung durch die Deutschen, waren Tote, Verletzte, Verstümmelte, Gefolterte, als Geiseln Erschossene. Hatte die Schule uns darauf vorbereitet? Nein. Nicht im geringsten. Nach dem Krieg kam der Frieden. Der Frieden war keiner. Er bedeutete Hunger, Kälte, Mangel an Wohnungen, Mangel an Baumaterial und Mangel an Männern.

Letzteres allerdings war ein Segen für meine Freunde und mich. Frauen wollen nicht nur Unterkunft, Kleidung und Brot, sie brauchen auch Rosen. Liebe. Oder was man dafür hält.

Der Hunger nach Rosen war nur zu verständlich. Ivo hatte mir von den Eisernen Geboten der Partisanen erzählt: »Das Gebot Nummer Eins«, schrie er stolz, »Kampf gegen die Okkupation!«

Dann hob er die Linke, ballte sie zur Faust und ließ nur den Daumen außen vor. »Das Gebot Nummer Zwo: Wir sind Jugoslawen. Wir sind nicht mehr Serben, Kroaten, Slowenen, Albaner... Wir kennen keine Völker mehr. Wir sind j-u-g-o-s-l-a-w-i-s-c-h-e Partisanen!« Der Zeigefinger schnellte empor.

»Das Dritte Gebot: Wir sorgen für alle Verwundeten und Kranken, befolgen die Regeln des Kommandanten Hygiene und rotten Epidemien aus!«

Der Mittelfinger gesellte sich zu Daumen und Zeigefinger.

»Das Vierte Gebot: Keine sexuellen Beziehungen zwischen Kämpferinnen und Kämpfern!«

Mein Freund Lola nickte zustimmend: »Wie bei uns Boxern: Vor dem Kampf essen wir rohes oder kurzgebratnes Fleisch, rühren aber keine Weiber an. Das mindert die Kampfkraft.«

Ich war verwirrt. War unser Befreiungskrieg ein Boxkampf? Nein. Der hatte Regeln. Die waren einzuhalten. Nicht nur die Schiedsrichter, sondern alle, die dem Kampf zuguckten, kannten die Regeln und achteten darauf, daß die Kämpfer sie einhielten. Aber im Kampf gegen die Faschisten gab's keine Regeln. Sie hatten uns klargemacht, daß es nur eine Regel gab: ihre.

Aber da wußte ich noch nichts von den jahrhundertealten Geboten der Menschen auf dem Lande, der Bauern in all unsren Ländern. Ich war vaterlos, und ich war Bewohner der größten Stadt. Da galten andere Regeln. Sie gefielen mir besser. Aber ich sah ein, daß man sich im Kriege die Gebote und Regeln nicht aussuchen kann. Lange grübelte ich, warum sich Partisanen an Regeln hielten wie Boxer. War ihr Kampf nicht eher der von David gegen Goliath? Mußten sie nicht ihre militärische Schwäche dadurch ausgleichen, daß sie neue, andre, eigene Regeln aufstellten? Hatte Ivo nicht, um mich zu belehren, auf den, wie er es nannte, »Schwachsinn« hingewiesen, den polnische Adelige und Ulanen gezeigt hatten, als sie 1939 auf dem Rücken ihrer Pferde deutsche Panzerverbände angriffen? Und »gefallen« waren »auf dem Felde der Ehre«? Was nichts bewirkte außer dem eignen Tod.

Bei den Partisanen, die *u šumi*, in den Wald, gegangen waren, nicht *an die Front*, war Diebstahl ein todeswürdiges Verbrechen. Wir Minderjährigen in Belgrad aber waren auf ihn angewiesen. Wir lebten von Feinden umgeben, die praßten, während wir hungerten. Da wurde es patriotische Pflicht, das Stehlen zu lernen, das Bescheißen, die Tricks der »Heimatfront«. (Man verzeihe mir diese Begriffe. Sie waren und sind nicht meine. Aber es ist süßer, fürs Vaterland zu leben, als wegen Regeln an die Wand gestellt zu werden, die nicht wir aufgestellt hatten, sondern die Feinde.)

Meine Mutter hielt mich kurz und warnte mich vor Gefahren, die ich mir nicht einmal vorstellen konnte. Sie ahnte, daß ich durch illegale Aktivitäten zum Unterhalt der Familie beitrug, sagte dazu aber nichts. Im Krieg gelten andere Gebote als die in der Bibel. Schon in der frühen Besatzungszeit hatten wir eine kleine Bande gebildet, und das Zentrum unserer Aktivitäten lag rund um die Kalovićova Pijaca, den Markt. Dort blühte der Schwarzhandel, und ich bin stolz darauf, berichten zu können, daß ich als einer der Jüngsten in seiner Kunst auch einer der Fähigsten war. Damit legte ich die Fundamente für meinen zukünftigen Beruf. Was ich damals aber noch nicht wissen konnte, denn mit zwölfeinhalb Jahren stand mein Sinn nach etwas anderem.

Ja, meine Dame, mein Herr, ich muß gestehen, daß seither das Schönste unter dem Firmament für mich die Liebe ist. Die irdische Liebe. (Man bleibe mir vom Leib mit anderer.)

Und als ich sie zum ersten Male genoß, eine große, schöne, füllige Frau sie mich lehrte, wurde ich reichlich belohnt. Und da mir die Partisanenlaufbahn wegen meiner Jugend versperrt war, beschloß ich, den Beruf des Liebenden zu ergreifen.

Es war im Herbst, kurz vor der Befreiung Belgrads; und für immer werden beide Befreiungen für mich miteinander verknüpft bleiben. Was war der Krieg? Gewohnheit. Ich war mit ihm groß geworden (Freunde wurden wir nie). Aber selbst im Krieg und unter der Besatzung graben sich gewisse Herbsttage zutiefst in dein Bewußtsein und deine Erinnerung ein. Eine Luft wie Seide. Laub, das sein Farbspektrum entfaltet. Ein kurzer, heftiger Regenschauer, der die Erde befruchtet und sie dazu bringt, wie Brot zu duften. Brot! Ich trennte mich von Lola, Bogdan, Josip, Vladimir, Milovan und Branko in der Nähe des Marktes. Unter der Jacke trug ich Butter (Butter!), Salami, Schinken und Käse, um sie einer gewissen Ljubica Settembrini zu übergeben. Lola hatte sich geweigert, Ljubica unsere Ware zu bringen.

»Sie schläft mit Deutschen.« Und er spuckte auf den Boden.

Ich verstand ihn nicht. Wenn er mit Deutschen Schwarzmarktgeschäfte machen konnte wie wir andren auch, warum warf er einer Frau dann vor, wenn sie andre Geschäfte mit ihnen tätigte? Hieß es in der Bibel nicht, wir sollten mit unsrem Pfund wuchern und unsern Weingarten bestellen? (Mutter wurde nicht müde, mich zum Christen machen zu wollen, die Ärmste.)

Ljubica wohnte in einer wenig zerstörten Straße in einem großen Gebäude aus der Jahrhundertwende. Und mit der Luft, die mich umgab, mit den sich gelb und rot färbenden Blättern, mit diesem Geruch nach dem Regen mußte Ljubica, bildete ich mir ein, ein junges Mädchen sein. Ihr Name klang jung und schön. Im Vorgarten sicherte ich nach allen Seiten und ging betont lässig zur Haustür. Sie stand offen. Ein gutes Zeichen. Die

Treppe zum ersten Stock wies gar einen halbwegs heilen, roten Läufer auf, auf jeder Stufe von einer Messingstange mit Messingknäufen gehalten. Zur Linken nun eine große, leicht verwitterte Wohnungstür, von einem schwarz gestrichenen Holzgesims abgeschlossen. Vier hohe, helle Rechtecke aus fein gemasertem Holz im Geviert der eigentlichen Tür.

Genau in der Mitte der Tür ein prosaischer Zettel, gehalten von einer Reißzwecke: L. SETTEMBRINI.

Ljubica. Eine serbische Mutter? Settembrini. Ein italienischer Vater? Eine gelungene Mischung wie ich, sind Völker doch dazu da zu verschmelzen.

Ich klopfte. Dreimal kurz, einmal stark.

Die Übergänge der Hölzer fein gekehlt wie die erhabenen Leisten, welche die Rechtecke trennten.

Ich klopfte noch einmal. Dreimal kurz, einmal stark.

Es war fünf Uhr. Genau.

Ich hörte kein Geräusch hinter der Tür, die sich nun leise öffnete.

Etwas über mir dunkle, schöne Augen, starke, schwarze Brauen, eine elfenbeinfarbene Stirn, eine kleine, geschwungene Stupsnase, ein voller, ungeschminkter Mund.

Ein Gesicht wie aus einem Buch über Barockmalerei, das ich vor drei Monaten gegen Gemüse getauscht hatte.

Eine Madonna. (»Sie schläft mit Deutschen.«)

»Du mußt Vladimir II sein.«

Ich nickte. Sprachlos.

»Komm rein. Schnell.«

Und auf einmal, ich weiß nicht wie, stand ich in einem großen hellen Wohnschlafzimmer mit Kochnische; die Decke hoch und aus Stuck, in ihrer Mitte noch immer der Haken für eine Gasbeleuchtung; die Gardinen waren zugezogen, sie glühten rot im Sonnenuntergang (dabei konnte es noch gar kein Sonnenuntergang sein), auf dem breiten Ehebett eine Decke aus hell- und dunkelblauem Patchwork. Ich starrte sie lange an.

»Gefällt dir die Decke?«

Eine samtene Altstimme, leicht belustigt. Sie paßte nicht im mindesten zu dem gefährlichen Spielzeug, das ich für meine mitgebrachten Waren von ihr kriegen sollte. Aber paßte ich, jung wie ich war, denn zu ihr?

Ich nickte. Sprachlos.

Und blickte sie zum ersten Mal von oben bis unten an. Ich schluckte. Aber da gab es nichts zu schlucken. Der Mund war ausgetrocknet.

Ljubica trug einen Morgenmantel, der bis zum Boden reichte. Die Füße waren bloß, klein, weiß und wohlgeformt. Ljubica stand breitbeinig und selbstbewußt in der Mitte des Raums, vor dem Bett. Sie lachte mich an und schlug die Decke auf, entkleidete das Bett um ein raffiniertes Achtel. (Später erfuhr ich, daß sie dies als Zimmermädchen in Hotels gelernt hatte.)

Ein Kopfkissen, nicht weiß, sondern hellblau wie das Laken, das Plumeau etwas dunkler.

Schnell trat ich hinüber zum Fenster, linste hinter der Gardine auf Vorgarten und Straße hinunter. Kein Mensch zu sehen. Wir beide waren die einzigen Menschen weit und breit, im Viertel, in der Stadt, in Serbien, in Jugoslawien, der Welt. Ich betete darum, daß Ljubica mein Zittern nicht sah. Ein Junge zittert nicht. Ein Junge betet nicht. Nicht in diesen Zeiten. Und überhaupt.

»Ich konnte nicht wissen, daß du so jung bist«, sagte die Madonnenstimme hinter mir. »Lola nannte dich Chef.«

»Ich bin der Chef«, erwiderte ich.

»Darf ich fragen, wie alt du bist?«

Mein Gehirn raste. »Fünf…, sechzehn«, log ich.

»Du bist nicht älter als vierzehn«, sagte sie.

»Ich bin viel älter«, erwiderte ich schnell und hart. »Kriegsjahre zählen doppelt.«

»Das stimmt«, sagte sie leise.

»Und?«

Dazwischen diese Pause, die nicht vergehen wollte. Diese Pause, in der mir danach war, zu weinen und mich an ihre Brust zu werfen, diese elfenbeinfarbene breite Brust, die im Ausschnitt des Morgenmantels leuchtete.

»Ich hab' alles«, sagte ich unbetont und wandte mich um. (Wer verhört, steht im Dunkel, der oder die Verhörte im Licht.) »Und du?«

»Ich auch.«

Ich lehnte mich an das Fenstersims und atmete tief durch. Ich war angekommen. Ich kannte dieses Zimmer seit ich denken und mich erinnern kann.

»Magst du einen Tee?« Sie ging zwei kleine Schritte auf mich zu. Sie war mindestens dreißig. Oder dreiunddreißig. In ihren Augenwinkeln winzige Falten. Sie war uralt. Und sie war schön. Und sie zeigte mit ihrem kurzen, spöttischen Blick, den sie über meinen Körper fahren ließ, diesem Schwarzmarktblick, diesem Blick, der so viel entscheidet, daß sie mir überlegen war. War mir recht. Sie war's. (»Sie schläft mit Deutschen.« Na, und. Die einen machen Geschäfte mit ihnen, wie ich, die anderen legen sie um und rauben dem Leichnam Stiefel und Revolver wie Ivo. Der Krieg hat viele Gesichter.)

»Nein, keinen Tee. Danke.«

»Kann ich dir etwas anbieten?«

Mein Mund wurde wieder trocken. Ich spürte ihren Blick auf meinem Adamsapfel.

»Du bist schön, Ljubica«, sagte ich schließlich heiser. »Ich mag dich, mag dich sehr.«

Ihre Mundwinkel verzogen sich spöttisch. »Liebe auf den ersten Blick, he?« Aber die Stimme war nicht spöttisch. Sie klang nachdenklich. Als gälte sie ihr, nicht mir.

Ich ging einige Schritte auf sie zu. »Ja«, sagte ich.

Die Zeit blieb stehen. Von einem Loch in der Gardine ein Sonnenstrahl ins Zimmer, links von ihr, zeigte den Weg zum Kopfkissen, winzige Staubpartikel tanzten in ihm.

Ein Jahrhundert später lag ich in ihrem Bett.

Furchtsam und taub hatte ich erleben müssen, wie schnell und geübt eine Frau einen Mann (Mann!) ausziehen kann. Selbst die Stiefel und Strümpfe; und wie sie da vor mir kniete, war ich ihr Knecht, sie meine Herrin.

Dann stand sie am Fußende des Bettes und ließ den Morgenmantel fallen. Die erste nackte Frau in meinem Leben sah so anders aus als all die nackten Frauen auf den Pornobildern, die ich deutschen Soldaten verkauft hatte. Ihr Körper war so unglaublich weich und elfenbeinfarben und breit und rund und füllig, und als sie sich auf den Bauch neben mich legte, roch er wie frisches Brot. (Brot!) Und sie ließ sich Zeit in diesem weichen Licht, und sie streichelte mich. Überall! Und sie küßte mich! Überall. Und ich schloß die Augen nicht. Ich liebte die Beuge in ihrem Arm, den starken Flaum unter der Achsel, das Spiel des Lichts auf ihrem großen, weichen, runden, geschmeidigen Körper, und ich liebte ihren Geruch, der nach und nach schärfer und strenger wurde, als fermentierte das Brot zu Schnaps. Ich sah zwei, drei Schweißflecken auf ihrer Stupsnase, und dann nahm sie meine schmalen Hüften zwischen ihre elfenbeinfarbenen kräftigen Hände, und sie zog die Knie an und hockte neben mir, ihre großen Brüste mit ihren erdbeerfarbenen Nippeln und den großen Höfen schaukelten friedlich, und ein Lachen stieg in ihre Augen, und sie sagte: »So, Kleiner, nun sattele ich auf. Hab keine Angst. Und merk dir alles, was ich mit dir mache, weil ich will – will!, hörst du? – daß du mit mir machst, später, was ich mit dir mache, denn du bist kein Hengst und ich keine Stute. Wir sind Menschen. Und als Menschen verwandeln wir Natur in Kunst.«

Ich verstand nicht, was sie meinte. Das ging mir erst viel später auf. Als ich auf ihrem Körper spielte wie mein Vater auf seinem Cello. Denn dafür sind wir gemacht. Das erste Mal kam es mir sehr schnell. Ich war jung. Es war mir peinlich. Aber sie tat, als bemerkte sie es nicht und spielte wieder auf meinem Körper, wie mein Vater einst auf dem Cello gespielt hatte. Und weil ich jung war, der Natur, wie sie es nannte, Genüge getan war beim ersten Mal, überstand ich ihren zweiten Angriff, der nun ihren Zwecken dienen sollte, mit heiterer Gelassenheit. »Das erste Mal, das ist doch immer nur zum Zeugen«, sagte sie später. »Gerade im Krieg sagt uns ein verschütterter Instinkt, uns fortzupflanzen. Aber das hat mit Liebe wenig zu tun.«

Als sie ihre Lektion beendet hatte, war es stockdunkle Nacht. Um nicht aufzufallen, mußte ich bei ihr übernachten. Für Butter, Käse, Salami und Schinken gab sie mir am nächsten Morgen, nach der zweiten Lektion, eine Mauser mit fünfzig Schuß Munition und etwas Geld.

Nach einem guten Frühstück – Brot! Butter! Käse! Schinken! Salami! Bohnenkaffee! – kämmte sie mein volles Haar so, daß ich jünger wirkte, steckte die Mauser mit der Munition in meine Jacke, rollte diese zusammen, verstaute sie in einem altmodischen Einkaufskorb, lieh mir eine zu enge, helle Jacke, ging zur Tür, öffnete sie, sah ins Treppenhaus und winkte mit der Hand hinter ihrem Rücken.

Ich ging auf Zehenspitzen an ihr vorbei. Ich wollte nicht weg. Nie wieder. Aber ich mußte.

»Sag Lola, seine Gruppe soll nie wieder einem so jungen Mann solch ein Geschäft anvertrauen«, sagte sie. »Du hast ja nicht einmal den Ansatz zu einem Schnurrbart.«

»Das ist die beste Tarnung«, erwiderte ich.

Sie lachte leise.

»Darf ich trotzdem wiederkommen?« fragte ich heiser. Das Herz schlug mir im Munde.

Sie nickte und dachte nach. »Am Mittwoch, gleiche Zeit. Aber ohne Ware, verstehst du?«

Ich verstand. Von da an zog ich die Gesellschaft von Mädchen und Frauen der von Jungs und Männern vor. Trotz meiner Bande. Trotz Lola, Ivo, Bogdan, Vladimir, Josip, Branko und den anderen.

Ich ging genau zwölf Mal zu ihr. Dann war sie verschwunden. Als ich das dreizehnte Mal zu ihr ging, hing ein anderer Zettel an der Tür, öffnete eine andere Frau sie, die nicht wußte, wohin ihre Vormieterin gezogen war; und ich stand sehr einsam im Vorgarten und ging noch einsamer und sehr langsam die Straße hinunter.

Später erfuhr ich, daß ihr Vater – wie von mir geraten, war er Italiener – sie mit nach Norditalien genommen hatte. (Sie hatte Glück. Sie wurde nicht geschoren und erschossen.)

Von da an sah ich Frauen mit anderen Augen an. Und weil diese dies bemerkten, nahmen sie mich trotz meiner Jugend an. Ich liebte keine. Ich liebte alle. Sie lehrten mich viel. Sie lehrten mich im Grunde nichts, was nicht in mir gesteckt hätte. Sie waren Partisaninnen, ich war Partisan. Und seither »ein Mann für Frauen«; und als dann die »richtigen Männer« aus den Wäldern kamen, bekam ich einen Blick für junge Witwen. Und tröstete sie. Die älteste junge Witwe, Chela, war etwa fünfzig, die jüngste ein Jahr älter als ich. Nach der zwölften war meine Lehre beendet. Keine bezahlte mich. Wir befanden uns noch in der andauernden Partisanenzeit, in der die Tauschwirtschaft herrschte. Was ist schon Geld?

So erfuhr ich, daß man in Jugoslawien als Junge und junger Mann nicht von der Liebe leben kann. Ich mußte mir einen Beruf suchen. Erst viel später erfuhr ich, daß es Länder gab und gibt, in denen männliche Prostituierte gut leben können. Ich aber begriff mich nicht als einen der ihren. Auch zum Zuhälter eigne ich mich nicht. Ich verachte sie, obwohl sie in Strafanstalten in der sozialen Rangordnung weit oben stehen und stets über Bargeld verfügen. Viel, viel später trieb es mich instinktiv zu Huren im Ruhestand. Sie haben alle Illusionen hinter sich. Sie behandeln mich gut, ich behandle sie gut und mit Respekt. Im Grunde aber sind alle Frauen, mit denen ich lebte, Ljubica gewesen.

Im

DRITTEN KAPITEL

wird enthüllt, warum ich nach kurzem Besuch der Kunstakademie diese wieder verließ und mir auch Zweifel an meinen anderen Talenten kamen

Um zu verstehen, was in meiner Heimat nach dem Krieg passierte, muß ich Bücher lesen. Ich war nie Stalins Freund gewesen, so konnte der Bruch mit Stalin mich nicht betreffen.

Ich besuchte die Schule, machte ein sehr gutes Abitur, zu meiner Mutter Freude, aber das Leben war woanders. Auf dem Schwarzmarkt. Er lehrte mich viel über Angebot und Nachfrage, Feilschen, Sichern, Risiken, über Menschen – meist Männer. Er war wie ein Rauschgift. Jedem in unserer kleinen Bande war klar, daß wir in einer Wendezeit lebten, daß der Schwarzmarkt, wenn überhaupt, in anderer Form überleben würde, als wir sie gewohnt waren.

Alles änderte sich, und zwar schnell, und was Historiker später »Exzesse« der Partisanenmentalität nannten oder »Reinigungen«, bejahten wir. Revolutionäre Justiz ist anders als bourgeoise oder bürokratische Justiz; und als Tito und die Seinen mit den Mitteln Stalins Stalin und die Stalinisten bekämpften, ließ uns dies kalt. Viele begriffen eben nicht, daß der »väterliche Freund« kein Freund war. Ein Götzenbild wurde durch ein anderes ersetzt, dessen getreues Abbild Josip Tito war, der sozialistische König von Jugoslawien. Als er nach dem Krieg die Uniform ablegte und die besten Schneider für sich arbeiten ließ, kannte ich keinen, der ihm dies vorwarf. Wir alle würden einmal so schick herumlaufen und -fahren wie er. Daß er Königsschlösser bewohnte, Inseln sein eigen nannte und maßgefertigte Uniformen trug, so anders als die im Krieg, eher an die prächtigen Uniformen von Zirkusdirektoren erinnernd, jeder sah es ihm nach. Es ging aufwärts. Wir hatten der Welt gezeigt, daß wir kaum Hilfe benötigt hatten, uns zu befreien. Und wenn dies durch den ausgestellten Luxus der Oberen verkörpert wurde, nur wenige gab es, die Anstoß daran nahmen.

Und später war auch ich es zufrieden. Wo immer es Die Da Oben gibt, gibt es Arbeit und Brot für mich. Nicht zu wenig!

Lola, der Boxer, mein bester Freund mit seinen Blumenkohlohren und der eingeschlagenen Nase, dessen niedrige Stirn unter dem schwarzen, dichten Schopf keineswegs von einem Mangel an Intelligenz zeugte, war der erste unter uns in der Bande, der fragte: »Und was machen wir, wenn das hier vorbei ist?«

Wir anderen hatten uns gedrückt, diese Frage zu stellen. Dabei hätte sie uns auf den Nägeln brennen müssen. Die Partisanen waren Untertanen geworden oder (viel weniger) Obertanen. So mußten wir, die wir von Schwarzmarktgeschäften lebten, den rechten Zeitpunkt zum Abspringen finden.

Ich dachte zunächst daran auszuwandern. Nach Österreich, wo mein Vater hergekommen war. Oder nach Deutschland. Westdeutschland, um genauer zu sein, denn der Osten lag in Väterchen Stalins Machtbereich, und den, lehrte Väterchen Tito, galt es zu meiden. Westdeutschland, also, wo es nach dem Krieg keinen einzigen Nazi gab und nie gegeben hatte.

Aber meine Freunde rieten mir ab. Wir sollten eine Weile weitermachen, etwas auf die »hohe Kante legen« und uns derweil nach etwas anderem umsehen. Jeder nach seinen Fähigkeiten, soll Marx, las ich in der Parteizeitung, gesagt haben. Lange her, das. Und meine Fähigkeiten lagen, wie in der Liebe, im künstlerischen Bereich. Ich schrieb mich an der Kunsthochschule ein.

Je mehr ich mich aber mit Kunst beschäftigte, desto mehr ging mir auf, wie mangelhaft meine Talente waren. Ich wußte nichts von der Revolution in der Kunst, die vor dem Ersten Weltkrieg ausgebrochen war, von den Kubisten und Expressionisten, von Matisse, Picasso, Braque, Malewitsch, Kandinski und andren Genies. Und was die drittklassigen, zu Lehrern und Professoren verkommenen Künstler an der Kunsthochschule mich lehrten, wurde rasch langweilig.

Wer aber nicht von seinem außergewöhnlichen Talent überzeugt ist, bringt es nicht zum Genie. Und das wollte ich werden. Unter allen Umständen. Ich bin kein Freund des Mittelmaßes. Später freilich begriff ich, daß die Revolution in der Kunst nicht zu Unrecht vergessen worden ist. Einige Künstler hatten angenommen, sie könnten damit das Leben der breitesten Massen verändern. Pustekuchen. Das Leben war: Zu Fuß zur Arbeit ins Büro oder in die Fabrik, dann mit dem Fahrrad, dann mit dem Moped oder mit der Lambretta, dann mit dem Motorrad, dann mit dem Kleinwagen; und in Amerika fährt heute, glaub' ich den Soap Operas, jeder Bettler im Rolls Royce oder Cadillac zur Arbeit. Die ganze Welt: Ein einziger Samstagmorgen, an dem Milliarden von Menschen in den Nebenstraßen der Welt, in den Vororten und auf dem Lande ihre Wagen waschen, abledern, wachsen und polieren.

Nichts für mich.

Sehr früh beschloß ich, daß ich kein Sklave von Wohnzimmerschrankwänden, Fototapeten, Designerklamotten und Autos sein wollte.

Was tun? *Lenin*

Was tun? *Vladimir Heiter*

Was tun! *Lenin*

Was tun! *Vladimir Heiter*

Statt dessen lernte ich, mir einen Schnurrbart stehen zu lassen, eine Baskenmütze zu tragen und unter dem Arm einen großen Skizzenblock, einen Bleistift in der inneren Brusttasche. Dann ging ich los, als es wieder Stadtparks gab, als es wieder Frauen gab, die nicht arbeiten mußten, Hausfrauen und Mütter, die hochqualifizierten, anstrengenden Berufen ohne Bezahlung nachgehen, aber trotz Ehemann, Auto, großer Wohnung und Kindern von Rosen träumen und Liebe. Also setzte ich mich an

Kinderspielplätzen in ihre Nähe und skizzierte ihre Gesichter. So etwas wirkt.

Es zeitigte, was es zeitigen sollte, das Bett.

Aber es befriedigte nicht. Nicht einmal das Bett. Es war, als hätte man den Menschen ein Stützkorsett implantiert, als hätten sie Angst vor Nähe. Nähe »strengt an«. Und »außerdem, bald bist du ja wieder weg«. Und dann folgt das »Sie«.

So blieb ich mit meinen Freunden zusammen. Die Nöte schmiedeten uns zusammen. Wir lernten das Stehlen. Hatten, leider, aber keine guten Lehrer. Talentiert sind Jugoslawen nur beim Taschendiebstahl. Und der wendet sich gegen Kleine Leute. Was ich noch nie leiden konnte. Und dann wurde der erwischt, dann der nächste, schließlich der dritte und vierte. Und wir hatten keine Künstlersozialkasse. Selbst in der Diebstahlindustrie war und ist Jugoslawien nur Schwellenland. Als Schwarzmarkthändler und Diebe hätten wir uns Vorbilder nehmen müssen. Etwa die Ringvereine im Berlin der Zwischenkriegszeit, die sich auch Sparvereine nannten. Denn nach jedem Coup legten sie etwas auf die Seite. Und versicherten sich gegen die Unbilden ihrer Berufe. Ihre gravierendste: Die nicht von der Hand zu weisende Möglichkeit, für eine Zeit im Knast zu landen. Also legten sie für diese Zeit etwas zurück, eine Mischung aus Unfall- und Arbeitslosigkeitsversicherung. Die Frau brauchte Miete, Essen und Trinken, die Kinder mußten zur Schule geschickt werden; der Anwalt kostete Geld, die Entlastungszeugen wollten Geld und hier und da auch die Richter.

Ein erfolgreicher Gannef ist jemand, der in seiner Gefängniszelle sitzt, die langen Sekunden, die langen Minuten, die langen Stunden, die langen Wochen, die langen Monate und Jahre, und immer noch einen guten Stundenlohn hat.

Ja, meine Dame, mein Herr, Amateure wie wir kalkulierten falsch. Leerten wir – dies nur als Beispiel – etwa einen Safe, prahlten wir, in sagen wir drei Stunden einen Gewinn von fünfzigtausend Dinaren, D-Mark, Dollars gemacht zu haben. Was wußten wir schon von Betriebswirtschaft? Wir hätten dies Geld über einen größeren Zeitraum verteilen müssen: die Zeit der

Vorbereitung des Coups, die der Arbeitslosigkeit nach ihm und, wenn etwas schiefgeht, die des Aufenthaltes im Knast. So müssen wir halt diese fünfzigtausend Dinare, D-Mark oder Dollars teilen durch die Summe der Tage, die wir von ihnen leben mußten. Und ich sage Ihnen: Manche kommen da auf einen Stundenlohn von dreißig Pfennig. Nicht die Mühe wert. Da ist es lukrativer, Metzger oder Hilfsarbeiter zu werden.

Und weil wir eine große Bande waren, weil jedes Mitglied Familie hatte und die Not groß war, waren wir gezwungen, unsere Coups in immer kürzeren Abständen zu machen. Mithin wurde auch das Risiko immer größer.

Mir schwante das, und ich warnte meine Freunde. »Lola«, sagte ich, »wer ist dein Vorbild?«

»Joe Louis«, antwortete er.

»Wie oft kämpft er im Jahr?«

»Wie oft? Weiß nicht. Immer dann, wenn er seinen Titel verteidigen muß.«

»Warum kämpft er nicht öfter? Warum nicht einmal im Monat? Einmal in der Woche?«

»Na, hör mal«, protestierte Lola, »jeder Kampf will gut vorbereitet sein. Und nach jedem bist du müde.«

»Aha!« sagte ich.

»Was meinst du?« fragte er verwirrt.

»Uns geht's doch ebenso«, belehrte ich ihn. »Jeder Coup will gut vorbereitet sein. Und nach jedem sind wir ausgelaugt, und wir verdrängen unsere Angst mit Schnaps. Aber der laugt uns noch mehr aus, und mit jedem Coup und jeder Flasche Sliwowitz wächst unser Risiko. Bogdan ist weg. Josip sitzt im neuen Zentralgefängnis, und Ivo kuriert seine Schußwunde immer noch in Dalmatien aus.«

»Und?«

»Und?« äffte ich ihn nach. »Wir können es an den Fingern einer Hand abzählen, wann wir dran sind. Und nicht zu knapp. Nur gut, daß unsere Kumpel die Schnauze gehalten haben.«

»Ist doch selbstverständlich«, warf Lola entrüstet ein.

»Ist es nicht«, widersprach ich. »Wir leben jetzt im Sozialismus, im wissenschaftlichen Zeitalter. Und die unterm König im Knast waren, die Politischen, sind jetzt am Ruder, planen und bauen die neuen Knäste und arbeiten in der Staatssicherheit und Kripo. Die wissen genau, wie sie unsereins weichkochen können. Mach den erfolgreichen Kriminellen von gestern zum Staatsanwalt, und die Diebe haben nichts mehr zu lachen.«

»Und?«

»Es ist Zeit, daß wir uns auflösen.«

»Du bist verrückt, Vladi!«

»Im Gegenteil. Ruf die anderen. Wir treffen uns um acht im *Goldenen Ochsen.*«

»Bist du wahnsinnig?« Lola blickte mich aus runden Augen an. »Die Kneipe wird doch fast nur von Bullen frequentiert, weil sie unweit der Zentrale liegt.«

»Eben«, sagte ich. »Das ist der beste Platz zum Konspirieren. Die eine Hälfte der Kunden die Schmier, die andre wir.«

Wir beugten uns vor, fintierten, Lola deutete einen rechten, ich den linken Uppercut an, dann gingen wir auseinander.

Im

VIERTEN KAPITEL

erhält mein Entschluß, professioneller Kunstdieb und -hehler zu werden, seine wissenschaftliche, dialektisch-materialistische Basis

Aleksa war eine schöne Frau, eine Tigerin im Bett, eine Meisterin in der Küche, selbstbewußt, intelligent und unabhängig. Da steckte sie ihr Mann, ein sehr hoher Funktionär, in den Goldenen Käfig und warf den Schlüssel fort. Dachte er. Ich drang in den Käfig ein und fertigte ein Duplikat des Schlüssels. So machte Aleksa mich zum Schlüssel ihrer Flucht in die Freiheit.

Sie lag erschöpft auf dem breiten Ehebett mit seinen vier Pfosten, und ich lag neben ihr und knabberte an ihren Flanken. Wir hatten uns satt gegessen.

»Ich verstehe nicht, wie dein Mann dich so vernachlässigen kann«, sagte ich. »Wie oft schlaft ihr miteinander?«

»Zwei, drei Mal im Monat«, gluckste sie. Aber ich wußte, daß ihr der Sinn nicht nach Lachen stand. »Er hat zu tun, sehr viel zu tun. Sein Oberkörper wohnt der einen Konferenz bei, der Unterkörper einer anderen, und sein Kopf träumt noch immer von der Zeit in den Wäldern. So betäubt er sich mit Machtausübung und Privilegien. Guck dich nur um.«

Ich tat es nicht. Ich hatte Schlaf- und Wohnzimmer, Küche und Eßzimmer, Bibliothek und Herrenzimmer, das kleine Nebengebäude für das Personal, die zwei großen Garagen, die Kinderzimmer, den vollen Keller, die mit Konserven gefüllten Regale, das große Arbeitszimmer, den Salon, die Nebengemächer gesehen und grübelte noch immer darüber nach, warum der dick gewordene Mann wie eine Made im Speck lebte und so verbittert heruntergezogene Mundwinkel hatte.

»Ist er impotent oder krank?«

»Ach was«, antwortete Aleksa nach einer Weile und strich mir über das Haar »Nicht einmal das.«

Die Partisanenführer von gestern waren die Ausbeuter von heute. Ich begriff es noch immer nicht. Die Verfolgten von gestern die Verfolger von heute, und sie waren sich dessen nicht einmal bewußt, sondern zitierten Marx, Engels und Lenin, um ihre Macht und deren Mißbrauch geschickt zu verteidigen.

Der Kopf schwindelte mir. Da waren Rote weiß geworden und nannten ihre neue Farbe rot. Waren sie farbenblind oder wir? Aber ich war jung. Vieles begriff ich einfach nicht, und mein toter Vater, Katholik und Musiker, hätte mich auch dann nicht aufklären können, wenn er lebendig gewesen wäre. Und meine Mutter? Sie liebte Tito. Und wenn ihr etwas negativ auffiel, sagte sie oft: »Ja, wenn Tito das wüßte!«

Der Gute König hat immer schlechte Berater.

Berater wie Aleksas Mann, der doch nur getreulich imitierte, was er um und über sich sah. Was ich nur sah und wußte, war, daß diese Männer seit Ende des Krieges eine totale Kontrolle ausübten und die ehemaligen Partisanen diese Kontrolle nicht kontrollierten. Die Königsschlösser in Dedinje hatten leer und verwahrlost gestanden, dann zog Tito da ein, und je nach der Stufe der Leiter, auf der seine Freunde standen, richteten sie sich in Palästen, Herrenhäusern und Gütern ein; Titos Gardeoffiziere samt Familien wurden in den Dörfern rund um Zemun, unweit von Belgrad angesiedelt, von wo die kleine deutsche Bevölkerung vertrieben worden war. Eines Nachts hatte Aleksa mir erzählt, wie unser Marschall und sozialistischer König dies begründet hatte: »Die Garde ist verläßlich. Sie ist unsere Bevölkerung. Und haben nicht die russischen Zaren die Kosaken an ihren Grenzen angesiedelt?«

Unser Zar. Seine Kosaken. Und wir?

Einkäufe für unsere Schwarzmarktgeschäfte zu machen, waren Lola, Ivo, Bogdan und ich oft aufs Land gefahren, zu den Bauern.

Ein Jahr vor dem Abitur hatte ich noch einen bestens bewerteten Aufsatz über Aleksej Grigorjewitsch Stachanow geschrieben, der in der Nacht vom 30. zum 31. August 1935 als Bergarbeiter im Akkord die Arbeitsnorm um das Vierzehnfache überschritten hatte. Die gute Note hatte ich erzielt, indem ich wohlweislich verschwiegen hatte, was ich bei Marx gelesen hatte: Daß der Akkord typisch ist für die kapitalistische Produktionsweise.

Ich seufzte und schloß die Augen.

»Müde, Vladi?« fragte Aleksa, legte sich auf mich und schlängelte meinen Körper hinunter, drückte mit dem linken Daumen auf die Stelle zwischen Hodensack und Arschloch, streichelte mit der Hand den Sack und umschloß mit der Rechten den Schaft, um die Schwanzspitze in den Mund zu nehmen und mit Zunge und Zähnen die Müdigkeit zu vertreiben.

»Vögeln wie Stachanow«, murmelte ich.

»Das ist das Gute an euch Jungen«, erwiderte Aleksa atemlos. »Aber wenn's zuviel ist, mußt du es sagen. Oder schreien. Verstanden?«

Ich verstand nur zu gut und warf den Kopf auf dem Kissen hin und her, so sehr genoß ich die Wohltaten. So sollte einer auch sterben.

Und als sie viel später, auf den Fersen hockend, meinen Schwanz in ihren heißen Leib führte (diesen Schwanz, so groß, stolz und stark wie der Kölner Dom, kommt es mir heute vor), den Druck vergrößerte und verkleinerte, seufzend, mich aus großen braunen Augen beobachtend, sich wiegte und ihre Hüften die Große Süße Acht schlagen ließ, ich-weiß-nicht-wie-oft, als sie mich ritt in immer schnellerem Trab, als diese Kosakin mein rohes Fleisch unter ihrem Sattel mürbe ritt und jauchzend über mir zusammenbrach, der Saft aus Fingerspitzen, Armen und Schultern, aus Lenden, Beinen, Zehenspitzen in einem verfluchten, süßen Punkt zusammenschoß, da setzte ich mich auf diese Kanonenkugel und sauste – ein Münchhausen der schönsten aller Künste – im Höllentempo die Vagina hoch, in den Bauch, in die Brust, den

Hals mit seinen angespannten, nun sich entspannenden Muskeln, durch das Gehege der schönen Zähne; und wurde ohnmächtig. Aber als ich wieder wach wurde, hörte ich ihre Stimme, meilenweit entfernt, direkt neben meinem Ohr sagen: »Wann beschaffst du mir den Paß?«

Und das tat dann weh. Denn ich hatte ihr einen englischen Paß versprochen, und der bedeutete: Abschied.

Sie fütterte mich mit Weintrauben. Ja, meine Dame, mein Herr, sie verfügte, worüber die Frauen der Neuen Klasse in diesem harten Nachkriegsjahr verfügten: Gold, Weihrauch und Myrrhe. Und Weintrauben. Die schmeckten süß.

Denn süß wollte sie den langen Abschied machen. In England wohnte ihr Onkel, und sie sprach fließend und akzentfrei Englisch, Russisch, Französisch und Italienisch. Ich wollte mit ihr nach England gehen, und ich wollte in Belgrad bleiben. Die Welt war groß, und ich hatte – jedenfalls damals noch – Angst vor ihr. Aber diese Gefangene eines Mannes, dem es an nichts gebrach, der Zugang zum Diplomatenmagazin (dem *Intershop* für Diplomaten, ZK-Mitglieder und die Crème der Funktionäre) hatte, hielt es nicht aus in ihrem Goldenen Käfig, der auf der »Mobilisierung der freiwilligen Arbeitsbrigaden« beruhte.

So kapselte ich mein Herz ab, besorgte Aleksa den Paß und begleitete sie bis nach Istrien, wo wir küssend und lächelnd (das hatten wir gelernt) Abschied nahmen. Sie erhielt dank der Beziehungen ihres Onkels zu den Westalliierten ein Ticket nach Triest in die Freiheit und überquerte die Grenze. Daß diese Freiheit keine war, sollte sie mir viel später einmal in Köln erzählen. Aber das ist eine andere Geschichte.

Ich blieb mir treu. Wo immer es Oben und Unten gibt, Herrscher und Beherrschte, Reiche und Habenichtse, ist die »Expropriation der Expropiateure« eine ehrenhafte Sache. Mein großer Kollege Alexandré-Marius Jacob, dessen Werk ich während meiner Ausbildung gierig verschlang und studierte (wie auch Proudhon) setzte ein paar Pfähle in der Illegalistischen Theorie: *»Die Gesellschaft gewährt mir nur drei Existenzmittel: die Arbeit, die Bettelei und den Diebstahl. Die Arbeit widert mich* *keineswegs an, sie gefällt mir sogar. Was mich aber anekelte, war, Blut und Wasser zu schwitzen für ein Almosen an Lohn, Reichtümer zu schaffen, die man mir vorenthalten würde. Kurzum, es hat mich angewidert, mich der Prostitution der Arbeit auszusetzen. Bettelei ist Erniedrigung, die Verneinung jeglicher Würde. Jeder Mensch hat ein Anrecht auf das Bankett des Lebens. Um das Recht auf Leben bettelt man nicht, man nimmt es sich.*

Der Diebstahl, das ist die Rücknahme, die Wiederaneignung der Besitztümer. Anstatt in einer Fabrik eingesperrt zu sein wie in einem Bagno, anstatt um das zu betteln, worauf man ein Recht hat, habe ich es vorgezogen, mich aufzulehnen und meine Feinde Schritt für Schritt zu bekämpfen, indem ich gegen die Reichen Krieg führe und ihren Besitz angreife.« *

So hatte ich, von Istrien zurückkehrend, einen Plan, auf den mich, ohne daß er es wollte oder wußte, Aleksas Gatte gebracht hatte. Er war, dachte ich, genial. Ich irrte mich. Aber so irrte ich nur noch ein zweites Mal in meinem Leben.

* (Jacob, Gesammelte Werke, Band IV, Oxford University Press, 1915, S. 232 ff.)

Im

FÜNFTEN KAPITEL

wird bewiesen, warum der Alternative Sektor der Ökonomie keine Alternative zum Monopolkapital oder zur Allgemeinen Staatssklaverei ist: weil Unterkapitalisierung zur Selbstausbeutung führt. Und die hat keiner gern

Um den Großen Coup, von dem wir alle träumen, durchführen zu können, bedarf es kleiner Coups, um ihn zu finanzieren. Und mit jedem kleinen Coup steigt das Risiko, geschnappt zu werden.

Ich wußte es und handelte wider besseres Wissen. Während einer der vielen »freiwilligen Jugendarbeitsaktionen«, die so freiwillig nie waren, geriet ich in den Verdacht, einen Ballen Stoff aus einem Lagerhaus gestohlen zu haben.

Wie konnte ich wissen, daß just an dem Tag, an dem ich ihn versilbern wollte, ein Artikel in der Zeitung gebracht wurde, der die Beschaffenheit des Stoffs genau schilderte? Der Blick des Käufers, der kein Hehler war, hätte mich warnen müssen. Und nur weil ich klein und flink war, konnte ich entkommen. Ich verbarg mich bei einem Freund in der kleinen Industriestadt Lucavac in Bosnien und arbeitete einige Zeit in einer Fabrik. Es war entsetzlich. Bis heute bewundere ich Menschen, die es in so einer Hölle aushalten.

Im Februar 1951 räumten wir die Belgrader Gastronomie-Fachschule aus. Zumindest hatten wir das vor. Hatten nicht wissen können, daß unser Tipgeber keine Ahnung hatte. So kam ich nur zu einer Schreibmaschine. Nach zwei Tagen im neuen Zentralgefängnis packte unser Tipgeber aus. Drei von uns, darunter ich, wurden verhaftet; und nur weil wir gemeinsam ein schwaches Alibi hatten – ein gutes ist oft der beste Beweis der Täterschaft –, kamen wir nach zwei Tagen scharfen Verhörs wieder frei. Der vernehmende Beamte, er hatte unterm König als Kommunist im Knast gesessen, grinste nur, als er uns entließ. »Auf Wiedersehen!« sagte er.

Das hätte uns eine Warnung sein müssen.

Ich kannte alles, bis auf Punkt und Strich, nur einen kannt' ich nicht, und der war ich.

Ich hatte Angst. Und ich war waidwund. In meinen Träumen sah ich das runde, fröhliche Gesicht dieses hervorragenden Kriminalbeamten, und ich warnte meine Freunde und kroch wieder einmal bei einer Frau unter. Traf ich mich mit meinen Freunden in einer Kneipe, dann verriet ich nicht einmal ihnen, wo ich mich verbarg. Das runde, fröhliche Gesicht des Mannes von der Schmier war seine beste Tarnung. Ivo machte sich über ihn lustig. Lola meinte, der hätte keine Ahnung. Boleslav machte seine Witze. Ich machte den Vorschlag, unser Tätigkeitsgebiet nach Zagreb zu verlegen. Meine Kameraden lehnten ab. Sie trauten den Kroaten nicht. Ich riet zu Sarajewo. Dort war gute Beute zu machen, und die Stadt war seit Jahrhunderten der Beweis dafür, daß verschiedene Völkerschaften in Harmonie zusammenleben konnten. Nun spielten sich meine Freunde als Patrioten auf: Es wird in Belgrad gestohlen und sonst nirgendwo.

»Du kämpfst dort, wo du, wie im Fußball, Heimvorteil hast«, meinte Ivo. »Darin lag der Erfolg unserer Partisanen während der Okkupation.«

Zum Patriotismus fehlt mir die Dummheit. Aber auch ich liebte Belgrad. Aber im Vollmond über Belgrad sah ich in meinen Träumen das runde, freundliche Gesicht jenes Beamten, der nicht im geringsten hinter dem Mond lebte.

»Der hat uns auf dem Kieker«, sagte ich.

»Du hast bloß Schiß«, erwiderte Lola.

»Selbstverständlich habe ich Schiß«, versetzte ich wütend. »Lola, hier geht's nicht ums Boxen.«

»Hab' ich auch nicht behauptet.«

»Bei all diesen Spitzeln ist der einfach in einer besseren Position. Der läßt uns die ersten sieben Runden gewinnen, und in der achten legt er uns flach. Denkt an Berija.« Berija war unsere Konkurrenzbande im Viertel. Man hatte sie komplett eingebuchtet, weichgekocht, abgeurteilt und den Schlüssel zu den Zellen fortgeworfen. Dabei hatte sie noch Glück, bestand sie doch ausschließlich aus Minderjährigen.

Ich mochte Vera sehr. Aber ich haßte es, von ihrem Geld zu leben.

»Was regst du dich auf?« lachte Mića, den sie schon nach einem halben Jahr entlassen hatten. »Sie hat Arbeit, und du bist gesund.«

Sie verstanden mich einfach nicht. Ich verachtete mich zutiefst, von den Zuwendungen einer Hure abhängig zu sein. Dabei meinte sie es lieb und gab, was sie zu geben hatte, ohne Auflagen. Wie jede Hure war sie romantisch. Ich war es nicht. Ich hatte, wie Mao es so schön sagte, zwischen mir und dem Feind einen klaren Trennungsstrich gezogen. Und mein Feind war jeder, der vom Schweiß anderer lebte, der Zuhälter genauso wie Tito, der Fabrikbesitzer genauso wie Aleksas Mann, der Banker wie der Taschendieb.

»Der Weg zur Hölle«, sagte Ivo, »ist mit guten Vorsätzen gepflastert. Wenn sie's dir nicht gibt, gibt sie's einem anderen.«

»Ich kann ihn verstehen«, erwiderte Lola, der Boxer, und stürzte das Glas Bier herunter. »Ich ziehe es auch vor, mir für eine gute Börse die Fresse polieren zu lassen, als von den Zuwendungen meiner Eltern zu leben. Die haben es hart genug als Bauern.«

»Gute Börse!« spottete Ivo. »Wenn du Geld machen willst, Junge, geh nach Amerika. Hier hast du keine Chance.«

»Ich bin lieber Einbrecher in Belgrad als Angestellter der Mafia in den USA!« schrie Lola. »Für die müssen die meisten Boxer dort arbeiten. Joe Louis ist mit seiner langen Karriere bis heute nicht auf den grünen Zweig gekommen.«

»Wir begleiten dich. Wir kümmern uns um dich. Wir managen dich!« träumte Ivo laut.

»Phh!« machte Lola nur. »Ob hier oder dort, angeschmiert biste immer. Gegen die Italojungs in Chikago oder New York seid ihr doch Anfänger, Tontauben für ihre abgesägten Schrotflinten. Ja, wenn wir erst hier einen richtigen professionellen Boxverband hätten! Da tät's nicht weh, die Hälfte der Börse abgeben zu müssen an Vater Staat.«

»Vater Staat«, lästerte ich. »Der ist doch so'n Rabenvater wie Abraham. Kommt 'n Befehl von oben, legt er deine Rübe auf'n Hackklotz, selbst wenn du der einzige Sohn bist.« Und wir dachten alle kurz an den beliebtesten Banditen Belgrads, der zum Tode verurteilt und hingerichtet worden war. Wie zur Zeit des Königs wurden Todesurteile dem Staatsoberhaupt vorgelegt; wie zur Zeit Neros hing dein Schicksal vom Daumen des Herrschers ab. Und Tito hatte den Daumen gesenkt.

»Eine Schweigeminute für Branko!« rief Ivo. Wir standen schwankend auf, senkten die Köpfe und tranken unser Bier auf ex.

»Und jetzt«, murmelte Ivo und rülpste, »meine Herren, Kameraden, Genossen, Waldmenschen, Vorschläge für unseren letzten, den Großen Coup!«

Schweigen.

Ich stand auf und lief aus dem Raum. Im Himmel über Belgrad keine Stukas. Ich atmete tief durch und schlenderte nach Hause, unter die Röcke von Vera. Soweit bist du gekommen, sagte ich mir bitter. Und dann fiel mir Aleksa wieder ein. Und ihr Göttergatte. Sein Sonderausweis für das Diplomatenmagazin. Schlenderten Vera und ich durch die Stadt, lenkten mich meine Füße immer wieder dorthin.

Fünf Mann, einen Fahrer, einen Armeelastwagen, einen Sonderausweis und vier Maschinenpistolen würden wir brauchen, um diese Luxuseinkaufsstätte leerzumachen.

Um diesen Coup durchzuführen, brauchten wir Bargeld. Hatten wir nicht. Brauchten wir Zeit. Hatten wir nicht. Und die deutlich sichtbare Herkunft der Waren würde uns nur zu leicht verraten. Am besten ist es immer, Bargeld zu rauben. Wenn wir andere Dinge stahlen, bekamen wir nur zehn bis fünfundzwanzig Prozent des wahren Wertes von unseren Hehlern, diesen Stehlern. Ausbeuter! Hunde!

Einen richtigen Banküberfall trauten wir uns nicht zu: Die Sicherheitsvorkehrungen waren zu streng, das Wachpersonal bestand aus den besten Schützen der ehemaligen Partisanenverbände.

Fast hätte ich beschlossen, ehrbarer Bürger zu werden. Schon erwog ich, die Kunsthochschule – die ich eh nur ab und an besuchte – zu verlassen und mich statt dessen an einer Pädagogischen Hochschule einzuschreiben, Serbokroatisch, Deutsch und Kunst zu studieren. Schon sah ich mich als Lehrer an einem Gymnasium in der Provinz. Dann aber erinnerte ich mich an meine Schulen, und es schüttelte mich vor Abscheu. Ich ließ die Gesichter meiner ehemaligen Lehrer vor meinen geistigen Augen passieren. Und ich sagte mir: Nein, das nicht. Denn, wenn schon ein Lehrer, dann ein guter. Ein guter Lehrer zu sein, fehlten mir zwei Charakterzüge: die Geduld und die Kinderliebe.

Aber: Was tun? *Lenin/Vladimir Heiter*

Was tun! *Vladimir Heiter/Wladimir Iljitsch Uljanow*

Ich besuchte meine Mutter. Ich sagte kein Wort. Sie war vor der Zeit alt geworden. Ich setzte mich an den Küchentisch, ihr gegenüber, griff in die Innentasche meiner Jacke und gab ihr etwas Geld. Sie sagte nichts. Sie zählte das Geld und holte ihr Portemonnaie aus dem Einkaufskorb, nahm eine abgegriffene Brieftasche heraus (ein Erbstück meines seligen Vaters), klappte sie auf, rollte die Geldscheine zusammen und steckte sie sorgfältig vor die Lebensmittelmarken.

Ich schluckte. Ich konnte den Blick nicht von den Marken lassen. Lebensmittelmarken waren so gut wie Geld, ja manchmal besser. Warum nicht Lebensmittelmarken fälschen?

Weil wir kein Geld hatten, unterkapitalisiert waren, keine Druckmaschinen besaßen und keine Fertigkeiten, sie zu bedienen.

In der gleichen Nacht saß ich an Veras Küchentisch und kopierte eine Lebensmittelmarke. Sieben Stunden später hatte ich eine gefälscht. Eine! Eine Marke perfekt gefälscht, es sei, sie würde naß. Ich hatte keine Ahnung von Druckvorbereitung, Druckstöcken, Druck; und Material für Druckvorbereitung, Druckstöcke, für Falz und Lochung hatten wir auch nicht.

Was tun? *Vladimir II Heiter*

Lebensmittelmarken stehlen!

Und wo?

Im

SECHSTEN KAPITEL

beschließen wir im Juli 1951, den Kommunismus in Belgrad einzuführen

»Genossen!« schrie ich und klopfte mit der Gabel an mein Trinkglas. »Genossen, die Vorbereitungen für den Großen Coup wurden nicht nur planmäßig abgeschlossen, nein, wir haben den Plan um hundertfünfzig Prozent übererfüllt.«

Meine Freunde klatschten, pfiffen und trommelten auf den Tisch.

»Es ist uns in heroischer Arbeit gelungen, die Vorbereitungen nicht erst am 21. Juli zu beenden, sondern schon zwei Wochen vorher. Die Sozialkommission hat daher einstimmig ...«

»Deine Stimme!« grölte Lola.

»Einstimmig beschlossen, daß die Brigade nach geleisteter Arbeit zehn Tage am Meer in Dalmatien verbringen wird.«

»Bravo!« schrien meine Freunde.

»Aus dem Kaffeesatz, dem Stand der Gestirne, aus den Linien in meiner Hand und dem Traum meiner treuen Lebensgefährtin habe ich die Nacht vom 22. auf den 23. Juli 1951 als Termin festgelegt, um unser heroisches Vorhaben in die Tat umzusetzen. Genosse Protokollführer, ich bitte Sie, unsere diesbezüglichen Planungen zusammenzufassen, um sodann unverzüglich die schriftlichen Protokolle feierlich zu zerreißen und in diesem Pokal zu verbrennen unter Absingen der Internationale.«

Ich setzte mich. Beifall brandete auf. Lola erhob sich, rückte den Stuhl nach hinten, richtete seinen imaginären Kneifer, griff in die Brusttasche, faltete zwei Schreibmaschinenseiten auseinander, hüstelte, nahm mit gespitzten Lippen einen Schluck aus seinem Glase und hub an: »Genossen, Brüder, Partisanen, ich fasse unser Vorhaben kurz zusammen: Der Große Coup ist hervorragend geplant, der Große Coup wird hervorragend durchgeführt werden, die Fluchtwege werden gesichert, die Beute wird, wie es sich im Kommunismus gebührt, ehrlich geteilt: Das Volk erhält die eine Hälfte, seine heroische Führung die andere!«

Neuer Beifall brandete auf.

»Das Volk, Genossen, will Brot. Es erhält Brot. Das Volk will Butter und Aufschnitt. Es erhält Butter und Aufschnitt. Das Volk will Wurst und Zuckererbsen. Das Volk erhält Wurst und Zuckererbsen. Unsere Große Heroische Tat, Genossen, bedeutet den Übergang vom Hungerkommunismus zur Einführung des Ächten Kommunismus. Wir versprechen nichts. Wir halten unsere Versprechen. Das Volk wünscht sich Rettung. Es wird Rettung erhalten. Ein Teil des männlichen Volks wünscht sich die Sozialisierung der Frauen. Das Volk weiblichen Geschlechts lehnt dies ab. Die Sozialisierung der Frauen wird mithin unterbleiben ...«

Beifall und Buhrufe.

»Ich bitte um Ruhe, Genossen. Die Brüderlichkeit, die im Partisanenkrieg herrschte und so charakteristisch für die jugoslawische Revolution ist, wurde abgeschafft. Wir führen sie wieder ein. Jeder nach seinen Bedürfnissen. Diese Nachkriegszeit brachte mit sich, daß unsere Bedürfnisse gering sind. Die Stalinisten und Kominformisten sind vernichtet. Wir Nonkonformisten dagegen denken und handeln positiv. Wie sagte unser großer Vordenker, Joe Louis? Er sagte: *Think positive*. Also denken wir positiv. Er legte die Große Weiße Hoffnung, Max Schmeling, in der ersten Runde aufs Kreuz. Wir werden die Braune, Rosa, Blaue, Weiße Hoffnung in der Zweiten Runde auf die Bretter befördern. Ein Uppercut für die Neuen Blutsauger, ein Schwinger für die Schmarotzer der Diplomatenmagazine, eine gerade Linke ins Gesicht der Neuen Klasse!«

Beifall.

»In einem Wort: In zwei Stunden zerstreuen wir uns, verstekken uns, wir ruhen uns aus, und ist, woran kein Zweifel bestehen kann, der Große Coup am 23. Juli erfolgreich durchgeführt, hat die Heroische Führung Zeit, Muße, Geld und sonstige Mittel, in aller Ruhe den Neuen Fünfjahresplan zu erwägen. Die Lage im Lande ist ausgezeichnet. Die Beziehungen zu befreundeten Ländern haben sich gebessert. Wir helfen einander, unterstützen einander und tragen dazu bei, daß sich die Lage weiter verbessert. Die Zukunftspläne und -perspektiven sind glänzend. Der Weg aber ist voller Windungen und Wendungen. Es lebe die große, ruhmreiche und korrekte Internationale des Lumpenproletariats! Hoch lebe der Marxismus, Bakuninismus, Proudhonismus, Jacobismus, der Graf von Montechristo, das Luxuskondom mit schmackhaften Lubrikanten, der Kuhfuß, der Dietrich, und der Große Egalisator, Genosse Mauser! Es lebe unser Vorsitzender Vladimir II. Er lebe hoch,

hoch,

hoch!«

Alle erhoben sich von den Sitzen, die geballten Fäuste schossen in die Luft, und es erklang die von mir gestohlene Hymne der Schränker, Diebe und Banditen:

»Stehlen, morden, huren, balgen, juchhe!,
Heißt bei uns die Zeit verstreun,
Morgen sitzen wir im Zentralkomitee,
Drum laßt uns heute lustig sein!

Ein freies Leben führen wir,
Ein Leben voller Wonne,
Den Neumond nutzen wir heut nacht,
Und morgen scheint die Sonne!«

Das Gelage begann. Es war, wie Ivo, tränenüberströmt, schluchzte, »wie damals, im Wald, bei den Partisanen«.

Daher ohne Frauen.

Als wir uns trennten, erkannte ich mit der Klarsicht, die einem große Trunkenheit manchmal verleiht, daß von meinen Freunden und Kumpanen nur einer, nämlich Lola, wie ich an den Coup glaubte. Das Herz wurde mir schwer. Ich mußte umdisponieren. Nur auf die Jungen war Verlaß. Ein unsichtbares Band knüpfte jene meiner Freunde, die Partisanen gewesen waren, an ihre ehemaligen Anführer. Sie wußten, daß diese sich zu Schmarotzern entwickelt hatten, aber es war ihnen unmöglich, ihren ehemaligen Führern die Schläge zu versetzen, die sie verdienten. Wer die Massen befehligte, wer die Produktionsmittel beherrschte, wer die Produktionsweise bestimmte, wer Unterkunft, Essen und Trinken verteilte, somit auch die Lebensmittelmarken, war Angehöriger der herrschenden Klasse. Daran hatte ich nicht den geringsten Zweifel. Unsere Neue herrschende Klasse folgte Schritt für Schritt einem Weg, den schon die frühen Christen gegangen waren, nachdem ihre Religion zur Staatsreligion geworden war. Ein Papst (Tito) an der Spitze, angeblich Erster unter Gleichen im Zentralkomitee, damals der katholischen Kirche, heute des Bundes der Kommunisten, und alle ihre Anstrengungen waren darauf gerichtet, ihre Herrschaft und Hierarchie für alle Zeiten zu errichten und aufrechtzuerhalten, sich nicht im geringsten darum scherend, was der Religionsbegründer (Jesus oder Marx) gepredigt hatte. Die Verfassung des Landes und die Statuten der Partei verwandelten sich mit ungeheurer Geschwindigkeit in Theologie, deren Interpretation ausschließlich Privileg derer an der Spitze war, des neuen Papstes Tito und der Kardinäle Rankovićs (Staatssicherheit), Djilas (Agitation und Propaganda), Dedijer, Kardelj und anderer im Politbüro.

Ein Angriff auf das ZK war ein Angriff auf das Herz des Systems. Wer das Herz des Staates angreift, hat, wird er ergriffen, nicht mit weltlicher Justiz zu tun, sondern mit kirchlicher, der Inquisition. Als ich den Großen Plan faßte, war mir dies so gut wie nicht bewußt. Er stammte aus meinen Eingeweiden. Nun aber, da meine Freunde, Genossen und Kumpanen sich im Morgengrauen zerstreuten, den Kopf gesenkt, kein heiteres Wort auf den Lippen, war ihnen die Ungeheuerlichkeit unseres Vorhabens klargeworden, und noch ehe der Hahn drei Mal krähte, würden sie unseren Plan und mich verleugnen. Mein Mund wurde trocken, mein Nacken verspannte sich und meine Hände ballten sich zu Fäusten.

Ich starrte in die aufgehende Sonne, bis mir die Augen weh taten, und lenkte meine Schritte zu Veras Wohnung. Wenn das Gehirn sich weigert, klar zu denken, wenn das Herz sich in eine Faust im Brustkorb verwandelt, wenn die Ausschüttung gewisser Hormone die Muskeln in den Waden verhärtet, wenn alles in uns nach Flucht schreit, alles aber diese Flucht unmöglich macht, kann nur die Liebe einer Frau uns wieder aus einem verkrampften Zombie in einen Mann verwandeln, dem das Atmen leichtfällt.

Vera und ich vögelten bis genau zwölf Minuten nach eins. Zum ersten Mal in meinem Leben ejakulierte ich nicht. »Das erste Mal, das ist doch immer nur zum Zeugen«, hatte Ljubica mich gelehrt. Mir war wohl nicht nach Zeugen. Also würde ich wohl auch nicht an der Front fallen, schien mir mein Körper zu sagen.

Wir ließen Wasser in die Badewanne. Vera, die meinen inneren Zustand erriet, kniete über mir und nahm meinen Schwanz in den Mund. Ich hatte keinen Orgasmus, nur eine mittlere Ejakulation. Vera lachte stolz und froh. Ich sah über ihren geneigten Kopf an die kahle, mit elfenbeinfarbenem Ölanstrich versehene Wand und lächelte. Nun liebte ich Vera sehr; sie hatte mir uneigennützig geschenkt, was ich, ohne es zu sagen, am dringendsten benötigt hatte: Die Tröstung des Leibes in Zeiten der Angst.

Mein Gehirn arbeitete wieder klar, das stark klopfende Herz in der Brust hatte die Faust geöffnet, sich verwandelt in eine zärtliche, gut durchblutete Hand, die Knoten in den Schenkeln und Waden, in Schultern und Nacken waren verschwunden.

Wir verbrachten zwei weitere Tage im Bett und standen nur auf, um zu essen, aufs Klo zu gehen und zu duschen; und unser Abschied war leicht.

Ich hatte beschlossen, den Großen Coup zu viert durchzuführen. Wir waren die Jüngsten der Brigade: drei Studenten und ein Schüler. Somit mußte die Einführung des Kommunismus in

Belgrad vertagt werden. Zur Verteilung der Hälfte der Lebensmittelmarken, Bons und Punkte an die Bevölkerung hätten wir einen größeren Apparat gebraucht, über den ich nicht verfügte. Somit wurde ich zum Spiegelbild meiner Feinde. Damit hatte ich mich abzufinden. Es fiel mir leicht. Ich war jung. Und ich ahnte nicht, mit welch ungeheurem Tempo ich in den nächsten Tagen, Wochen und Jahren altern sollte.

Im

SIEBTEN KAPITEL

wird dem letzten Rest meines Kinderglaubens an Riten und Persönlichkeiten des Katholizismus der endgültige Tritt gegeben

Der Coup lief wie geplant.

Am Morgen des dreiundzwanzigsten Juli 1951 standen die Angestellten der maschinentechnischen Fakultät in der Rooseveltstraße vor dem von uns Vier angerichteten Chaos, vor aufgebrochenen Kassenschränken und Schubläden.

Genau in die Mitte dieses Chaos hatten wir unsere Stempel gesetzt, vier Häufchen dampfender Scheiße. Damit setzten wir nicht nur die Tradition erfolgreicher Einsteigdiebe fort, damit warfen wir dem Feind den Fehdehandschuh hin. (In diesen Zeiten der DNS-Tests ist es besser, derartiges zu unterlassen – oder allenfalls den Nachttopf von Intimfeinden am Tatort zu leeren.)

Alle Lebensmittelmarken für Studenten befanden sich in unseren Händen.

Dann gingen wir Vier und meine Mutter daran, die Marken zu versilbern. Das war leicht, vielleicht zu leicht. Ein geraunter Hinweis darauf, man habe einen hochgestellten Onkel (oder, im Falle meiner Mutter, Neffen) in der Verwaltung, nahm einem zögernden Käufer die letzte Hemmung. Man kannte solche Onkel oder Neffen. Wir wurden leichtsinnig. Unser Leichtsinn kannte keine Grenzen.

Ich war neunzehn Jahre alt.

Hätten wir weniger Hunger und mehr Zeit gehabt, hätten wir die Beute versteckt und ein Jahr später in einer anderen Hauptstadt der Sozialistischen Föderativen Republik Jugoslawien, in Sarajewo oder Zagreb, Skopje oder Titograd oder, am besten, in Ljubljana über zuverlässige Mittelsmänner verkauft.

Ich traf auch so einen Mittelsmann, der mir seriös, zuverlässig und kaufkräftig vorkam, einen schlanken Mann um die Fünfzig, mit schlanken, eleganten Händen, wie sie – zu Unrecht, wie ich mittlerweile weiß – Pianisten zugeschrieben werden, in einem schwarzen Anzug aus feinster Schurwolle, schwarzen Seidenstrümpfen und handgefertigten, schwarzen Halbschuhen, das Gesicht schmal und edel mit schmaler, sanft gekrümmter Nase, die schwarzen Augen tiefliegend und glühend, mit eindrucksvollen, mächtigen Augenbrauen und vollem, nach hinten gekämmten Haar. Er war der Typ, vor dem unsere Bäuerlein ihre Mützen ziehen, und stellte sich als Franziskanerpater vor. Aus Zagreb.

Was er sagte, leuchtete mir ein: Die Leute hungerten, das Unrecht und die Korruption waren groß, und wer, wenn nicht die Kirche, hätte das Recht und allen Grund, Lebensmittelmarken ohne Ansehen der Person gerecht zu verteilen? Sein Angebot klang gut, sehr gut. Ich verabredete mich mit ihm für den nächsten Tag in einem Café in der Nähe des Marktes, unweit von Lolas Wohnung.

Aber am Abend hielten wir Kriegsrat. Und so kam alles anders. Nie hätte ich ahnen können, welch ein Gewitter auf mich herniederprasseln sollte:

Ich erfuhr Dinge, die nie in den Zeitungen standen. Es war klar, daß es in den ersten Nachkriegsjahren viele politische Prozesse gab. In diesen gab die Staatssicherheit Ton und Richtung an, und es war auch die Staatssicherheit, die dafür sorgte, was in die Medien kam und wie; und wenn ich ehrlich sein soll, war ich zu jung und zu beschäftigt, mich viel um diese Prozesse zu kümmern. Das von der Parteiführung vorgesehene Ziel war die Versöhnung der Völkerschaften unseres Landes, war – wie oft hatte ich das gehört und gelesen – die »Nationale Versöhnung«.

»Diese aber«, schrie Lola, »kann und darf es nicht geben!

Nicht ehe unsere Geschichte voll und ganz aufgearbeitet ist, nicht ehe sämtliche Schuldigen bestraft sind, nicht ehe das ganze Ausmaß des Nazismus, des Faschismus, der Kollaboration, des Massenmordes auf den Tisch gebracht, gegessen, gekaut, verspeichelt, verdaut und ausgeschissen und in den Schulen und Universitäten und in den Fabriken und auf den Feldern eine, zwei, drei Generationen lang diskutiert, erörtert, erforscht und ... Vladi«, brüllte Lola, »Vladi, bist du des Wahnsinns? Ein Franziskanerpater! Ehe wir auch nur ein einziges Geschäft mit einem Franziskanerpater machen, geht die Welt unter!«

»Aber Herr Marković!« seufzte Mutter und rang die Hände. »Mäßigen Sie Ihre Sprache, ich bitte Sie!«

»Verzeihen Sie, Mütterchen«, wandte sich Mića an sie. »Eher verkehren wir mit dem Satan als mit einem ... echten oder falschen Franziskanerpater. Wissen Sie denn nicht, was die gemacht haben?«

»Nein«, sagte meine Mutter nach langem Nachdenken. »Das weiß ich nicht.«

»Und ich auch nicht«, schloss ich mich eilig an.

»Franziskaner gründeten die Kinderkonzentrationslager Lobor, Mlaka, Gorna Rijeka, Ustice«, sagte Lola, nun ganz ruhig geworden. »Franziskanerpater gründeten weiterhin die Kinderkonzentrationslager Brocice, Jablanac, Sisak und viele andere ...«

»Der Kommandant des ›kroatischen Auschwitz‹, Jasenovac, in dem zweihunderttausend Juden und Serben umgebracht wurden, war der Franziskanerpater Filipović«, fuhr Mića leise fort. »Innerhalb von sechs Wochen ermordeten Ante Pavelić und seine Leute mehr als hundert orthodoxe Priester, drei Bischöfe und einhundertachtzigtausend Serben und Juden. Innerhalb der nächsten vier Wochen brachten sie hunderttausend serbische Männer, Frauen und Kinder um. Die Anführer dieser Massaker? Der kroatische Justizminister Puk und der Prior des Franziskanerklosters von Cuntic, Castimir Hermann. Serben wurden die Kehlen durchschnitten, viele wurden gevierteilt, Ustaschas zündeten Kirchen voller Menschen an, pfählten Kinder, schnitten Nasen und Ohren ab und stachen Augen aus ...«

»O Gott, schweigen Sie!« rief Mutter. Sie weinte.

»Nein, Mütterchen, wir können nicht schweigen. Nicht, nachdem Vladi erwähnt hat, Geschäfte mit Franziskanerpatern machen zu wollen«, sagte Bogdan so süß und gemein, wie er es konnte. Mir platzte der Kragen.

»Erstens war es nur ein Mann, der *vorgibt*, ein Pater zu sein. Zweitens weiß und wußte ich nichts von diesen Greueln. Und drittens wäre es eure verdammte Pflicht und Schuldigkeit gewesen, schon vierundvierzig, fünfundvierzig das Maul aufzumachen. Und viertens, wenn auch nur zehn Prozent von dem stimmt, was ihr hier behauptet, ist mein Vorschlag vom Tisch, unsere Beute zu dem Höchstpreis, den wir erzielen wollten, an diesen ... Herrn zu verscheppern. Ende! Aus! Finito!«

»Nein«, wandte sich Lola ruhig an mich. »Das können und wollen wir nicht vom Tisch wischen.«

»Und warum kommt ihr erst jetzt damit raus, he? Hat der Weise Führer der Werktätigen, Josip Broz Tito, euch vor sechs, sieben Jahren ins Gehirn geschissen? Wer sorgt denn dafür, daß all das, was Ihr da behauptet, schön unterm Teppich bleibt, hm?«

»Du hast ja nicht Unrecht, Bruder. Aber irgendwann – verstehst du? – irgendwann läuft jedem die Galle über. Soll ich dir wirklich meine blutigen Träume erzählen? Das kann ich nicht, du bist mein kleiner Bruder, Freund und Genosse.«

»Gerade weil ich dies bin, mußt du mit der Sprache raus«, forderte ich.

»In Ordnung«, erwiderte Lola leise. Und fuhr noch leiser fort: »Nirgendwo waren katholische Kirche und Faschismus und Nazismus so eng verknüpft wie in der Diktatur von Ante Pavelić in Kroatien ...«

»Und der war typischerweise ein Jurist«, warf ich ein.

»Ja. Und verbündete sich ausgerechnet zu dem Zeitpunkt mit den Deutschen und Italienern, als Belgrad unter deutschen Bomben brannte. Und das Programm seiner Ustascha war: Alle Serben in möglichst kurzer Zeit töten.«

Das brauchte etwas, sich in mein Gehirn zu senken. Mutter weinte.

»Und darin«, fuhr Bogdan fort, »sah der Primas von Kroatien, Erzbischof Stepinac, *die Hand Gottes.*«

»Und dieses katholische Jauchefaß, Bruder«, wandte sich wieder Lola an mich, »beteuerte, daß Pavelić ein guter Katholik sei und die Kirche volle Aktionsfreiheit habe. Und, patsch!, im Januar zweiundvierzig machte der Vatikan Stepinac zum Militärvikar der Ustascha. Papst Pius XII. empfing Dr. Pavelić und sein Gefolge und entließ sie *mit den besten Wünschen für ihre weitere Arbeit.* Pavelić kniete zu Füßen Seiner Heiligkeit und erklärte, er wäre fest überzeugt, und das, mein Lieber, ist wortwörtlich, so eine Ungeheuerlichkeit kann sich keiner aus den Fingern saugen, er erklärte, er wäre fest überzeugt, daß sein *vom Gesetz des Evangeliums durchdrungenes Volk das Reich Gottes* schaffen werde.«

»Das Reich Gottes!« rief ich.

»Ja«, sagte Bogdan still. »Selbst Nazis wie Ribbentrop und seinem Sondergesandten Neubacher waren die Aktionen der Ustascha zu barbarisch und grausam...«

»Vermutlich, weil sie ihre eigene Ausrottung von Juden, Polen und Russen wissenschaftlich und leidenschaftslos betrieben«, sagte ich.

»Ja. Wahrscheinlich. Neubacher schätzte die Zahl der wehrlos abgeschlachteten Serben auf eine Dreiviertelmillion. Es waren aber mehr, stellte sich später raus. So sah also das Reich Gottes auf Erden aus. Katholische Geistliche waren Offiziere in Pavelićs Leibwache, Franziskaner KZ-Kommandanten...«

»Aber so sind doch nicht alle Katholiken«, schluchzte Mutter. »Mein seliger Mann war doch auch Katholik, und er war eine Seele von Mensch.«

»Das ist ja gerade das Schlimme«, sagte Lola still. »Ich gehe auf den Markt, und einer wird mir als Kroate vorgestellt, und immer muß ich mich fragen: War der auch dabei? Und was tue ich, wenn der dabei war? Und das Schlimmste: Er spricht dieselbe Sprache wie ich! Die benutzten unser Serbokroatisch, wenn sie Leute an die Wand stellten und erschossen, wenn sie Augen ausstachen – Pavelić hatte eine Sammlung von zwölf Pfund Augen, ein anderer machte sich ein Halsband mit abgeschnittenen Ohren...«

Lolas Stimme erstickte. Nun weinte auch er. Es war das erste Mal, daß ich ihn weinen sah. Er, der Boxer und Partisan!

»Und der kroatische Religionsminister Budak beteuerte«, sagte Mića, »all ihre Taten gründeten sich auf der Treue zur Religion und zur katholischen Kirche.«

»Das ist nun vorbei«, erwiderte ich. »Den Erzbischof Stepinac haben sie im Herbst sechsundvierzig zu sechzehn Jahren Haft verurteilt.«

»Ja, aber nur, weil dieses fanatische Schwein schon im Herbst fünfundvierzig mit seinen katholischen Spezis einen Hirtenbrief ausgerechnet gegen jene verfaßte, welche die Nazis und Faschisten in unserem Lande besiegt und vertrieben hatten. Sechzehn Jahre! Lächerlich! Und sein Verhalten im Krieg wurde nicht mal erwähnt. Und dann haben sie ihn schon bald aus der Haft entlassen und in seinen Heimatort verbannt. Und darüber hat sich dann die katholische Welt aufgeregt. Selbst die Engländer machten sich mausig.«

»Und woher wißt ihr das alles?« fragte ich.

»Von Genossen. Partisanen. Und aus dem Radio. BBC. Unsere Sender verschweigen diese Sauereien ja weisungsgemäß. Auf Anweisung des Politbüros«, erwiderte Bogdan.

»Aber warum?« rief ich. »Warum, zum Teufel?«

»Nationale Versöhnung«, sagte er schroff und spuckte auf den Boden. »Verzeihen Sie, Mütterchen.«

Mutter hatte sich derweil gefaßt.

»Vladi hat's ja schon gesagt: Keine Zusammenarbeit mit Franziskanern«, sagte sie resolut. »Wir machen weiter wie bisher. Auch wenn das Risiko größer ist. Paßt gut auf!« Sie stand auf. Damit war die Sache für sie abgeschlossen. Die meisten machten es wie sie. Sie verdrängten die schwarzen und braunen Seiten unserer jugoslawischen Geschichte. Aber, wie einer mal sagte: Die Vergangenheit ist nicht vergangen. Sie hat noch nicht einmal angefangen. Und weil dies so ist, wird sie einmal aufbrechen wie ein Geschwür. So sind wir verdammt, sie zu wiederholen.

Ach, hätten wir unsere Beute doch an den Pater verkauft! Dann wäre er in die Hölle gefahren. Nicht wir. Denn unser Dilettantismus stank zum Himmel wie unsere Häufchen. Wir Vier hätten keine Fußspuren am Tatort hinterlassen dürfen. Und meine Eitelkeit, die dazu geführt hatte, daß ich meine eleganten, mit Gummi besohlten und mit Krampen beschlagenen Halbstiefel selbst bei der Arbeit trug, führte den wackeren, kommunistischen, mondgesichtigen Kriminalbeamten mit dem fröhlichen Gesicht auf unsere, auf meine Spur.

Vom dreiundzwanzigsten Juli bis zum vierundzwanzigsten August verkauften wir die Lebensmittelmarken auf dem Schwarzmarkt. Es war ein schöner Sommer. Wir machten einen guten Umsatz.

Am fünfundzwanzigsten August neunzehnhunderteinundfünfzig klopfte ein Greifkommando unter Führung des sanften Mondgesichts vor Tagesanbruch an die Tür einer Wohnung am Boulevard der Revolution 210.

Im April neunzehnhundertzweiundfünfzig wurden wir Vier, ein Schüler und drei Studenten, zum Tod durch Erschießen verurteilt.

SCHWARZES INTERMEZZO I

Daß du dich nackt ausziehen mußt, ist erst der Anfang.

Daß sie deine Unterwäsche, Schuhe, Strümpfe, Wäsche kontrollieren, ist völlig normal. Hier ist der Knast. Sein Name: beliebig. Sein Ort: beliebig. Zufällig Sremska Mitroviċa. Zufällig Jugoslawien. Daß sie Schwanz und Sack hochheben und dreckige Bemerkungen machen, ist Alltag. Daß sie deine Arschbacken auseinanderziehen – leider konnte ich nicht furzen –, ist völlig normal: Verbergen wir nicht alle 9-Millimeter-Revolver, Sprengstoff und Walkie-Talkies in unseren Eingeweiden? Daß sie dir die Hände auf den Rücken fesseln, dich durch den Flur, die Treppen hinunter in den Keller treiben, dich dort anderen Wärtern übergeben und nicht vergessen zu erwähnen, wessen du verdächtigt wirst, gehört zur Knastfolklore.

Die dicke Tür, das vorsätzlich laute Stoßen des Schlüssels ins

Schloß, dieses vorsätzliche laute Zurückschlagen des eisernen Riegels gehören zum ersten Takt der Knastsinfonie. Daß sie dich ins Dunkel stoßen und hinter dir zuschließen, gehört zum zweiten, aber daß du hier, im Sozialismus, mit dem Kopf nach vorn auf den nassen Zellenboden geworfen wirst, ist schon etwas Besonderes. Das sollst du dir merken. Daß diese Zelle zur Hälfte mit Wasser gefüllt ist, bringt dir deine serbische Heimat näher. Dunkelheit. Kein Fenster. Kein Tisch, keine Bank, kein Stuhl. Keine Betonpritsche. Willkommen in der Untersuchungshaft im Paradies der Werktätigen.

Es ist schon schwer genug, mit auf den Rücken gefesselten Armen auf die Beine zu kommen. Du kommst auf die Beine, tastest mit den Füßen den Boden ab, schreitest vorsichtig die Wände ab, der Boden ist schräg, daß der hintere Teil der Zelle unter Wasser steht, wird dir schnell klar. Hock dich an die Wand im trockenen Teil, neben der Tür, und stell dir einen Witz vor, einen jener primitiven von dem Schiffbrüchigen auf der Insel. Kontrolliere deinen Atem. Denk an das, was dein Vater und die weltweite Bruderschaft der Gefangenen dir beigebracht haben. Hast du Angst, versuche sie zu akzeptieren. Angst ist das Normalste der Welt. Sie gehört zum Leben wie Schmerz und Tod. Daß du vor Kälte und Angst zitterst, ist völlig normal. Sprich nicht mit dir. Wer mit sich selbst spricht, dreht durch. Hab kein Mitleid mit dir, andere haben es auch nicht. Selbstmitleid schwächt dich nur. Atme, wie dein Vater es dir beigebracht hat. Konzentriere dich. Entspanne dich. Der rechte Arm ist schwer und warm. So hast du es vom Vater gelernt, der dir mit dieser Technik die Angst vor Examen nehmen wollte. Nun ist auch der linke Arm schwer und warm. Der rechte Fuß. Der rechte Fuß zögert. Das linke Bein …

Die sperren dich in Dunkelheit, Nässe und Kälte? Die Eskimos leben in Eishäusern. In Iglus. Da drin ist es warm. In den Eingeweiden dieses Monsters namens Sremska Mitrovića ist es jetzt auch mollig warm. Die Stirn ist kühl, die Stirn ist kühl, die Stirn ist. Wird kühl. Ist kühl. Aufgabe Numero Zwo gepackt. Nun ein bißchen Sonne in das Sonnengeflecht! Geschafft. Nur schlafen im Kutschersitz kannst du nicht. Da sind die auf den Rücken gefesselten Hände vor. Das konnte Vater nicht voraussehen. Künstler sollte ich werden, nicht Gefangener. Aber Gefangener ist ein Lehrberuf wie alle anderen Berufe. Du bist jung. Nicht mal zwanzig. Du wirst mit einundachtzig im Kreise deiner Lieben den Löffel abgeben. Bestimmt. Laß dir nichts anderes weismachen. Die Angst ist fort. Die Kälte ist fort. Du döst.

Denk nicht über deinen Fehler nach. Wirf dir nichts vor. Daß du hier hockst, im schwarzen Loch, ist völlig normal. Du hast gestohlen. Stehlen nennen Die ein Verbrechen. Du zahlst den Preis. Und du stehst erst am Anfang der Torturen. Das ist völlig normal. Die tun ihren Job, du tust deinen. Dein Job heißt: Gesund überleben.

Ich bin deren Klassenfeind, und darauf bin ich stolz. Ich bin deren Klassenfeind, und darauf bin ich. Klar bin ich stolz drauf. Ich bin kein Nazi, kein Faschist, kein Ustascha, kein Franziskanerpater. Ich bin ein einfacher Mensch auf der anderen Seite. Ich bin der von unten, und Ihr alle, die Ihr mich in diese Kälte, Nässe und Dunkelheit stoßt, Ihr seid Die Guten. Sagt Ihr. Ich bin da ein wenig anderer Meinung. Aber die tut hier nichts zur Sache. Ihr seid an der Macht, aber ich bin nicht ohnmächtig. Ich habe noch ganz andere Sachen drauf.

Rede nicht mit dir selbst. Versuch zu schlafen, zu dösen, auszuruhen. Die werden schon kommen und dich hier rausholen. Die brauchen dich. Du brauchst Die nicht. Die werden sich schon melden. So oder so. Mach dir keine Gedanken darüber. Lebensmittelmarken haben einen bestimmten Wert, in Dinaren, auf Heller und Pfennig auszurechnen. Der Schaden, den du und deine Freunde angerichtet haben, ist im Grunde lächerlich.

Schließlich schläfst du.

Die erste Runde, Lola, geht an mich. Und wie geht es dir? Ich liebe euch, ich reiße euch nirgends rein. Die ehemaligen Partisanenhäuptlinge sind nun unsere Feinde, wir sind Partisanen geblieben. Nur sind wir nicht in den *u šumi* gegangen, in den Wald, Nazis zu jagen, sondern in den Knast. Na, und?

Zweites Buch

BRUDER TRAUM/SCHWESTER TAT*

* Gestohlen bei Thorwald Proll

Im

ERSTEN KAPITEL

wird ein Traum wahr, aber leider nicht meiner

Tage, die nicht im Lager oder Knast verbracht werden, sollten mit wunderbarer Liebe und einem guten Frühstück beginnen. Dunja, gelernte Verlobte, lag nun schon zwei Tage mit Grippe im Bett, und Annuschka war verreist.

Blieb das Frühstück.

Leute, die sich von Fast food ernähren und sich zwischen Aufstehen und Zur-Arbeit-Eilen keine Zeit nehmen, Seele und Körper zu verwöhnen, sind Barbaren. Raubtiere schlingen. Menschen sind für Slow food gemacht. In nahezu jedem Büro zwischen Tokio und New York, Stockholm und Pretoria blubbern Kaffeemaschinen; ich dagegen brühe mir Kaffee nach Großmutterart auf und seihe ihn durch ein Sieb. So ist er magenfreundlich und schmeckt besser. Mithin brachte ich an diesem unfreundlichen Novembertag Wasser zum Kochen und bereitete mir ein leichtes Omelett mit Pfifferlingen, rohem Schinken und Petersilie. Dunja zwang ich liebevoll, eine Hühnerbrühe (nicht aus der Tüte!) zu sich zu nehmen. Die ist gut gegen Grippe. Ich war an Dunjas schneller Gesundung interessiert. Aus humanitären und erotischen Gründen.

Nach dem Frühstück döste meine Dauerverlobte wieder weg, ich machte den Abwasch und setzte mich in meinen tiefen, gut gepolsterten, mit dunkelrotem Samt bezogenen Sessel am Fenster.

Es regnete nicht mehr. Es herrschte schlicht das miese Kölner Novemberwetter. Das Wetter im November in Deutschland, meine Dame, mein Herr, dürfte Ihnen bekannt sein. Nicht umsonst war dieser Monat einst bei den Germanen Donar gewidmet, der seine Macht im Donner offenbart. Menschen machen sich Götter nach ihrem Bilde; ich wundere mich immer wieder, mit welchen Attributen und Unmenschlichkeiten sie ihre Hauptgötter ausstatten. Je eifersüchtiger, mieser und brutaler einige Götter – Donar, Wotan, Jehova – sind, desto inniger werden sie angebetet. Ein November im inneren Teil der Rheinischen Bucht, links die Eifel, rechts das Bergische Land, in der Mitte die breite Jauchegrube namens Rhein, und darüber Nieselregen, Graupelschauer, saurer Regen, Blei, Kadmium und CO_2, da jubeln Lunge und Haut. Um so schöner, aus dem Fenster einer gut geheizten Wohnung gucken und dabei zusehen zu können, wie die Menschen mürrischen Gesichts, verschlafen, bleich und ausgelutscht zur Arbeit eilen.

Ich lege die Beine hoch, stopfe mir das morgendliche Pfeifchen und lächle in mich hinein: Eine gewisse Masche (die ich Ihnen nicht verrate) hat mir genügend Reserven verschafft, für einige Zeit weder hehlen und stehlen noch sonstwie arbeiten zu müssen.

Das Morgenprogramm des Westdeutschen Rundfunks überlastet das Gehirn nicht und hilft der Verdauung; ich habe es ausgeblendet, wie wir das Rauschen des Meeres und Verkehrslärm ausblenden. Leichte Musik führt dazu, daß Kühe mehr Milch geben, Hühner mehr Eier legen, Menschen Dinge kaufen, die sie nicht brauchen, und Arbeiter, Arbeitslose, Angestellte und Rentner ihr Leben besser ertragen. Daher der Name leichte Musik. Bei mir regt sie die Peristaltik an.

Dunja hat unser Badezimmer in einem Stil ausgestattet, den sie *gemütlich* nennt, mit Häkeldeckchen auf dem Toilettendeckel, einer flauschigen Umrandung um das Klobecken, einer gleichartigen Fußmatte vor dem Waschbecken und einer Topfpalme in der Ecke neben der Wanne. Wie bei der Liebe lass' ich mir beim Scheißen Zeit. Als ich die Toilettentür leise wieder öffne, blicke ich zu Dunja hinüber. Sie liegt, mit dem Rücken zu mir, das Gesicht zur Wand und schnarcht süß und leise. Kurz erwäge ich, unter das Federbett zu schlüpfen, mich in Löffelstellung an sie zu schmiegen und wie ein Dieb in sie hineinzustehlen: Sie würde sich ein wenig strecken, wohlig schnurren und mir – ohne Gegenleistung – schenken, wonach es mich gelüstet. Aber während ich noch zögerlich dastehe, dringen einige Reizwörter aus dem Radio in mein Gehirn: Dom und Raub, Kardinal und Polizei, Entsetzen und Schändung. Das Morgenprogramm wird ernst. Wie immer, wenn Namen wie Baader und Meinhof erwähnt werden. Anders als sonst. Nicht mehr die übliche Reihung von Muzak, Geschwätz, Verkehrshinweisen und Wetter. Ich schüttele den Kopf. Ich werde hellwach. Was ist los?

Dom.

Raub.

Domraub. Noch einmal. Und noch einmal: DOMRAUB!

Dann die Namen all jener, die betonen, wie furchtbar sie das finden & wie sehr sie (was sonst?) *betroffen* sind.

»Der größte Kirchenraub der deutschen Kunstgeschichte ... die größte Kirchenschändung seit dem Normanneneinfall ...«

Normanneneinfall? Ich lache, pruste laut heraus, halte mir die linke Hand vor den Mund. Normanneneinfall? War das nicht im Anfang des zehnten Jahrhunderts? Oder später? Ich rate: Um 984 A.D. herum. Ich beschließe, später in eines meiner Geschichtsbücher zu gucken, in das Taschenlexikon, in Steins Kulturgeschichte. In Deschners Kirchengeschichte. Und hatte Napoleon nicht mal die Pferde seiner Kavallerie im Kölner Dom geparkt? Ich bin ein heimlicher Bewunderer der Normannen und Napoleons I.

Ich grinse. Dejtsche Sprak komische Sprak: Mal Busen vorn, mal Busen hinten (Busenfreund/Meerbusen). *Taximord*. Wie kann einer ein Taxi ermorden? Ihm mit der Axt den Kühler einschlagen? Nitroglyzerin in den Sprit? Den Diesel mit Arsen versetzen? Ein .45er Dum-Dum-Geschoß ins Getriebe? Und *Domraub*? Wie kann man einen Dom rauben? »Nehmen Sie die Pfoten hoch, Kardinal Frings, äh, Höffner, und keine Bewegung!«

Ihm dann den Colt Commander in die Nieren drücken, den großen Sack öffnen, den Dom hineinstecken, das Opfer mit jenem gekonnten Schlag mit dem Knauf der Waffe in den Nacken niederstrecken, zum geklauten Fluchtwagen mit falschen Nummerschildern eilen, den Sack mit dem Dom darin auf den Rücksitz werfen, mit quietschenden Reifen starten und …?

Ich schüttele staunend den Kopf. Doch, es scheint wahr zu sein: Kollegen sind in die Schatzkammer des Doms eingedrungen und haben sich bedient. Ich bin neidisch und voller Anerkennung für diese geniale Umverteilung der Güter, diese, eines Robin Hood würdige Bestrafung der Autoritäten, diesen Angriff auf das Allerheiligste. Bei mir war es immer nur Wunschdenken. Andere haben es umgesetzt: *Bruder Traum, Schwester Tat.*

Im

ZWEITEN KAPITEL

schildere ich, was sich an einem sonnigen Tag in einem Schweizer Landschulheim in der Nähe begab. Ein Rückblick

»Freistunde! Rrrrrrausträtn!«

Jeden Morgen schreit der junge, neue Wärter diese süßen Wörter. Und nach einer Woche hat er schon denselben Gesichtsausdruck wie seine älteren Kollegen. Ein Wärter heißt Wärter, weil er auf den Tag seiner Pensionierung wartet. Oder er heißt Wachtel, weil er beim Aufstieg dasselbe flatternde Geräusch macht wie die Wachteln auf dem warmen Asphalt des Autoputs in der Gegend von Skopje, wenn sich im Morgengrauen ein Wagen nähert; oder – das sagen die Spötter – weil er gut schmeckt wie eine gefüllte Wachtel. Den Fachausdruck deutscher Knackies für ihre Wärter mag ich nicht: *Maschores*: Schweinehirte. Halten sich deutsche Gefangene, die sich doch sonst über ihre ausländischen Kollegen erhaben dünken, für Schweine?

Dann das Rasseln des schweren Schlüssels in der Zellentür. Ein Blick nach rechts, ein Blick nach links. Dies ist der beste Augenblick, dem Wärter etwas in die Hand zu drücken. »Ein halbes Brathähnchen mit Salat und Pomm Fritz.«

Das Wechselgeld darf er behalten. Und man sage mir nicht, Schweizer Beamte seien nicht korrupt. Korruption hat zwei Gesichter, ein gutes, ein schlechtes. Angesichts des Fraßes in Regensdorf bei Zürich und der schlechten Bezahlung der Wärter stellt die Korruption in diesem Gefängnis beide Seiten zufrieden, stimmt sie versöhnlicher und entspricht völlig dem Kantschen Imperativ.

Daß ich überhaupt hier bin, verdanke ich der sträflichen Vernachlässigung meiner Ausbildung. Deshalb landete ich mehrmals wegen – entschuldigen Sie den Ausdruck! – Pipifax im Gefängnis und machte die unerfreuliche Bekanntschaft aller möglicher Gesetzeshüter. Diese Pannen, das *Erwischtwerden*, dieser Verstoß gegen das Erste Gebot für Ganoven, vom Taschendieb bis zum Bundeskanzler, nahm und nehme ich jedoch als eine Art Betriebsunfall.

Der Klimawechsel vom Draußen zum Drinnen kann bei guter Disziplin sowie körperlicher und seelischer Gesundheit schnell und gut verkraftet werden (Regensdorf ist, verglichen mit der Kahlen Insel ein Schullandheim). Das Schlimmste für mich ist immer wieder, in die Steinzeit der Sexualität zurückgeworfen zu sein: von der polymorh-pervers-polygamen Praxis zur Öde der Onanie. *Rehabilitierung* von Straftätern heißt in den Augen der Juristen: zu werden wie sie. Sexlos. Stein.

Am meisten ärgert mich, für einen lächerlich kleinen Coup mit anschließender, unübertroffener Dummheit eingebuchtet worden zu sein. Ein angesehener En-gros-Briefmarkenhändler hat mich beauftragt, aus der schönen Sammlung eines seiner Kollegen in Zürich das Beste zu entwenden. Der Einbruch war kinderleicht. Aber die Chose ging in die Hose. Und das, weil mein Begleiter in der Nähe des Grenzübergangs aus purem Übermut mit einem Zivilisten einen Streit anfing. Der Zivilist war kein Zivilist. Er war Zöllner. Schon waren wir mit der Beute überführt und einkassiert.

Kurz vor dem Prozeß versuchte ich, mich zu entfernen, und schlug einem Beamten auf den Solarplexus. Dort sitzt, glaubt man den Alten Griechen, bei niedrigen Wesen die Seele. Ich konnte nicht ahnen, daß ausgerechnet dieser kleine, schlanke Eidgenosse ein Champion im Radrennfahren war. So einer verdaut einen Schlag auf den Solarplexus schnell, weil bei ihm die Seele in den Waden sitzt. Der Beamte schlug nicht zurück, sondern Alarm, noch ehe ich mich »at my own chosen speed«, wie Bob Dylan singt, genügend weit entfernen konnte.

Die Erste Große Zürcher Strafkammer (drei verbiesterte Calvinisten) verpaßte mir für den Tritt – leider gab's Zeugen, der Schubs war ein Tritt, nicht ein Stoßen und auch kein Schlag – sechs Monate, für den Einbruchdiebstahl achtzehn. Insgesamt zwei Jahre Knast. Ganz schön viel, bedenkt man, daß der Beamte keine Verletzungen aufweisen konnte und, vor allem, der Heilige Gral der Schweiz, das Bankenwesen, nicht angegriffen worden war.

Das Zuchthaus in Regensdorf wurde Anfang 1900 gebaut. Es hat noch das Kübelsystem. Man scheißt – verzeihen Sie, meine Dame, mein Herr! – noch in Eimer, aber dies ist bei weitem menschlicher als die hochhygienischen Menschenzerrüttungsmaschinen in Köln-Ossendorf, Stuttgart-Stammheim, München-Stadelheim, wo Beton, Glasbausteine, Sichtblenden und eine perfekte Überwachung der Beamten durch *Sicherheitsinspektoren* das Leben für Bewachte wie Bewacher zur Hölle machen. In einem Zuchthaus wie Regensdorf kann ich gar, auf den Tisch in der Zelle steigend, Himmel und Hölle sehen: das Hinterland jenseits der Mauer und den Gefängnishof! Es ist zwar verboten, auf den Tisch zu steigen. Man kann aber nicht kontrolliert werden, verklebt man den Spion in der Tür mit angefeuchtetem Lokuspapier.

1970 beherbergt dieses Schullandheim eine bunte, internationale Auswahl freier Unternehmer. Während meines Aufenthalts treffe ich auf Ganoven aus ganz Europa, Nord- und Südamerika, Afrika und Arabien, ja sogar aus Indien. Fast ausnahmslos sitzen wir für Eigentumsdelikte. Kein Wunder, verläuft doch die Achse des Eigentums quer durch die New Yorker Wallstreet und die Zürcher Bahnhofstraße. Wie ein Magnet zieht uns Feilspäne aus vier Kontinenten das Große Geld an. Im Kübelzuchthaus Regensdorf komme ich mir vor wie ein Teilnehmer eines weltweiten Börsianertreffens. Uns unterscheidet nur, daß deren Diebstähle, Räubereien, Unterschlagungen gesellschaftlich anerkannt sind; daß sie die Profite einheimsen, derweil die Verluste sozialisiert werden.

Auch einige Schweizer sind in diesem Schweizer Knast untergebracht. Der Prominenteste unter ihnen ist Erich von Däniken. Ich liebe seine Verbrechen und Vergehen, beruhen sie doch lediglich auf der Ignoranz und Dummheit all jener, die an ein Leben nach – man stelle sich vor: NACH! – dem Tode und menschenähnliche Wesen im Weltall glauben.

Einen Hehler habe ich seltsamerweise noch nicht getroffen. Dafür aber reichlich Taschendiebe. Ich verachte sie zutiefst. Wie Politiker beklauen sie nur die Kleinen. Die Angehörigen dieser beiden Berufe sind die Läuse im Pelz der Völker. Ein anständiger Dieb hat Klassenbewußtsein!

Beim alltäglichen Hofgang komme ich nicht umhin, auch mit solchem Pack verkehren zu müssen (ich meine Taschendiebe, meine Dame, mein Herr; Politiker sind durch ihre Immunität geschützt, stehlen sie nicht gerade silberne Löffel).

In jedem Knast herrscht ein Klassensystem. Ganz unten auf der Leiter der Anerkennung die Kinderschänder. Sie rangieren etwas unter den schwächlichen Schwulen (die starken wissen sich Respekt zu verschaffen). Ganz oben der Bankräuber, der ohne Gewalt auskommt, jener, der vor dem Kassiererhäuschen mit einer MP-Attrappe wedelt, an erschrockene Kunden Negerküsse verteilt, um ihnen die Furcht zu nehmen, und – vor allem – sich nicht erwischen läßt. Auf diese treffen wir hier nicht. Sie sitzen anderswo und sind streng isoliert. Die Herrschenden haben bekanntlich keinen Sinn für Humor. An zweiter Stelle rangieren, das sage ich in aller Bescheidenheit, erfolgreiche Einbrecher mit hohen, unversteuerten Umsätzen. Zu diesen gehöre ich seit einiger Zeit. Mitglieder von größeren Banden und Zuhälter werden zwar respektiert – sie verfügen in der Regel über viel Bargeld, das ihre Kollegen oder Huren in den Knast transferieren –, aber sie werden nicht geliebt.

Heute bildet sich im Gefängnishof während der Freistunde ein Gesprächskränzchen, bestehend aus folgenden Kommilitonen: mein Komplize und Begleiter, normalerweise wohnhaft in Essen, und ich; ein Schwyzer, hochqualifizierter Safeknacker, der zu Recht den Spitznamen »Zehn-Prozent-Max« erworben hat; sein Kollege, ein hochdekorierter Fachmann in Sachen Tresore; *Kid* aus Jugoslawien; ein widerlicher kleiner Serieneierdieb und Heiratsschwindler namens Peter S., alias *Sascha*; ein hochkultivierter Haschisch-Schmuggler aus dem Kongo namens Jean; ein lustiger kleiner Dieb aus Schottland, der sich *Mac-The-Lice* nennt; und schließlich Wolfgang S. aus der schönen Domstadt am Rhein, der, wie er sagt, mit einigen »Gegenständen, die der religiösen Verehrung dienen«, aus einer Kantonskapelle erwischt wurde und prahlt, als hätte er Format wie unsere Kollegen in *Rififi*.

Wie jene Adligen, die auf der Flucht vor der Pest in den Städten der Toskana sich im Garten auf dem Land die Zeit vertrieben, indem sie Geschichten erzählten, fliehen wir vor der Pest des Zuchthaussystems, indem wir während der Freistunde dasselbe tun und sie mit den schönsten Schnurren aus unserer Karriere anreichern oder gar zusammen das ventilieren, wovon jeder anständige Gannef träumt: den GROSSEN COUP.

Der Einzige, der dies nicht tut, ist Jean. Das heißt aber nicht, daß er nicht tatkräftig wäre. Das hat sich erst gestern gezeigt. Da hat er uns zur gleichen Zeit und am selben Ort seine Geschichte erzählt. Zuerst war sie süß. Dann bitter. Dann schwarz. Schwarz wie er.

Normalerweise rufen die Wärter »Einrücken!«, wenn der Hofgang vorbei ist. Gestern machte ein Beamter Dienst, den ich noch nie zuvor gesehen hatte. Einige Gefangene hatten sich schon auf den Weg zur Tür des Hafthauses gemacht, als er den Arm hob, einen Blick über den ganzen Hof warf und lächelte. »Die Weißen fertigmachen zum Duschen, die Schwarzen fürs Gas!« rief der Wärter und grinste.

Jean reagierte unglaublich schnell. Mit langen Sätzen fegte er an uns vorbei, kam einen Meter vor dem Maschores zum Stehen, beugte das linke Knie und trat mit dem rechten Außenrist dem Beamten ins Maul. Dessen Kopf wurde nach links geworfen, Jean änderte blitzschnell das Standbein und feuerte die linke Fußspitze seinem Gegenüber voll in die Eier. Der Maschores beugte sich nach vorn, hielt sich den Schritt mit beiden Händen und ging auf die Knie. Es gelang uns gerade noch, Jean zurückzureißen, als er sich anschickte, dem Faschisten die Zähne einzutreten. Der Kollege des Wärters hatte seine Trillerpfeife benutzt, und im Nu stand der Kommandeur des Rollkommandos in der Tür, hinter ihm sein Trupp, Mord in den Augen, in der Rechten riesige Schlagstöcke.

»Was ist hier los?« fragte er, völlig ruhig. Er ist kein schlechter Kerl. War mal Ringer und setzte Gewalt nur im äußersten Notfall ein. Ich hatte mal gesehen, wie ein bärenstarker Gefangener, ein von oben bis unten tätowierter Zuhälter, ihn frontal angriff. Ich weiß nicht, wie der Beamte es machte, aber er hatte den Angreifer mit einem Griff ausgehebelt und über das Geländer geworfen. Das war im zweiten Stock. Das übliche Auffangnetz rettete dem Loddel das Leben. Der Kommandeur des Rollkommandos, ich glaub', er heißt Zwingli oder so, hat sich die Hände abgeputzt, uns, die wir sprachlos dastanden, breit angegrinst und in seinem schnuckligen Schwyzerdütsch gesagt: »Schön ruhig bleiben. Leben und leben lassen, das ist meine Devise. Tut ihr mir nichts, tu ich euch nichts. Das ist für alle das Beste. Oder?«

»Was ist hier los?« fragte er jetzt. Ich sage ihm, was der diensthabende Beamte gerufen hat und füge hinzu: »Der kann von Glück reden, daß wir alle ihn nicht totgeschlagen haben.«

Der Beamte nickt nachdenklich, dreht sich um, sagt etwas zu den Männern des Rollkommandos, und zwei von ihnen schlendern zu dem am Boden gekrümmt liegenden Kollegen und schleppen ihn an Armen und Beinen ins Hafthaus, wohl zu unserem Teledoktor. (Der heißt so, weil er Gefangenen, die krank sind, ohne jegliche Diagnose, ohne sie gesehen zu haben, Pillen verordnet.) Das Rollkommando zieht ab, wir rücken ein, und damit hat sich die Affäre. Wie gesagt, der Exringer ist ein feiner Mann. Er könnte einer von uns sein.

Wir haben gestern den Rest des Tages und die ganze Nacht Zeit gehabt, über Jeans Geschichte nachzudenken, und dementsprechend viele Fragen.

»Wenn ich dich richtig verstanden habe«, sagt Zehn-Prozent-Max langsam, »hat Belgien 1960, als es dem Kongo die Unabhängigkeit gewährte, nur fünf einheimische Universitätsabgänger hinterlassen, und das, wo der Kongo genauso groß ist wie Westeuropa?«

»Gewährt ist gut«, erwidert Jean. »Aber um exakt zu sein, es war nicht Belgien ...«

»Aber bei der Konferenz, bei der sich die europäischen Staaten Afrika aufteilten wie einen Kuchen ...«, unterbricht ihn Mac-The-Lice.

»Wir haben nicht Belgien gehört«, wiederholt Jean. »Der Kongo war Eigentum des Königs Leopold. Dessen Firma, die *Internationale Gesellschaft des Kongo*, schrieb der nette König in der *Times*, sei ›wie das Rote Kreuz‹ mit der noblen Absicht gegründet worden, der Sache des Fortschritts dauernde und uneigennützige Dienste zu leisten ...«

»Was«, fahre ich fort, »dazu führte, daß der Kongo zwischen 1880 und 1920 die Hälfte seiner Bevölkerung verloren hat. Eine wahrhaft zivilisatorische Leistung. Aber das ist Geschichte. Du hast dich also damals der Freiheitsbewegung von Lumumba angeschlossen?« Jean nickt.

»Und die schickte dich nach Paris, Gelder aufzutreiben, Kontakte zu anderen afrikanischen Freiheitsbewegungen zu knüpfen und so fort. Aber warum erwischen sie dich dann seit Jahren mit bestem Kongo-Gras im Gepäck?«

Jeans Augen trüben sich ein, er blickt zu Boden, dann starrt er mir direkt in die Augen.

»Ich habe die süßen Gifte Europas gekostet.«

Dem haben wir nichts entgegenzusetzen. Diese Gifte kennen wir. Warum soll es ihm anders gehen als uns?

»Aber wie schaffst du es, wenn du geschnappt, verurteilt und schließlich abgeschoben worden bist, daß du immer wieder mit deiner Ware zurückkehrst?« fragt Mac-The-Lice.

»Zeige mir einen Zöllner oder Beamten der Grenzorgane, der nicht Rassist ist«, lacht Jean. »Die meinen, alle Neger sehen gleich aus. Also brauch' ich mir daheim nur einen Paß besorgen von jemand, der etwa meine Größe und mein Alter hat ...«

Wir grinsen.

»Zur Zeit keine Fragen mehr, Euer Ehren«, geht Mac der Tagesordnung nach. »Du bist dran, Kid.«

Der macht eine lange Pause, um es spannender zu machen.

»Wie ich schon sagte, hab' ich als Taschendieb angefangen und mich dann die Leiter hochgearbeitet. Bis heute ist mir kein echt großer Coup gelungen, dafür hab' ich einige kleinere nette Sachen hinter mir. Und von einer möchte ich euch heut erzählen.

Es war in einer österreichischen Großstadt – ich weiß nicht mehr welcher, Salzburg oder Wien oder Graz, na, egal; wie ihr wißt, muß man dezent das Weite suchen, wenn das Gesicht zu bekannt geworden ist ... Ich, da, also in einem dieser düsteren Gerichtssäle, ein Trottel in Talar, zwei Schafsnasen rechts und links von ihm, das Lauteste ringsum eine dicke Brummfliege. Ein Bulle hat seine Hausaufgaben nicht gemacht. Ich werde freigesprochen. Der Bulle blickt mich wütend an, nachdem der Richter ihm leise, aber eindringlich klargemacht hat, daß nicht jeder Ausländer ein Dieb sein muß. Und dann schließen sie ihre Akten und rauschen raus. Ich bleib' noch was sitzen. Ich habe gut gefrühstückt und noch keinen Hunger. Nach einer Weile verlasse ich den Saal. Der lag im ersten oder zweiten Stock. Lange Korridore, hohe Fenster. Mehrere kleine Verhandlungsräume – Saal kann man das nicht nennen – für Eierdiebe wie mich ... Ich sehe, wie alles sich fertig macht, in die Kantine oder kurz nach Hause zu gehen, um ein Mittagessen zu sich zu nehmen. Und dann seh' ich, wie hinten im Korridor eine Sekretärin oder Stenotypistin den Schlüssel zu ihrem Büro auf den Türrahmen legt. Sie verschwindet im Treppenhaus, und ich gehe zielbewußt auf das Büro zu, klopfe an die nächste Tür, auf der ein Schild mit dem Namen des amtierenden Staatsanwalts zu finden ist, strecke die Brust hervor, klopfe beherzt an und drücke die Klinke herunter. Die Tür ist verschlossen. Ich gucke links. Ich gucke rechts. Es schaut so aus, als seien alle Beamten zum Essen. Ich schnappe mir den Schlüssel, gucke links, gucke rechts, öffne die Tür, trete ein, schließe die Tür und sehe mich um. Das Sekretariat. Uninteressant. Ich trete durch die Tür ins Chefzimmer, nähere mich dem Schreibtisch. Und siehe da: Eine Jacke hängt über dem

Stuhl. Ich greife in die innere Brusttasche: Eine fette Brieftasche. Ich luge hinein: Bargeld, Scheckkarte, Scheckheft (sollte man nicht beide immer getrennt aufbewahren, Herr Staatsanwalt?), Personalpapiere …

Wenig später stehe ich im warmen Sonnenschein auf dem Bürgersteig vor dem imposanten Gerichtsgebäude, bin um vierzehntausend Schilling reicher, verfüge über Papiere, die mich als Staatsanwalt kenntlich machen, und verkaufe Schecks und Scheckkarte am gleichen Tag an einen Kollegen, der daraufhin spezialisiert ist und sie zu Geld machen wird …«

Diese Frechheit gefällt uns. So wenden wir uns wieder jenem Mitkommilitonen zu, der in eine Kapelle eingebrochen ist, und beschäftigen uns kurz mit dem wichtigen ethischen Hintergrund unserer Berufe.

Mac-The-Lice hat als eingeschworener Protestant keine Probleme damit, eine katholische Kirche, eine Abtei oder eine Kathedrale auszuräumen: »Das sind doch Papisten!«

Wolfgang S. verteidigt seinen Coup, indem er sagt, er habe ja niemand persönlich bestohlen. Die Kirche sei eine Institution wie eine Bank oder eine Versicherungsgesellschaft.

Sascha stimmt ihm zu. »Man nimmt, was man kriegt«, sagt er.

Jean meint nur, derlei berühre ihn nicht, weil er in einer Branche der Kriminalität arbeite, in der es keine Opfer gäbe, im »edlen Marihuanageschäft«, er »lehne jede Expropriation ab außer jener der Expropriateure«. Niemand außer mir versteht, wovon er spricht, aber alle nehmen es so hin. Für Kid ist weniger der Einbruch in eine Kirche ein Problem, als die Tatsache, daß Wolfgang »für einen kleinen Wert ein hohes Risiko eingegangen ist«.

Da muß ich ihm widersprechen. »Für mich ist die Kirche, wie der Staat, ein ernstzunehmender Gegner. Ich verbeuge mich respektvoll, wann immer einem unsrer Kollegen ein großer Schlag gegen einen der beiden gelungen ist. Für mich spielt eher die Frage nach einem Abnehmer für meine Beute eine Rolle. Du kannst einem Hindu kein Kalbfleisch andrehen, einem Moslem keinen saftigen Schinken. Wenn du einen Picasso aus dem Wohnzimmer eines reichen Mannes stiehlst, mußt du einen Auftraggeber haben, einen anderen reichen Mann, der just auf diesen Picasso scharf ist. Ein Hehler zahlt dir nur zehn bis fünfundzwanzig Prozent – und dann hast du einen Mitwisser, der dich reinreißen kann. Dein Auftraggeber wiederum kann sich seinen jüngst von dir erworbenen Picasso nicht einfach so an die Wand hängen und sich damit brüsten, weil sämtliche Kunstdiebstähle von Rang Interpol gemeldet werden und weltweit in Computern gespeichert sind. Mit der Beute aus einer Kirche oder einer Kathedrale, einem Dom ...«

»Wie unsrem Dom zu Kölle!« sagt mein Exbegleiter genießerisch. »Der hat vielleicht eine fantastische Schatzkammer!«

»... ist es noch schwieriger. Klaust du, sagen wir mal, eine reich verzierte goldene Schatulle, in der sich – angeblich! – der Mittelfinger von ... Sankt Profitius befindet, ich frag' euch, wo findet ihr einen Käufer für so was, he? Im Dom zu Köln, den mein Kommilitone soeben erwähnt hat, lagern – für so blöd hält man die Leute – die Knochen der Heiligen Drei Könige. Daß das Unsinn ist, brauch' ich hier nicht zu erklären. Höchstwahrscheinlich handelt es sich um die vermoderten Gebeine von Pennern, Opfern der Pest im zwölften Jahrhundert oder gar nur von Ochs, Esel und Schaf ... Angenommen, es würde uns gelingen, diese mit Gold und Silber beschlagene Kiste zu klauen, wem kannst du sie schon verkaufen? Niemandem! In der Domschatzkammer zu Köln am Rhein – ich hab' ihr schon diverse Besuche abgestattet und vor der Handwerkskunst jener Männer den Hut gezogen, die jene Ringe, Monstranzen, Kreuze und so fort herstellten – in dieser Schatzkammer lagern Kostbarkeiten, bei denen der – sagen wir mal – spirituelle Wert weit über dem bloß antiken liegt, und der wiederum liegt schätzungsweise um das Zwanzig- bis Dreißigfache über dem Materialwert. Ein Span aus dem Holz des Kreuzes, daran man Jesus genagelt, hat einen unschätzbaren Wert, auch wenn das Holz in Wirklichkeit bloß acht- oder neunhundert Jahre alt ist. Da bezahlt man halt für die Aura ...«

»Die was?« fragt mein Kollege aus Köln.

»Die Aura. Wenn es dir gelingt, so was zu klauen, mußt du

einen Auftrag dafür haben. Und den kriegst du nur von einem Multimillionär, der die Kirche abgrundtief haßt – oder fanatischer Katholik ist.«

»So hast du«, fragt Sascha listig, »schon daran gedacht, die Schatzkammer leerzumachen?«

Ich schüttele den Kopf. »Wenn du drin stehst, erwägt der blödeste Teil von dir dergleichen. Dein Verstand sagt dir aber: Dieser Bruch ist unmöglich. Die dürfte von der besten Alarmanlage der Welt geschützt sein.«

»Und wenn man nun … über das Baugerüst, das den Dom ja seit Jahrzehnten umgibt …?« grinst mein rheinischer Kollege.

»Denkst du, du kannst da ungesehen längere Zeit drauf rumturnen und arbeiten?« gebe ich zu denken. »Und dann die Alarmanlage … Vergeßt es!«

»Aber du hast schon mal daran gedacht?« insistiert Sascha. Ich kann ihn nicht ausstehen: Ein feiger Heiratsschwindler und Eierdieb, der anfängt zu sabbern, wenn er die Auslage eines besseren Juweliergeschäfts betrachtet.

»Dran denken kostet nix«, sag' ich scharf. »Jeder träumt vom Großen Coup. Aber in diesem Fall bist du ein Volltrottel, wenn du den Traum für Wirklichkeit hältst.«

Am nächsten Tag prahlten wir weiter, tauschten Tips aus, brachten einander Fertigkeiten bei und hörten nicht auf, Jean auszufragen. Er war der einzige unter uns, der ein reines Herz hatte. Wie ich, neunzehnhundertvier- oder fünfundvierzig. Ein Mensch mit einem reinen Herzen kann Einhörner sehen.

Und jetzt hat irgend jemand tatsächlich getan, wovon ich damals geträumt habe. Bruder Traum/Schwester Tat. Unmögliches gibt es anscheinend nicht.

Es heißt: Zeig mir, mit wem du verkehrst, und ich sage dir, wer du bist. Was aber kann ich tun, frag' ich mich im

DRITTEN KAPITEL,

wenn stets die Verkehrten versuchen, mit mir zu verkehren?

Versonnen lächelnd setzte ich mich wieder in den Sessel und stopfe wider meine Gewohnheit eine zweite Pfeife am Morgen. Ich sehe den Dom vor mir. Ich schätze ihn nicht; er ist mir zu plump. Vielleicht, weil er nicht im Mittelalter vollendet wurde. Das elegante und luftige Freiburger Münster mit seinen Wasserspeiern auf dem Dach, die dem Bischofspalais gegenüber den Hintern zeigen, finde ich schöner, und vor allem die Kathedrale zu Reims mit ihrer unglaublichen Westfassade, geschmückt von zahllosen Skulpturen, der riesigen Rose im Mittelteil und der Königsgalerie im Abschlußgeschoß. Ganze neunundachtzig Jahre dauerte der Bau dieses Juwels, das im Jahre 1300 beendet wurde. Im gleichen Jahr führte Meister Arnold den Bau des Kölner Doms fort, der 1248 von Meister Gerard aus Amiens begonnen wurde. Langhaus und Querhaus blieben ebenso wie die Westfront unvollendet. Und um 1560 muß den Popen das Moos ausgegangen sein: Die Arbeiten ruhten bis sage & schreibe 1842. Der hohe Kran auf dem Dach: jahrhundertelang. Warum hat man ihn nicht so gelassen? Die meisten Kathedralen sind ja glücklicherweise nie »fertig« geworden. Nirgends dieser entsetzliche, peinliche Perfektionismus wie gerade in Köln. Und zur Strafe wird man heute das Baugerüst nicht mehr los: Kaum hat man eine Seite restauriert, zerfällt die andere, ein Opfer des Straßenverkehrs, der Industrie, des Sauren Regens. Napoleon wußte schon, was er tat, als er seine Pferde in diesem übergroßen Stall parkte.

Und nun dieser gelungene Einbruch, kurioserweise »Raub« genannt. Ich sehe den Bürgermeister vor mir, den Stadtdirektor, den Kardinal, das Bodenpersonal des Herrn, die Damen & Herren Journalisten, die Frömmler, die Frommen, die Bigotten, jene Hurensöhne und -töchter, die sechs Tage in der Woche andere Götter neben Ihm haben (Macht & Mammon), die sich sechs Tage in der Woche sehr wohl ein »Bildnis und Gleichnis machen« (einen blauäugigen, blonden Jesus, muskulös wie Johnny Weißmüller oder der Inhaber des nächsten Trimm-Dich-Centers), die sechs Tage in der Woche »den Namen des HERRn« ohne Pause »mißbrauchen«! (»Jesuschristusnochmal, kannst du dir die Ohren nicht richtig waschen?!«, und dann dem kleinen Bengel was voll aufs Maul, denn: »Das hat er verdient, mein-Gott-noch-mal!«), die den »Sabbat« sechs Tage im Auge haben, um in den Puff oder auf die Rennbahn zu eilen; die Vater und Mutter nicht im mindesten ehren, sondern lieber ins Altersheim stecken; die töten aufteufelkommraus, wenn Kaiser, Führer, Präsident oder Premierminister das Killen organisieren, einen größeren oder kleineren Krieg gegen die Erbfeinde, die Bolschewisten oder das Serbenpack; die ständig Scheine in der Tasche haben für *Models* und *Masseusen* und sechs Tage in der Woche und dann noch Sonntagnacht entweder mit ihren gewaschenen und polierten Limousinen den Straßenstrich runtergleiten, um billig ihr Stück Fleisch zu kriegen, oder einen Nobelpuff aufsuchen oder sich anläßlich eines Kongresses des *Begleitungsdienstes* versichern und mit all dem die »Ehe« mitnichten »brechen«, da diese schon lange kaputt und vermodert; die nicht »stehlen«, sondern statt dessen ihre Geschäftspartner und das Finanzamt bescheißen, die unterschlagen, sich illegal bereichern, schmuggeln, Börseninsidergeschäfte machen, mit den Geldern ihrer Klienten spekulieren und die Gewinne einsacken (und die Verluste weiterreichen); die sechs Tage in der Woche »falsch Zeugnis ablegen wider ihre Nächsten«, in jedem Frisörsalon, jeder Kneipe, jeder Talkshow, in jedem Parlamentsgebäude, jeder Redaktion, in jedem Klatsch und Tratsch, in jedem Boulevardblättchen, auf den Straßen, ja sogar im Ehebett; ich sehe sie alle vor mir, die sieben Tage in der Woche, zweiundfünfzig Wochen im Jahr, ein Dreiviertelleben lang, des Nächsten Haus, Weib, Knecht, Magd, Rind, Esel und alles sonstige begehren, seinen Posten, seine Beziehungen, seinen Porsche, seinen Pferdestall, seine Jagd, seine mit Silber beschlagene Schrotflinte, seine Angetraute, seine Geliebte, sein Eisernes Kreuz, sein Bundesverdienstkreuz, seine Rolex, seinen Sommerurlaub in Saint Tropez, seinen Skiurlaub in Sankt Moritz (Heilige , wohin auch immer man guckt!), seine Villa im Grünen, sein Penthouse im Westend, seine Goldzähne und seinen Arsch.

Ich sehe sie vor mir, wie sie jetzt dastehen und herumgehen und *betroffen* sind, wie sie diese *Untat* verurteilen, diese *Kirchenschändung* anprangern, wie sie »Kreuzigt sie!« brüllen oder »Rübe ab!« oder nach Sicherheitsverwahrung schreien, wie sie zum Telefon greifen, ihren Nachbarn zu beschuldigen, die *Kanaken, Itaker, Eselstreiber, Asylanten, Langhaarigen, Baader-Meinhofs*, die *Kommunisten*, die *Befreiungstheologen*, die *Anarchisten*, *Dr. Spock*, die *Sozis*, die *Freimaurer*, die *Juden*, die *Schwulen*, die *Teufelsanbeter*, die *Kinderschänder*, die *Gottlosen*, die *Zeugen Jehovas*, die *Araber*, die *Moslems*, die *Hindus*, die *Ölscheichs*, den *Kreml*, in einem Wort: *alle, die an allem schuld* sind.

Und ich spucke auf all diese Aufrechten Deutschen und wünsche meinen erfolgreichen Kollegen Glück, drücke ihnen die Daumen und komme ins Sinnen darüber, was ich täte, wäre ich an ihrer Stelle.

Welch ein schöner Tag! Der Novembernebel, der Graupelschauer, die tiefen Wolken in der Kölner Tiefebene, sie verflüchtigen sich, und ich sehe den HERRN über ihnen, wie er sich die Schenkel klopft, wie er sich fast bepißt vor Lachen ob all dieser Heuchler. Oder sehe ihn im Kreise seiner Kollegen – Wotan, Ra, Manitu, Allah, Jehova, Shango, Zeus und Jupiter – sitzen und eine Wette anbieten, und dieses Mal nicht so eine böse, niederträchtige, hinterlistige wie die damals mit dem Teufel, in dem das Seelenheil von Hiob der Einsatz war. Und ich frage mich wieder einmal, warum die Menschen ihre Götter nur mit ihren miesesten, schimpflichsten, unmenschlichsten Eigenschaften ausstatten. Gott machte den Menschen nach seinem Bilde? Unsinn. Die Menschen machten und machen sich die Götter nach ihrem Bilde. Meinem nicht, bewahre! Fiele es mir ein, mir einen Schöpfer und Gott auszudenken, er wäre – zunächst mal eine Frau. Intelligent, humorvoll, selbstbewußt, sinnlich, gefräßig, feinschmeckerisch, faul oder, zumindest, träge, den Künsten zugeneigt, der Erotik, dem Wein, warmherzig, antiheroisch, belesen, schöpferisch, agil, liebreizend, spöttisch, zärtlich und weise. Und, vor allem, nicht zu vollkommen. Bei einer wunderschönen Frau mit den sogenannten Idealmaßen neunzig, sechzig, neunzig, sagte einmal der berühmte Bildhauer Phidias (oder war es Praxiteles?), ist es ein kleiner Makel, der sie zur wahren Schönheit macht, der Leberfleck, der Silberblick, der Gang mit leicht einwärts geneigten Zehen, der Flaum über der vollen Lippe ...

Was für ein Tag! Der Coup eines Kollegen oder einiger Kollegen bringt mich zum Träumen. Ein warmes Zimmer, ein bequemer Sessel am Fenster, ein Pfeifchen mit gutriechendem Tabak und Gras, hinter mir das ganz zarte Schnarchen meiner hübschen Dauerverlobten, etwas Geld auf dem Konto. Und die Aussicht auf all jene mürrischen, graugesichtigen Zombies, die zur Arbeit oder zum Supermarkt eilen, den Kragen hochgeschlagen, Pfützen ausweichend, denen aber auch das Einfachste schwerfällt: die Verweigerung.

Aber der schöne Tag wird mir versaut, weil sich jemand angekündigt hat, den ich absolut nicht ausstehen kann. Ich verstehe einfach nicht, wie derlei immer wieder versucht, mit mir zu reden, zu saufen, mich zu besuchen, mir die Ohren vollzulabern, mir auf die Nerven zu gehen. Und warum? Weil wir *Landsleute* sind. Was, zum Henker, kann ich dafür, daß seine und meine Mutter dieselbe Sprache sprechen? Wie kommt es, daß Männer und Frauen in der *Fremde* sich zusammenrotten, Cliquen bilden, in besoffnem Zustand gar nachts die Nationalhymne grölen (die ich eh nicht leiden kann; genauer: ich kann keine einzige leiden)?

Aber vielleicht bin ja auch ich pervers und anomal. Weil ich einen deutschsprachigen Vater hatte. Oder weil ich mich an meine Heimat bei bestem Willen nicht mehr erinnern kann. Das hat seine Gründe. Wenn ich die Augen schließe, erinnere ich mich nur noch an jene Stellen in Belgrad, wo ich als Junge gespielt habe. Na, lassen wir das. Ich habe da eine böse – wie nennt man das? – böse Macke.

Ich habe ein zu warmes Herz. Ganz wider Willen gleiche ich einem französischen Landpfarrer, der geduldig all seinen Küchlein lauscht und ihnen mit Rat & Tat zur Seite steht. (Gegen solche Pfaffen hab' ich nichts.) Zu mir kommen die Mühseligen und Beladenen aus der Sektor exiljugoslawischer Kriminalität: Zuhälter schütten mir ihr nicht vorhandenes Herz aus, Taschendiebe bitten mich um einen guten Tip für ihren Großen Coup, Schutzgelderpresser schildern mir ihre Schwierigkeiten in der Ehe, Huren weinen in meinen Armen ihrer Großen Liebe nach, Bordellinhaber erzählen mir von ihren Problemen mit dem Finanzamt. Ich werde noch wahnsinnig. Ich sollte mir eine Telefongeheimnummer zulegen, die Wohnung wechseln, im Oktober, den Zugvögeln gleich, in den Süden fliegen. Tahiti! Borneo! Sumatra oder St. Lucia! Raus aus dem Kölner Smog, rein ins Süße Nichtstun. Aber nein, ich muß auf einen Anruf des Dünnen (alias Stepan B.) warten und sein dummes Geblubber aushalten. Ladrone (alias Milo K.) hat mich gestern angerufen und mir angekündigt, er und der Dünne wollten mich sprechen; und noch ehe ich mir eine Ausrede habe ausdenken können, fügte er geheimnisvoll hinzu, sie hätten mir was vom *Preußen* und von *Rex* auszurichten. Er könnte am Telefon nicht darüber reden.

Der Preuße und Rex sind ernstzunehmende Charaktere. Der eine ist ein gefährlicher Frankfurter Unterweltkönig, der andere hat seinen Spitznamen wegen seiner »preußischen« Genauigkeit bei der Ausführung der verschiedensten Straftaten in staatlichem Auftrag erhalten, obwohl er in Wirklichkeit genauso Jugoslawe ist wie Rex oder ich. Der Dünne und Ladrone hingegen sind Luschen. Ich kenne sie lang genug, um zu wissen, daß ich ihnen nicht trauen kann. Zieht ein Beamter in einem nächtlichen Vernehmungszimmer seine Schweinslederhandschuhe aus, um ihnen »die Wahrheit« aus dem Leib zu prügeln, sagen sie sofort aus. Sie sind weich. Sie haben nicht die harte Schule mitgemacht.

Milo K., genannt *Ladrone*, ist fünfundzwanzig, hat die Schule bis zur achten Klasse besucht, brach die Binnenschiffahrtsschule ab, pendelte zwischen Eltern in Italien und Tante in Jugoslawien hin und her, brach nach anderthalb Jahren seine Schlosserlehre ab, machte in Zagreb sein Militär ab, war mit zwanzig schon verheiratet (die Ehe ging durch finanzielle Schwierigkeiten kaputt), dann verbüßte er zwei Jahre wegen Diebstahls von zwei Autoradios. Vier Jahre später fortgesetzter Taschendiebstahl in München – es war Hochsaison für diese Branche, wurde doch in der Bundesrepublik die Fußballweltmeisterschaft ausgetragen: sechs Monate Knast; die vier Monate Untersuchungshaft wurden angerechnet, der Rest auf Bewährung ausgesetzt. Auf drei Jahre und zwei Monate. Man stelle sich das vor. In einem zivilisierten Land sitzt ein Verdächtiger nicht einmal wegen Körperverletzung mit Todesfolge oder Totschlag und oft gar Mord so lange in U-Haft. Weil der Verdächtige dort vor der rechtskräftigen Verurteilung als unschuldig gilt. Ach, Deutschland …

Ein ähnliches Kaliber hat auch Stepan B., genannt *der Dünne:* Vier Jahre jünger als sein Kumpel, wächst auch er in geordneten Verhältnissen auf. Als er neun war, lassen sich aber die Eltern scheiden. Mit vierzehn beendet er anstandslos die Volksschule in Belgrad, vier Jahre später mit Erfolg seine Ausbildung zum Verkehrstechniker und besucht als Gasthörer zwei Jahre lang die Touristikhochschule, legt aber kein Examen ab. Mit dem Reisepaß seines Bruders gelangt er Ende März 1974 in die Bundesrepublik und arbeitet als Taschendieb zwischen Hamburg und Kempten, Oldenburg und Passau. In Düsseldorf wird er geschnappt und zu tausend Mark Geldstrafe verurteilt. Das ist die Liga, in der er spielt. Er verschwindet nach Triest und lernt dort Ladrone kennen. Seit August sind die beiden in Köln. Sie klauen ein Auto in Belgien, bauen einen Unfall, haben die zweitausend Mark nicht, die Schrottkarre reparieren zu lassen, aber dafür die Frechheit, mich anzuschnorren (ich weiß nicht, wer ihnen erzählt hat, ich wäre »reich«). Ich lehne ab, ihnen etwas zu leihen. Ladrone will mir nun wahrhaftig eine geklaute Kette und ein »goldenes Armband« andrehen. Um sie zu verarschen, bring' ich sie mit meinem alten Fahrer in Verbindung. Auch der hat kein Interesse an der Sore, und um sie loszuwerden, schlägt er ihnen vor, mal »'nen richtigen Bruch zu machen, Pässe, Stempel und Vordrucke aus einer Behörde mitgehen zu lassen«. Dann kriegten sie dreitausend Piepen von ihm. Die beiden nässen sich ein und lehnen ab.

Mit solchem Pack muß ich mich abgeben. Mit Männern, die sich nicht schämen, in Köln in den Intercity gen Süden zu steigen und den armen Schweinen, die hierzulande GASTarbeiter genannt werden, die gesparten Kröten zu klauen, die sie sich eingesteckt haben, um damit zuhause ein Häuschen zu bauen. Ich weiß genau, was Rex und der *Preuße* und ihre großen Freunde in Frankfurt mit diesen beiden Galgenstricken machen würden, wären sie … Deutsche: Sie würden sie an den Daumen aufhängen und auspeitschen. Aber sie sind ja *Landsleute*. Und »in der Fremde hält man zusammen«.

Oh, Hermes, Gott der Diebe und Kaufleute, verschone mich davon, mit derlei Abhub verkehren zu müssen!

Doch da klingelt schon / das Telefon.

»Ja?«

PIOS heißt nicht der Papst, sondern der Computer des Bundeskriminalamts. In dem bin ich gespeichert. Was mich ärgert. Gespeichert wird Versagen, nicht Sieg, gespeichert wird die Dummheit, nicht die Intelligenz. So stehen im

VIERTEN KAPITEL

nicht nur Kleinstkriminelle auf der Matte, sondern auch ihre Jäger

»Ja.«

Der Dünne ist am Apparat. Er tut geheimnisvoll. Ich unterbreche ihn und weise ihn darauf hin, daß jeder anständigere Bürger in der Bundesrepublik abgehört wird.

»Ehrlich?«

»Ehrlich.«

»Dann komme ich, sagen wir, in anderthalb, zwei Stunden. Aber vielleicht ist Ladrone früher da.«

Er legt auf.

Vergeblich hab' ich mir den Kopf nach einer Ausrede zermartert, um die beiden nicht sehen zu müssen. Das letzte Mal, als ich sie auf der Hohen Straße traf, wirkten sie richtig aufgeregt. Vielleicht planten sie, einer blinden und siechen Oma die Handtasche zu rauben. Von Juwelen sprachen sie, von Gold, Silber und Rubinen.

»Nur zu«, hab' ich versetzt und ihnen »alles Gute!« gewünscht. Ladrone ist der gelernte Taschendieb. Ein guter bildet ein Team mit dem *Rempler*. Im Achten Kapitel seines führenden Fachbuchs für die Ausbildung von Dieben und Einbrechern* schildert

* DIE GLÜCKLICHEN, Schelmenroman, Berlin 1979, Bussum (Niederlande) 1982; Reinbek 1986; Berlin 1997; München 2001, derweil 26. Auflage.

mein alter Freund PPZ, wie Auszubildende den Beruf von der Pike auf lernen: Wenn das *Pattenzupfen* (also der Diebstahl einer Brieftasche aus der Innentasche eines zugeknöpften Herrensakkos mit Hilfe von Mittel- und Zeigefinger) an einer Glockenpuppe – das ist eine bekleidete Schaufensterpuppe, an deren Anzug Glöckchen genäht sind (erst, wenn diese keinen Ton mehr von sich geben, ist das Zupfen perfekt) – hinreichend geübt worden ist, beginnt das Erlernen des kunstvollen Rempelns:

Das Rempeln: Drei Personen stehen, eng aneinander gepreßt oder etwas seitlich versetzt, in einer imaginären U- oder Straßenbahn, eine Hand in einer an der Decke angebrachten Schlaufe. Bei einem plötzlichen, aber voraussehbaren Bremsen fällt eine Person sanft gegen eine zweite; diesen Augenblick nutzt die dritte und zupft mit Mittel- und Zeigefinger… die in der Brustinnentasche befindliche Brieftasche. Gelingt das, ohne daß die zweite Person den Diebstahl bemerkt, ist die zweite Lektion gelernt« (Zitat mit frdl. Genehmigung des Autors, V.H.).

Der Dünne ist der ideale Rempler, er ist schlank, unauffällig, höflich und schnell. Und Ladrone ist geschickt genug, um mit Taschendieben in Honduras, Kolumbien (die mit Rasierklingen arbeiten, mit denen sie die Brustinnentasche von außen herausschneiden, ohne daß der Träger des Sakkos dies bemerkt) oder Indonesien (ganz oben in den Top 10 der Championsliga) konkurrieren zu können. Aber was darüber hinausgeht… Vergiß es.

So schweifen meine Gedanken wieder zum Dom. Und zu denen, die ihn betreiben. Ich sehe das Kirchenschiff vor mir, den Kardinal, das Kölner Bodenpersonal der Katholischen Himmelfahrtsgesellschaft und klatsche mir sacht auf die Schenkel. Wenn jemand es verdient, bestohlen zu werden, dann sind es diese Herren! Männer sind sie ja nicht wirklich.

Ich greife zum Skizzenblock, der auf dem Teewagen neben meinem Lieblingssessel liegt, hole den Bleistift aus meiner Brusttasche, blicke kurz hoch zur Decke und wage ein Gedicht. Ja, meine Dame, mein Herr, eine Meisterleistung in der Kunst des Einbruchdiebstahls beflügelt mich, ein Gedicht zu skizzieren. Dazu stelle ich mir Baß, Schlagzeug, Synthesizer und den satten Klang einer Silbermann-Orgel vor:

WIEDERAUFERSTEHUNG

Männer, Männer, Männer
Männer, die keine Männer sind
Männer, die keine Frauen sind
Männer, die keine Schwulen sind
(außer hie & da)
Männer, die keine Transvestiten sind
(aber warum tragen sie Röcke?)
Männer, die keine Hermaphroditen sind
(aber manche doch, sie tragen Brüstchen zum Schniepel)
Männer! Oh lala!

Männer, Männer, Männer
Männer, die Röcke und Kutten tragen
Männer in schwarzen Flattergewändern
in roten Flattergewändern
in lila Flattergewändern
und weißen ... Kragen
Männer mit Käppis, schwarz, rot und lila
Männer mit Tiaras wie der Nikolaus
(aber meist mit Knüppeln
und ohne Geschenke)
Männer, oh lala!

Männer, Männer, Männer
Männer mit schweren Ringen
(Männer, Männer, Mannomann!)
Männer, die nicht schmusen
(oder im Geheimen)
Männer, die nicht streicheln
(oder nur im Geheimen)

Männer, die nicht vögeln
Aber anderen sagen:
Seid fruchtbar und mehret euch!
(Seid furchtbar und mehret euch!)
Männer, Männer, oh lala!

Männer, Männer, Männer
Männer, umgeben von süßen Knäbchen
Knäbchen, die Mädchenkleider tragen
Und Rauschgiftkessel schwenken
Das Gehirn einzuschläfern
Männer, Männer, oh lala!

Männer, die güldne Schreine schleppen
In denen Knochen modern
(Männer, Männer, Mannomann!)
Männer, die Kanonen segnen
Männer, die Intimstes hören
Ohne Wanzen und Spione
(dafür im Beichtstuhl sitzend)
Männer, Männer, oh lala!

Männer, die Immunsysteme zerstören
Männer, die Gehirne waschen im Akkord
Männer, die eine Krankheit verbreiten
Für deren Heiler sie sich ausgeben
Männer, die den Massenwahn verbreiten
(oh, Mr. Freud, du tust mir leid)

Männer, Männer, Mannomann!
Männer mit Mi-mi-mi-mitra
Männer wie Mi-mi-mi-midas
Die, was sie anfassen,
In schieres Gold verwandeln
Männer im Mi-mi-milliardengeschäft
Aus Seelen Geld zu schlagen
(oh, Mr. Freud, du tust mir leid!)
Männer, Männer, Mannomann!

Männer, Männer, Männer
In der Pro-, der Pro-, der Prozession
An Allerseelen, aller Allerheiligen
In Köln, in Köln am Rhein
Im Jahre fünfundsiebzig
(nein, nicht vor Christus!)
Im Ja-, im Ja-, im Jahre des HERRn
Neunzehnhundertfünfundsiebzig.

Das muß ich natürlich noch etwas überarbeiten (die erste Fassung ist ein Entwurf), hier und da sich reimen lassen. Auf jedem Schiffchen / das da segelt / ist einer, der die Lyrik vögelt ... Das Versmaß vereinheitlichen. Aber mit der Silbermann-Orgel im Hintergrund, orgasmisch schwellend, ja, das kann ich mir gut vorstellen. Am besten, ich geb' mein Machwerk PPZ, der kann etwas daraus machen.

Ich schlage den Block zu, stehe auf und verstecke ihn in jener unsichtbaren Ritze, in der alles lagert, was Dunja nicht unter die Augen darf. Sie ist Serbin. Sie verzeiht Gedichte nicht. Das Großserbische Reich wieder errichten, ja bitte, oder sich an den Türken für die Schlacht auf dem Amselfeld rächen (oder an den Bosniern, die sind in Reichweite und weniger zahlreich), ja gern, aber Lyrik? Nein, danke. Gedichte sind wie feuchte Träume. Gedichte gehören in den Papierkorb wie befleckte Laken in die Waschmaschine.

Noch während ich sinnend die Kacheln im Badezimmer vor die Mauerritze schiebe, in der ich meine obszönen Absonderungen zu verstecken pflege, und Dunja leise schnarchen höre, während das Radiogerät seine Gülle gleichmäßig ins Wohn-/Schlafzimmer sprüht, während Herz, Lunge, Leber und Niere normal arbeiten, komme ich zur Besinnung.

Es hat geklingelt.

Stepan B., »der Dünne«, steht vor der Tür. Er schickt sich an, ohne jedes »Guten Morgen!« an mir vorbei in die Wohnung zu segeln. Ich stelle mich ihm in den Weg.

»Wo ist Ladrone?« frage ich grob. Und freundlicher: »Guten Morgen, wertester Graf!«

»Morgen!« knurrt der Dünne und starrt mich dümmlich an. »Der kommt etwas später.«

»Der soll sich gefälligst beeilen«, versetze ich, trete höflich zur Seite, mache meinen Diener und weise ihm ironisch den Weg in meine Gemächer. »Ich hab' viel zu tun.«

Der Dünne rauscht an mir vorbei, ohne sich die Sohlen an der Kokosmatte mit dem Aufdruck WILLKOMMEN abgeputzt zu haben. Er stolpert fast über den großen Koffer, den ich für meine Reise nach Belgrad gepackt habe.

»Willst du verreisen?« fragt er.

»Nö«, sage ich, lege den rechten Zeigefinger auf die Lippen und weise auf die schlafende Dunja. Was gehen ihn meine Pläne an? Hauptsache er läßt mich in Ruhe mit seinen blöden Geschäften.

Wir setzen uns auf die Couchgarnitur. Der Dünne sieht sich um und schürzt die Lippen. Er zeigt mir deutlich, daß er nicht mag, was er sieht. Er denkt wie die meisten Idioten: Erfolg muß ausgestellt werden. Wer gut verdient, muß dies der Welt beweisen. Er käme nie darauf, daß meine Umsätze die seines Teams um mindestens das Zwanzig- oder Dreißigfache übersteigen. Ich habe gute Gründe dafür, der Welt, das heißt ihm und Ladrone, den anderen »Landsleuten«, den Nachbarn und, vor allem, der Schmier nicht zu zeigen, wie es finanziell um mich steht. Wenn der reichste Mann Deutschlands – ich habe ihn kürzlich beim Ausbaldowern eines kleineren Bruchs in der Nähe von Düsseldorf gesehen – in einem alten Anzug und einem alten Hemd mit abgestoßenen Kragenspitzen herumläuft, so hat das seine Gründe. Und ich habe dem Finanz-, Arbeits- und Sozialamt nicht meinen bescheidenen Wohlstand auf die Nase zu binden. Ich habe, wenn es geht, »einen ordentlichen Arbeitsplatz«, falle, wenn es mir paßt, unangenehm auf, werde gekündigt, melde mich arbeitslos, klappere die angebotenen Stellen ab ... In einem Wort: Ich bin wie du. Ein harmloser, gesetzestreuer Trottel.

Ich höre dem Dünnen nur mit einem Ohr zu. An der Art, wie

er weitschweifig prahlt, merke ich, wie er mich neugierig machen will. Ich tue ihm den Gefallen nicht.

»Ehe du konkreter werden willst, Herr Baron«, sage ich, »möchte ich dich mit der Tatsache vertraut machen, daß mein Wohn-/ Schlafzimmer wahrscheinlich verwanzt ist.«

»Du meinst, du wirst abgehört?« fragt er mit großen Augen.

»Jeder zweite anständige Bürger, der ein wenig systemkritisch ist, hat diese Ehre in diesem unseren Lande«, kläre ich ihn auf. »Liest du denn nie die Zeitung?«

»Selbstverständlich lese ich die Zeitung. Man kann sie gottlob am Hauptbahnhof kriegen«, prahlt der Dünne. Er liest garantiert keine.

»Ich meine nicht *unsere*, ich meine deutsche.«

»Du liest deutsche Zeitungen?« fragt der Dünne.

»Hier leb' und arbeit' ich, hier les' ich die Zeitungen der Eingeborenen. Wenn du in Rom bist, benimm dich wie ein Römer! Kein Wunder, daß Flaschen wie du und Ladrone immer wieder wegen Kleinigkeiten ...«

»Kleinigkeiten?« kreischt der Dünne.

»Pst!« mache ich. »Komm, wir gehen ins Badezimmer. Da können wir ungestört plauschen.«

Das gefällt ihm. Man sieht's ihm an.

Konspirativ schließe ich die Badezimmertür hinter uns, lasse Wasser ins Handwaschbecken laufen und stelle das Regionalprogramm des WDR an. Das dürfte dem Dünnen aus Spionagefilmen geläufig sein.

»Hör gut zu und richte dich danach, Blödmann«, wende ich mich nun an ihn. »Seit diese neuen Partisanen, diese Rote Armee Fraktion, dies Land ein wenig aus dem Tiefschlaf weckt ...«

»Hier gibt es eine Rote Armee?« staunt der Dünne.

»Eine winzig kleine nur, Herr Baron. Die Herren in Bonn und die Kriminaler nennen sie die Baader-Meinhof-Bande ...«

»Nie gehört«, sagt der Dünne mit fester Stimme.

»Unterbrich mich nicht immer, Kerl! Also seit ein paar Jahren haben die Herrschenden und ihre Lakaien die Handschuhe ausgezogen. Das Bundes ...«

»Du quatschst wie ein verdammter Roter, Vladi. Dabei haben die dich doch fertigzumachen versucht, oder? Warst du nicht ein Opfer des kommunistischen Terrors und bist deshalb nach Deutschland getürmt?«

»Unsinn. Ich war ein Opfer meines jugendlichen Idealismus, meiner Dummheit. Und hierher bin ich gegangen, weil dies Land für Freie Unternehmer wie mich bessere Chancen bietet. Aber jetzt das, was ich dir ans Herz lege:

Erstens: Informiere dich über das Land, in dem du arbeitest.

Zweitens: Halte dich an gewisse Prinzipien deiner Inneren Sicherheit.

Drittens: Mach dich vertraut mit den Methoden deiner Gegner und Feinde.

Hier, in diesem Land, dem, wie manche sagen, demokratischsten, liberalsten, besten Staat, den wir je auf deutschem Boden hatten, installiert der Chef des Bundeskriminellenamtes sein 1984.«

»Sein was?«

»Neunzehnhundertvierundachtzig. Kennste das nicht?«

»Nö.«

»Seinen Überwachungsstaat«, übersetze ich seufzend. Ignoranz ist schlimmer als ein Hühnerauge. »Hier werden Kindern nach der Geburt die Fingerabdrücke abgenommen, Samen, Blut und Speichel …«

»'tschuldige«, unterbricht mich der Dünne erneut. Er macht mich noch wahnsinnig, »Babies kann kein Samen abgenommen werden!«

»Und ob!« So schnell lasse ich mich nicht ertappen bei einer Lüge. »Die werden an spezielle Melkmaschinen angeschlossen, welche die winzigen Buben so lange masturbieren, bis ihre winzigen Dingsbumse einen Tropfen absondern …«

»Ehrlich?«

»Ehrlich. Und all diese Daten: Fingerabdrücke, Samen, Blut, Speichel, Schweiß und Tränen, werden gespeichert und sind elektronisch abrufbar. *Capisce?*«

»Nö!«

»All diese sind Träger genetischer Information, Fingerabdrücke deines Körpers mit seinen Säften, vereinfacht gesagt.« Ich mache eine Pause. »Aber daß der Bundeskanzler Willy Brandt im vorigen Jahr in die Wüste geschickt wurde, hast du mitgekriegt, ja?«

Der Dünne nickt. »Mehr oder weniger. Wie jeder andere auch.«

»Und weißt du auch, warum?«

»Da soll so'n Spion aus'm Osten«, antwortet der Dünne vorsichtig, »also, der soll in sei'm Büro gearbeitet haben.«

»Richtig«, sage ich. »Und der hat Willy diese Bräute ins Bett gelegt. Und in deren Muschis wurden dann Willys genetische Fingerabdrücke gefunden. Der Spion hat das Bundeskriminellenamt benachrichtigt, die haben einen Durchsuchungsbefehl für die besagten Muschis vom Bundesgerichtshof gekriegt, und dann haben die Bullen den Hinweis, daß Willys Fingerabdrücke in den Muschis waren, an die Pietisten in der Sozialdemokratischen Partei Deutschlands weitergegeben, an Helmut Schmidt und Helmut Wehner, und die haben sich ihren Willy gekrallt und ihn mit den Beweismitteln konfrontiert ...«

»Pietisten, issen das?«

»Das sind die Fundamentalisten der Protestanten. Katholiken wählen ja CSU. Der Papst hat bekanntlich verkündet, daß es für einen guten Katholiken eine Todsünde ist, SPD zu wählen.«

»Da hat der Papst auch mal ausnahmsweise Recht«, belehrt mich der Dünne. »Sonst könnte man ja auch gleich für den Kreml stimmen.«

»Irrtum, mein Lieber. Du solltest die Sozis wählen. Das ist die Partei der Taschendiebe. Die beklaut nur die Kleinen.«

»Jetzt nimmst du mich aber auf den Arm«, protestiert er.

»Ja.«

»Auch das mit Willy Brandt ist also ...?«

»Nein. Helmut Wehner und Helmut Schmidt haben also Willy (er heißt nur durch Zufall nicht Helmut) Brandt diese genetischen Fingerabdrücke unter die Nase gerieben und haben leise, aber bestimmt gesagt: ›Willy, daß du in deinem Suffkopp auf

Wahlreisen ständig Frauen aufs Kreuz legst ...‹ – ›Groupies!‹ beschwichtigt Willy. – ›Das ist dein Bier und das deiner Angetrauten, deren undeutsche, skandinavische Toleranz zum Himmel stinkt ...‹ – ›Aber der Gijohm hat mir die doch alle ins Bett gepackt!‹ schluchzt Willy. ›So abgefeimt sind DIE DA DRÜBEN, der Herr Markus Wolf und seine Herren im ZK‹, zischt Willy Wehner, ne, Helmut. ›Mußt du ja wissen‹, greint Willy. ›Warst ja selber einer!‹ – ›Zur Sache‹, sagt Helmut Schmidt schneidend wie immer. ›Diese Mädels waren zu jung!‹ – ›Nein, nein!‹ schluchzt Willy. ›Abtreten, abdanken, gute Entschuldigung schreiben lassen, der Weltöffentlichkeit suggerieren, es wäre nur wegen dieses Spions, und in den verdienten Vorruhestand!‹ flüstert Schmidt, der Oberlehrer der Nazion. – ›Aber nur, weil du meinen Job willst, schon lange!‹ brüllt Willy. ›Wessen genetischer Fingerabdruck ist das hier?‹ fragt Helmut Wehner freundlich und weist mit dem Pfeifenstiel auf die Computergrafick.‹ Hier dieser Schlenker, typisch für alle tiefen deutschen Seelen, die ihren Kummer zu oft in Cognac ertränken. Komm, Willy, reiß dich zusammen – oder die Presse und das BKA und der Papst und der Oppositionsführer und die deutsche weibliche Öffentlichkeit zerreißen dich in der Luft!‹ ...«

»Und das soll mir eine Lehre sein?« staunt der Dünne. »Ich habe kein Amt. Wenn ich bumse, dann mit Qualitätskondomen mit Himbeergeschmack ... Also nix da von wegen genetische Fingerabdrücke!«

»Glaubst du?« frage ich tückisch. »Hast du vorhin gesehen, wie ich den Aschenbecher mit deinen Kippen abgeräumt und in den Mülleimer gekippt habe?«

»Hm? Ja.«

»Angenommen, ich hinterließe deine Kippen an einem meiner Tatorte. *Capisce?*«

»Verstehe«, sagt er zögernd. »Aber das kannst du mir doch nicht antun, Vladi!«

»Tu ich auch nicht. Aber ich könnte. Denk dran: In Deutschland ist jedes Telefon überwacht, ist jedes bessere Wohnzimmer verwanzt. In Deutschland kommen die Deutschen schon als Denunzianten zur Welt. In Deutschland ist es gefährlich, sich seiner Taten in aller Öffentlichkeit zu rühmen. In Deutschland ...«

Es klingelt.

Erschrocken blickt der Dünne mich an. Er läuft zum Waschbecken und reguliert den Wasserhahn, daß der Strahl mehr Geräusch verursacht. Er dreht das Radio auf volle Lautstärke. Er grinst mich an. Er schlägt die rechte Faust in seine linke Handfläche. Er nähert sich mit seinen Lippen meinem rechten Ohr.

»Du willst es ja nicht glauben, Vladi. Aber es stimmt: Wir haben wirklich die Schatzkammer des Kölner Doms ausgeräumt. Hilfst du uns, die Sore zu verticken? Sag jetzt nichts. Überleg es dir gut und lasse es mich später wissen!«

Er dreht den Wasserhahn in aller Ruhe ab, stopft dem Radio den Lautsprecher, guckt in den Spiegel über dem Waschbecken, fährt mit der Rechten in die Arschtasche seiner Hose, holt einen Kamm hervor und richtet sein Haar.

Ich bin sprachlos.

Es klingelt noch immer.

Ich bin immer noch sprachlos.

Der Dünne und der Ladrone. Stepan B. und Milo K.! Und wer sind die Hintermänner?

Ich ahne es. Ich Idiot!

Es klingelt noch immer.

Warum steht Dunja nicht auf?

Ich eile ins Wohnschlafzimmer und sehe das Döschen Valium auf dem Tisch neben ihrem Bett. Ich sehe ihren Hinterkopf, höre ihr zartes Schnarchen. Das Bild verschwimmt, der Ton verrauscht.

Jetzt bin ich hellwach.

Seufze.

Gehe in die Diele und gucke durch den Spion. Und dann lache ich. Ich kenne diese Art von Gesichtern. Es mußte ja so kommen. Auch ohne Durchsuchungsbefehl. Wo der Domschatz geklaut wird, ist (na, was wohl?) »Gefahr im Verzug«.

Und ich bin verdächtig, weil ich im Computer bin. Als Spezialist für *Kirchendiebstahl* und Hehlerei von »Gegenständen, die der religiösen Verehrung dienen«.

Der Botticelli! Diese lächerliche Altarbordüre!

Ich öffne die Tür.

»Kommen Sie rein, meine Herren, kommen Sie doch herein! Nur zu dritt? Ich bin zutiefst beleidigt.«

Die Herren starren mich wütend an. Aus dem Wohnzimmer höre ich Dunjas verschlafene Stimme: »Wer ist da, Schätzchen?«

»Juppheidi, juppheida«, singe ich. »Hausdurchsuchung, Razzia!«

Es sollte das Gesellenstück werden. Der Plan war gut. Aber mach nur einen Plan, dichtete einst der begabteste Dieb in der Literaturbranche. Im

FÜNFTEN KAPITEL

begegnen sich zwei Fälschungen.
Noch ein Rückblick

Er machte wirklich einen vertrauenerweckenden Eindruck. Sah aus wie ein anständiger Ganove: Ein Kammgarnanzug von einem englischen Schneider, handgefertigte, bequeme Schuhe aus Italien, Ziertüchlein und Krawatte etwas dunkler als der Anzug, rohseidenes Button-down-Hemd. Nur die Rolex störte. So etwas tragen nur Zuhälter.

Auch ich hatte mich feingemacht und trug die legere Eleganz eines geistesabwesenden Kunstprofessors – der ich ja auch im Grunde bin – und als Krönung meine alte Baskenmütze. Der uniformierte Portier lächelte mir vertraulich zu. Ihm ist nichts fremd. Er riecht Geld und Bildung. Ihm würde nicht passieren, was einem seiner englischen Kollegen aus lauter Torheit geschah. Sie, meine Dame, mein Herr, werden diese Geschichte eventuell gehört oder gelesen haben. Nein?

Also bitte: Somerset Maugham, ein Schriftsteller, den ich sehr schätze, weil er – intelligent, leicht und satirisch – zu Recht zu den beliebtesten Erzählern der angelsächsischen Welt zählt, verdiente seltsamerweise viel Geld. Ja, er war so reich, daß er es sich leisten konnte, eine grandiose Leinwand zu erwerben, die auf beiden Seiten von niemand Geringerem als Picasso bemalt war. Er liebte seine Bequemlichkeit, trug zumeist nur ein altes Hemd, ein zerknittertes Sakko und bequeme Hosen und Slipper. In diesem Aufzug näherte er sich dem Eingang des schicksten Hotels in London. Einzutreten, daran hinderte ihn der uniformierte Portier mit dem Auftreten und Benehmen eines Konteradmirals der Royal Navy. (Nicht wahr, wir kennen diese Situation: Selbst vor einem Nepplokal in Sankt Pauli blafft einen der Rausschmeißer an: »Hier kommense ohne Krawatte nicht rein, mein Herr!«)

»Es tut mir leid, Sir, aber so gekleidet darf ich Sie hier nicht hereinlassen.« (Das klingt schon etwas anders als auf der Sündenmeile Hamburgs, aber trotzdem.)

Höflich erklärte der Schriftsteller: »Das muß ein Irrtum sein, Sir, ich bin Somerset Maugham.«

»Und wenn Sie der Papst wären, Sir, müßte ich Ihnen leider den Zugang zu diesem Hotel verwehren.«

»Müßte?«

»Und möchte«, versetzte der Portier mokant.

»Auf Wiedersehen«, sagte der Autor, drehte sich um und ging gemächlich den Bürgersteig hinunter.

Nach dreißig Minuten stand er wieder im Eingang des Hotels. Und lächelte fein. Als er sich anschickte, am Portier vorbei in die Drehtür zu treten, versperrte ihm dieser den Weg.

»Wie ich Ihnen bereits gesagt habe, Sir, dürfen Sie in diesem Aufzug nicht in unser Hotel.«

»Unser?« fragte Somerset Maugham. »Meins. Ich habe es gerade auf telefonischem Weg erworben. Sie sind entlassen!«

Nun, der nette, schnauzbärtige Portier dieses Kölner Nobelhotels lächelt weiter, als ich an ihm vorbeischreite. Die Jahre der Revolte in den Sechzigern haben Spuren auf der Textur des Landes hinterlassen.

»Eins der schönsten Ereignisse in meinem Beruf«, hat mir der Portier bei meinem letzten Besuch erzählt, »war der erste Auftritt von so einer Rock'n'Roll-Band aus England in diesen Gemäuern. Die hat sich vollaufen lassen und die Suite in ihre Bestandteile zerlegt. Sie konnten's sich leisten, die Jungs. Aber unser Generalmanager ist in den Frühruhestand getreten. Das war ihm zuviel.«

Den Abschluß eines Geschäfts über mehr als eine halbe Million macht man am besten in gediegener Atmosphäre. Mein Geschäftspartner hatte auf diesem Kölner Nobelschuppen bestanden. Ich find' ihn nicht nobel, ich find' ihn teuer genormt; wär's nach mir gegangen, wir hätten den Deal in einer billigeren Suite eines nobleren, älteren Hotels gemacht. Aber ich war nicht in der Position, die Bedingungen zu diktieren. Das mag ich nicht. Und hier hatte ich nicht einmal die Fluchtwege checken können. Ansonsten hatte ich meine Vorbereitungen getroffen – und Dunja eingeweiht und zur Komplizin bestimmt.

Ich drücke den Knopf für den Aufzug und blicke mich um. In der Lobby nichts Verdächtiges. Im Fahrstuhl, wie üblich und unmenschlich, ein sehr junger Uniformierter. Wenn man schon so viel für eine Unterkunft ausgibt, soll man sich auch das Knopfdrücken ersparen. Wäre dieser Page oder Fahrstuhlführer ein deutscher Schäferhund, müßte der Besitzer in den Knast oder mindestens eine Geldstrafe zahlen: Einem Köter ist qua Gesetz nicht zuzumuten, acht Stunden am Tag auf zwei mal zwei Metern zu verbringen. Lautlos öffnet sich die Tür. Wie üblich knietiefe Auslegeware und gedämpftes Licht.

Apartment 303. Quersumme sechs. Sex. Gut. Ich klopfe wie vereinbart zwei Mal kurz und hart, drei Mal lang. Als stünde er seit langem hinter der Tür, öffnet der potentielle Käufer sofort. Er lächelt und macht diese einladende Geste. Er drückt die Tür nur ins Schloß. Gut. Links wie üblich das Badezimmer, daneben der Einbauschrank. Gegenüber Spiegel, Ablage, Garderobe, Lichtschalter. Die Tür zum Wohnzimmer steht weit offen. Nicht zu weit. Gut. Ich trete durch die Tür und sehe den Bodyguard oder Freund oder Kollegen meines Geschäftspartners entspannt auf dem riesigen Sofa sitzen, ein geschliffenes Whiskyglas in der Linken. Linken? Nicht so gut. Er ist Rechtshänder. Ich bin natürlich ohne Kanone. Ich arbeite nicht mit Kanonen. Ich benutze meinen Verstand.

Daß es nicht zu einer dieser Parodien von Verhaltensweisen

der Gangster in Hollywoodfilmen gekommen ist, scheint mir ein gutes Zeichen. Ich hasse es, abgeklopft und befummelt zu werden.

Und wenn hier einer fummeln oder abklopfen soll, müßte ich es sein. Aber was soll's? Im Schlafzimmer nebenan könnte ein Minenwerfer verborgen sein, im Badezimmer ein MG. Ich bin hergekommen, ein Geschäft abzuschließen. So setz' ich mich in den Polstersessel, der mit dem Rücken zur Wand steht, kriege einen Whisky in die Hand gedrückt – ich mag keine Whiskys, sie schmecken nach Zahnarzt, verdünne ihn ein wenig mit Wasser und erschrecke geradezu, als mein künftiger Geschäftspartner ganz unvermittelt gleich zur Sache kommt. Was für ein Barbar!

Denn der Star unseres Treffens ist als Alessandro di Mariano Filipepi 1445 in Florenz geboren, lernte laut meinem Lexikon bei Filippo Lippi und stand den humanistischen Kreisen seiner Heimatstadt nahe. Und im Kunsthandel geht es immer diskret und anständig zu. Selbst wenn betrogen wird, hat es Stil. Ich gehe davon aus, daß auch mein Geschäftspartner so denkt. Also mache ich erst mal Smalltalk: Filme, Bilder, Skulpturen, Ausstellungen, Ausstellungseröffnungen mit Kaltem Büffet und – in jüngster Zeit, diese Pest – Prosecco.

Dann kommt er, das erste Mal habe ich ihn noch davon abbringen können, erneut zur Sache: »Sind Sie sicher, daß es sich hier um die *Madonna mit Kind und dem Jungen* handelt, um einen … echten Botticelli?«

»Mein Klient versicherte mir, daß dies Bild einst von der SS aus der Sammlung des Barons von Thyssen geraubt wurde. An seiner Echtheit besteht kein Zweifel. Ein Thyssen macht zwar Geld mit Stahl und Schrott, sammelt aber keinen Schrott.«

Mein Gegenüber lacht leise. Ob er wirklich nur Mittelsmann ist, wie er behauptet, Angestellter eines Konzernchefs mit Kunstinteresse, ich weiß es nicht. Sein Deutsch hat diesen süßen holländischen oder flämischen Akzent. Es ist fehlerfrei, aber etwas altmodisch. Ich wundere mich nur darüber, daß sein Chef nicht anwesend ist, wie versprochen.

»Ich bin etwas verblüfft, daß Ihr Klient es für nicht nötig befindet ...« In diesem Augenblick wird die Tür geöffnet.

»Er braucht nur das Stichwort«, flüstert der Belgier.

Der Chef sieht wie ein Chef aus. Sein Anzug ist von der Stange und zerknittert, der oberste Knopf des Hemdes steht offen, der Schlips ist gelockert. Der schräg gehaltene Schädel zeigt Autorität. Um die Augen herum Lachfältchen, die Brauen weiß und buschig, das volle Haar nur an den Schläfen grau.

»Entschuldigen Sie die Verspätung, Herr ...«

»Sagen wir Meyer. Oder Müller«, schlage ich vor.

»Komme gerade von einer Verhandlung. Muß schließlich das Geld verdienen, das ich Ihnen, Herr ... Schmitz, gleich anvertrauen werde. Haben Sie das Schätzchen mitgebracht?«

»Er traut uns nicht, Boß«, sagt der Belgier.

»Das ist hübsch«, lacht der Chef. »Aber wir sollen ihm trauen. Oder?« wendet er sich an mich.

»Genau«, sage ich und lache ihm ins Gesicht.

»Öffnen Sie das Köfferchen, Hans«, sagt der Chef und guckt dabei nicht ihn, sondern mich an.

Der Belgier öffnet das Köfferchen und sieht mich gespannt an. Wie vereinbart befinden sich fünfzigtausend Mark in kleinen Scheinen und mit nicht fortlaufenden Seriennummern darin. Ich zähle nicht nach, sondern mache nur einige Stichproben, ob sich in den Bündeln unter den oberen Scheinen kein auf Banknotenformat geschnittenes Zeitungspapier befindet.

»Er traut uns in der Tat nicht, Hans«, sagt der Chef und schüttelt sacht das Haupt.

»Ich folge nur meinen Instruktionen«, erwidere ich. Daß die Instruktionen von mir selbst stammen, binde ich ihm nicht auf die Nase. Ich klappe das Köfferchen zu und greife in die Innentasche des Sakkos.

Der Mann auf dem Sofa zuckt zusammen, der Belgier starrt mich stumm, mit offenem Munde an, der Chef kneift die Augen zusammen.

»Habe ich Sie erschreckt?« frage ich lächelnd und führe das Funksprechgerät an die Lippen.

»Ja?«

»Schätzchen«, sagte ich und blinzle dem Belgier zu, »Max kann in zehn bis zwölf Minuten kommen. Ende.«

Die drei Herren blicken einander an.

Nun, so von der Seite den Chef betrachtend, voll im Profil, kommt er mir seltsam bekannt vor. Aus der Presse vermutlich. Wirtschaftskapitäne sind wie alle Kapitäne eitel. Der Unterschied zu letzteren besteht darin, daß sie das sinkende Schiff nicht als letzte, sondern als erste verlassen.

»Auf wieviel haben Sie sich mit ihm geeinigt, Hans?«

Der Chef wartet die Antwort nicht ab, sondern wendet uns den Rücken zu und sich der Bar. Er gießt zwei Fingerbreit Gin in ein hohes Glas, läßt drei Eiswürfel hineinplumpsen und füllt mit Tonic auf. Dann dreht er sich plötzlich um, betrachtet mich abwesend und läßt das Glas rotieren.

»Ich bin mir nach wie vor nicht zu hundert Prozent sicher, ob diese Madonna ein echter Botticelli ist, Chef. Wie der späte Filippo Lippi hatte der Meister eine sehr stilisierte Formensprache. Sie neigt zum Preziösen. Diese Madonna ist ... strenger.«

Der Belgier hat natürlich recht.

»Sie irren sich, Meister«, mische ich mich ungefragt ein. »Wenn Sie ›der späte Lippi‹ sagen, müssen Sie auch der frühe oder der späte Botticelli sagen. Seine Fresken in der Sixtinischen Kapelle im Vatikan stammen von 1481 bis 83. Da war er schon ein alter Mann, berühmt, gefuchst, sich seines Wertes bewußt, da bediente er eine bestimmte Erwartungshaltung. Unsere *Madonna mit Kind und dem Jungen* ist weit vorher entstanden. Das macht ja das Bild auch so wertvoll: Es ist – noch – nicht so routiniert. Da bricht die Blüte auf ...«

»Sechshunderttausend will er.« Die Stimme des Belgiers – daß er Holländer sein könnte, schließe ich mittlerweile aus – ist nun betont neutral.

»Und wie bei jedem echten Schnäppchen gibt es bei mir noch etwas dazu«, witzele ich. »Einen Gobelin.«

»Eine Altarumrandung«, korrigiert mich der Belgier.

Der Chef blickt uns, sichtlich amüsiert, abwechselnd an und

geht schnellen Schrittes zum Tisch. Der Bodygard hat begriffen: Er räumt eiligst das Sofa und stellt sich seitlich davon auf.

Der Chef setzt sich. Aus der Brustinnentasche holt er nun Scheckbuch und Füllfederhalter, grinst mich an, schraubt die Kappe des Füllers ab, füllt einen Scheck aus und signiert schwungvoll. Mir bleibt das Herz stehen. Ich setze mein bestes Pokerface auf.

»Vierhundertundfünfzigtausend«, sagt der Chef. »Von meiner Solvenz haben Sie sich ja bereits überzeugen können.«

Kleine Teufelchen schwirren im Raum herum.

Die Untergebenen des Chefs entspannen sich, nicken und blicken einander bedeutungsvoll an.

Es ist dies einer der schönsten Augenblicke in der Karriere eines Künstlers: Für das Gemälde eines mittelmäßigen italienischen Malers aus dem 16. Jahrhundert, schätzungsweise zwanzigtausend Mark wert, frisch aus der Villa eines Düsseldorfer Sammlers geklaut, kriege ich eine halbe Million, zehn Prozent davon in bar! Nicht schlecht, Vladi. Das Haus der Mutter in Belgrad kann nun renoviert werden. Der Rest geht auf die Bank. In Luxemburg.

Kid erhält seinen Anteil an der Altarumrandung, die er mir als Gobelin angedreht hat. Ich habe doch nicht wissen können, daß er mittlerweile auch in Kirchen und Kapellen einbricht. Meine Geschäftspartner haben, wie verabredet, ihren Teil getan. Nun bin ich an der Reihe.

»Schätzchen, bring den Koffer mit den Dingern«, sage ich per Funksprechgerät zu Dunja. »Suite 303. Ende.«

Das darauffolgende Schweigen im Raum ist tief. Ich komme mir vor wie im Theater. Dort aber hustet und räuspert sich das Publikum, ehe der Vorhang aufgeht.

Ein Klopfen an der Tür der Suite. Hans mahlt mit den Zähnen, strafft die Schultern, öffnet, tritt zur Seite.

III. Akt, 2. Szene: Auftritt Dunja mit Köfferchen.

»Guten Morgen, die Herren.«

Selten hab' ich meine Verlobte so entspannt gesehen. In ihrem dunkelblauen Kostüm wirkt sie sehr distinguiert.

Der Chef bricht das Schweigen. Bedeutungsvoll wedelt er mit dem Scheck, als müsse die Tinte zum Trocknen gebracht werden.

»Na, was bringen Sie uns Schönes, Frau ... Schmitz?« sagt er. Ganz der alte Charmeur. Legte ich ihm ein Stück Lackmuspapier auf die Zunge, es würde lila anlaufen: Nur Zucker. Dunja blickt mich erstaunt an, dann den Koffer, darauf den Chef.

»Wie vereinbart, einige Werke meines Verlobten«, antwortet sie nüchtern. Wie vereinbart. Wenn etwas schiefgehen sollte, keiner kann ihr beweisen, daß sie nicht von mir belogen & betrogen wurde.

»Ihres Verlobten?« hakt Hans nach.

»Von wem sonst?« fragt Dunja verächtlich und übergibt mir den Koffer.

Dramatische Musik. Lichtwechsel. Schweigen.

Und hier spielt zum ersten Male ein Ding die Hauptrolle, etwas, was ich *James-Bond-Köfferchen* nenne, jene teuren Mitteldinger zwischen Aktentasche und Koffer – meines Wissens fing die Firma Samsonite mit diesem Markennamen-Schwachsinn an –, die nicht mehr mit einem Schlüssel geöffnet werden.

Ich gebe – daß ich nicht lache! – meine *Geheimnummer* ein, indem ich die kleinen Walzen etwas drehe (jedes talentierte Baby kann derlei knacken); ich klappe den Deckel hoch, das sorgfältig eingewickelte Gemälde wird sacht herausgehoben ... Der Chef wird nervös und greift danach. Ich mache einen Schnalzlaut.

»Aber nicht doch.«

Dunja spielt ihre Rolle hervorragend.

»Petr«, sagt sie, Empörung vorgebend, »das Bild ist aber nicht von dir.«

»Entschuldige, Schätzchen«, erwidere ich so galant wie möglich. »Dies Gemälde ist in der Tat von einem Kollegen. Er ist nur ... etwas tot.«

»Sehr, sehr tot«, unterbricht mich der Chef. »Aber vielleicht lebendiger als wir alle hier in diesem Raum.«

Seine Augen haben einen träumerischen Glanz.

»Ein solches Geschäft«, sagt er nach einer Weile und wird,

Knallcharge, die er ist, wieder Chef, »muß begossen werden! Hans, der Champagner!«

Wir strahlen uns an.

Fachgerecht öffnet Hans den Moet & Chandon und füllt die Gläser.

Wir stoßen lächelnd an.

Da öffnet sich die Tür der Suite, knallt an die Wand, und mit jener eindrucksvollen, in jedem zweiten Thrillerfilm auftauchenden, klassischen Haltung von Combatschützen stürzt eine Rotte uniformierter Polizisten herein.

Ich blicke den Chef an. Er bleibt ungerührt, stellt das Glas ab, blickt dann auf und sagt, so gelangweilt, wie es ihm möglich ist: »Nehmen Sie den Herrn ... Schmitz fest. Hehlerei. Vielleicht auch Einbruch, Kircheneinbruch, Paragraph ...«

Ich höre schon nicht mehr hin und leere mein Glas. Der Schampus hat die richtige Temperatur und schmeckt vorzüglich. Es wird wohl ein wenig Zeit vergehen, bis ein derart edles Tröpfchen wieder über meine Lippen tritt. In Ossendorf gibt's Wasser. Und morgens Muckefuck, lauwarm.

Pech! Nicht nur die *Madonna* ist eine Fälschung, nein, auch meine Geschäftspartner, der Chef, sein treuer, ergebener, belgischer Bevollmächtigter, vom Bodygard ganz zu schweigen, auch sie sind nicht, was zu sein sie vorgeben. Sie sind auch Fälschungen. Ich bin der einzige, der original ist. Ich bin das Original in einer gefälschten Welt. Künstlerpech, sozusagen.

Ja, so bin ich Mitglied bei PIOS geworden. Seit der Geschichte mit dem Botticelli bin ich im Computer vom BKA als »Hehler« verdatet.

Der Weltgeist wird bekanntlich, dies lehrt uns der Unfehlbare Deutsche Philosoph Helmut Hegel – er ist unfehlbar, weil er Deutscher, nein Preußischer Beamter war – verkörpert vom Preußischen Staat. In Köln herrscht zwar, das lehrt uns das

SECHSTE KAPITEL,

nur eine sehr verdünnte Variante des Preußentums, aber diese ist immer noch ein Lehrstück deutschen, nein, Deutschen Wesens

Wann wurde Ihnen, meine Dame, mein Herr, das letzte Mal um fünf Uhr in der Frühe von Beamten die Tür eingetreten? Das ist Ihnen noch nie passiert? Dann haben Sie Deutschland in seinem Urgrunde noch nicht sinnlich erlebt, sind also zutiefst undeutsch.

Unschuldig! Rufen Sie nun. Dann sind Sie im Grunde Ihres Wesens noch undeutscher. Der Deutsche ist schuldig. Qua Geburt. Und alle, die auf Deutschem Boden weilen, sind schuldig. Meistens noch schuldiger als ein geborener Deutscher. Da standen sie also. Drei dezent gekleidete, unscheinbare Herren, einer mit Backen-, zwei mit Schnurrbart, einer gar mit Haaren, die auf den Kragen des blütenweißen Kragens stießen. Sie wiesen keineswegs mit martialischen Tötungsinstrumenten wie Revolver, Pistolen, Maschinenpistolen oder Schnellfeuergewehren auf mich, sondern sich aus. Mit einer Blechmarke mit der Prägung des wohlbekannten Bundesgeiers – eine kleinere Variante jenes Unglücksvogels, der den Hintergrund des Bundesdeutschen Parlaments verunziert, aber viel magerer als dieser, also eher von der Größe und Art, wie er die Trikots bundesdeutscher Nationalspieler oder das Wachspapier der Deutschen Markenbutter schmückt.

»Marke kann jeder zeigen«, lache ich. »Die ist zu simpel zu fälschen. Bitte Ihre Ausweispapiere und den Durchsuchungsbefehl.«

Dies ist, was Deutsche Beamte »eine Unverschämtheit« nennen. So kommt von den vollen Lippen des Truppführers messerscharf ein Begriff, natürlich von Juristen erfunden, der sich derartig dehnen läßt, daß sogar »Winterfresh« (ein Kaugummi, das so riecht und schmeckt wie die poppig-bunten Chemiewürfel im Urinal) nicht die geringste Chance hat, mit seiner Dehnbarkeit dagegen anzustinken.

»Gefahr im Verzuge!« heißt es da nur. Nicht wahr, das macht alles verständlich. Zwar ist der Einbruch in der Schatzkammer schon vor vielen Stunden begangen worden, zwar ist schon in aller Eile »eine 55-köpfige Sonderkommission« auf die Beine gestellt worden, zwar stehen sich im Polizeipräsidium mittlerweile ganze Kohorten von Staatsanwälten und Richtern auf den Füßen, zwar kann ein guter Fotokopierer pro Minute Hunderte von Durchsuchungsbefehlen herstellen, die von jedem unausgeschlafenen Lümmel jedes beliebigen Amtsgerichts zwischen Flensburg und Berchtesgaden unleserlich unterschrieben werden können, aber der Wahre Beamte einer Wahren Deutschen Sonderkommission redet lieber von »Gefahr im Verzuge«. Das klingt wohl irgendwie besser.

Nur mal angenommen, ich wäre in den Dom eingestiegen, befände sich dann die Sore noch in meiner Wohnung? Na, also.

Nur mal angenommen, ich wäre der Hehler, als der ich im PIOS-Programm des Bundeskriminellenamts registriert bin, wäre ich dann so blöd, Silber, Gold und Edelstein ausgerechnet in meiner 60-Quadratmeter-Bude aufzubewahren? Wohl kaum.

Das also sage ich den Herren. Aber die haben bekanntlich weder Sinn noch Verstand und schon gar keinen Humor. Sie dringen an mir vorbei in die Diele; und um zu zeigen, »wer hier Herr im Haus« ist, lehnt sich der kräftigste dieser Banditen – wie Alain Delon oder Charles Bronson oder Lee Marvin – gegen die Wohnungstür. Von innen.

In England würde ich freigesprochen, wenn ich diese drei Typen, die sich durch nichts (außer einer leicht zu fälschenden Blechmarke) ausweisen, abknallen würde. Dort ist »My home my castle«, hier dagegen eine Wabe im Staatsbienenkorb, für die ich auch noch Miete zahlen muß.

Wo »Gefahr im Verzuge« ist, wird auch nicht über Rechte »belehrt«. Also belehre ich die Herren über meine Rechte. Die starren mich nur an. Wie ein seltsames Insekt. Grinsen dann und machen sich über den Koffer her, den ich für meine Reise nach Belgrad gepackt habe. Der Koffer enthält meine Wäsche. Die Herren packen aus, untersuchen jede Naht und legen zur Seite. Unter den Nähten könnten sich ja kiloschwere Prachtmonstranzen befinden. Sie suchen hinter dem Spiegel der Garderobe nach einem Safe. Ich besitze keinen. Die Tür zum Wohnschlafzimmer öffnend, weist der namenlose Truppführer seine Untergebenen an, jeweils für einen Klienten die Verantwortung zu übernehmen. Geradezu reizend lächelnd übernimmt der Schnäuzer die mit großen Augen auf dem Bett sitzende und entzückend leicht bekleidete Dunja, die ihn nur stumm, mit großen, schwarzen, schönen Augen ansieht; der Backenbart stellt den Dünnen an die Wand und tastet ihn ab. Nicht einmal im Schritt ist die Prachtmonstranz zu fühlen, wenn sich auch der Dünne, mich über die Schulter anguckend, auf serbokratisch dessen rühmt. Worauf ich angefahren werde, wir sollten gefälligst deutsch reden.

»Er ist dessen kaum mächtig, Herr Hauptmann«, erwidere ich bierernst. Daraufhin kommt es dem Truppführer erst in den Sinn, unsere Personalpapiere zu verlangen. An diesen ist, nach Rückfrage im Polizeipräsidium per Telefon, nichts zu bemängeln. Jetzt wird der Truppführer plötzlich korrekt. Er stellt sich per Namen vor und erklärt, der Anlaß seines Besuchs sei der Einbruch in der Schatzkammer des Kölner Doms, von dem ich gewiß in den Nachrichten gehört hätte.

»Ein Einbruch im Kölner Dom!«, rufe ich voller gespieltem Entsetzen. »Denen ist aber auch nichts heilig!«

»Und Sie, Herr Heiter, sind scheinheilig. Sie sind bei uns auf der Liste der Verdächtigen, weil sie vor einigen Jahren einem belgischen Kriminalbeamten und seinem deutschen Kollegen eine Altarbordüre anzudrehen versucht haben.«

»Und einen Botticelli!« sage ich stolz. »Diese Altarbordüre wurde mir als Gobelin angeboten. In den Niederlanden liegt so'n Ding auf jedem Tisch jeder besseren Kneipe.«

Der Beamte verzieht schmerzhaft das Gesicht. Als guter Katholik ist er wohl sehr – wie heißt das heute? – *betroffen*.

Die gesamte Wohnung, sie ist ja nicht groß, wird einer ausführlichen Durchsuchung unterworfen, wobei die drei Beamten nicht den geringsten Anstoß daran nehmen, daß wir jeden ihrer Handgriffe sorgfältig beobachten.

»Wovor haben Sie denn Angst?« fragt mich der Truppführer.

»Davor, daß Sie hier etwas verstecken.«

»Etwas verstecken? Sie machen wohl Witze?«

»Mitnichten. Wir nennen das ein *Ostereierversteck*, wenn die Polizei bei einer Hausdurchsuchung was ›findet‹, was sich dort gar nicht befunden hat. Ein ... Beweismittel, einen Brocken Haschisch ...«

»Und so etwas trauen Sie uns zu?«

»Ich traue Ihnen noch viel mehr zu, Herr Hauptmann.«

Der lacht und sucht weiter.

In dem Augenblick klingelt das Telefon. Ich hechte zum Tischchen, auf dem der Apparat steht, und sage: »Heiter.«

Ladrone ist am Apparat.

»Bevor du noch was sagst«, teile ich ihm auf Serbokroatisch mit, »hier machen ein paar Bullen grad 'ne Hausdurchsuchung!«

»Witzbold!« lacht Ladrone.

»Kein Witz. Ehrlich.«

In dem Moment werde ich beiseite geschubst, wird mir der Hörer aus der Hand genommen.

»Wer ist am Apparat?« brüllt der Truppführer.

Ladrone legt wohl auf, denn nun wendet der Beamte sich an mich: »Ich habe Ihnen schon mal gesagt, es ist hier verboten, ausländisch zu sprechen. Wer war das?«

»Ein Bekannter«, erwidere ich. »Auch Jugoslawe. Er wollte mir nicht glauben, daß Sie hier sind, und wird wohl bald auftauchen. Im Gegensatz zu Ihnen haben wir nichts zu verbergen.«

»Frechheit!« knirscht der Bulle.

Aber bald sehen sie ein, daß sie eine Niete gezogen haben. In der Wohnung befindet sich nichts, was sie suchen. Also suchen sie nun einen Vorwand, mir weiter auf die Nerven gehen zu können.

»Wo waren Sie ...?«

»Hier«, unterbreche ich den Truppführer. Und zeige auf mein Bett.

»Gibt es dafür Zeugen?«

»Da«, sage ich und weise auf Dunja.

»Ein sehr, sehr schlappes Alibi«, erwidert der Beamte voller Spott. Was nun wirklich sehr unhöflich ist.

»Das nächste Mal, wenn die Rote Armee Fraktion sich entschließt, eine große Kirche auszuräumen, sagt sie mir vorher Bescheid, und ich lasse mich vollaufen und über Nacht in einer Polizeiwache ausnüchtern, damit ich ein astreines Alibi habe, Herr Hauptmann«, sage ich.

»Die Rote ... Sie spinnen, Herr Heiter! Meinen Sie, die würde so etwas tun?« Der Beamte ist plötzlich sehr ernst.

»Das sind die einzigen Menschen hierzulande, denen es aber auch gar nichts ausmacht, die Grundfesten des Christlichen Abendlandes zu erschüttern, Herr Major.«

»Lassen Sie das!«

»Was?«

»Das mit dem ›Hauptmann‹ und ›Major‹. Ich bin nichts als ein Kriminalbeamter, der seine Pflicht tut.«

»Das tun alle Deutschen Beamten, mein Herr, unter Kaiser Wilhelm, Kaiser Adolf und Kaiser Helmut.«

»Jetzt reicht's aber«, mischt sich nun der gemütlich aussehende Backenbart ins Gespräch. »Sie nehmen aber auch nichts ernst.«

»In der Tat ein schwerwiegendes Verbrechen, mein Herr. Ich habe aber ein Motiv.«

»Ein Motiv? Welches?« fragt der Truppführer.

»Ich heiße Heiter.«

»Du, ich hab's satt, wir nehmen den kleinen Stinker und seine Rasselbande mit«, sagt der dritte Beamte nun böse, nachdem es ihm mit all seinen tiefen, bedeutsamen Blicken in Dunjas Augen und Ausschnitt nicht gelungen ist, ihr Interesse zu wecken.

Da klingelt es.

»Hier geht's aber zu wie in einem Bienenkorb«, sage ich und

versuche, frommen Blicks zum Himmel meines Wohnschlafzimmers, Streß vorzutäuschen.

Der Truppführer wirft dem Backenbart einen Blick zu, damit der zur Tür geht und sie öffnet. Zu meiner Verwunderung betreibt der Backenbart nicht einmal das, was Dergleichen »Eigensicherung« nennt: Die große Kanone aus dem Schulterholster nehmen, auf Zehenspitzen zur Tür schleichen, sich seitlich neben sie stellen und selbige aufreißen. Er öffnet die Tür ganz gemütlich. Und dann sehe ich auch, warum: Vor ihr steht ein guter Pulk schwerbewaffneter Uniformierter und zwei weitere in Zivil.

Zwischen ihnen, hochroten Kopfes, verdattert, *Ladrone*. Er hat meinen telefonischen Hinweis wohl für einen Witz gehalten. Jetzt wird er in die Diele geschubst und vom Backenbart sanft ins Wohnschlafzimmer geleitet. Der Truppführer ist verblüfft.

»Und wer ist das?« fragt er mich, hilflos guckend.

»Ein Besucher wohl?« rate ich. »Will er nun zu Ihnen oder zu mir?«

Ladrone läuft zu Hochform auf. Er steht wie ein Baum. Seine Chemie hat sich verändert. Die Formel lautet: Testosteron = Erfolg hoch vier ($T = E^4!$). Die Bullen bringen ihn nicht aus der Fassung. Nach dem Paß gefragt, ist er nicht im geringsten beeindruckt, als der Truppführer ihm sagt, mit dem »stimmt etwas nicht«.

»Und?« fragt Ladrone bloß.

Nun haben Schnäuzer und Backenbart endlich einen Gesetzesbrecher und lassen ihn nicht mehr aus den Augen.

Nach einer Weile sind die ganze Wohnung und sogar der Keller penibelst durchsucht. Die Kripomänner verziehen sich in die Diele und beraten sich. Vielleicht werfen sie auch eine Münze, ob sie uns alle mitnehmen sollen oder nur Milo. Das gibt dem Dünnen die Chance, mich etwas zu fragen.

Ängstlich schaut er in Richtung Diele: Die Bullen diskutieren noch.

»Du, Vladi«, sagt er leise und schnell auf Serbokroatisch, »angenommen, die nehmen uns mit zum Präsidium, kannst du danach umgehend zu unserer Bude auf der Hohen Straße gehen und meine Knarre und alles, was sonst noch verdächtig ist, rausholen und irgendwo verstecken?«

»Knarre, du?«

»Man lernt dazu«, sagt er stolz.

»Aber nichts Gutes«, versichere ich ihm und verspreche, ihre Bude *clean* zu machen. Voller Schrecken denk' ich nämlich daran, daß ich Ladrone beim letzten Treffen meinen Mantel geschenkt habe; und es tutet DNS, DNS/DNA in meinen grauen Zellen. Und die Mütze! Aber die Beamten einigen sich darauf, uns alle mit zur Zentrale mitzunehmen. Um so besser. In der Höhle des Löwen läßt sich bekanntlich besser denken.

Mein guter, warmer Mantel in Ladrones Schweinestall! Man mag mir vorwerfen, dies sei Paranoia. Aber ich versichere Ihnen, meine Dame, mein Herr, in diesen Zeiten ist Paranoia nur ein Symptom realistischen Denkens.

Die Routine auf der Wache beruhigt mich: Man braucht nur einem Kriminalbeamten irgendwo auf der Welt beim Versuch zuzusehen, mit den durchschnittlich vierundvierzig Tasten einer guten, alten, mechanischen Schreibmaschine klarzukommen, und das Herzrasen beruhigt sich, der Puls wird langsamer, die Schweißdrüsen sondern die normale Menge Sekret ab, das Drücken im Magen verwandelt sich in den Wunsch, endlich in aller Ruhe scheißen zu dürfen und danach gut zu speisen. Es entsteht eine tiefe Ruhe nach dem Motto: Ach, leckt mich doch alle am Arsch.

Als erste wird Dunja entlassen, eine halbe Stunde später ich. Und erst dann, als ich wieder über die Schwelle meiner Wohnung trete, überschwemmt mich mein Adrenalin: Die Bullen haben zwei Asse im Ärmel, diese beiden Nieten, Ladrone und den Dünnen. Die brauchen sie nicht mal zu foltern. Die brauchen sie nur in zwei Vernehmungszimmer sperren und zwei Stunden schmoren lassen; und dann geht einer der Bullen, jener, der den Netten spielt, mit einer kleineren Akte in eines der Zimmer und sagt der trüben Tasse: »Hier, das Geständnis Ihres Kollegen. Schwarz auf weiß. Auf jeder Seite abgezeichnet. Sie haben keine

Chance mehr. Erleichtern Sie Ihr Herz, damit Sie mit nur fünf statt zehn Jahren davonkommen.«

Und ich sehe den Dünnen vor mir. Wie er nach diesem Strohhalm greift. Und ich sehe Ladrone vor mir, wie er nur um eine Zigarette und eine Cola bittet und (wie er denkt) »ein Geschäft anbietet«.

Dann bin ich dran. Als Mitwisser. Dann buchten Die auch mich ein. Für alle Fälle. Als Hehler natürlich. Laut Strafgesetzbuch Mindeststrafe soundsoviel, und in diesem Fall (»Die größte Kirchenschändung seit dem Normanneneinfall!«) die Höchststrafe. Und ich muß meine Unschuld beweisen, die brauchen gar nichts zu beweisen: Hier die beiden Täter, dort der geldgierige Schurke, der ihnen etwa fünfundzwanzig Prozent des Materialwertes bezahlt und UNSUMMEN verdient. Ohne Hehler / keine Stehler! Und angenommen, es gelingt mir mit Hilfe eines guten Anwalts – der, nebenbei bemerkt, ein Vermögen kostet –, mich reinzuwaschen, dann sind mindestens sechs Monate vergangen. Das Ergreifen des Täters wird Schlagzeilen machen, seine Entlassung nach einem halben Jahr unter »Vermischte Nachrichten« auf Seite vierundzwanzig erwähnt. Neben oder unter der Nachricht von einem Einbruch in einen Schrebergarten.

Und was geschieht in der Zwischenzeit mit meiner kranken Mutter in Belgrad? Wer kümmert sich um sie? Wer beaufsichtigt die Renovierung unseres Hauses, den Umbau, die Pflege, die eine Mutter braucht?

Da gibt es nur eins: Ich muß sofort abhauen, nach Belgrad!

Ich setze mich in den Sessel am Fenster, höre Dunja leise schnarchen, setze meine Pfeife in Brand und denke tief nach. Der Dom zu Köln kann mir gestohlen bleiben!

SCHWARZES INTERMEZZO II

Atmen Atmen Atmen Atmen! Die lassen dich nicht atmen. Die nehmen dir die Atemluft. Die sitzen auf deiner Brust. Die Kommunisten stecken uns in einen Viehwagen. Die Kommunisten sind nicht besser als Fasch (Atmen!) Fasch (Atmen!) Faschisten. Ich boxe mich durch. Ich bin klein mein Herz ist... Ich boxe mich durch zu einem dieser kleinen vergitterten Fenster (Atmen!). Atmen! Atmen! Atmen! Ich nehme meinen Brüdern Atem weg. Der Hunger ist nicht schlimm. Scheiß auf Hunger. Luft braucht der Mensch und Wasser und er lebt ewig. Atmen! Kein Tropfen Bier, kein Tropfen Tee, kein Tropfen Wasser. Die Zunge klebt am Gaumen. Ich stoße dem Bruder neben mir den Ellbogen in die Herzgrube. Ich geh hier nicht vom Fenster weg. Du denkst weil ich jung... Du denkst weil ich klein... Du denkst weil du groß... Du denkst weil du stark... Verreck du Sau! Die Kommunisten pferchen uns in einen Viehwagen und der fährt von Belgrad wohin? Wasser! Wir lärmen: Luft Wasser Wasser Luft Wasser! Ihr Faschisten Faschisten Faschisten! Nazischweine! Beleidige einen Kommu-, nenn ihn Fasch... und er tut dir einen Gefallen: Er tötet dich schneller. Ich rufe nicht mehr. Ich schreie nicht mehr. Bringt doch alle um meinetwegen. Mich aber... Atmen! Auf daß der Mensch dem Menschen ein Freund wird. Ein Feind wird. Ein Feind wird. Heil Tito! Heil Toto! Heil Titi! Und rund um mich herum: Kommunisten jeder Prägung. Gläubige, Häretiker, Agnostiker, Abtrünnige, Stalinisten. Der Faschist nistet in ausgelutschten Hirnen. In toten Augen. In leeren Säcken. Und um mich herum: Nur Kommunisten. Draußen die mit den Maschinengewehren und Uniformen.

Dunkelheit. Die Lokomotive wirft Asche. Sie heizen unsre Lokomotive mit Partisanen. Sie verheizen uns alle. Und dabei bin ich doch nur ein kleiner Partisan und Dieb. Ich hab doch nur... Ausreden! Ausreden! Ausreden! Atmen und nichtvergessennichtvergessen essen!

Ab und an ein Stern. Ab und an ein Bahnhofslicht. Ab und an Schranken. Ab und an ein Zipfel Wolke. Hör auf zu schubsen. Hör auf zu drängen. Sonst schubs ich zurück. Sonst dränge ich zurück. Sonst stoß ich dir den Ellbogen ins Maul, in die Leber, in die Herzgrube, in die Nieren, in die Eier. Wacht auf Verdammtnochmal dieser Ehre, dieser Erde. Die man noch stets zum Dürsten bringt. Und dann bremst die Lokomotive. Kommt zum

Stillstand. Wir sind abgestellt auf einem Nebengleis. Dunkelheit. Warten. Schreie. Hunger. Durst. Wir brüllen: Wasser Wasser Wasser!

Ein paar Viehwagen weiter runter bellen Maschinengewehre. Dort wird es still. Wir werden still. Wir atmen und lauschen. Lauschen und Atmen. Dies beschäftigt uns so sehr, daß wir unsre Angst vergessen. Für Sekunden Minuten Stunden. Es wird hell. Es wird heller. Das Atmen fällt nun leicht. Ich werde diesen Stehplatz am vergitterten Fenster bis zum letzten Atemzug verteidigen. Uns haben sie auf Abstellgeleise geschoben. Und vergessen. Die haben Zeit und Wasser. Wir haben keine Zeit und kein Wasser. Der Mensch des Menschen Feind. Der Hund des Hundes Hund. Der Wolf des Wolfes Wolf. Sonne Sonne Sonne. Die Zunge schwillt. Die Zunge verstopft dir das Maul. Die Zunge ist eine Schlinge. In der Zunge unser Hals. Die Fallklappe fällt. Die Beine schwingen. Hin & Her, Hin & Her, Her & Hin. Die Zehen nach außen ausgestellt. Nummer eintätowiert. Herrgottito warum hast du uns nicht allen die Nummer in den Arm tätowiert. Du sagst du seist der Himmel und bist Himmler.

Man koppelt eine neue Lokomotive an. Die Kolben, das Schnaufen, die Beschleunigung. Beug dich in den Knien. Nirgends kannst du dich festhalten. Niemand dein Stecken und Stab. Heringe in der Dose fallen nicht um. Blas mir nicht deinen sauren Atem ins Gesicht, du! Da lach ich doch drüber. Als wenn wir uns hier keilen könnten, Psssst! Ich habe ein Messer.

Da tritt er fünf Zentimeter beiseite. Räumt den Platz. Weicht meinem Blick aus. Wir sind Vieh geworden im Viehwagen. Steigense ein! Steigense ein! Gleis Acht: Orientexpreß Belgrad Auschwitz. Sag mal Genosse, Du bist doch ein Genosse? Ja. Ja Klar! Sag mal Genosse, wo hat Tito unser Auschwitz auf die Landkarte gekotzt?

Dalmatien. Sagtest du Dalmatien? Woher weißt du das? Zur Kahlen Insel. Woher weißt du das? Nie von gehört. Oli was? Goli Otok? Ich kenn nur Brač, Hvar, Vis, Korčula, Sušak, Mljet, Lastovo, Dugi Otok. Du spinnst. Du bist verrückt. In Dalmatien macht man Urlaub. In Dalmatien errichtet man kein

KZ. Nördlicher. Auf keiner Karte verzeichnet. Geisterinsel. Kahle Insel.

Wasser Wasser Wasser. Hat doch keinen Sinn Verschwendet euren Atem nicht an Hunde. Die kommen direkt aus Nürnberg. Die haben Nazis importiert. Die gibt es im Dutzend billiger. Kommunisten tun so was nicht.

Und du verteidigst das noch (Atmen Atmen Atmen tief) Wo fahren die uns hin? Wo laden Die uns ab? Wo werden wir in die Massengräber gekippt? Psst! Psssst! Pssssst! Sags nicht weiter. Verrückt geworden. Noch lange nicht. Ich doch nicht.

Hört auf mit dem Quatschen. Macht euch nur müde und durstiger. Du ölst deine Zunge wohl mit Titos Weihwasser, daß du so ohne Punkt und Komma quatschen kannst. Stopf einer mal dem das Maul.

Die Lokomotive heult und pfeift. Asche fliegt am Gitterfenster vorbei. Wessen Asche? Da vorn arbeiten keine Kohlentrimmer. Die heizen die Lok mit Guten Alten Kommunisten. Trocken und hart. Geballte Energie. So sparn wir Braunkohle und Koks. Und angepackt! Du schnappst dir die Arme! Ich schnapp mir die Beine, und Eins und Zwei und Drei und Hopp! Vom Tender in das Feuer. Hei wie es glimmt! Hei wie es hochschießt! Nichts besser als stahlgehärtete Kommunisten zum Verheizen. Der Partisan von gestern das Brikett von heute. Nein, ich halt das Maul nicht. Für ein bißchen Wahrheit hab ich immer noch Spucke.

In Ordnung. Eine Schweigeminute für Tito. Eine Schweigeminute für Kardelj. Eine Schweigeminute für Dedijer.

Eine Schweigeminute für Djilas. Eine Schweigeminute für Ranković. Nein für den drei! Zehntausend Viehwagen. Wir warn die Besten der Parrrrrtei. Das beruht doch alles nur auf einem Irrtum.

Halt doch mal das Maul du Irrer!

Ja halt doch mal das

Ja halt doch

Ja halt

Ja

Es riecht nach Meer

Drittes Buch

BARBAREN, DENUNZIANTEN, STAATSANWÄLTE UND AGENTEN Oder: HINTER DEN KULISSEN

Im

ERSTEN KAPITEL

betritt ein leibhaftiger König nebst Gefolge die Schatzkammer des Doms zu Köln am Rhein

In einer Komödie aus dem Jahre 1717, verfaßt von John Gay – berühmt geworden durch seine *Beggar's Opera*, die erfolgreich von Bertolt Brecht gestohlen und zur *Dreigroschenoper* umgearbeitet wurde – heißen zwei Personen *Plotwell* und *Underplot*. Schon damals machte sich ein guter Autor lustig über Vorschriften, die von verhinderten (oder schlechten) Schriftstellern wie etwa Feuilletonisten, Lektoren, Verlegern oder Literaturwissenschaftlern gemacht werden.

Ein Buch, so heißt es, muß ebenso wie ein Theaterstück einen Plot haben, und zwar einen guten *(Plotwell)*, und einige *Underplots*.

So lasse ich meinen Erzählungsfluß etwas mäandern; er verläßt sein breites Bett, tritt über die Ufer, sucht sich ein neues Bett, verläuft sich in einem Sumpf, fächert aus, vereinigt sich wieder und strömt in eine völlig andere Himmelsrichtung. Und so wie Timbuktu, eines der früheren Weltwunder, im 11. oder 12. Jahrhundert gegründet, 1330 unter die Herrschaft von Mali gekommen, ab 1468 Hauptstadt des Reiches von Songhai, der bedeutendste Kultur- und Handelsmittelpunkt des islamisch geprägten Westafrika war, nun, da der Niger einen etwas anderen Verlauf genommen, sechs Kilometer nördlich landeinwärts liegt und seinen Glanz verloren hat, stelle ich jetzt mein Licht unter den Scheffel, indem ich bescheiden beiseite trete und meinen Erzählfluß in mehreren Meilen Entfernung an mir vorbeirauschen lasse.

Ja, so frage ich mich, als (bislang immer noch) Allwissender Erzähler, warum soll ich im Mittelpunkt dieser Geschichte stehen? »Weil Sie, Herr Heiter, der Schurke sind«, werden Sie nun antworten, meine Dame, mein Herr.

Aber just diese Ehre lehne ich ab. Grundsätzlich und um der Wahrheit, nichts als der Wahrheit willen.

Denn die Schurken dieser Geschichte, das sind ganz andere. Ich wurde nur – zum Sündenbock gemacht.

Sie halten sich die Ohren oder Augen zu? Das haben Sie zu oft gelesen oder gehört? Neunzig Prozent der Insassen eines überfüllten Zuchthauses für Schwerstverbrecher würden winseln, flöten, behaupten, schwören, daß sie alle, aber auch alle unschuldig seien? Gegen mich sei ein rächzkräftiges Urteil ergangen? Der Bundesgenickschußhof habe es abgesegnet? Mein Wiederaufnahmeverfahren – in erster Instanz – sei abgewiesen worden? Der als besonders penibel und investigativ geltende deutsche Journalist Stefan Aust, seit 1970 Mitarbeiter des Morddeutschen Buntfunks, vor allem für das Fernsehmagazin Panorama, habe am Ende des vierten Kapitels seines epochemachenden Werkes über den nach James Bond bedeutendsten Undercoveragenten schlüssig nachgewiesen, daß meine Behauptungen reine »Schutzbehauptungen« seien? Gemach. Ein paar kleine Zweifel hat er doch. Und nicht nur das Urteil der Krähen am Landgericht zu Köln abgekupfert.

Ich werde Ihnen, meine Damen und Herren Zweifler, Thomasse, Arglose, in der Folge beweisen, daß ich nur der Sündenbock war und Opfer einer Verschwörung von Staatsanwaltschaft, Unter-der-Bettdecke-Agenten, SoKo Domschatz, Kirche und Staat. So weit sind wir gekommen. Hier hat unsereins seine Unschuld zu beweisen. Eine Schuld muß nicht bewiesen, sie muß bloß mit Erfolg unterstellt werden. Wie ging es denn dem TEUFEL?

Nein, nicht dem aus der Bibel. Ich rede von Teufel, Fritz, Kommunarde und Spaßguerillero. Der schmorte auch jahrelang in Untersuchungshaft. Angeklagt der Entführung eines Bonzen aus

Berlin, Kandidat für den Bürgermeisterposten, mit einer Fensterglasbrille zum Intelligenzler gemacht, seine Entführer preisend, am Ende abgeschoben ins Europäische Parlament, weil er eine wandelnde Litfaßsäule mit Werbung für die Bewegung 2. Juni war. Ich schweife ab? Nur ruhig, ich komme gleich zur Sache.

Fritz Teufel also. Er stand auf, am letzten Verhandlungstag gegen ihn und seine Freunde und Genossen, angeklagt einiger Banküberfälle und besagten Politikerdiebstahls. Fassungslos (aber lächelnd, dabei mit seinen Stricksachen beschäftigt, stets einen vielfarbigen Lollie im Munde) hatte er erleben müssen, wie ein Angehöriger der unparteiischsten Behörde Berlins, Deutschlands (was sage ich?), der Welt, sachlich, logisch, dezidiert, bis in die letzte Einzelheit *bewies*, daß er, Fritz Teufel, der bärtige Inbegriff einer rebellischen Generation, das Anarchomännlein mit spitzem Hut, schwarzem Mantel, Revolver und Maschinengewehr im Gewande, die runde, schwarze Bombe in der Linken, die brennende Havanna in der Rechten, just im Begriff sei, die Lunte

in Brand zu setzen,

um dann besagte Bombe mitten in die Rächzordnung, in das hehre Gesicht der freiheitlichsten Dämonokratie, die wir je

auf deutschem Boden

hatten, zu werfen und

die Anarchie auszurufen.

Wofür bekanntlich Banküberfälle und das Stehlen von korrupten Politikern notwendig wären.

Daraufhin lieh sich Fritz Teufel einen Frack und Zylinderhut, erhob sich von der Anklagebank, legte den Lollie auf die Akten und verbeugte sich. Ja, er verbeugte sich vor dem Vertreter der

Unparteilichsten Behörde

des Universums und hub an:

»Es tut mir leid,
Meine Intimfeinde
Von der Bundesanwaltschaft
Enttäuschen
zu müssen.

(Erneute Verbeugung.)

Für die Entführung der Charaktermaske L.
Und jene Banküberfälle
und
und
und
Habe ich einwandfreie A-libis
Und für einige kleinere Sachen
Einwandfreie B-libis ...«

(Verbeugung und Hinsetzen. Stehende Ovationen im Gerichtssaal. Die REPORTER rennen zu den Telefonkabinen: »Die BOMBE im Prozeß geplatzt!«)

Sein Anwalt hatte im Folgenden wenig Mühe, mit all den von Fritz Teufel geladenen Zeugen der unparteiischsten Behörde der Galaxis den Wind aus den Segeln zu nehmen. Es blieb der ehrenhafte Vorwurf, »Mitglied einer kriminellen (oder TERRORISTISCHEN) Vereinigung« gewesen zu sein, um nachträglich die unmenschlich lange und gegen deutsches und internationales Recht verstoßende Untersuchungshaft zu rechtfertigen.

So werde auch ich nun, meine Dame, mein Herr, meine A-libis und B-libis präsentieren. Nicht wie Karnickel aus dem Hut, bewahre! Ich habe beeidigte Aussagen. Und von meinem Wiederaufnahmeverfahren werden Sie zu gegebener Zeit unterrichtet.

Es folgt also der

AUFTRITT EINES KÖNIGS

der Unterwelt aus Frankfurt am Main. Nennen wir ihn einfach Rex. Begleitet wird er von seinem Oberkämmerer. Nennen wir ihn Polonius. Und zwei entzückenden Hofdamen. Nennen wir sie Polly und Lucy.

Zeit: Sommer 1975.

Ort: Domplatte, Köln.

POLONIUS: Mir gefällt, wie unsre Landsleute hier in Köln, zunächst im Stadtteil Ehrenfeld, das Schutzgebührengeschäft aufgezogen haben. Das hat Format.

REX: Mir zu deutsch.

POLONIUS: Wir könnten von ihnen lernen. In Frankfurt geht es zu grob zu. Hier dagegen: Keinerlei Beschwerden. Alle sind zufrieden: Unsere Kollegen, die Geschäftsleute, die Betreiber von Bars, Puffs und Kneipen und – die Polizei.

REX: Mir zuviel Zufriedenheit. Wir werden langsam fett, Polonius. Uns geht's zu gut. Das ist gefährlich in unseren Berufen.

POLLY: Müßt ihr denn immer übers Geschäft reden?

REX: Je mehr wir über unser Geschäft reden, desto weniger mußt du die Beine breit machen.

LUCY *(beiseite)*: Stoffel!

REX: Sagtest du was?

LUCY: Nein, Schätzchen. Komm, Polly, wir gehen vor und lassen die Herren über Geschäfte reden.

(Frauen ab)

POLONIUS: Und mir gefällt nicht, wie du Ladrone so hinhältst. Ich halte ihn für ein Windei. Aus dem Grunde haben wir ihn ja auch entlassen. Aber dann kommt er mit weiteren Windeiern zurück und quasselt von Großen Coups. Tritt ihm endlich in den Arsch.

REX: Bimbo hat ihn empfohlen.

POLONIUS: Auch so'n Windei. Kapier doch mal, Rex, wir sind Geschäftsleute. Wir kassieren unsere Gebühren, und die Pferdchen laufen.

REX *(stur)*: Ich hab' ihm versprochen, bei einer Geschichte behilflich zu sein. Kid wurde bei der Beerdigung seines Vaters geschnappt und sitzt ein. Und mir gefällt, wie Ladrone sich das Startkapital verschafft hat. Zwanzigtausend!

POLONIUS: Für so einen Pipifax schlägt man doch nicht 'nen Geldboten nieder, daß der auf der Intensivstation landet. Ich bin gegen überflüssige Gewalt. Ich bin mehr für … Eleganz.

REX: Ich habe jemandem Akkordeons versprochen, und meine Versprechen halt' ich.

POLONIUS: Und dann 'ne Modeboutique ausräumen. Ich glaub', mein Schwein pfeift.

REX: Der Deal ist: Die behalten das Bargeld, ich krieg' meine Akkordeons.

POLONIUS *(pfeift und singt)*: Kriminaltango ... Und sie tanzten einen Tango, Ladrone und der Dünne ...

REX: Also gucken wir uns mal den Musikalienladen an. Der Stadtplan liegt im Wagen.

POLONIUS: Hättest den Benz zuhaus lassen sollen. Der fällt auf. Unser alter Ford hätt's auch getan.

REX: Damit die Kollegen aus Ehrenfeld über uns lachen? Ne, ne. Aber komm, die Weiber müssen schon ungeduldig sein. Der Dom! Das Zentrum der katholischen Welt! Die Schatzkammer ...

POLONIUS: So was guck' ich mir gern an. Erfolgreiche Mörder, Diebe, Wegelagerer stellen ihre Beute aus. Und die Leute müssen noch dafür zahlen, daß sie die Sore anglotzen dürfen.

REX: Ich geh' rein. Drinnen wird es kühl sein. Das lieb' ich an Kirchen. Dafür nehm' ich auch den Weihrauch in Kauf. Und nachher trinken wir ein paar Gläser Kölsch.

Sie betreten den Dom, lösen ihre Eintrittskarten, gehen in die Schatzkammer.

POLLY *(auf Rex zulaufend)*: Kaufst du mir diesen Bischofsring, Schätzchen? Stell dir vor, Johannes XXIII. Hat ihn dem Frings geschenkt.

REX: Dem Kardinal Frings? Warme Brüder. *(Zwei Nonnen starren ihn entsetzt an)* Als Papst würd' ich mich eher an so saftige Nönnchen wie die beiden da ranmachen. *(Nonnen machen, daß sie wegkommen. Die Vier sind nun allein. Polonius vergleicht die Ausstellungsstücke in den Vitrinen mit dem Katalog.)* Schade, daß hier kein Beichtstuhl steht oder so'n Bischofssarkophag. Da würd' ich dich gern drin oder drauf vernaschen.

POLLY *(küßt ihn)*: Nicht so laut, Spätzchen. So was sagt man nicht in 'ner Kirche.

REX: Ich stell' gleich so 'ne Vitrine vor die Tür, und wir machen 'nen flotten Vierer, wenn du weiterhin so'n Blödsinn ... *(blickt mit offnem Munde nach oben, stößt POLONIUS in die Seite, deutet mit dem Kinn)*

POLONIUS *(schaut in die angegebene Richtung)*: Weia! Ich seh', ich seh', was du ...

REX: Schon vor dir gesehen habe. *(Wirft einen warnenden Seitenblick in Richtung der Frauen)* Hast du sonst noch was auf deiner Wunschliste für Weihnachten, Polly?

LUCY: Und ich? Krieg' ich nix?

REX: Ihr beide habt einen Wunsch frei.

LUCY *(eilt auf eine Vitrine zu)*: Diesen fetten Eumel da möchte ich haben.

POLONIUS *(in den Katalog schauend)*: Du hast zwar'n Geschmack wie 'ne Kuh, aber wenigstens einen teuren *(liest vor)*: Sonnenmonstranz, 1749–1751, vergoldetes Silber mit Strahlenkranz, Custodia, Lunula und Baldachin.

POLLY: Und ich das Dingsbums da. *(Sie läuft auf eine andere Vitrine zu, feierlich gefolgt von den beiden Männern.)*

POLONIUS *(deklamierend)*: Schon besser:
Monstranz, Gold, Christian Schwelling, Köln, 1657, 52,5 cm hoch, Gewicht etwa 3–4 kg ...

POLLY: Und dann all die Klunker! Und drei bis vier Kilo Gold. Das reicht für viele Füllungen beim Zahnarzt!

LUCY: Polly!

REX: Der Weihnachtsmann hat's schon notiert. Sonst noch irgendwelche Fragen? Geht mal schon vor zum Café, wo der Wagen geparkt ist. Wir haben noch was zu besprechen.

POLLY: Stirb mir nicht an Herzinfakt, Schätzchen. Du hast ja schon die Managerkrankheit. *(Wirft ihm eine Kußhand zu. Frauen ab)*

REX: Das Fensterchen da oben, das hat es mir angetan. Siehst du die Gitter? Das mittlere Rohr?

POLONIUS: Und ob!

REX: Kupfer, vermutlich. Drin läuft der Draht für'n Alarm. Aber wenn man das Röhrchen nicht durchsägt, sondern ...

POLONIUS: ... sachte seitwärts biegt ...

REX *(aufgeregt)*: Das muß ich mir von Nahem angucken. Vom Baugerüst aus. Das steht da ja schon seit hundert Jahren, oder?

POLONIUS: Das wird auch noch ganze Ewigkeiten da stehen. Saurer Regen.

REX: Ausgezeichnet. Das ist das erste Mal, daß ich den Regen liebe.

POLONIUS: Und wann?

REX: Sobald wie möglich. Das läßt mir keine Ruhe. Ich muß das rausfinden. Der Ventilator davor – ein Klacks. Abgeschraubt und weg damit. Nur…

POLONIUS: Allerdings! Wenn es so ist, wie ich vermute… Ich sage WENN mit Großbuchstaben… Wir, du oder ich passen nicht durch die Stäbe. Da können wir sie biegen, wie wir wollen. Dafür brauchen wir…

REX: …einen Dünnen. Genau: Der Dünne!

POLONIUS: Der Dünne? Ich trau ihm nicht. Der ist zu weich.

REX: Das kommt nie raus, wenn wir vorsichtig sind. Der Dünne und Ladrone…

POLONIUS: Und du oder ich, unten auf der Domplatte, nachts, mit diesen beiden Amateuren per Funksprechgerät im Kontakt.

REX *(entschlossen)*: Nimm deinen Block und Stift aus der Tasche. Wir machen gleich eine Wunschliste: Die Monstranz, die Sonnenmonstranz, die Ringe, möglichst viel Gold und den ganzen Kram mit den Klunkern…

Ende des I. Akts,

wie er mir von Rex bei einem üppigen Dinner – Austern, Blowjobs durch zwei reizende nackte Tempeltänzerinnen, Filet Mignon mit Backkartoffeln in Folie, Vanilleeiscreme mit heißer Schokoladensoße und gebrühten Aprikosen, Koitus a tergo mit den reizenden Tempeltänzerinnen, Kaffee mit Kirschgeist – erzählt wurde, ehe mein Gastgeber unter heftiger Einwirkung von einem zwölf Jahre alten Cognac umfiel und wir unsere kleinere Konferenz auf den nächsten Mittag vertagen mußten, wo mir dann übrigens auch die Sore gezeigt wurde.

Es folgt der

ZWEITE AUFTRITT EINES KÖNIGS

der Unterwelt, Fachmann für Alarmanlagen. In Gegenwart seines Oberkämmerers und meiner bescheidenen Person.

Zeit: Anfang November 1975.

Ort: Privatgemächer eines Zuhälters, Frankfurt.

POLONIUS: Er hat 'nen Kater.

ICH: Er wird alt.

POLLY: Quatsch!

LUCY: Is' doch wahr.

POLONIUS: Der langen Rede kurzer Sinn. Wieder mit dem schwarzen Benz. Gegen meinen Rat. Rex traf sich mit dem Dünnen und Ladrone auf der Hohen Straße, wo sie wohnten. Und dann kaufte er mit ihnen die notwendige Ausrüstung.

ICH: ???

POLONIUS: Bergsteigerausrüstung. In einem Sportartikelspezialgeschäft. Den Rest in einem Kaufhaus.

ICH: ???*

POLONIUS: In der Nacht vor dem Einbruch ließen wir den Wagen auf dem Parkplatz neben dem Hotel Mondial. Das Wetter war ideal: grau, kalt, regnerisch, ungemütlich. Sehr wenig Leute auf den Straßen. Und weil um Mitternacht Tanz und Festivitäten abgebrochen werden mußten wegen eines der höchsten katholischen Feiertage (ein schlimmerer Straßenfeger als einst die *Paul-Temple*-Serie), erwarteten wir rund um den Dom reine Luft. Wir irrten uns allerdings: Just als Ladrone nach getaner Tat vom Baugerüst sprang, taperten noch ein paar Besoffene über die Domplatte. Na ja.

* Sehen Sie, meine Dame, mein Herr, schon wieder ein wichtiges Indiz für meine Unschuld. Würde ich, der ich den Einbruchdiebstahl von der Pike auf gelernt habe und nur ein einziges Mal für ihn bestraft wurde (Sie erinnern sich? Diese blöden Briefmarken damals in der Schweiz!), würde ich meine Tatwerkzeuge so kurz vor der Tat vor Ort einkaufen? Niemals! Ich hätte sie ein halbes Jahr vor dem Bruch in verschiedenen Großstädten am langen Samstag Stück für Stück einzeln erworben. Nicht eine Sau würde sich später an mich als den Käufer erinnern.

LUCY: Noch einen Blowjob, Vladi?
ICH: Nein, danke, meine Schöne.
LUCY: Keine Ursache. Ich mach' mich mal frisch. *(Ab mit POLLY)*
POLONIUS: Willst du 'ne Straße schnupfen, jetzt, wo die Weiber weg sind?
ICH: Nein, danke. Aber warum müssen dafür die …
POLONIUS: Wir behandeln unsere Pferdchen anständig. Wir dopen sie nicht. Wir lehnen es als Puffbesitzer und Zuhälter ab, unsere Angestellten unter Drogen zu setzen, wie es unsere Kollegen in anderen Städten neuerdings machen. Wir knöpfen ihnen nicht noch die letzte Mark ab, indem wir sie von Heroin, Morphium, Speed abhängig machen. Im Gegenteil! Wir zahlen weit über Tarif. Die Mädels haben ihre Alters-, Kranken- und Arbeitslosenversicherung. *(Er zieht eine Reihe und fährt, sehr ernst, fort)* Rex zieht also los, mit der Werkzeugtasche und klettert aufs Baugerüst.
ICH: So einfach war das?
POLONIUS: Ja. So simpel. Na, und da oben, auf dem …
ICH *(aufgeregt)*: Nein, Polo, erzähl es mir Schritt für Schritt. Das war *der* Einbruch des Jahrhunderts!
POLONIUS: Nicht wahr? Aber ich sag's dir doch: Es war ein Kinderspiel. Also der gesamte Bauzaun war wohl um die fünf Meter hoch. Aber wegen der Stabilität nur Zweimeterbretter. Kapiert?
ICH: Kapiert. Da konnte man sich bequem hochhangeln.
POLONIUS: Exakt. Nach vier Metern ist der Bauzaun schräg nach außen ausgestellt. Ein Klimmzug, und oben war unser Rex. Dann nimmt er denWeg in die Dom-Spalte. Vor ihr dieses lächerliche Schutzgitter. Unweit davon das Flachdach über einem Anbau. Ich weiß nicht, wofür der dient.
ICH: Eine Wohnung.
POLONIUS: Siehst du, das haben wir nicht gewußt. Daß da nachts so'n Idiot im Dom rumgeistert und alle Türen kontrolliert. Na, jedenfalls, da befand sich unser Freund schon vor diesem schmalen Fenster mit dem Ventilator. Rex hat nur so

gelacht, wie er mir das erzählt hat. Drei dünne Stäbe, oben und unten durch das Mauerwerk verbunden. Im mittleren Stab der Alarmdraht. Also sägt Rex ihn gaaanz leicht an und biegt ihn gaaaaaaanz sacht hoch. Befestigt ihn oben. Schwitzt nicht, hat dies gute Gefühl, wie wir's alle nach einer perfekten Arbeit haben. Läßt seine Werkzeugtasche da oben. Tritt mit mir in Verbindung: »Du kannst die zwei jetzt zu mir schicken.« Die Ventilatorschrauben hat er schon, wie vereinbart, gelockert. Das Ganze hat nicht mal 'ne halbe Stunde gedauert. Hab' ich geschwitzt! Und die Jungs bei mir erst: Ein einziges Schlottern und Zähneklappern! Und so'n Blödsinn wie: »Komm, lassen wir's bleiben. Das ist 'ne Kiiiiiierche!« Ich: »Na und?« Und ihnen die Knarre unter die Nase gehalten. Wurden sie ruhig. Man muß diesen Kindern ein wenig Respekt einbläuen. Na, die klettern hoch und werden von Rex in den Job eingewiesen. Erhalten sein Funksprechgerät. Rex runter zu mir. Die beiden machen sich an die Arbeit. Der Dünne mit so einem Bergarbeiterhelm mit 'ner Lampe vorn dran, einem Kuhfuß, paar Schraubenziehern, unserer Wunschliste, seilt sich in die Schatzkammer ab. Der Rest ist Geschichte.

ICH: Nee, das mußt du mir ausführlicher erzählen. Polo.

POLONIUS: Na ja, ich muß zugeben, nach 'ner Weile wurden wir auch unruhig. Dachten, da ist was schiefgegangen. Steckt doch so'n dämlicher Pater seine Nase aus der Tür in so 'nem Anbau und untersucht argwöhnisch den Eingang und das Gerüst. Rex und ich also gemessenen Schrittes erst mal weg. Verpißt sich der Pope aber wieder. Fünf Minuten später torkeln so'n paar angeheiterte Nachtschwärmer über den Platz. Haben wohl Ladrone mit seinem Beutesack gesehen und sind mißtrauisch geworden. Oder so. Laufen wie Ameisen auf der Domplatte rum. Ladrone aber packt in aller Seelenruhe seinen Sack in einen dieser entsetzlichen Betonblumenkübel – und geht um die Ecke. Sag' ich mir: Respekt. Wo's drauf ankommt, ist der Kerl *cool*. Schon nach kurzer Zeit holt er den Sack wieder raus, und wir fahren ab. Der Dünne sagt die ganze Zeit kein Wort. In kürzester Zeit, das wußten wir, würd's rund um den Dom nur so von Schmier wimmeln. Und dann Straßensperren, Ringfahndung und so weiter... Wir bringen die beiden also zu ihrer Bude auf der Hohen Straße, vergattern sie noch mal: Ein halbes Jahr die Klappe still halten! Kein Wort am Telefon! Ihr haut am besten ab in den süddeutschen Raum. Na, das Übliche. Und wir hierher.

ICH *(schweige ehrfürchtig. Diese primitiven Plumpsäcke – und der mit Abstand größte und erfolgreichste Einbruch der Kirchengeschichte in den letzten – fast – tausend Jahren; die modernen Normannen; die größten Kirchenschänder seit Menschengedenken! Ich räuspere mich: Irgendwie muß ich meinen Platz in dieser Geschichte buchen. Aber wie? Ladrone ist in Abschiebehaft in Ossendorf; und der Dünne ist so blöd, daß er mit der Geschichte zu mir kommt, als die Herren Fahnder von der Sonderkommission schon bei mir auf der Matte stehen. Ich räuspere mich erneut und frage):* Und wie wollt ihr jetzt mit der Beute ...?

(An dieser Stelle werde ich durch den Auftritt des KÖNIGS *unterbrochen.)*

REX: Wo ist Polly?

POLONIUS *(brüllt)*: Polly! Lucy!

POLLY/LUCY *(aus den Kulissen)*: Wir kommen!

REX *(nestelt am Pyjamaschlitz; ein kleiner, dicker, schrumpliger Schwanz erscheint, unfähig, den Kopf zu heben):* Eine Prise Koks unter die Vorhaut massieren! Und eine Kanne Mokka mit Zucker, aber dalli!

POLLY *(kniet sich vor Rex, nimmt sich des Schwanzes an; neckisch)*: Sehr wohl, mein Gebieter.

LUCY *(kichert und eilt zur Küche)*: Der Mokka ist fertig. Kommt gleich.

REX *(knurrt)*: Mann, bin ich im Eimer!

POLONIUS: Bleib bei deinem Sliwowitz, laß den Cognac Cognac bleiben. Den kannst du bei Kongressen von Schutzgeldeintreibern trinken, aber in Maßen.

REX: Und? Hast du ihm die Chose erzählt?

ICH: Ja. Gratuliere! Wie fandet ihr denn eure Kritiken? Habt ihr alles verfolgt? Das Fernsehen? Die Presse?

POLONIUS: Haben wir. Und die Zeitungen verbrannt. Nur potentielle Knackis sammeln ihre Kritiken und kleben sie in ihr Poesiealbum.

REX *(müde)*: Ruf Diesel mit der Sore.

POLONIUS: Ist schon unterwegs.

LUCY *(kommt mit einem Tablett)*: Der Mokka, die Herren. Mit einem Schuß Cognac?

REX *(stöhnend):* Nein!

LUCY: Brandy? Kirschgeist? Himbeergeist? Grappa?

REX: Bleib mir mit Obst vom Leib! Ein Königreich für einen klaren Schädel!

Ende des II. Akts,
BEGINN des SATYRSPIELS

DIESEL: Guten Tag, meine Damen und Herren! Oh, Vladi, du? Bist du jetzt auch dabei. Gut. Du kennst dich ja besser aus.

REX: Das letzte Mal hat er sich erwischen lassen.

ICH: Geb' ich zu. Ohne Wenn und Aber. Das war kein Meisterspiel von mir, das war ein Meisterspiel von INTERPOL. Aber die ist ja wohl bis jetzt nicht im Spiel.

POLONIUS *(mürrisch)*: Mir paßt das ganz und gar nicht, wie du dich hier einklinkst, Vladi.

ICH: Ich klinke überhaupt nicht.

DIESEL: Wart, bis du das *(weist auf die Kiste, die er in den Raum gebracht hat)* gesehen hast.

ICH *(innerlich mich eines Märchens erinnernd, das mein Vater mir öfters erzählt hat: »Also sprach er ›Simeliberg, Simeliberg, tu dich auf‹)*: Und der Berg tat sich auf. Da trat er hinein, und der Berg war eine Höhle voll Silber und Gold, und hinten lagen Haufen Perlen und blitzende Edelsteine, wie Korn aufgeschüttet.« Ich hoffe, dies ist hier nicht der Fall.

REX: Was quatschst du da?

POLONIUS: Was soll nicht der Fall sein?

DIESEL *(öffnet aufreizend langsam die Kiste)*: Abrakadabra, dreimal schwarzer Kater!

(Lichtwechsel. Donner. ENDE DES SATYRSPIELS)

Und es war wie im Märchen:

Ich schluckte Mir wurde schlecht Ich stand auf und schwankte Im Ohr Pollys und Lucys besorgtes Gekreische Und wankte zum Badezimmer Schloß die Tür hinter mir.

Kniete vor dem Porzellanbecken. Klappte den Deckel hoch und kotzte. Erbrach Galle und Stücke meiner Eingeweide. Und sank nahezu in Ohnmacht und schrie:

»BARBAREN
VANDALEN
HÖHLENBEWOHNER
BAUMAFFEN
KUNSTSCHÄNDER
VERÄCHTER DES HANDWERKS
DUMME SÄUE
SCHLIMMER ALS DIE NAZIS
DIE REINSTE HIRNFÄULE
DUMM WIE SCHIFFERSCHEISS
ZU DOOF EIN LOCH IN SCHNEE ZU PINKELN
AUS 'NEM STEHENDEN BUS ZU GUCKEN
IDIOTEN
BEKLOPPTE DRECKSÄCKE
AMATEURE
KIRCHENKUNSTKATATONIKER
ESEL
BLINDSCHLEICHEN
MULIS
SACKRATTEN
EINE SCHANDE UNSERER ZUNFT
BELGRADER SUPPENHÄHNE
DENKEN MIT DEM PENISKOPF
DREI MANN –
UND SOVIEL HIRN DASS ES IN EINEN PARISER PASST
BLÖDER ALS DIE POLIZEI ERLAUBT

KÖNIG VON KLOAKIEN UND
SEIN DÜMMLICHER HOFSTAAT
MÖSENABHÄNGIGE UNGLÜCKSWÜRMER
VERNAGELTER ALS JEDER STAATSANWALT
IGNORANT WIE OBERLANDESRICHTER
MÖGE EUER GESCHLECHT
VERDORREN BIS INS SIEBTE GLIED
DER BLITZ SOLL EUCH
BEIM SCHEISSEN TREFFEN!!!!!!!!!«

Lucy pochte an die Tür, Polonius brüllte, Diesel riß fast die Klinke ab, und Rex bemühte sich vergeblich, die Badezimmertür einzutreten.

Ich brüllte zurück: »Komme gleich.« Stand auf, spülte, wusch mir Gesicht, Hals und Hände, trocknete mich gut ab, putzte meine Zähne (Dummheit hinterläßt keine Bakterien auf andrer Leute Zahnbürsten), atmete tief durch, kratzte mich am Kinn, überlegte, ging zur Tür und öffnete sie. »Was hast du zu deiner Entschuldigung zu sagen?« fragte ich Diesel freundlich.

Der starrte mich verwirrt an, dann irrte sein Blick zwischen Rex und Polonius hin und her.

Ich wandte mich an Rex: »Du bist der Königswürde verlustig gegangen. Junge, ich habe dich ohne Kleider gesehen. Du bist eine Null. Der größte oder zweitgrößte Trottel in unserer Branche seit dem ... Normanneneinfall.«

Rex mahlte mit den Zähnen. Ich wußte, wie stark er war. Mich beeindruckte das momentan gar nicht. Nicht nach diesem Waterloo, diesem Stalingrad der Einbrecherzunft.

»Wie meinst du das?« versuchte Polonius zu vermitteln.

»Ganz einfach«, erwiderte ich. »Der Schotter, der da in der Kiste aufgehäuft ist, hat einen Materialwert zwischen fünfzig- und neunzigtausend Mark. Der Antiquitätenwert dagegen lag zwischen zehn und fünfzehn MILLIONEN. Das ist nur eine grobe Schätzung. Der Kardinal hat gesagt, er sei unermeßlich, denn derlei würde normalerweise nicht gehandelt, tauchte auf keinem Markt auf. Und ihr habt diesen Wert zerstört. Millionen hättet ihr machen können, und ihr habt sie in einem einzigen, barbarischen Akt auf Nimmerwiedersehen zerstört. Könnt rumrennen und den Schotter wie saures Bier irgendwelchen Hehlern anzudrehen versuchen, und währenddessen werden LKA, Domraub-SoKo, Interpol – und die ganze Kölner Unterwelt euch jagen. Und ich wette mit euch, letztere sind die bei weitem übelsten. Wenn *de Kölsche Jongs* euch erwischen, geht's euch dreckig. Die geben sich garantiert seit Tagen bei den Bullen und der Staatsanwaltschaft die Klinke in die Hand und versichern untertänigst: *Kölsche Jongs don sowat nit. Dat müsse Düsseldorfer oder Kanaken sing.* Und ihr seid diese Kanaken. Ich sag euch, wenn die euch erwischen, die schneiden euch in kleinste Teile. Und zu Recht!«

»Zu Recht? Vladi, du bist verrückt.« Das kam ganz sanft von Rex. Er war am Boden. Diese Mischung aus Cognac und der Wasserstandsmeldung der Sintflut.

»Ich hab' doch nur gemacht, was Rex mir befohlen hat«, mischte sich Diesel ein, der merkte, daß der Wind sich gedreht hatte. »Mach die Chose transportfähig. So, daß sie in Kotflügel und Reservereifen der Karre passen, wenn wir in die Schweiz fahren, hat er gesagt. Und einige von den Klunkern sollten gar in die Pariser passen, in denen unsre Pferdchen sie über die Grenze bringen sollten. Ich hab' noch gesagt: Darf ich an den Muschis Maß nehmen? Und ihr, Polo und Rex, ihr habt nur gelacht. Oder?«

Das Schweigen war lang und lastend.

Ich stand auf. »Ich gehe jetzt. Viel Glück!«

»Das kannst du nicht machen, Vladi«, sagte Rex leise.

»Ich kann nicht? Und ob ich kann! Wer hat denn den Mist gebaut? Den perfektesten und schönsten Einbruch seit Jahrzehnten oder Jahrhunderten – und ihn dann so zum Abschluß bringen, daß sich jedem anständigen Einbrecher...«

»Ich sehe es ja ein. Aber was sollen wir jetzt machen?«

»Rex!« sagte ich sehr, sehr scharf. »Du bist ein erfolgreicher Geschäftsmann, einmal in der Sicherheitsbranche, wie die Bundeswehr, der Bundesgrenzschutz, die Bullen und die Schwarzen Sheriffs, und in der Sexbranche ein geachteter Kollege von Beate

Uhse und Klaus Speer. Und du hast nie einen Plan B, wenn Plan A in den Eimer geht?«

»Ich hab' ihn gewarnt«, sagte Polonius milde. »Aber als wir das Fensterchen oben in der Schatzkammer sahen, Vladi, wir guckten direkt in den Himmel ...«

»Und da seid ihr mit einem satten Arschtritt von St. Peter rausbefördert worden, Polo«, erwiderte ich scharf.

»Wir haben dem *Preußen* schon einen Teil von dem Schotter gegeben, ihn probeweise in Wien anzubieten«, teilte Polonius mit gesenktem Kopf mit.

»Dann laß ihn diese Scheißangelegenheit zu Ende bringen, und haltet mich da raus. Ich muß nach Belgrad. Meine Mutter ist krank. Wir sind im Umzug begriffen ...«

»Vladi, du mußt uns helfen!«

Klang seine Stimme drohend? Nein, Rex war alle, fertig, am Boden. Polly hatte es endlich geschafft, seinen kleinen Kopf gen Himmel gucken zu lassen. Sein Schwanz, mit Schnee eingerieben, tanzte in ihrer Hand. Er bemerkte es nicht einmal. Es war eine Schande. Der größte Sexhändler in Mainhattan, und sein Schwengel, dem er sonst mehr folgt als seinem gesunden Menschenverstand, war nur ein nutzloser Stander an einer zu Bruch gefahrenen Karosserie. Eine Null wie jene vielen Nullen, die von der Million verlorengegangen waren. Von mindestens einer Million runter zu fünfzigtausend. Wieviel hatten sie Ladrone und dem Dünnen davon versprochen?

»Zehn«, sagte Polonius. »War'n Job. Fünf jeder von den beiden. Aber erst nach 'nem halben Jahr. So war's abgemacht.«

»Bleiben vierzig. Fünf für'n Preußen, fünf für Diesel ...«

»Da war mehr abgemacht«, heulte Diesel.

»Halt's Maul«, sagte Rex. Und hob nicht mal den Kopf.

»Da macht ihr mit euren Geschäftchen hier in einer Woche mehr Umsatz«, sagte ich.

»Umsatz, ja. Aber ...«

»Ich weiß, ich weiß, Polonius, ihr lebt wie alle freien Unternehmer vom Minus, labt euch von den roten Zahlen«, spottete ich. »Ihr wißt, daß ich – normalerweise – größte Hochachtung für euch empfinde. Nicht nur, weil ihr noch nicht mit harten Drogen handelt und euch daher hier auf dem Kiez verdammt hart verteidigen müßt. Aber diesmal müßt ihr den Schaden, den ihr angerichtet habt, selbst tragen. Haltet mich da raus. Bei mir standen gleich am nächsten Morgen die Bullen auf der Matte. Ich war automatisch in der Fahndung. Wegen dieser Botticelli- und Altarbordürengeschichte damals. Den beiden Volltrotteln, die ihr angeheuert habt, trau ich nicht mal von hier bis da«, ich öffnete die Spanne zwischen Daumen und Zeigefinger einen halben Millimeter. »Wenn die Bullen die richtig in die Hände kriegen, werden die butterweich. Die beten denen alle die Sünden der Familie bis zur Schlacht am Amselfeld vor. Und wenn die schon mir, den sie gar nicht richtig kennen, einer Zufallsbekanntschaft, stolz erzählen, was für'n Ding sie gedreht haben ... Rex, zahl sie umgehend aus und verpiß dich ins Ausland.«

»Ich könnte sie ausknipsen«, überlegte Rex, nun etwas munterer.

»Das kannst und darfst du nicht machen, Rex«, widersprach Polonius. »Du hast sie angeheuert. Es ist dein Fehler. Nicht ihrer. Abgesehen von den Scherereien, die Leichen immer machen.«

»Ich muß jetzt gehen«, sagte ich. »Ruf mich nicht zuhause an. Ich lasse dir meine Telefonnummer zukommen. Und denkt dran, solange der Dünne und Ladrone durch die Lande springen, seid ihr verdächtig. Und euer Telefon wird abgehört ...«

»Das wird es eh«, grinste Polonius. »Wir haben zwei, drei andere, sichere Leitungen für die Geschäfte. Und wir werden unser Hauptquartier eine Weile verlegen. Können wir nicht noch mal reden? In zwei, drei Wochen vielleicht? In Zürich oder meinethalben irgendwo in Dalmatien?«

»Dann kriegt deine Zuckerstange eine Sonderbehandlung«, gurrte Lucy. (Sie hat recht simple, voraussehbare Verhaltensmuster.)

»Vertröste mich nicht auf dann«, erwiderte ich ernst. »Ich brauch' es jetzt.«

»Und deine Verlobte, sie kann es dir nicht geben?« Lucy zog die Mundwinkel herunter.

»Sie ist noch in der Ausbildung«, lachte ich. »Das mußt du doch wissen: Die schönsten Sachen bringt man sich nach und nach bei. Wo wärst du, wenn Rex dich nicht in die Finger gekriegt hätte? Auf dem Straßenstrich. Und im Angebot nur Nullachtfünfzehn-Sex.«

»Da hatte Rex aber noch Format«, erwiderte sie.

Er sprang auf und schlug ihr mit dem Handrücken übers Gesicht. Sie nahm mich bei der Hand. Wir verschwanden im nächsten Schlafzimmer.

»Warum mußtest du ihn provozieren?« fragte ich, als sie mir das Hemd auszog.

»Nur, damit er sich mal wieder als Mann fühlt. Wenn er *down* ist, kennt er nur zwei Touren: sentimental oder brutal. Ich kenne ihn vom Grunde seiner lieben, schmutzigen, scharfen, kleinen Seele«, antwortete sie und warf sich rücklings auf's Bett. »Komm, mein kleiner Tiger, und zeig Mami, was man dir beigebracht hat!«

»Nein«, seufzte ich. »Du mußt mir helfen. Gib dir Mühe. Ich bin total deprimiert.«

»Und warum?« fragte sie. Sie machte eine Brücke, und ihre hübsche Muschi gähnte mich an. Ich lachte und zog mich aus. Langsam ließ ich mich auf die Matratze sinken.

»Heut wurde ich Zeuge einer der übelsten Kunstschändungen aller Zeiten«, murmelte ich.

»Ach, ich vergaß«, lachte Lucy und rollte sich über ein Knie ab. »Du bist ja Künstler. Also muß dir, was Rex, Polo und Diesel angestellt haben, ans Herz gehen. Nicht? Aber ich bin auch eine Künstlerin. Vielleicht kann ich dich trösten.« Sie konnte es.

Und siehe, eine Tür war aufgetan im Himmel und eine Stimme wie eine Posaune sprach: … SETZT DIE VERSICHERUNG FÜR DIE WIEDERBESCHAFFUNG EINE BELOHNUNG VON DM 50.000,– AUS. Und siehe, das

ZWEITE KAPITEL

schildert, wie ich noch vor Erschallen dieser Posaune ins Netzwerk der Helfershelfer, Doppelagenten und Denunzianten gerate

Er hat sich nach meinem Debakel mit dem falschen Botticelli an mich herangemacht. Er schätzte die Art und Weise, wie ich mit meiner Niederlage fertig wurde. Zunächst versprach er Hafterleichterungen und verlangte dafür Informationen. Da stieß er bei mir auf Granit. Das imponierte ihm, und er überlegte sich, wie eine Zusammenarbeit möglich wäre, die für beide Seiten von Nutzen. Also gab er mir Informationen, sowohl solche aus dem Bauch der Bestie als auch welche, die er wiederum von einem Freund im Versicherungswesen erhielt. So profitierte jeder.

Jetzt war er, ein etwas überdurchschnittlicher Kriminalbeamter, in der SoKo Domraub gelandet und begann mich, sobald ich in Belgrad angekommen war, mit Informationen zu füttern. Von einem neutralen Telefon zu einem anderen neutralen Telefon. Ich war amüsiert und mehr als neugierig. Aber schon beim zweiten Anruf, dem ein Brief mit Fotokopien folgte, wurde mir plümerant.

Mit Vergnügen hatte ich die erste Nachricht gehört: »Unser Chef ist jener Kriminalkommissar Knopf, von dem ich dir schon erzählt habe. Blitzgescheit, ideal als Undercover geeignet, ehrgeizig. Aber mit seiner Vorliebe für kurvenreiche Brünette und Spielkasinos paßt er wohl eher in dein Milieu.«

Die Brisanz der zweiten war meinem Freund bei der Schmier noch nicht bewußt: Anruf vom BKA am 5. November, früher Nachmittag, das Polizeikommando Chur in der Schweiz habe mitgeteilt, daß in der Strafanstalt S. ein Untersuchungshäftling einsitze, der »konkrete Angaben zum Einbruchdiebstahl in den Kölner Dom macht«. Die Schweizer Kollegen hielten diesen Hinweis für prüfenswert.

Wer, fragte ich mich, von Rex', Polonius', Stepans und Milos Freunden sitzt grad in der Schweiz ein? Oder war es jemand aus dem munteren Gesprächskreis im Landschulheim Regensdorf, der nun Bruder Traum in Schwester Tat verwandelt sieht? Ich habe dergleichen schon einmal erlebt: Das bloße, sachte Ventilieren eines GROSSEN COUPS verselbständigt sich. Hier hat einer etwas aufgeschnappt, dort hat ein anderer etwas hinzugefügt – und sich auf eine »Koryphäe« berufen, einen Safeknacker erster Güte mit bestem Ruf, und schon hielten zwei, drei harte Jungs das Ding für machbar. Am Ende wurde bei der Durchführung einer erschossen. Ein Bulle auch. Zwei erhielten lebenslang, zwei schrammten knapp daran vorbei.

Ich gestehe, daß ich unruhig bin. Ich bin nicht verwickelt. Ich habe Rex und Polo eine klare Absage gegeben. Ich habe mich nicht eingeklinkt. Nicht nur, weil mein Ruf dann ruiniert wäre. Ich möchte nicht als der Barbar in die Geschichte eingehen, der die Beute aus der Schatzkammer des Kölner Doms zersägt hat, um sie leichter verticken zu können. VLADI, DER BARBAR mag ein guter Filmtitel sein, aber die Rolle mag ich nicht spielen.

Andererseits ist allein schon die Tatsache, daß der Dünne und Ladrone direkt nach getaner Tat bei mir waren, ein Riesenproblem. Ich kann zappeln und treten, wie ich will: Ich stecke, verzeihn Sie, meine Dame!, in der Scheiße, und niemand ist da, der mich da rausziehen könnte.

Und dann habe ich auch noch den Fehler gemacht, nach Frankfurt zu fahren. Das hat überhaupt nichts genutzt. Ich habe Rex und Polo einen guten Rat gegeben: Die »vollziehenden Organe« (also Dünn & Doof) auszuzahlen und sich des Schotters zu entledigen. Aber dadurch, daß ich meinen Freunden die Ungeheuerlichkeit ihrer Barbarei vor Augen geführt, sie zu Nullen und Deppen ernannt, habe ich sie bloß provoziert, die Sache noch schlimmer zu machen. Rex ist nichts Besseres eingefallen, als den Dünnen und Ladrone aus den Stiefeln zu putzen. Barbaren hoch fünf!

Auf der Wache in Köln habe ich wahrheitsgemäß von meiner Absicht erzählt, nach Belgrad zu fliegen und mich dort um meine Mutter zu kümmern. Wäre ich bloß direkt von Köln nach Belgrad geflogen! Meine Nase, meine Neugier, meine Habgier, der gelernte Kunstdieb in mir aber mußten mich nach Frankfurt führen. Und statt mich auf die Bahn zu setzen, mußte ich Dunja mitnehmen und auch noch meinen alten Bekannten Dieter Barmen, genannt Gottserbarmen, als Chauffeur engagieren! Mein Benz stand ja in Belgrad und brauchte Ersatzteile. (Und diese hatte ich schon der Verlobten des Dünnen mitgegeben, die zufällig in die Heimat flog. Wieder etwas, was mich nun ärgert: Wegen eines winzigen Vorteils Verbindlichkeiten geschaffen zu haben. Vladi, du bist ein Idiot.)

Zuvor hatte Dieter in meinem Auftrag noch Ladrones und des Dünnen Bude in der Hohen Straße gesäubert, das Schießeisen, meinen Mantel und die Mütze mitgenommen und beschwert im Rhein versenkt. Wie befürchtet, hat Ladrone den warmen Mantel und die Mütze in der Tatnacht getragen … (DNS! DNA! DNA!) Volltrottel! (»Wo waren Sie am …?« – »Zuhause. Hab' geschlafen« – »Und warum sind dann ihre Kleidungsstücke naß?«) Und auf wen deuten alle Indizien?

Ich beneide die Vier um ihren Coup, bin aber nicht bereit, mich in ihn verwickeln zu lassen. Vor allem nicht, nachdem sie ihn so versaut haben. Also ab und – nach Belgrad. Belgrad, ich komme. (Wenn diese Rückkehr auch, wie immer, seltsame Symptome und Krankheiten bei mir auslöst.)

Dieter Gottserbarmen fährt zurück, nach Hause. Ich habe ihn, wie immer, gut bezahlt. Ich verbringe die Nacht mit Dunja in Frankfurt in einem Hotel. Sie ist seltsam stumm. Und sehr zärtlich. Und diese Zärtlichkeit einer Frau, die sich als meine

Verlobte empfindet, bringt sie in aller Unschuld dazu, »das Unaussprechliche« mit mir zu machen, und sie errötet vor Stolz, nicht aus Scham. Da beschließe ich, sie so bald wie möglich zu heiraten. Mich kostet das nichts, ihr gibt es größere Sicherheit. Am nächsten Morgen nimmt sie das Flugzeug nach Köln, ich warte auf meinen Flieger nach Jugoslawien.

Ich habe Angst.

Also mache ich Autogenes Training. Wer Angst hat, wird Opfer. Opfer anderer oder ein Opfer der eigenen Angst. Angst läßt dich Fehler machen. Und dann tritt ein, was Sich-selbst-erfüllende-Prophezeiung genannt wird. Was du befürchtest, tritt ein. Eine Frau geht durch eine dunkle Straße. Sie hat Angst, überfallen oder, schlimmer, vergewaltigt zu werden. Tiere, Kinder und Kriminelle riechen oder spüren diese Angst. Letztere schlagen zu: Die Frau wird überfallen oder vergewaltigt. Ich habe Angst davor, in diese böse Geschichte verwickelt zu werden. Ich werde verwickelt. Ich habe Angst, und ich …

Ich habe den Mercedes reparieren lassen und fahre zu Lola. Er wohnt in derselben Wohnung, in der er neunzehnhunderteinundfünfzig gewohnt hat. Er hat sich aus dem Geschäft zurückgezogen und ist vor der Zeit sichtlich gealtert. Er hat's am Herzen. Und an der Leber: Er säuft zuviel.

»Wir sind Krüppel, Vladi, glaub es mir! In einem zivilisierten Land würde man uns vier schon längst in Rente geschickt haben …« Lola starrt in seine Tasse mit Kakao und pustet nachdenklich.

»Rente? Wir waren Kriminelle, Lola!«

»Und warum bist du in Deutschland als politischer Flüchtling anerkannt worden?«

»Die Todesstrafe, die anschließende Begnadigung durch unseren Herrn König, den gnädigen Marschall Tito, und der Aufenthalt auf Goli Otok! Das macht doch jedem klar, daß wir keine gewöhnlichen Einsteigdiebe waren, als wir die Lebensmittelmarken klauten, Bruder.«

»Und wenn wir keine gewöhnlichen Einbrecher waren, sind

wir automatisch Politische? Wie die anderen auf ... auf der Insel?«

»Genau.«

Wir blicken in den Garten, wippen mit den Füßen und schlürfen unseren Kakao.

»Du, Lola«, sag' ich nach einer Weile.

»Hm.«

»Träumst du auch noch von der Insel?«

»Kaum noch. Gottseidank!«

»Ich habe wieder angefangen zu träumen, Partisan. Vorgestern noch mal von der Eisenbahnfahrt im Viehwagen ...«

»Ja, die geht mir auch oft im Kopf herum. Sie war vielleicht schlimmer als das, was uns ... dort erwartete.«

Wir wippen nicht mehr mit den Füßen, starren in unsere Tassen mit Kakao und brüten vor uns hin.

»Du träumst doch nur von ... diesen Dingen, weil du wieder mal in ein Dickes Ding verwickelt bist, Vladi. Hast du noch nicht genug? Kannst du den Hals nicht voll kriegen? Hast du nicht genügend zurückgelegt, auf die Hohe Kante, daß du in Ruhe von den Zinsen leben kannst?« Lola ist eine rührende Seele, ein echter Freund. Aber er hat den Kampfgeist verloren. Sein Kopf ist für einen ehemaligen Boxer noch immer sehr klar, sein Herz jedoch und die Leber haben die vielen Schläge offenbar nicht verkraftet.

»Der Letzte Große Coup fehlt mir noch, Bruderherz. Und im Gegensatz zu unserer Arbeit in der Schwarzmarktzeit lasse ich mir heutzutage mehr Zeit für die Planung. Nein, widersprich mir nicht«, ich hebe den linken Arm, »das mit dem Botticelli sollte das Gesellenstück werden ...«

»Eine halbe Million! Deutsche Mark!« kam Lola ins Schwärmen. »Das macht bei fünf Prozent Verzinsung ..., wart mal, fünfundzwanzig Tausend. Pro Jahr!«

»Davon kann man in Deutschland nicht leben, Partisan«, unterbreche ich ihn.

»Aber hier!« sagt er triumphierend.

»Ich weiß nicht, ob ich hier leben kann, Lola. Immer, wenn ich nach Belgrad komme, macht mein Herz Sperenzchen.«

»Wie meines«, nickt mein Freund. »Goli Otok hat unheilbare Spuren hinterlassen ...«

»Und das wegen lächerlicher Lebensmittelmarken!«

Und dann erzähle ich ihm vom Großen Coup der beiden Schutzgelderpresser und Zuhälter aus Frankfurt und ihrem ungeheuerlichen Verbrechen, einen Sakral- und Kunstwert von mehreren Millionen DeEmm in Schrott verwandelt zu haben. Tränen laufen mir über die Wangen.

»Es gibt also praktisch keine Chance mehr, als Vermittler für deine Freunde aufzutreten und ...«

»Freunde?« brülle ich. »Seit wann hab' ich Zuhälter, Arschlöcher und Kunstschänder zu Freunden?«

»Für deine Bekannten aufzutreten und die Chose in einer Art und Weise zu bereinigen, daß alle Betroffenen zufrieden sind?«

»Nein, Lola.«

Wir baumeln mit den Beinen. Der Kakao ist kalt geworden. Und ich möchte weg. Aus Belgrad und aus Köln. Aber wohin könnte ich gehen? Mein Englisch kann man vergessen, Russisch ist nicht gefragt. Und ich hänge an Belgrad, hänge an Köln.

Lola bringt mich nach Hause. Und während er sich rührend mit meiner Mutter unterhält, mache ich einen kurzen Abstecher zum Sicheren Telefon und zum Sicheren Postkasten.

Dort erwartet mich eine böse Überraschung. Es ist Sascha aus Regensdorf, der da singt. Ich lese die mir von meinem Freund bei der Polizei zugeschickten Fotokopien, Schweiß tritt mir auf die Stirn, das Herz beginnt zu rasen, mir wird schlecht. Vor Wut und Angst.

»Und dem Engel der Gemeinde zu Köln schreibe …«
Das sagt im

DRITTEN KAPITEL

»der da Amen heißt, der treue und wahrhaftige« Zeuge
Klaus-Peter alias »Sascha«

Wahrlich, wahrlich, ich sage Ihnen, meine Dame, mein Herr, hat ein Mann ein zu hübsches Schnäuzchen und einen zu knackigen Arsch, er wird Gefallen finden bei den Weibern des Landes, aber auch bei den Harten Jungs im Knast; und Schnäuzchen und Hintern werden seinen Untergang besiegeln, und ihr Inhaber wird seine Prinzipien verleugnen, noch ehe am Morgen der Wärter kräht und die Zellentür öffnet.

Sascha also. Schwarz auf Weiß: »Ich möchte hier gegenüber Kriminalkommissar Specht folgende Angaben machen. Meinen Namen möchte ich nicht nennen …« Und: »Ich möchte noch bemerken, daß wir, obwohl wir davon ausgingen, daß der Entlüftungsschacht nicht mit einer Alarmanlage gesichert ist, die Absicht hatten, zuerst eine Taube hindurchfliegen zu lassen, um festzustellen, ob dadurch irgendeine Alarmvorrichtung ausgelöst wurde.«

Eine Taube! Wohl eine Friedenstaube mit einem Olivenzweig im Schnabel, eine Botschaft für den Kardinal ans Bein gebunden des Inhalts: »Eure Eminenz, wir geben auf unter der Bedingung, daß der Henker uns eine schnellwirkende, tödliche Spritze verpaßt, bevor wir, unter Absingen der schönsten Choräle, weltweit per Fernsehen übertragen, dem Scheiterhaufen überantwortet werden. Ihre PANZERKNACKER.«

Das Schönste aber: »Bei dem Täter handelt es sich um den Vladimir Heiter.« Und »es wirkten folgende Personen mit:

1. Der bereits genannte Heiter.
2. Paul Fest ... geeignet von der Figur her, durch den Entlüftungsschacht zu gelangen ... Während ich zu diesem Zeitpunkt den Plan des Einbruchs fallengelassen hatte, da mittlerweile ein zu großer Personenkreis davon Kenntnis hatte, drängte Fest auf die Durchführung.
3. Dieter Schaf, ca. 40 bis 50 Jahre alt, ca. 1,70 m groß, etwas korpulent, dunkle Haare mit Stirnglatze.
4. Die Genannten hatten Verbindung zu einer Veronika Jungfrau aus München. Über sie Kontakt zu mehreren Personen der Münchner Unterwelt, wie Karl Baumgard, genannt Koffer-Karl, und zu einer Gruppe von Italienern ...«

Ich wischte mir die Lachtränen aus den Augen. Dabei war es traurig.

Ich sehe diesen bildhübschen Kleptomanen vor mir. Nackt. Er steht unter einer der Gemeinschaftsduschen. Auf ein Handzeichen eines Stuttgarter Zuhälters entfernt sich der Wärter von der Tür und schließt sie hinter sich. Zwei Kollegen des Zuhälters postieren sich dort, wo der Beamte gestanden hat. Sascha seift, fröhlich pfeifend, seine Achselhöhlen ein. Standbein/Spielbein. Durch Wasserstrahlen und Dampf nähern sich ihm zwei muskelbepackte Norditaliener. Zu spät blickt unser Narziß auf. Er schreit. Seine Augen weiten sich. Ein Handrücken bringt seine Lippen zum Platzen. Ein Polizeigriff zwingt ihn auf die Knie. Ein dicker, dunkler Schwanz dringt durch seine Lippen. Sascha senkt den Kopf. Er bläst und saugt. Schnitt.

Ich stehe unter einer der Gemeinschaftsduschen. Für ein Bleistiftporträt habe ich von einem Wärter ein Stück Seife erhalten. Ich seife mich geneigten Kopfes ein und blicke dabei unter gesenkten Wimpern um mich. Ich bin gewarnt worden: Ich bin der Jüngste auf der Kahlen Insel. Ein Leckerbissen. Nicht nur für Schwule. Für jeden, der stärker ist als ich. Ich sehe, wie Zanko wiegenden Schritts auf mich zugeht. Sein Glied ist halberigiert und schwingt wie ein Standuhrpendel von links nach rechts. Ich habe keine Schritte hinter mir gehört. Eine harte Hand legt sich auf meinen Mund. Ein einfacher Nelson zwingt mich auf die Knie. Zanko stellt sich vor mich, wichst sich zwei Mal, drei Mal. Seine Eichel nähert sich meinen Lippen. Ich öffne den Mund. Weit. Höre weit hinter mir, direkt am linken Ohr, ein Kichern. Zanko zieht mich an den Ohren hoch und stößt seinen Unterleib gegen mein Gesicht. Sein Schwanz sucht Eintritt. Ich öffne die Lippen, umschließe die Eichel und atme tief aus. Zanko grunzt erfreut: Da hat einer sein Mundwerk gelernt. Zanko lehnt den Oberkörper nach hinten. Der Nelsongriff lockert sich. Ich beiße zu und spucke die abgebissene Eichel aus, lasse mich zur Seite fallen und springe seitlich auf. Aber da ist Lola schon hinter dem Mann, der mich festgehalten hat.

Am nächsten Tag stirbt Zanko.

Am übernächsten sein Freund.

Ich bin klein/mein Herz ist. Ich habe mir Respekt verschafft. Bis zum letzten Tag auf der Insel legt sich niemand mehr mit mir an.

Sascha macht gutes Geld in Regensdorf. Mit den Schwulen und den Verächtern und Hassern der Schwulen, die, wie sie sagen, »nur knastschwul sind, weil weit & breit keine Weiber zu kriegen sind«. Sascha hält sich an die Knastelite, die über Geld verfügt. Er ist nicht abzuschütteln. Dabei zu hübsch und zu feminin, als daß man ihn einfach mit einem Fußtritt loswürde. Taschendiebstahl. Beischlafdiebstahl, Hochstapelei. Heiratsschwindel. Kreisklasse.

Und damit Sascha mit Hand, Mund und Arsch Geld verdienen kann, muß er Wachteln schmieren, mit Hand, Mund und Arsch. Oder Informationen.

Sascha weiß nichts. Er konstruiert. Er versucht mit seinen Aussagen ein schwebendes Verfahren vom Hals zu kriegen.

Er schwafelt auf diesen sechs fotokopierten DIN-A4-Seiten, schmaler Rand, anderthalbzeilig getippt, von einer »konspirativen Wohnung in Köln«, die angemietet worden sei vor der Tat;

daß man es hauptsächlich »auf Edelsteine abgesehen« hätte; daß man die rausgebrochenen Steine in einem VW-Bus mit Zollnummer nach Italien bringen wolle; daß er eine Liste der vorgesehenen Beute »mit Fotovergrößerungen« angefertigt hätte; er habe »den Eindruck, daß die Familie L. (besagte Italiener) aus München Beziehungen zu kapitalkräftigen Personen in Italien« hätte. »Ich will damit andeuten, daß es sich um Mafiosi handeln könnte, auch Großindustrielle könnten gemeint sein. Es besteht auch die Möglichkeit eines Kontaktes in die Vereinigten Staaten.« Schließlich erwähnt er noch, wann und wo bei wem er schon in der Vergangenheit Informationen gegen Straffreiheit weitergegeben hat: »In diesem Zusammenhang sind meine Angaben beim Bayerischen Landeskriminalamt vom 7.3.1973 aufschlußreich.«

Es ist die übliche, es ist die wie üblich traurige Geschichte. Ein Strichjunge, Eierdieb und Heiratsschwindler »packt aus«, und ...

... ein Deutscher Beamter nimmt die Aussagen ernst. Sehr ernst. Und macht eine Skizze einer weltweiten Verschwörung, die belegen soll, wie ich, daß ich die Klunker des Kölner Domschatzes geklaut habe:

Dabei habe ich damals in Regensdorf, als Sascha immer wieder auf die Schatzkammer des Doms zu sprechen kam, ernsten Gesichts zu ihm gesagt: »Aussichtslos. Vergiß es. Es dürfte einfacher sein, sich der Kronjuwelen der englischen Königin zu bemächtigen. Ich hab' sie mir schon angeguckt: *Das* dürfte lohnender sein – und viel einfacher.«

Sagte er mit großen Augen: »Meinst du das wirklich?«

»Ganz im Ernst«, erwiderte ich.

Nachdem Jean aus Regensdorf abgeschoben worden war, versuchten Kid und ich einen Ausbruch. Er hatte noch sieben Jahre vor sich und stieg deshalb als Erster durch die Gitter. Ich hinterher. Und wurde geschnappt. Kid aber meldete sich bereits nach einigen Tagen mit einer verschlüsselten Postkarte bei mir: Er hatte bei Rex und Polonius in Frankfurt Unterschlupf gefunden.

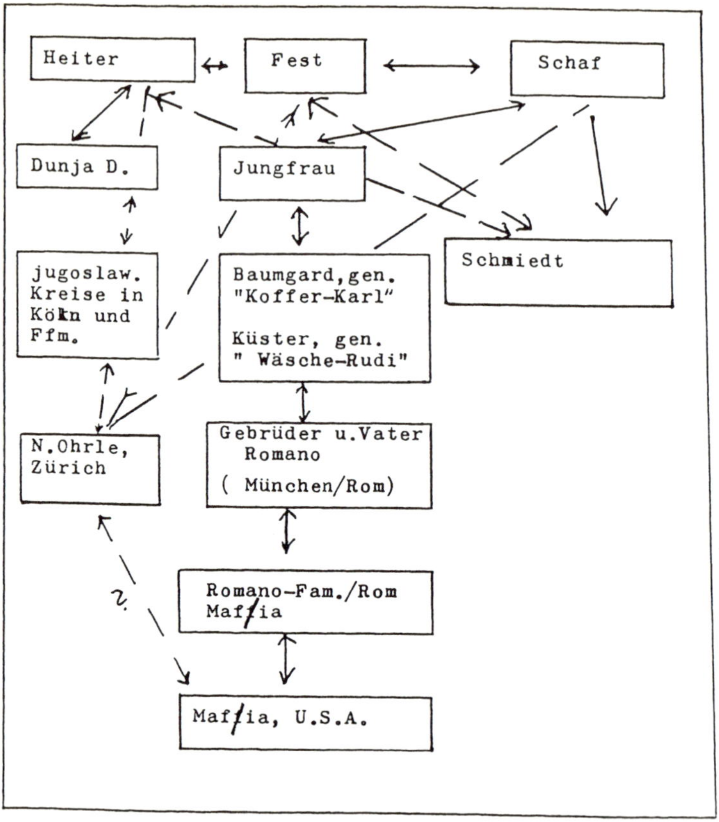

gefertigt: KK Specht,
z.Zt.Regensdorf

Und Sascha? Erhielt wegen »guter Führung« (später fanden wir heraus, daß sie aus Denunziationen bestand) Hafturlaub, fuhr nach Köln und besuchte … Dunja! Er gab sich als mein Freund aus und nistete sich bei ihr ein. Meine Dauerverlobte, aus guter Familie stammend, hatte mich seinerzeit mit einem intakten Hymen verblüfft; aber wie ich Sascha kannte, konnte ich mir vorstellen, wie diese »Untermiete« enden würde. Ich beschloß, einen zweiten Ausbruchsversuch zu riskieren. Er gelang. Bereits zwei Tage später war ich, gut angezogen, mit neuen Papieren und Bargeld versehen, auf dem Wege nach Köln. Aber unser kleiner Kleptomane, Strichjunge und Heiratsschwindler wurde vor meiner Ankunft gewarnt und verschwand Hals über Kopf aus der Wohnung. Er hinterließ eine Telefonrechnung von über tausend Mark und seine schmutzige Wäsche, nahm dafür aber Dunjas kompletten Schmuck mit. Er verwischte seine Spuren gut. Ich erfuhr erst wieder von seinem neuen Aufenthaltsort, als er – wieder einmal – in Untersuchungshaft saß.

Und nun sitzt er in Chur und singt. Die schönsten Melodien. Er hat eine ausschweifende Phantasie. Jetzt bin ich gespannt, mit welcher Energie die SoKo die Spur von Fest und Schaf verfolgen wird. Mein Gewährsmann in Köln wird mich informieren.

Das Haus in Belgrad ist leer. Ich wohne allein. Ein Privatier und Rentier. Rex und Polonius werden sich wohl bald melden, denke ich. Aber dann, eines Morgens, ist Polly am Apparat. In Frankfurt und Mailand sind Polo und Rex in eine Auseinandersetzung mit der Konkurrenz verwickelt worden. Es kam zu Schießereien und Verletzten. Ihre Chefs verstecken sich in Norditalien, bis Rex seine Schußwunde auskuriert hat.

Mit Lola mache ich lange Spaziergänge. Und dann, ausgerechnet auf dem Marktplatz, stoßen wir auf… Marja K., Ladrones Angetraute.

Sie hat, sagt sie, schon viel von mir gehört.

»Und was?«

»Nur Gutes!« strahlt Marja. Zwei Tage später zieht sie zu mir und hilft, die Wartezeit zu verkürzen. Schon in der ersten Nacht erzählt sie mir, was für ein lausiger Liebhaber ihr Mann ist, und behauptet, sich in mich verknallt zu haben. Sie kommt mir ausgehungert vor wie eine junge Belgrader Witwe vor dreißig Jahren.

Zu meinem Schrecken berichtet Dunja am Telefon, daß der Dünne ständig bei ihr aufkreuzt. Er besucht Ladrone im Kölner Klingelpütz und fährt mehrfach nach Frankfurt auf der Suche nach Rex und Polonius. Die aber haben ihr Etablissement (an einen Strohmann) verkauft, die Spuren verwischt und ruhen sich in Piemont aus. Der Dünne irrt durch Frankfurt, das er kaum kennt. Er sucht sämtliche Billardsalons auf, weil er hofft, seine Chefs dort zu treffen, und taucht in der Pizzeria *Mario* auf, die von Rex wegen ihrer Kalbfleischgerichte geschätzt wird.

»Du, Schätzchen«, sagt Dunja. »Der Mann sieht mir aus, als sei er in Panik. Er hat mir gegenüber angedeutet, selbst in die Schatzkammer eingestiegen zu sein, und weiß nun nicht, wo die Auftraggeber und die Beute sind.«

»Und was will er von dir?«

»Er denkt, du weißt, wo die Frankfurter sind, und hält sich daher an mich.«

»Ach, du Scheiße«, fluche ich durch die Zähne. »Diese Niete hat uns grad noch gefehlt. Schmeiß ihn raus! Wimmel ihn ab! Sag ihm, du weißt von nichts.«

»Hab' ich ja, Schätzchen. Aber er ist blank. Und ohne Ladrone irrt er wie ein Waisenkind durch die Stadt. Außerdem hast du selbst ihm gesagt, daß du nach Belgrad fliegst. Und da rechnet er eins und eins zusammen. Wenn Rex nicht in Frankfurt und auch nicht in Köln ist, muß er...«

»Mit mir hier zusammenstecken. Was für ein Quatsch!«

Dunja macht eine lange Pause.

»Du, Vladi«, sagt sie dann, »bist du wirklich nicht in diese Geschichte verwickelt?«

Ich werde wütend. »Du weißt so gut wie ich, daß ich die ganze Nacht die Wohnung nicht verlassen habe, Schatz. Nun red nicht so'n Blödsinn zusammen!«

»Aber Vladi?«

»Ja.«

»So gut weiß ich das gar nicht. Ich habe doch Valium genommen.«

»Und?«

»Und da hättest du doch ...«

»Nun paß mal gut auf, Dunja. Laß dich von dem Blödmann nicht irre machen. Ich war es nicht! Wiederhol das!«

»Du warst es nicht.«

»Noch einmal!«

»Du warst es nicht.«

»Gut. Und bereite dich darauf vor, bald deine Sachen zu packen und herzukommen. Laß dich krankschreiben. Hörst du?«

»Ja!« jubelt sie.

»Und kauf dir was Schönes zum Anziehn, Spätzchen. Wir heiraten hier. Ich bin es langsam satt, so lange schon verlobt zu sein, und weiß, daß es dir genauso geht.«

»Oh, Vladi, ich weiß nicht...« Dann fängt sie an zu weinen. »Ich liebe dich«, versichert sie schluchzend. »Ich bin so aufgeregt.«

»Ich liebe dich auch. Bis dann. Und halt mich auf dem laufenden.«

Ich lege den Hörer auf. Aber da klingelt das Telefon schon wieder. Rex ist am Apparat.

Jetzt ist er an der jugoslawischen Riviera. Er lädt mich ein, »auf einen Sprung« zu ihm zu kommen. Mir schmeckt das nicht. Aber es scheint mir nicht angebracht, ihm den Wunsch abzuschlagen. Der Mann ist gefährlich. Außerdem habe ich ja nette Begleitung, und mein Vater lehrte mich, keine Chance eines flüchtigen Glücks auszulassen, solange es niemandem schadet. Es wird mir gut tun, mal aus Belgrad rauszukommen.

Wir nehmen den Nachtzug. Und kaufen zuvor etwa hundert Gramm Gras aus dem Kosovo. Die Christen bauen guten Wein, die Moslems guten Hanf an. Das Rattern eines Zuges, das Stampfen eines Schiffes und der mit Pfefferminze gekühlte Rauch von Kif unterstützen ein gutes Liebesleben sehr. Dunja behauptet, schon von drei Zügen *high* zu sein. Marja dagegen, die vorgibt, seit langem nicht geraucht zu haben, macht so tiefe Züge, daß der Qualm ihr aus allen Leibesöffnungen dringt, wenn sie ihn ausatmet. Wie Dunja wird sie ausgelassener und wilder. Aber auch, wie ich mit Entsetzen feststellen muß, vulgärer. So werde ich zum Versuchskaninchen für ihre Experimente. Sie dringt – ich bin entsetzt! – gar auf Analverkehr und hat sich dafür, wie sich nun herausstellt, ein kleines Fläschchen wohlriechendes Öl mitgebracht. Da bin ich nicht mehr entsetzt. Eher voll angetan. Und mache die erstaunliche Erfahrung, daß diese Art des Sex Marja zum (wie heißt er noch mal?) multiplen Orgasmus bringt. Was sie mir danach auch erklärt: Es soll mit dem wie die Ziffer acht angelegten, kreuzweise beide Leibesöffnungen umschließenden Muskel zu tun haben. Man lernt nie aus. Zumal wenn es sich, wie Ladrones Angetraute mir ins Ohr flüstert, um die »schönste Art der Familienplanung« handelt. Ich komme ziemlich unausgeschlafen am Meer an, das sich von weitem schon durch seinen Geruch ankündigt.

»*Ewigkeit ist dieser Glanz, diese unabsehbare Weite dieser verschwendete Wohlklang auf dem Flaum von Schiffbrüchigen und dein Traum jenseits aller Gerechtigkeit*«, jubelt Marja, sich vor dem Spiegel schminkend.

Das Meer, denke ich. Von Dušan Matić. Diese Frau ist mehr als ungewöhnlich.

»*... und aller Ungerechtigkeit*«, fährt sie nüchterner fort. »*Ewigkeit ist diese Welle, die unermüdlich atmet zu deinen sterblichen Füßen ...*«

Das Meer ist Nichtentkommenkönnen. Ist die Kahle Insel, denke ich. Ich bin dem Meer kein Freund mehr.

Wintersonne unter Palmen. Wir sind warm angezogen. Rex entläßt Marja mit dieser Handbewegung, die ich so gut von ihm kenne. Für ihn sind alle Frauen Huren. Es gibt keine Unbefangenheit mehr. Rex ist Gefangener seines Männlichkeitswahns, ich der meiner Vergangenheit.

Vielleicht sollte ich Köln und Belgrad völlig verlassen, mich irgendwo niederlassen, in der Sonne, im hügeligen Landesinneren einer Insel unweit des Wendekreises. Aber welcher? Und welche Sprache spricht man dort? Die meiner Folterer? Oder die der Arglosen in Deutschland, die ihre Folterer und Mörder so schnell verdrängt haben?

»Du hörst gar nicht zu«, grollt Rex. Gottergeben wende ich mich ihm zu. Er verheddert sich immer noch in den Fallstricken, die er selbst gelegt hat. Er weigert sich, die durch seine unglaubliche Dummheit bewirkte Niederlage anzuerkennen.

Als er endlich abgefahren ist, versuche ich Urlaub zu machen. Daß dies möglich ist, verdanke ich Marja, die jede Minute in vollen Zügen genießt. Vom Marihuana aus dem wilden Kosovo ganz zu schweigen.

Nur schlafen darf ich nicht. Der Geruch des Meeres allein genügt, um krank zu werden und böse Träume zu haben. Das haben Die Da Oben fertig gebracht.

SCHWARZES INTERMEZZO III

Rennen Rennen Rennen! Die Schweine rufen: ’raus! – ’raus! ’raus! Zu zweit! Immer zu zweit! Aber fix: Laufen!

Laufen wir im Zickzack die Mole entlang. Rennen. Und die Schweine stehn Spalier und schlagen mit ihren Gummiknüppeln. Schlagen auf uns ein. Unmöglich auszuweichen. Unmöglich zu entkommen. Rennen. Rennen. Rennen. Und wenn der neben dir zu Boden sinkt, vergiß ihn. Laß ihn liegen. Sonst schlagen Die auch dich tot, krankenhausreif. Brechen Schädel, Arme, Beine

Am Ziel: Das Schiff kein Schiff ein Kahn. Ein Lastkahn. Und wir springen. Spring Spring Spring! Ins Dunkle, in den Bauch des ... Und roll dich beiseite damit kein anderer auf dich springt, auf dir landet. Jeder seines Nächsten Feind. Oh, Paradies der Werktätigen! Paradies der Kommufaschisten. Schreie, Schreie, Schreie ... Das dumpfe Aufprallen der Knüppel

Und dann schließen die Schweine die Luke, als transportierten sie Schlachtvieh. Der Motor wird angelassen. Und der Kahn schaukelt und bewegt sich vorwärts. Vorwärts und nicht vergessen. Und nach Tagen öffnet sich die Luke über uns. Sonne! Sonne! Und der Geruch von Meeeeeeeeeeeer!

Alle sind wir grau. Grau im Gesicht. Grauen in den Augen. Einige haben sich vollgeschissen. Schweine nicht wir, sondern ihr. Knüppelschwingerfaschisten. Felsen. Eine Bucht dazwischen und Boote in der Bucht. Ihre Maschinengewehre zielen auf uns. Zwischen Luke und Land: Schläge. Zwischen Land und Luke eine gefächerte Reihe von Knüppeln. Schnauzen dahinter, Uniformen. Sind das Jugoslawen? NEIN!

»Aufstellen am Ufer!« brüllen die Schweine. Kreischen die Schweine.« Abzählen, aber dalli!«

Nochmal abzählen UNDNOCHMAL

Und dann diese Stille. Der Schaum der kleinen weißen Wellen bricht sich zischend am Strand

Stille

Und vom Hang her über der Bucht bricht eine graue Welle über die Distanz: Johlen Grölen Schreien

Keine Uniformen (jedenfalls nicht diese)

Graue Gesichter, graue Uniformen

Keine Schweine, sondern:

Welche

Wie

Wir!

Stelln sich auf uns gegenüber. Brüllen, beleidigen uns Wir sollen unsre Mütter ficken.

Wir starren Die an. Die sehn aus wie Wir, sind aber nicht mehr Wir. Die sind wie Die!

Von hinten und von den Seiten prügeln sie auf uns ein. Hopp Hopp Hopp. Rennt schon! Lauft schon! Aber dalli!

Und das Graue Meer von Gegenüber teilt sich Und wir laufen. Und nun prügeln Wir auf Uns ein. WIR WIR WIR prügeln da auf Uns ein. Wir sollen werden wie DIE. Schläge Schläge Schläge Die schreien: Verräter. Die sind aufgehetzt: Die haben unsere Brüder aufgehetzt. Die halten uns für was anderes

Keiner entgeht dem Spießrutenlauf.

Und erst am Hang prasseln keine Schläge mehr auf uns ein. Keine Schläge mehr DER CHOR DER STRÄFLINGE:

FICKT EURE MÜTTER.

Und die Sonne!

Und der Geruch des Meeres!

Und die Möwen!

Und der scharfe Wind, die Bora!

Und da stehn wir und blicken sprachlos zurück auf Unseresgleichen. Dabei sind das doch Partisanen gewesen! Dabei sind doch auch die In den Wald! *u šumi u šumi u šumi* gegangen. Hej,

Partisan, sing dein Lied Und ich hab zwölfjährig begeistert mitgesungen. Die haben den Menschen zum Feind des Menschen gemacht.

Du Lola?

Ja?

Wir sollen werden wie die da.

Glaubst du?

Wir sollen werden wie die da.

Wie die?

Ja.

Niemals!

Und nach zwei Wochen schon sind wir wie Die Da geworden.

Ums eigne Fell zu retten.

Das erbärmliche Leben zu retten.

Um *da* zu sein.

Um leben zu bleiben.

Dazu haben Die Da Oben uns gebracht.

Das war das Schlimmste.

Nicht die Folter. Nicht die Schläge. Nicht der Schlafentzug. Nicht was in den Kellern der Knäste passiert. Nicht das versalzene Essen. Nicht das schale Essen. Nicht was die Richter, die verblendeten Wärter uns angetan.

Nein, daß Die Da Oben uns dazu gebracht haben, das war das Schlimmste.

»Und ich sah, und siehe, ein weißes Pferd. Und der darauf saß, hatte einen Bogen, und ihm ward gegeben eine Krone, und er zog aus sieghaft und daß er siegte«: Es tritt auf im

VIERTEN KAPITEL

die geballte Faust des Rechts, Walter Ratzki, und singt:

Gelassen, wie es mir ziemt,
Steh' ich den Feinden gegenüber. Gleich
Ist die Verwegenheit bestraft; es weicht
Und fällt ihr Anhang, und ihr Leib ist unser.
Ein Wort von mir – und sie stehn in Flammen.

Freu dich, freu dich der schicksalsbeschiednen Fülle!
Freu dich, deutsches Volk, das den Höchsten nahe wohnt;
Göttlich ist der Spruch deiner Richter;
Der Himmel selbst, nicht ich, Souffleur, stiftet ihn.

Hier spricht Natur- und Völkerrecht gleich laut,
Daß nach der Sitte der geworfne Stein
Zurück muß fall'n auf Haupt und Füße derer,
Die ihn warfen. Unrecht wird besser nicht,
Wenn man darin verharrt, nein, macht das Unrecht ärger.

Der grüblerische Zweifel, der denkt,
daß Richter Menschen sind und untertan
Dem Glauben an das Eigentum, er sei verdammt.
Wahrhaft groß sein heißt: Haft und Strafe bejahen
Und sprächen hundert, ja tausend Jahre Strafjustiz dagegen.

Köln, in das ich eingeflogen,
Hat seine Ordnung: Unten ist unten, und oben ist oben.
Darüber aber thront das Gericht.
Wer seine Pflicht nicht kennt, wird plattgemacht.

Und betritt die Suite im Kölner Dom-Hotel, von der aus Kriminalkommissar Knopf mit seiner SoKo die Ermittlungen gegen jene Gesetzesbrecher leitet, die den Domschatz so schnöde gestohlen. Und es schüttelt der Beamte dem legendären Undercover-Agenten die Hand. Und sie grinsen: Sie erkennen sich. KK Knopf wundert sich ein bißchen, wie unscheinbar der deutsche James Bond aussieht, und fragt sich, ob dieser sich einer plastischen Chirurgie unterzogen hat, um seine siegfriedgleichen Züge in Mr. Jedermann zu verwandeln: Ratzki ist ziemlich klein, hat einen runden Kopf, schmal die Oberlippe, spitz und lang die Nase, die Ohren groß, die spärlichen Haare quer übers Haupt gekämmt im Sardellenscheitel. Ein hellblaues Scheidenschleckerhemd mit Button-down-Kragen, eine eng geknotete Seidenkrawatte, Bügelfalten, scharf wie das Schwert der Gerechtigkeit, handgenähte italienische Halbschuhe, James-Bond-Köfferchen; und das Gesicht strahlt die Gewißheit aus: Ich komme, schnüffle, siege. Da stehen sich zwei von gleichem Format gegenüber. Hinter KK Knopf: Die geballte Intelligenz und Feuerkraft der vierundfünfzig Beamten der SoKo Domraub, hinter UCA Ratzki die größte private Verbrecherkartei des Landes, nahezu alle Landeskriminalämter, das Bundeskriminalamt, der Bundesnachrichtendienst und ein Innenminister, der, wie üblich, keine Ahnung hat. Und der Kölner Kardinal, hinter ihm: Der Papst. (»Das hättest du sehen sollen«, schreibt mein Informant in der SoKo. »Da trafen Blücher und Wellington aufeinander, um dem Verbrechen sein Waterloo zu bereiten.«)

Kriminalkommissar Knopf beneidet den Kollegen. Er weiß nur zu genau, daß Ratzki allein im Jahre 1974 hundertachtzigtausend Mark Honorar und um die zweihundertvierzigtausend Mark Spesen von deutschen Versicherungen kassiert hat – und dabei, wie Knopf bewundert, trotzdem nicht reich wird, weil Ratzki alles wieder für seinen Beruf und den dazu passenden Lebensstil investiert: Jaguar Typ E, Cessna-Flugzeug, Kameras, Projektoren, Funkgeräte und Abhöranlagen. Das Leben heißt für den Agenten: arbeiten, arbeiten, arbeiten. Kaum schlägt man der Hydra des Verbrechens einen Kopf ab, wachsen dem Ungeheuer wieder neun neue. Da gibt es keine Ruhe, keine Rast für Ratzki. Er trinkt nicht, raucht nicht, schnupft kein Kokain, zieht nicht an der Wasserpfeife, spielt nicht, besucht keine Bordelle (er ist nicht nur verheiratet, er ist ... treu!). Sein Leben ist: Das Jagen von Verbrechern. Und stecken diese ihre Nase mal nicht aus den Löchern, jagt er in der Eifel Karnickel mit der Schrotflinte oder auch schon mal in Spanien, umgeben von den Spitzenfunktionären des Franco-Regimes. Die schlechter zielen und treffen als er.

Er betet nicht einmal! Ein »Ora!« zählt bei ihm nicht, er ist Sklave des »Labora!«. KK Knopf wurde der Besuch angekündigt; so hat er sich kurzfristig eine Liste der Erfolge des Kollegen Ratzki besorgt und sie studiert. Er hat den Kopf geschüttelt: Ratzki hat einen Einbrecherring in Niedersachsen auffliegen lassen, hat einen Raubüberfall in Dortmund aufgeklärt und den Generalschlüssel der VW-Werke in Wolfsburg wiederbesorgt, der fast schon an die Rote Armee Fraktion verkauft worden war, er hat den berühmt-berüchtigen Einbrecher Galeno zur Strecke gebracht, der Brillanten im Wert von mehr als 2,2 Millionen Franken erbeutet hatte, er hat Spanier, Zigeuner, Italiener, die Rote-Ruhr-Armee, einen deutsch-französischen Multi der Einbruchsbranche und Stadtguerrilleros gejagt. Und – KK Knopf schaudert's – all dies in weniger als anderthalb Jahren! Der Agent Ratzki verfügt über alle Mittel, und einer wie Knopf muß einen Radiergummi per Formular in vierfacher Ausfertigung anfordern.

Ratzki sieht das Gesicht des Beamten, dessen Bewunderung in den Augen, der Körpersprache, lächelt und streckt seine Hand aus: »Geben Sie mir Kopien der erfolgversprechendsten Akten, und in kurzer Zeit, haben Sie, Herr Kriminalkommissar, und ich, diese Täter geschnappt. Ich arbeite im Auftrag der Versicherung, und Ihre Vorgesetzten haben mir, wie Sie wissen, alle Vollmachten gegeben ...«

KK Knopf bemüht sich, wieder ausdruckslos zu wirken. »Ja, mir wurde die Vollmacht gegeben, intensivst mit Ihnen zusammenzuarbeiten, Herr Ratzki. Unter der Maßgabe, daß wir einander von jedem Schritt, den wir tun, unterrichten.«

Knopf weiß, daß sein Gegenüber sich nicht daran halten wird. Aber er hat sich vorgenommen, Ratzki diskret überwachen zu lassen, um ihn gegebenenfalls auf der Zielgeraden zu überholen. Wie es Radfahrer tun oder die mutigen Steuerleute in Formel-I-Rennen. Schon lange hat er im BKA und LKA darum gebeten, auch als Undercover tätig werden zu können. Natürlich streng sich an die Maßgabe haltend, wonach (leider) vorgeschrieben ist, Polizei- und Aufklärungsarbeit zu trennen. Aber er kann damit leben, wenn es soweit ist. Der Höhepunkt der Arbeit gegen das Internationale Verbrechen besteht nicht darin, einem Täter die Handschellen anzulegen, sondern hundertfünfzigprozentiges Beweismaterial gegen ihn zu sammeln; nicht mit dem Schießeisen zu arbeiten, sondern mit der Wanze, nicht mit physischem Einsatz, sondern mentalem, nicht mit Gewalt, sondern mit List und Spucke. Nur, wenn es gar nicht anders geht, kann man den einen oder anderen Topschurken umlegen. Weil man dazu die Lizenz hat. Aber noch sind das Träume und Schäume. Das BKA ist geneigt, mit ihm einen Versuch zu machen, das Landeskriminalamt in Düsseldorf aber läßt sich leider immer noch vom Geschwätz liberaler Freigeister abhalten, die ständig mit dem Grundgesetz unter dem Arm herumlaufen. Das Gorgonenhaupt des Internationalen Organisierten Verbrechens schwebt über Deutschland (was heißt Deutschland?), über ganz Europa; und er, KK Knopf, kann in seinem Dienstporsche nicht einmal Dr. No oder Lucky Luciano nach einer wilden Verfolgungsjagd über Lövenich-Geilenkirchen … auf die andere Seite der Grenze verfolgen. Vom AUSLAND her kann der Unhold ihm eine Nase drehen …

Ratzki wird ungeduldig.

»Wir haben da«, beginnt KK Knopf leise und bestimmt, »um die dreihundertundfünfzig Hinweise erhalten und bisher siebzehn herausgefiltert. Die liegen in der Akte auf meinem Schreibtisch …«

»Was?« Ratzki staunt. »Gleich siebzehn erfolgversprechend?«

»Wie sollen denn fünfundfünfzig Beamte dreihundertfünfzig Hinweise in so kurzer Zeit durchkämmen, wenn ...«

»Mir wurde gesagt, in Betracht kämen nur fünf oder sechs Verbindungen.«

»Wer hat Ihnen denn das erzählt?« KK Knopf wird wütend.

»Das darf ich nicht sagen, Herr Kollege. Aber am allererfolgversprechendsten kommt mir die Spur 234/54/78 vor ...«

»Sie meinen, die nun unter 234 zusammengezogene mit Heiter, Fest und Schaf?« lacht Knopf. »Ich gebe zu, diese Skizze vom Kollegen Specht wirkt eindrucksvoll. Sie beruht aber ... auf puren Hirngespinsten, Herr Ratzki. Beruht auf den Aussagen eines Eierdiebs und Heiratsschwindlers, der darauf setzt, daß man, wie 1973 in Bayern, ein Verfahren einstellt, wenn ...«

Ratzki lächelt. »Kommen Sie, Herr Kollege, ich lade Sie in meine Suite im Interconti ein, und da gehen wir beide – nur wir beide! – Ihre Spurenakten zusammen durch und entscheiden gemeinsam, was uns verfolgenswürdig erscheint.«

Hier endet die Abschrift des Tonbands durch meinen Informanten. Er fügte nur lakonisch eine Personenbeschreibung von Ratzki hinzu.

Ich drehe das letzte Blatt um. Mein Kontaktmann ist leichtsinnig geworden: Handschriftlich steht dort: »Lieber V., beeil dich, an die Sore ranzukommen. 50/50. O.K.? Hier ist uns ein nicht zu unterschätzender Konkurrent erwachsen.«

Fifty/fifty. Der Herr hat Nerven. Als könnte ich den Tätern die Beute so dir-nichts-mir-was abjagen. Aber er weiß ja auch nicht, daß ich a) die Sore gesehen habe, b) in welchem grauenhaften Zustand sie sich befindet, c) Preuße schon dabei ist, Teile von ihr in Wien zu verticken, d) Rex und Polonius mich gebeten haben, ihnen dabei zu helfen, den Schotter loszuwerden, und ich die Hosen gestrichen voll habe.

Hatte.

Habe ich nämlich nicht mehr. Nun, da der echte Gegner geortet ist, beginnt sich von ganz alleine ein Plänchen in meinem Hinterkopf zu entwickeln, wie man eine böse Geschichte zu einem halbwegs Guten Ende bringen könnte. Es geht darum, sage ich mir, wie Napoleon auf Elba, die Initiative zurückzugewinnen. Ganz souverän.

Also lehn' ich mich im Schaukelstuhl zurück. Anders ausgedrückt: Ich werde die Möglichkeiten mit Lola durchgehen, unsere Chance ventilieren. In aller Ruhe. Das wird ihm guttun. Lola, mit seiner winzigen Partisanenrente, seinem Herzleiden, seiner verfetteten Leber. Ein Frührentner braucht eine Aufgabe.

Und ich? Brauche vielleicht auch eine. Noch sind alle möglichen Fäden in meiner Hand.

Ich habe meinen Informanten nach der Jagd auf Schaf und Fest gefragt. Er wisse Nix-genaues-nicht, hat er geantwortet. Also habe ich ihn auf diese Spuren gehetzt. Er muß dazu bloß den Arsch hochkriegen. Bislang hat er immer nur die Hand aufgehalten als Mittelsmann zwischen mir, dem Einsteigdieb in Sachen Kunst & Kokolores, und seinem Informanten in der Versicherung, der uns mit Tips beliefert à la: »Der Fürst von und zu Flohenhohe hat bei der Allianz grad einen Modigliani für zwei Millionen versichern lassen. Laut meinen Unterlagen hat der Schlotbaron Monsieur Tourneilles in Monaco bis kurz vor Schluß bei der Versteigerung durch Sotheby's mitgehalten. Sehr fanatisch. Und dann sehr enttäuscht. Vielleicht kann Ihr Spezialist die Wohnzimmer der beiden kurzschließen und das Bild die Wand wechseln lassen? Pinocchio.«

In den meisten Fällen hat sich der Bruch als undurchführbar erwiesen. In einigen nicht. Das hat uns Dreien gutgetan. Fünfzig Prozent für mich, je fünfundzwanzig für den Bullen und den Versicherungshalunken. So sind, in ständigem Kreislauf, zwei große Wirtschaftssysteme verknüpft: Das des Besitzes und mit ihm des Staatsapparates mit all seinen Ausformungen – Versicherung-Agenten-Bullen-Staatsanwälte-Richter-Wärter-Anwälte-Bauunternehmer für Gefängnisse-Bauarbeiter-Zulieferindustrie – in einem Wort die Welt der Habenden und ihrer Schmieresteher; und auf der anderen wir, leider noch völlig unterentwickelt, regional, statt multinational vernetzt. Aber immerhin.

Vladi, einen Traum verwirklichen, heißt: Die Alpträume verjagen. Auch wenn, wie hier, der Traum

ZEHN-BIS-FÜNFZEHN-MILLIONEN
edelster Ware zum Alptraum
fünfzehntausend

zusammengeschnurrt ist. Denn die würd' ich von Rex und Polonius verlangen und erhalten. Kleckerkram. Aber besser eine untergeordnete Rolle in einem großen Projekt, als Hauptdarsteller in einer Horrorfilmproduktion.

Vorwärts, und auf keinen Fall vergessen …

»Und ich sah ein anderes Zeichen am Himmel, das war groß und wundersam: sieben Engel, die hatten die letzten sieben Plagen«: den Bundesnachrichtendienst (BND), den militärischen Abschirmdienst (MAD), das Bundesamt für Verfassungsschutz (BVS), die Landesämter für Verfassungsschutz (LVS), das Bundeskriminalamt (BKA), das Zehntausende umfassende Heer der Unbekannten Denunzianten (HUD) und die Landeskriminalämter (LKA), deren Bayerisches im

FÜNFTEN KAPITEL

auf Weisung der SoKo Domraub zu Werk geht

Es begab sich aber zu der Zeit, daß ein Notruf des Kriminalkommissars Knopf an die Landeskriminalämter ging. Zwei Männer, die auf der genialen Skizze des KK Specht (siehe S. 152) erschienen, sollten Tag und Nacht observiert werden. Und die Ämter stellten für die Überwachung jedes der beiden Verdächtigen vierundzwanzig Beamte zusammen, die das Übel mit je acht Mann pro Achtstundenschicht, versehen mit vier verschiedenen Autos mit vier verschiedenen Markennamen, als da sind St. Passat, St. Audi, St. BMW und St. Ford, ungesehen, ungerochen, ungehört, ungeschmeckt und ungefühlt rund um die Uhr beobachten sollten.

Der schweizerische Staatsangehörige Dieter Schaf, dessen Übertreten der Grenze Kreuzlingen/Konstanz wegen seiner Latte an Vorstrafen von einem Beamten des Bundesgrenzschutzes notiert worden war, entwischte dem Observierungsteam allerdings zeitweise. Was ihn noch verdächtiger machte. Vier Tage darauf entwischte er auch dem Observierungsteam, das in Nürnberg Dienst tat. Was ihn schon fast zum 100%igen Täter machte. Am Bodensee wurde er dann in Begleitung eines jungen Mannes in einem PKW gesichtet – und verschwand ungesehen, noch ehe ein Observierungsteam eintreffen konnte.

Bei einem dreitägigen Brainstorming der Zentrale in Köln

wurde Schafs Laster entdeckt: Er war Spieler. Also wurden sämtliche Spielbanken des deutschsprachigen Raumes gebeten, die etwaige Ankunft des Schaf – dessen Signalement mit durchgegeben wurde – unverzüglich an die nächste Polizeidienststelle zu melden, aber so, daß es dem Verdächtigen nicht auffiel.

Und siehe, es geschahen Zeichen & Wunder, Baden-Baden signalisierte sein Eintreffen. Leider aber war Schaf verschwunden, ehe die Polizei eintraf!

Dann aber, am 21. Januar 1976, gegen 21.15 Uhr, teilte der Herr Oberspielleiter B. von der Spielbank Lindau (Bodensee) fernmündlich seinem Polizeirevier mit, daß Schaf unter dem Namen Pierre Suchard im Kasino aufgetaucht sei. Der diensthabende Kriminalbeamte der Bayerischen Landespolizei aber wußte nichts von der Fahndung. So veranlaßte er eine Terminalanfrage. Das Terminal aber war außer Betrieb. Daraufhin wandte sich der wackere Beamte an den Computer in Kempten. Aber auch der war gestört! War der Schutzpatron der Gesetzlosen im Spiel, St. Sabotagius?

So blieb nur eines, die letzte Rettung, die schwerste Aufgabe für einen Deutschen Beamten: Sich an einen rangniederen Beamten einer anderen Dienststelle zu wenden. Der bewältigte die heroische Aufgabe mit spielerischer Bravour: Er steckte Zeigefinger und Nase in das telefonbuchdicke DEUTSCHE FAHNDUNGSBUCH und fand dort die Ausschreibung (allerdings wegen anderer Delikte). Mannhaft wurde beschlossen, den Verdächtigen festzunehmen! Mittlerweile hatte das tückische Subjekt, nachdem es seine Jetons in Bares umgetauscht, die Lasterhöhle aber schon wieder verlassen.

Inzwischen hatte die Landespolizeistelle Lindau beim LKA München nachgefragt. Und festgestellt, daß der Alias Alias von der Kripo Köln wegen VERDACHTS DES EINBRUCHDIEBSTAHLS im Kölner Dom gesucht würde und – oh, Schreck, oh, Graus! – daß er GEWALTTÄTIG UND BEWAFFNET sein *könnte*. Zudem wurde mündlich übermittelt, daß der KIRCHENSCHÄNDER im Besitz eines PKW mit der Zulassung ZH 328 200 sei.

So wurde geblasen zur Großen Fahndung in Lindau am (oder eigentlich im) Bodensee; und auf dem Reichsplatz der Insel wurde der verdächtige Personenkraftwagen beobachtet.

Die Truppen, die zuvor die Spielbank umstellt hatten, wurden eilends zum Reichsplatz beordert. Nach kurzer Suche fanden die (vor Kälte) zitternden Beamten den besagten Wagen auf dem Parkplatz des Hotels *Wienerwald*. Es schlußfolgerte der intelligenteste unter ihnen, die Gesuchten wären womöglich dort abgestiegen, und murmelte: »Wer den *Wienerwald* aufsucht, ist aber wirklich ZU ALLEM FÄHIG.« Seine Kollegen nickten und entsicherten ihre Waffen. Das Hotel wurde umstellt, ein Schützenpanzerwagen und ein Hubschrauber sowie mehrere Ambulanzen in Kempten angefordert.

Ein Beamter in Zivil betrat die Lobby des Hotels und drückte auf die Klingel am Empfangstresen. Aus einem Hinterzimmer trat ein Herr, der Geschäftsführer, wie sich herausstellte; und nachdem der Beamte blitzschnell seine Marke gewiesen, erhielt er ebensoschnell die Auskunft, daß ein jüngerer und ein älterer Herr bei ihnen abgestiegen wären und das Zimmer No. 1 bewohnten. Ängstlich fügte der Gastwirt hinzu: »Ich gehe doch recht in der Annahme, daß Homosexualität inzwischen straffrei und wir auch nicht wegen Kuppelei bestraft werden können?«

»Sie gehen«, flüsterte der Diener des Staates. Und gab per Funksprechgerät seine Anweisung: »Operation Attila kann beginnen.« Weil vor dreizehn Minuten aber das Paßwort *Etzel* ausgegeben war, rührte sich daraufhin gar nichts.

Stumm und erschreckt beobachtete der Geschäftsführer den Beamten, der ebenso erschrocken zurückblickte, sich dann aber ein Herz faßte und fragte: »Kann-i ma-dö-Anmöldunk sehn?«

Der Geschäftsführer, dieser Mischung aus Hochdeutsch-Preussisch und Bayerisch mißtrauend, schnipste zwei Karten über den Tresen und tauchte dann blitzschnell dahinter ab.

»Ha!« hörte er nur noch.

Ha bedeutete, daß die Namen auf den Formularen denen der Gesuchten entsprachen. Danach zog der Beamte in Zivil ab.

Später gab er zu Protokoll: »Wir zogen alle verfügbaren

Kräfte vor dem *Wienerwald* zusammen und stellten vor dem Haus eine sichere Absperrung auf. Schaf galt als gewalttätig und bewaffnet.«

Sein Vorgesetzter jedoch blieb ruhig und bestimmte einen Kriminalhauptmeister, einen Polizeihauptmeister und einen Polizeiobermeister, »zum Zimmer der Besagten« zu gehen und »das Übliche zu veranlassen«. Da er jeden von ihnen einzeln zu sich gerufen hatte und es daher keine Zeugen gab, behauptete er später, er habe nach »Freiwilligen für diese gefährliche Operation gefragt«, und die drei Beamten seien von sich aus bereit gewesen, ihr Leben für das Vaterland in die, »sagen wir mal, Waagschale zu werfen« (Bd. XVI d.A., S. 87).

Die drei Opfer betraten die Lobby und sahen sich um. Ein schmaler Gang hinter dem Empfangstresen war beleuchtet. Auf Zehenspitzen schlichen sie in seine Richtung, die entsicherte Walter PPK in der Faust. Nichts konnte ihnen Deckung geben. Vor ihnen gähnte ein ziemlich dunkler, langer Gang. Aber da! Gleich zur Rechten: Die No. 1!

Mit Handzeichen vereinbarten sie ihre Vorgehensweise: Beamter A tritt neben die Türfüllung und klopft, die Pistole im Anschlag; Beamter B stellt sich rechts, Beamter C links neben der Tür auf (dabei übersehend, daß zumindest einer von ihnen seinen Kollegen, nämlich A, über den Haufen schießen müßte, wenn der gewalttätige und gefährliche Suchard, in beiden Händen eine tschechische Maschinenpistole, in den Türrahmen trat und herumballern würde.

Auf das Klopfen ging die Tür auf ...

Ein etwa 45-jähriger, sichtlich müder Mann im Pyjama, das Haar vom Schlaf zerstrubbelt, eine Hand vor dem Munde, ein Gähnen zu unterdrücken, sagte nur: »Ja?«

So war die Operation Attila alias Etzel glücklich zu Ende gegangen. Tote waren weder beim Freund noch beim Feind zu beklagen. Schaf und Sohn, alias Lamm, waren, wie sich schnell herausstelle, weder bewaffnet noch besonders gefährlich. Sie schätzten sich trotzdem glücklich, überlebt zu haben, als sie, aus dem Hotel kommend, das Spalier der Schwerstbewaffneten abgingen, die Absperrungen besichtigten und die Blaulichter der Ambulanzen erblickten. »Es ähnelte ein wenig dem Empfang für einen Staatschef«, erzählte der Vater später in einer Kneipe im Züricher Rotlichtmilieu.

»Nur die Nationalhymne fehlte«, maulte der Sohn. Die Durchsicht des Personenkraftwagens der Marke Opel (die bekanntlich nur von gefährlichen und bewaffneten, harten Männern benutzt wird) und der zu ihm gehörigen Papiere ergab, daß der PKW auf eine andere Person zugelassen war. Beide Männer wurden im Arrest der LPS Lindau untergebracht. Die Kantonspolizei in St. Gallen wurde in derselben Nacht gebeten, Ermittlungen über beide Personen und das Fahrzeug einzuleiten. Die ausschreibenden Stellen, das LKA München und die SoKo der KP Köln, wurden fernmündlich von der Festnahme der Verdächtigen unterrichtet.

Später wurde nach einem gemütlichen Anruf eines Wachtmeisters namens Mayer (mit Ypsilon) festgestellt, daß Schaf den Wagen zu Recht geführt hatte. Damit fiel der Haftgrund für den jungen Schaf weg. Ein Beamter der SoKo in Köln teilte bedauernd mit, es gäbe rechtlich keine Möglichkeit, ihn weiter festzuhalten. Als ein anderer Beamter der SoKo eine Dreiviertelstunde später darum bat, das junge Schaf doch noch »ein wenig festzuhalten«, befand sich dieses schon auf grüneren Weiden in der Schweiz.

Schaf, Dieter, wurde einem Richter am Amtsgericht Kempten vorgeführt. Der Haftbefehl wurde ihm eröffnet. Schaf schüttelte sich vor Lachen. »Das ist ja ein Ding«, sagte er. »Oder?«

Darauf wurde er nach Lindau (Bodensee) zurückverbracht, weil er am 23. Januar von den schärfsten Beamten der KP Köln, SoKo Dom, überprüft und verhört werden sollte.

»Wohl dem, der nicht wandelt im Rat der Gottlosen noch tritt auf den Weg der Sünder, noch sitzt, wo die Spötter sitzen, sondern hat Lust am Gesetz«, sagt sich Polly im

SECHSTEN KAPITEL

und läßt die Reue tätig werden

Aber die beiden Schafs waren nicht die einzigen, die zur Jahreswende 1975/76 über ihr sündiges Tun nachzudenken Gelegenheit hatten. Es begab sich zu der Zeit, da das Weihnachtsfest vorüber und das neue Jahr angebrochen, daß der Magd Gottes Polly das Herz immer schwerer wurde und sie voller Entsetzen über ihre Sünden Buch führte. Der Hurerei schämte sie sich nicht, war doch Maria Magdalena, eine Sünderin wie sie, des HERRn Jesu liebste Jüngerin gewesen. Seine Füße hatte sie gewaschen mit ihrem bodenlangen Haar und seine Nächte versüßt und damit geholfen, den Versuchungen des Teufels nicht nachzugeben. Somit hatte der junge HERR einen der ältesten und edelsten Berufe geadelt. Aber eine andere Sünde hockte wie ein zentnerschwerer Stein auf der Seele der armen Polly, eine wahrhaft entsetzliche Tat: Ihre kostbare Höhlung, die ihr und Rex Zehntausende eingebracht hatte, jene Höhlung, mit der sie Lust gewährte, im Akkord, diese Verkörperung des wichtigsten Produktionsmittels, über das die Menschheit verfügt, jene Höhlung hatte Polly schnöde mißbraucht und beleidigt. Sie hatte sie als Gefäß benutzt, um Gold und Edelsteine über die Grenze zu schmuggeln.

Als Rex begann, ihre Ausbildung zu übernehmen, hatte sie ihre Kolleginnen neidisch gemacht und die Männerwelt zu Staunen gebracht, wenn sie nackt durch einen Nachtclub getanzt war, hier ein Bein auf einen Tisch setzend, dort einen Mann neckisch umgirrend, dort einem andren provozierend ihr Becken entgegenreckend, um dann elegant zu fliehen, wenn es ihm einfallen sollte, sie zu betatschen. Als Höhepunkt – der Conferencier in seinem Smoking kündete ihn mit Trommelwirbeln aus den Lautsprechern an –, wenn ein Opfer, wie aufgefordert, zwanzig Fünfmarkstücke an der Tischkante exakt aufeinandergeschichtet, hatte Polly ihr rechtes Bein gehoben, die Ferse auf den Tisch gesenkt, im Takt der schmeichelnden Musik ihr Becken gerollt und die Höhlung über den Münzenstapel gebracht, unangestrengt lächelnd die Muskeln spielen lassen, daß ihre Höhlung wie das Maul eines Karpfens sich öffnete, und schließlich mit einem Haps die Geldrolle schluckte. Worauf tosender Applaus ausbrach und Polly die Hand hob, um Stille bat, das Spielbein rotieren ließ und sagte: »Das Loch ist der Dieb, nicht die Maus.« Und immer wieder war sie verstimmt, daß die Männerwelt dann nur in ein dröhnendes Lachen ausbrach, ohne dieses Zitat, einen Schatz aus der dreitausend Jahre alten chinesischen Philosophie, zu begreifen.

Verächtlich pflegte sie auf die anwesenden Begleiterinnen der Herren im Nachtclub hinunterzublicken, versäumten doch diese, wie Millionen andere, jenes kleine Muskeltraining zur täglichen Übung wie das Zähneputzen zu machen. Es fesselte einen Mann mehr als der Ehering. Und vom Versäumnis all dieser Damen aus bester Gesellschaft lebte sie, Polly, lebten ihre Kolleginnen seit Tausenden Jahren.

Ja, und nun hatte sie diese Höhlung mißbraucht. Diesel hatte, wie befohlen, die Schmuckstücke aus der Schatzkammer so zerlegt, daß sie in die kleinsten Karosseriehöhlungen des Schmuggelwagens paßten; und ihr hatte Rex aufgetragen, jenen kostbaren Ring zu befördern, den der charmante amerikanische Präsident – der, wie Vladi ihr einmal erzählt hatte, nur mit Hilfe der Mafia den Wahlkampf gewonnen hatte – zunächst dem erzreaktionären Kardinal von Boston angeboten und dann dem beliebten Papst Johannes XXIII. überreicht hatte. Dieser wiederum hatte ihn dem Kölner Kardinal Frings geschenkt. Der ließ ihn (was

Polly nicht wußte) von einem Juwelier schätzen, und da nicht alles Gold, was glänzt, überließ er ihn dann der Schatzkammer, kurzum, diesen Ring hatte sie in ein Präservativ der Marke FROMMs gesteckt, in ihrer Muschi versenkt und ungesehen über die Grenze gebracht. Und Rex hatte ihr nicht, wie beim Besuch des Doms versprochen, eine große Monstranz zu Weihnachten geschenkt, sondern bloß diesen Ring. Was aber soll ein großer, güldener Ring einer Frau, wenn sie ihn nicht in der Öffentlichkeit tragen kann? Wenn nicht der bewundernde Blick eines reichen Kunden auf ihn fallen kann, wenn sie, in einer elfenbeinernen Zigarettenspitze ihre »R 1« raucht? Eine Woche lang hatte sie den Ring zwischen ihren großen, schönen Brüsten getragen. Aber es schien ihr ständig, als würde das Fleisch dort brennen, wo der Ring auf der Haut lag! So versenkte sie ihn in einem mit Samt ausgeschlagenen Schmuckkästchen. Und träumte von ihm. Und die Träume waren nicht süß, sondern drückend.

Die Sünde lastete schwer auf ihrem Gemüt. Sie war unfähig zu arbeiten. Aber konnte sie vielleicht zu einem Vertrauensarzt gehen und sich krankschreiben lassen, weil ihre Untat sie bedrückte? Welche Versicherung der Welt kommt für Einkommensverluste einer Hostesse auf, wenn sie an einem Anfall von fundamentalistischem Katholizismus leidet? Wer kann sie heilen? Sie kann sich nicht einmal einem Pater anvertrauen, kann nicht im Beichtstuhl knien und weinend sagen: »Vater, ich habe gesündigt ...«

Von der Psychoanalyse hielt Polly nichts, hatte doch, wie sie um drei Ecken erfahren hatte, die *Sündensau aus der Wiener Berggasse* ihr Produktionsmittel zum Zentrum der Welt erklärt, den Sex zu einer neuen Religion. Sie hatte da entschieden nüchternere Auffassungen über Geschlecht und Eros!

Und da sie sich weder Rex noch Polonius, noch ihren Kolleginnen, noch ihrer Freundin Lucy (wie diese gelacht hatte! Und unter Lachtränen gebrüllt: »Stell dir einfach vor, Polly, du hast den dicken Schwanz des gemütlichen, dicken Papstes in deiner Muschi!«) anvertrauen und ihre Sünde auch nicht mit zwanzig

Rosenkränzen oder Ave Maria's loswerden konnte, wurde ihr Herz schwer.

Aber jeder macht sich in der Neujahrsnacht Illusionen – und gute Vorsätze für das nächste Jahr. Und so fiel Polly die Lösung ein: Sie nahm zwei kleine Engelsminiaturen und einige kleinere Teile des »Schotters«, wickelte sie sorgsam, ein Gebet an die Jungfrau Maria murmelnd, in Stanniolpapier ein, fuhr damit nach Köln und legte den Schmuck aus dem Domraub in die nächstbeste Kapelle.

Ihr Kopf wurde klar, ihr Herz rein.

Die Medien sprachen von einem »mysteriösen Fund«. Der Kardinal aber dachte sich sein Teil.

Nach Frankfurt zurückgekehrt, traf sie auf Rex, der nach einem Umweg über Italien zurückgekehrt war, sein Haus in Ordnung zu bringen. Sie beichtete ihm, wohin sie gefahren und was sie getan. Und ihr Gott wurde ein furchtbarer Gott, ein eifersüchtiger Gott, ein streitsüchtiger Gott, ein nachtragender Gott, in einem Wort wie der richtige Gott, den Polly so verehrte. Und da ihr Gott Rex keine anderen Götter neben sich duldete, wurde Polly degradiert! Lucy promovierte zur *Ersten Perle*. Polly wurde zur *Zweiten*. Das war nun der Lohn für die Tätige Reue der Hure Polly!

Dies begab sich im Jahre des HERRn 1976, als Helmut Schmidt, Helmut Kohl und Helmut Schön Landpfleger in Germanistan waren.

»Eure Rede aber sei: Ja, ja; nein, nein. Was darüber ist, das ist vom Übel«, sagt im

SIEBTEN KAPITEL

nicht nur der Kollege Matthäus, sondern auch Vladimir Heiter

Es herrscht, so muß ich leider sagen, keine Solidarität unter Dieben. Als wir noch in Zünften organisiert waren, galt die Maßregel: Schnappt dich die Schmier und beschuldigt dich eines Verbrechens, und du hast ein einwandfreies Alibi, sage nur zur Person aus und belege dein Alibi. Was darüber ist, das ist vom Übel.

Da liegen vor mir die neun Seiten des Verhörs von Dieter Schaf, die er, ohne gefoltert oder geschlagen worden zu sein, auf jedem Blatt mit seiner Unterschrift versah: ein Zeugnis bodenloser Dummheit und Arglosigkeit. Man rauft sich die spärlichen Haare: Zu den Einkommensverhältnissen befragt, sagt er: »Erlös aus früheren Straftaten und Gelegenheitsarbeiten sowie Spielkasinos.« Muß das die Kriminalbeamten nicht ergrimmen? Da lebt einer frech und gut von seinen Verbrechen und sagt es einem kess ins Gesicht; muß es der Schmier da nicht in den Händen jucken? Oder im Kniegelenk, ihm satte Tritte zu verpassen?

Sein Alibi steht. »Ich wollte noch an dem Sonnabend spielen, die Spielbank in Konstanz jedoch war wegen dem Feiertag Allerheiligen (1.11.75) geschlossen. Die Schließung war im Kasino angeschlagen. Am Samstag, dem 1.11. sind wir gegen 11.00 Uhr vom Hotel über Konstanz in die Schweiz gefahren. Gegen Mittag haben wir in Frauenfeld/Schweiz, in der *Gaststätte Zoo-Glätle* Rast gemacht und Kaffee getrunken. Ich kann mich erinnern, daß mein Sohn und ich uns mit der ca. 22 bis 25 Jahre alten

Serviertochter unterhalten haben. In dem Gespräch stellten wir fest, daß sowohl die Serviertochter wie auch ich aus dem Kanton Graubünden gebürtig sind.

Als ich gegen 13.00 Uhr an der Wohnung meiner Schwester L.M. in Dübendorf bei Zürich eintraf, war sie noch nicht zu Hause. Daraufhin habe ich am Nachmittag meine Schwester Astrid G. in Zürich, X-Straße, Tel. Nr. Y, angerufen und sie gefragt, wo L. sei. Gegen 17.00 Uhr bin ich zu meiner Schwester Astrid gegangen und habe mich dort bis gegen 19.00 Uhr aufgehalten. Mein Schwager H.G. kam gegen 18.30 Uhr nach Hause und muß bezeugen können, daß ich zu dieser Zeit dort war. In seiner Anwesenheit erfuhr ich am Telefon, daß meine Schwester L. nun zu Hause sei. Sie und mein Schwager, denen bekannt ist, daß ich von der Schweizer Polizei gesucht werde, waren einverstanden, daß ich ein paar Tage bei ihnen bliebe, nachdem sie von meinem Streit mit der Barbara Fest erfuhren …«

Und nun schrillen bei denVernehmenden alle Alarmglocken: B. Fest, die Ehefrau des besagten Fest in der Skizze des KK Specht! Sie unterbrechen die Vernehmung und gewähren Schaf ein gutes Mittagessen. Sie setzen sich mit der Zentrale der SoKo Dom im Interconti Köln in Verbindung und erhalten Anweisungen, wonach sie fragen sollen.

Um 15.00 Uhr wird die Vernehmung fortgesetzt. Völlig unnötig verbreitet sich das Schaf über sein Trio-infernal-Ehepaar Fest/Schaf, den üblichen Beziehungsquark. Die Bullen reißen sich zusammen und trappeln auf der Stelle. Dann aber fragen sie dezent nach. Und müssen hören, was sie nicht hören möchten: »An dieser Stelle möchte ich zur Vorgeschichte etwas näher erklären. Es könnte erstmalig im Jahre 1972 in der Strafanstalt Regensdorf gewesen sein, als ich von Peter »Sascha« Springer etwas über den Plan, in die Schatzkammer des Kölner Doms einzubrechen, erfuhr. Für mich war der Plan nicht realisierbar gewesen. Vor allen Dingen, der Absatz der Schätze erschien mir zu risikoreich. Wer meine Vergangenheit kennt, weiß, daß ich fast ausschließlich auf Bargeld aus war.«

(Die Beamten tun gleichgültig. In ihnen aber brodelt es: Aber du, Schaf, hast exakt das Aussehen und die Figur des Täters, der so schlank ist, daß er durch die Gitterstäbe am Dom gekrochen sein könnte ... Und dein Signalement paßt exakt zu den Aussagen der Nachtschwärmer auf der Domplatte!)

»Mir ist von dem Plan noch in Erinnerung, daß die Täter über das Gerüst und durch den Ventilatorenschacht in die Schatzkammer gelangen wollten.«

(Jetzt, dachten die Beamten ingrimmig, ist der Frosch ins Wasser gesprungen, sich das Leben zu nehmen. Und fragen beiseite, ganz dezent, nach einem gewissen Vladimir Heiter.)

»1972 war ich auch einmal bei dem *Vladi* in Köln ... Auch er sprach von der Möglichkeit, in die Schatzkammer des Domes einzubrechen.«

(Und ich erinnere mich, wie Schaf mich auf Sascha Springers Plan ansprach. Und wie ich daraufhin Schaf verarschte, der dann tat, wozu ich ihm *statt* des Doms geraten, V. H.)

»Ich möchte allerdings hinzufügen, daß ich mir auch die Schatzkammern in Rom, London und anderswo angesehen habe. Ich habe dann längere Zeit nichts mehr von der Sache gehört, bis mich ›Sascha‹ Springer in München im Jahre 1974 wieder daraufhin ansprach. Er wollte mich als Mittäter gewinnen. Mir ist weiterhin bekannt, daß SPRINGER dann in München andere Interessenten suchte.«

(Das ist in den Augen der Schmier die falsche Spur, ist Sascha doch quasi als Kronzeuge von Bedeutung, und so erkundigen sie sich nebenher nach dem WIE des Abtransports der Beute.)

»Befragt, ob ich heute noch im Besitze eines VW-Busses mit holländischem Zollkennzeichen bin, so gebe ich das zu.«

(Aha, das Puzzlestückchen paßt. Aber:)

»Ich habe Angst, die Schweizer Polizei beschlagnahmt das Fahrzeug, verkauft es, und das Geld erhält mein Bewährungshelfer. Ich bin in der Schweiz für 10 Jahre entmündigt. Ich darf nicht wählen, nicht erben, kein Vermögen verwalten und keine Geschäfte abschließen. Dieser Ehrverlust ist ausgesprochen worden, weil den Schweizer Behörden meine Spielleidenschaft bekannt ist. Es ist mir bei einer früheren Verhaftung etwas Ähnliches passiert. Mein

PKW VOLVO wurde verkauft, und das Geld erhielt der Bewährungshelfer. Er müßte das Geld meiner Meinung nach noch heute haben. Allein dies ist der Grund, warum ich den Standort meines VW-Busses nicht preisgebe. Ich verstehe, daß von den Kriminalbeamten angenommen wird, ich habe wichtige Sachen im Wagen, die nicht gefunden werden sollen.«

(Und ich verstehe nicht, warum der befragende Kriminalhauptkommissar oder der Kriminaloberkommissar oder der Kriminalkommissar, jene drei, die das Verhör führen, jetzt nicht zur Sache gehen und die Schweinslederhandschuhe anziehen, aus diesem harmlosen SCHÄFCHEN den Aufenthaltsort des Busses rauszuprügeln. Vielleicht tun sie's nicht, weil sein Alibi steht und er zwischen 18.30 Uhr und 0.00 Uhr nicht einmal auf einem Besen von Zürich nach Köln gelangt sein konnte.)

So darf Dieter Schaf noch eine weitere Mahlzeit zu sich nehmen »und in den Nachmittagsstunden« wahrhaftig »1 Flasche Bier trinken. Laut diktiert, selbst gelesen und genehmigt«, Unterschrift.

Sascha hat also schon vor meinem Zusammentreffen mit ihm das GROSSE DING GEPLANT, in die Bundesliga der Ganoven aufzusteigen. Aber leider, leider hat er ja für besagte Nacht, ausgerechnet die der ALLERHEILIGEN, ein bombensicheres Alibi!

Schaf auch.

Hm.

Fest auch.

Hm.

Und ich habe das allerwackeligste. Über das die Schmier nur lachen kann, weiß sie doch, daß Dunja als meine Verlobte lügen darf, daß sich die Bretter biegen.

Also bin ich mir ziemlich sicher, daß sie spätestens ab jetzt MICH auf dem Kieker haben werden.

Und das weiß auch mein Kontaktmann in der Sonderkommission. Warum aber verhält er sich so seltsam still, dieser Mister Fünfzig Prozent? Ganz einfach: Auch er verdächtigt mich! Setzt aber darauf, daß ich mit ihm teile. Drum hält er das Maul und die Füße still.

»Wir müssen unser Brot unter Gefahr für unser Leben holen«, sagt sich Vladimir Heiter im

ACHTEN KAPITEL

und fühlt sich »bedroht von dem Schwert in der Wüste«

Hätte ich das in den vorigen Kapiteln rechtzeitig erfahren, mir wäre ruhiger zu Gemüt gewesen. Hätte, könnte, wollte. Als Geschäftsmann in einer delikaten, umsatzstarken Branche darf man sich niemals mit Konjunktiv und Konditional abfinden. Auch ein Wirtschaftskapitän hat keine Entschuldigung, wenn er, nachdem sein Unternehmen zusammengekracht ist, winselt: Hätt' ich gewußt, daß die Bundesbank den Zins raufsetzt; daß ein britischer oder amerikanischer Staatsmann einen kleineren Krieg führt, um die nächsten Wahlen zu gewinnen; hätt' ich gewußt, daß 1973 zum ersten Male seit über hundert Jahren einige führende Köpfe in der POETISCHEN OPEC sich einig sind; daß die Deutsche Bank auf Hausse spekuliert …

So habe auch ich keinerlei Entschuldigung für mein Versagen. In diesem Dritten Buch darf ich die Wahrheit und nichts als die Wahrheit sagen – so sie mir zugänglich war und ist, wohlgemerkt! Über die Hintergründe. Über das hinter den Kulissen. Derweil ich auf der Vorderbühne meine Verrenkungen mache, verzweifelt versuche, mich an meinen Text zu erinnern, vom Souffleur verlassen, vom Publikum ausgepfiffen und mit Eiern und Tomaten beworfen, von den Mitakteuren verraten, vom Regisseur alleingelassen, vom Allwissenden Autor nicht aufgeklärt, vom Dramaturgen verarscht, und das in einem DRAMA, das allen Beschreibungen spottet.

Ich bin einer der vom Schicksal getriebenen Akteure in der Farce

DER NACKTE WAHNSINN

von Michael Frayn, wo dem Abonnementspublikum drastisch vor Augen geführt wird, daß die wahren Tragödien und Komödien sich immer hinter den Kulissen abspielen. Und wie Sie wissen dürften, meine Dame, mein Herr, ist der Unterschied gering: Rutscht ein Mann auf einer auf dem Bürgersteig liegenden Bananenschale aus – und bleibt für immer liegen, ist das eine Tragödie; steht er auf, handelt es sich um eine Komödie. Oder um jene von Karl Marx erwähnte Farce.

Ich bin ein Kollege von Alexander dem Großen, über den die Griechen in der Antike sagten: Wen die Götter lieben, den nehmen sie früh zu sich. Jene Götter, die der Deutsche James Bond im 4. Kapitel nicht nur erwähnt, sondern besingt, die Richter am Landgericht zu Köln und die am Oberlandesgericht und schließlich der Götter höchste in Karlsruhe wollen mich zu sich nehmen. Wenn möglich, lebenslang; wenn dies unmöglich, zwischen fünf und zehn Jahren. Eine Tragödie. Aber im Gegensatz zu Alexander dem Großen bin ich kein Held. Dafür hab' ich zu viel Phantasie und Lebenswillen. Ich stehe wieder auf, wenn ich ausgerutscht bin. Ja, ich bin ein gelerntes Stehaufmännchen. Das, meine Dame, mein Herr – gestehen Sie es frei heraus! – macht mich so interessant.

Sie streiten es ab?

Ja, Sie bestreiten es.

Und bemühen etwas, was Sie komischerweise Gesunden Menschenverstand nennen. Oder Ehrlichkeit. Oder Staatsbürgerbewußtsein. Oder Ethik. Oder Moral. (Aber welche?) Oder Sie geben vor, völlig nüchtern zu sein – wo doch ein Rechtsbewußtsein nur besoffen macht –, und reden mir ruhig zu. Etwa so:

»Ich bin Ihnen, Herr Heiter, bis hierhin gefolgt; und ich gestehe, daß ich – natürlich wider Willen – hier und da gelacht habe, dort betroffen war, da wiederum zum Nachdenken gebracht wurde, aber. Aber ich kann einfach nicht Ihren Prämissen folgen. Wenn Sie so schlau wären, wie Sie die ganze Zeit tun, dann hätten Sie folgendes gemacht: Sie wären spätestens, nachdem Ihnen klar war, wer die Täter waren, wo die Beute befindlich und, vor allem, in welchem Zustande sich diese befand, mit Ihrem Anwalt zum Büro der Staatsanwaltschaft Köln gegangen oder, wenn Sie dies aus Geldgier vorziehen, zur Versicherung und hätten ausgepackt. Und fünfzigtausend Mark erhalten. Das ist ja nicht gerade wenig. Und dazu hätten Sie Ihr Gewissen erleichtert und wären auf der richtigen Seite des Zauns gelandet: der des GESETZES!

Nein, unterbrechen Sie mich nicht, Herr Heiter. Wenn Ihnen das nicht genügt, es wären, ganz in Ihrem Sinne, noch viel mehr Dinge – wie Sie zu sagen pflegen – *rausgesprungen.* Zum Beispiel hätte sich Ihr Ruhm verbreitet! Sie wären der Mann gewesen, der innert kürzester Zeit geholfen hat, die Verbrecher dingfest zu machen und die Beute ihrem rechtmäßigen Inhaber, der Diözese Köln, zurückzugeben. Sie hätten von den Früchten Ihres Dritten Hobbies leben können: Die größte Galerie Deutschlands hätte Ihre Bilder ausgestellt, und schon kurz nach der Vernissage wären sie alle, alle verkauft worden! Sie könnten gar nicht so viel und so schnell malen, wie eine riesige Nachfrage aller gesetzestreuen und anständigen Bürger dieses Landes verlangte.

Und dann würden Sie, meine Damen und Herren, versuchen, nicht allzu rechthaberisch zu wirken, Bescheidenheit vorgeben und auf mein

MEA CULPA, MEA MAXIMA CULPA!

warten.

Das natürlich ausbleibt. Denn wer mir so kommt, verdient nur mein Mitleid. Ich mag viele Fehler haben. Einen hab' ich nicht: Gehirngewaschen zu sein und mich dessen auch noch zu rühmen. In aller Bescheidenheit frage ich demütig und ernsthaft:

WER ODER WAS IST DENN DAS GESETZ?

»Das Gesetz hat noch keinen großen Mann gebildet, aber die Freiheit brütet Kolosse und Extremitäten aus… Ich soll meinen Leib pressen in eine Schnürbrust und meinen Willen schnüren in

Gesetze. Das Gesetz hat zum Schneckengang verdorben, was Adlerflug geworden wäre…« Das kommt Ihnen bekannt vor? Kein Wunder, ein Klassiker schrieb es. Für ihn wie für jeden des eigenständigen Denkens gewohnten Menschen ist klar, daß das Gesetz von den Schmierestehern der wahren Verbrecher, den herrschenden Eliten, geschrieben wurde und wird, von Moses bis zum deutschen »Strafgesetzbuch mit Neuregelung der Verkehrsunfallflucht und den wichtigsten Strafrechtlichen Nebengesetzen« in der 16. Auflage von 1975.

Die herrschenden Diebe und Mörder bedienen sich der Theologen und Juristen, ihre Herrschaft abzusichern. Das weiß jedes Kind. Ein kleiner Blick in das Land der Freien, die Vereinigten Staaten, zeigt uns überdeutlich, was von Gesetzen zu halten ist: Sie sind dazu da, übertreten zu werden. In Florida und Montana schreibt DAS GESETZ vor, nur in der Missionarstellung zu koitieren; in North Carolina muß dabei der Vorhang vors Fenster gezogen sein; in Virginia muß man das Licht ausmachen dabei. In Minnesota verbietet DAS GESETZ, nackt zu schlafen. In Arkansas erlaubt DAS GESETZ dem Mann, seine Frau zu verprügeln. Aber nicht mehr als einmal im Monat. In Texas verbietet DAS GESETZ den Besitz der Encyclopaedia Britannica, weil sie ein Rezept enthält, Bier zu brauen. In Montana sagt DAS GESETZ, wenn mehr als 7 Indianer beeinander sind, handelt es sich um eine kriegführende Truppe, und es ist legal, sie zu erschießen. In Omaha verbietet DAS GESETZ einem Mann, sich die Haare auf der Brust abzurasieren. Der kalifornische Staat verbietet per GESETZ Tieren (wie etwa Hunden, Katzen, Rindvieh), sich im Umkreis von 1.500 Fuß von Kneipen, Schulen oder Kirchen der Unzucht hinzugeben; in Kentucky darf per GESETZ keine Frau zwischen 90 und 200 Pfund Gewicht im Badeanzug auf der Autobahn herumlaufen, es sei, sie ist von zwei Polizeibeamten begleitet oder mit einem Schlagstock versehen…

Es war gesetzlich, Hexen zu verbrennen, Millionen von Afrikanern als Sklaven in die Neue Welt zu verschleppen. Es war gesetzlich, die europäischen Juden auszurotten, die Zigeuner, die Kommunisten, die Zeugen Jehovas, die Schwulen und die Kleinkriminellen. Es war gesetzlich, im Ersten Weltkrieg zwanzig Millionen Menschen, im Zweiten fünfzig umzubringen; und wer sich in deutscher Geschichte mit dem GESETZ auskennt, weiß, daß die fürchterlichsten Verbrechen in SEINEM Namen begangen worden sind.

Und die katholische Kirche, das arme Opfer des »Domraubs zu Köln«? Eine der schlimmsten Mörderbanden aller Zeiten. (Johannes XXIII. hätte mir da beigepflichtet, und alle fünfzig Jahre bittet ein neuer Papst scheinheilig alle um Vergebung, die von der Kirche ermordet, gefoltert, verfolgt, in die Sklaverei oder Verbannung geschickt worden sind.) Man bleibe mir vom Leib mit diesem Pack! Wenn sich in einem Sarkophag im Kölner Dom angeblich die Gebeine der Heiligen Drei Könige befinden, was ist das denn anderes als Betrug gemäß § 263 StGB? Warum wird diesem Betrug im 20. Jahrhundert kein Einhalt geboten? Jeder andere Verbrecher erhält, setzt er dasselbe Verbrechen über Jahrzehnte – von Jahrhunderten ganz zu schweigen! – fort, Sicherungsverwahrung nach § 66 StGB. Wer steht da über dem Gesetz? Für wen gilt es nicht? Ich sage Ihnen, meine Dame, mein Herr, vom Präsidenten der Republik bis zur Klofrau, vom Papst in Rom bis zum kinderschändenden Vikar in einem Heim für Schwererziehbare; vom Verfassungsschutz, der ständig die Verfassung bricht, bis hin zu den Politessen, die Knöllchen verteilen: Eine einzige Bande von Lügnern, Blutsaugern, Abstaubern, Räubern, Dieben … Und wenn ich laut und deutlich sage, Kanzler und Oppositionsführer seien dumm, doof und gefährlich, mache ich mich da des Landesverrats gemäß § 94 StGB schuldig? Das StGB hängt bei mir auf dem Klo. Die Lektüre ist geeignet, um auch die schlimmste Verstopfung aufzulösen; und das Bibeldruckpapier eignet sich vorzüglich, zum – verzeihen Sie, meine Dame! – Arschabwischen.

Aber lassen wir das. Der Kapitalismus in seiner jetzigen Form ist ein Verbrechen; der Kommunismus in seiner jetzigen Form ist ein Verbrechen. Und als kleiner Dieb und Hehler beanspruche ich das Widerstandsrecht nach dem Grundgesetz der Bundesrepublik Deutschland, und, vor allem, nach dem Natur- und Völkerrecht für mich.

Einer terroristischen Vereinigung, wie es die katholische Kirche ist, welche durch Gehirnwäsche seit dem vierten Jahrhundert »den Wert des Lebens herabdrückt, das Bild der realen Welt entstellt, was die Einschüchterung der Intelligenz zur Voraussetzung hat«, die Kondome und Pille verbietet, die Abtreibung zur Sünde erklärt, die mit jeder Messe, jeder Beichte, jedem Glockenläuten, jedem Ukas, jeder Enzyklika zur Verkrüppelung von Leib, Seele und Verstand beiträgt, verschaffe ich, Vladimir Heiter, nicht die Juwelen oder das Gold zurück, die sie mit Lug und Trug, Mord und Völkermord in ihren Besitz gebracht hat.

Wenn ich überhaupt etwas tue, was mir sehr gegen den Strich geht, dann nur, weil endlich

RUHE IM KARTON

herrschen muß. Weil endlich der Seelenfrieden der Ober- und Unterwelt hergestellt werden muß.

Zyniker pflegen zu sagen: Jeder liebt den Verrat, niemand liebt den Verräter; niemand liebt den Denunzianten, aber die Denunziation ist in diesen Breiten hoch angesehen.

Zusammenarbeit mit Polizei und Staatsanwaltschaft darf es nur geben, wenn schwere Verbrechen durch kranke Menschen begangen werden wie Vergewaltigung, Kinderschändung etc.; und selbst dann nur unter der Maßgabe, daß die Missetäter behandelt werden. Statt bestraft. Aber dies ist immer noch: Illusion.

Wer ernstlich glaubt, Strafverfolgung, Strafrecht und Justiz seien auch nur im entferntesten rational, unterliegt einem Wahn. Und den Wahn, sagt Freud, dem ich auch einige der obigen Sätze verdanke, erkennt natürlich niemals, wer ihn teilt.

Schluß mit der Predigt, Vladi! Mich drängt es nach Taten, den Leser nach Äkschen.

Und die sollen wir, ich und Sie, meine Dame, mein Herr, nun auch wieder haben. Es herrscht die Ruhe vor dem Sturm.

Mit den Völkern, welche Halbgötter über sich thronen lassen, die es wagen, ihr Unrecht, ihre Vorurteile, ihren gespenstischen

Wahn »IM NAMEN DES VOLKES« zu verkünden, haben wir nichts am Hut. Uns sind jene »wild« genannten Stämme im Dschungel des Amazonas näher, die ohne Herrschaft leben; und jene Menschenfresser in Neuguinea, die ihr Nachbardorf nur überfallen, weil sie Hunger haben, sind zärtliche Kinder, verglichen mit jenen, die im Namen von Staat, Religion und Profit Millionen umbringen. Sie haben ja nicht einmal Hunger. Sie sind satt. Und andre Satte schauen unbewegt zu. Wer nicht von Angriffskrieg und Völkermord in Vietnam, Laos und Kambodscha spricht, hat das Recht verloren, Bettler und Taschendiebe zu verfolgen.

Ich fahre mit Marja, Ladrones Angetrauter, in meinem alten Mercedes von Zagreb zurück nach Belgrad. Und ärgere mich über Rex, der noch immer nicht sieht, in welchem Maße er das schönste Verbrechen seit dem Normanneneinfall – wenn wir Napoleon beiseite lassen, der die Pferde seiner Kavallerie im Dom unterbrachte, statt ihn in einen Tanzpalast zu verwandeln – vergeigt hat. Selbst der Kanzler in seiner Borniertheit, die er mit Zitaten von Kant bis Popper mühselig zu verbergen sucht, spricht ab und an ein wahres Wort aus. Etwa dies: Schadensbegrenzung.

Das klingt gut.

»Marja«, sage ich streng, in meinem Gedankengang unterbrochen, »hör auf, mir am Hosenschlitz zu fummeln. Ich fahr' achtzig Sachen.«

»Marja«, sage ich zärtlicher, »hör auch auf, deine Hand in meine Hosentasche zu stecken. Meine beiden Köpfe sind müde. Aber wenn du unbedingt ...«

»Ja, unbedingt vögeln willst, dann sag dies bitte laut, und ich biege von der Landstraße ab, und wir ...«

»Ja, wir haben Ehebruch begangen. Aber was gab's da groß zu brechen? Wenn Ladrone dich nicht einmal befriedigen kann und auch nicht am Freitagabend mit der Lohntüte ...«

»Ja, dann ist er in Köln-Ossendorf besser aufgehoben. Dort schlägt er keine Ehefrau und beklaut auch keine Omas ...«

»Es war nicht recht, was wir beiden getrieben haben? Du seiest nur als Ersatz für …«

»Marja, nimm Vernunft an. Bitte. Ende des Jahres heirate ich …«

»Und selbstverständlich habe ich da das Recht, noch einmal ordentlich auf den Putz zu hauen, ogottogott. Ich bitte dich …«

»Doppelte Moral, aber hör mal. Im Zeitalter von Kondom und Pille kann jede Frau ebenso ausschweifend leben wie ein Mann. Na klar. Wir brauchen keine Angst vor Tripper, Schanker, Syphilis zu haben; wir legen dem Ehemann kein Kuckucksei ins Nest. Er dürfte mittlerweile schon entlassen und abgeschoben worden sein …«

»Nein, komm mir bitte nicht damit. Du warst all die Tage so wunderbar heidnisch und wollüstig; ich war mehr als angenehm überrascht …«

»Was hat denn Dunja damit zu tun? Ich habe dir von Anfang an gesagt, daß …«

»Typisch Mann? Meinetwegen. Unehrlichkeit kannst du mir nicht vorwerfen. Wir sind unser Verhältnis eingegangen, weil …«

»Ja, just das war das Schöne daran. Ein bißchen Freiheit und Wohlleben und satt in Kopf und Schoß, und schon kommen dir ›Gewissensbisse‹ …«

»Sag dem Papst, er soll erst mal das Ficken lernen, ehe er dir Verhaltensvorschriften gibt. Einige seiner Vorgänger dachten da ganz anders. In der Renaissance …«

»Ja, ja, ich bin eine ›wandelnde Volkshochschule‹. Aber nun, ich bitte dich …«

Im Scheinwerfer ein Schatten! Schräg peitschender Regen. Soll das doch der … Scheiße! Scheiße! Scheiße!« Eine schwarze Wand!

Im Zeitalter der GROSSEN VERWIRRUNG ist es eine läßliche Sünde, wenn ich im

NEUNTEN KAPITEL

mit Gehirnerschütterung und gebrochenen Knochen ein wenig verwirrt bin

Ein Soldat will den Zapfenstreich nicht verpassen, rennt im Dunkel und strömenden Regen über die Straße; ich weiche mit meinem schweren Wagen aus, sein Leben zu schonen, fahre erst mal gegen einen Baum; das Fahrzeug dreht sich und knallt dann gegen eine Mauer – die schwarze Wand.

Nach drei Tagen Bewußtlosigkeit wache ich in einem Abstellraum des Städtischen Krankenhauses der Stadt Belgrad auf. Im Bett rechts von mir liegt ein Toter. Der Gang dazwischen ist so schmal, daß die Krankenschwester nur seitlich darin gehen kann. Im Bett links von mir ein völlig verbundener Kopf, aus dem zwei schwarzglühende, traurige Augen im Mull flackern. Das ist aus Titos Selbstverwaltungssozialismus geworden.

Ich habe eine schwere Gehirnerschütterung. Da ist noch etwas im Schädel, was erschüttert werden kann! Der Arzt, rote Augen, unrasiert, nach drei Schichten hintereinander den wirren Blick des Paranoiden, zuckt nur mit den Schultern, als ich ihn auf die Verhältnisse in diesem Bau anspreche.

»Sie haben überlebt«, sagt er. Das pflegten sie zu Partisanenzeiten zu sagen. Lange her das.

»Danke«, sage ich.

»Wofür?«

»Daß ich noch immer den Kopf zum Gebet abnehmen kann.« Der Oberkiefer an zwei Stellen gebrochen, das rechte Jochbein eingedrückt. Es ist ein Wunder, daß man mich noch versteht.

»Hätten Sie 'nen Lada, Skoda, Trabant oder Wartburg gelenkt, wären Sie jetzt tot«, sagt der Arzt und wendet sich zum Gehen.

»Es hat sich also gelohnt, dem Führer seine alte Karre abgekauft zu haben.« Das Reden tut mir weh, tut aber gut.

»Ich glaub', der fuhr 'nen Horch«, erwidert der Arzt. Nun lächelt er endlich. »Haben Sie eine Zigarette?«

»Nein. Aber ich glaub', da ist noch ein Rest eines ... gewissen Gemüses aus dem Kosovo in der Jackentasche. Ich glaub', Sie können es brauchen.«

»Glaub' ich auch. Da schläft man besser.«

Er grabbelt in den Taschen des Sakkos. »Haben Sie auch, als Sie ...?«

»Nein«, antworte ich. »Dann wär ich nicht so gerast.«

Nun sehe ich ihm zu, wie er uns, auf meiner Bettkante sitzend, zwei Joints dreht. Dann steht er langsam auf.

»Der«, er weist auf den Toten, »kommt gleich hier weg. Dafür sorge ich. Möchte ja nicht, daß Sie auf den Horror kommen, wenn Sie Ihr Betthupferl rauchen.« Und läßt seinen Joint in der Brusttasche des Kittels verschwinden.

»Gute Nacht!«

»Gute Nacht, Doktor.«

Ich schließe die Augen. Im Raum brennt nur ein Notlicht. Werde kurz darauf wach, als zwei Pfleger mit viel Lärm den Toten aus dem Zimmer schleppen.

»Der ist schon steif«, sagt der eine.

»Läßt er sich einfacher tragen«, der andere.

So tut der Tote den Lebenden einen Gefallen.

Die eingewickelte Mumie im Bett links von mir schnarcht gedämpft. Ich werde mich nie an den Rhythmus von Krankenhäusern gewöhnen. Um fünf Uhr morgens ein Frühstück, das einem die Schuhe auszieht, eine halbe Stunde zuvor ein kalter, nasser Waschlappen, der über das Gesicht fährt, um halb fünf am Nachmittag das Abendbrot. Pfefferminztee, Muckefuck und Affenfett – Margarine übelster Art, meine Dame – auf modrigem Brot sind das Frühstück. Wie im Knast.

Ich döse und wache mit Alpträumen auf. Ist es der Karbolgeruch? Die Menschenfeindlichkeit eines Systems, das sich der Pflege verschrieben hat?

Bist du im Knast, Lager, Kindergarten, in der Schule, im Krankenhaus, in der Hölle, im Fegefeuer, träum dich raus.

Köln. Die urbanste Stadt Deutschlands. Auf einer Bank in der Sonne liegen vor der Fußgängerpforte des römischen Nordtors. Das Römisch-Germanische Museum, das ich oft aufsuche; die Hafenstraße mit den Steinen aus der Römerzeit; Kinder, die dort mit Kreide *Himmel und Hölle* markiert haben; dieser unbeschreiblich schöne Torbogen des römischen Nordtors, das Punktlicht in der Decke fällt auf einige Stellen, ein Marmorkopf starrt ins Unendliche. Die Ruhe. Das Ebenmaß – Traum jedes Künstlers. Der achtgeteilte Himmel: Die Decke der Gereonskirche. Der so wenig kriegerische Sankt Martin, mit großer Selbstverständlichkeit den Mantel teilend; die Treppenanlage der Mikwe, des jüdischen Kultbades, von oben gesehen; das Fallgitter der Severinstorburg; die Neun Guten Heiden an der Wand des Hansasaals im Rathaus, und ich stelle mich in die daneben freigelassene Nische. Ich blicke mich im Spiegel an, und der goldene Prophet Jonas vom Dreikönigschrein blickt zurück. Matarés Kallendresserfigur, von unten betrachtet, so daß sie afrikanisch wirkt; die Renaissancelaube aus dem XVI. Jahrhundert, die wunderschöne Tür im Saal des Senats; und 1891 wird gar dem Kölner Bauern am Eigelsteintor ein Denkmal errichtet (»do Köllsche Boor«): das Zeughaus mit seinen rot-weißen Fensterläden, erbaut über der römischen Stadtmauer; das schmerzgezeichnete Gesicht von Erzbischof Engelbert auf seinem Schrein im Dom; der Rote-Funken-Brunnen und der Karnevalsbrunnen; das Straßenschild in französischer Sprache am Zeughaus in der Komödienstraße; der Malakoff-Turm. Ich lebe in einem Touristenprospekt. Mein Kietz! Ich ging alles zu Fuß ab. Ließ mir Zeit, damals, als ich kam, und heute immer noch, die Innenstadt langsam zu erkunden. Fremd vertraut.

Köln. Die antifaschistische Großstadt in Deutschland. Noch im März 1933 standen den 39 Nazis in der Stadtverordnetenversammlung 56 Nichtnazis entgegen. Umsonst. Adenauer floh ... Die Zellen im Keller des EL-DE-Hauses, Sitz der GeStaPo. Die nicht geweißten Wände. Die Kritzeleien der damaligen Opfer. Sichtbar bis heute.

Diese unglaublich alte Stadt. Organisch gewachsen seit den Römern. Ein riesiges Amphitheater, immer auf den Rhein ausgerichtet; und wo die Stadtmauer errichtet wurde im Jahre 1180, die Stadt nun ein Halbmond, und an seinem Bauch immer noch der Rhein. Damals keine Jauchegrube. Wann wird der Rhein wieder rein? Immer rein, immer rein, immer rein, hier werdense beschissen wie nebenan. Eines Tages werden wir dafür sorgen, daß der Rhein wieder rein wird. Und der Himmel über der Ruhr, wie von Willy versprochen, blau. Ich bin fremd in Köln, aber kein Fremder. Noch hat kein Mensch mich wegen meines Akzents verspottet, angegriffen, zu Boden geschlagen. Noch nicht. Ich sehne mich nach Dunja. Ich sehne mich nach Köln. Weil ich hier in Belgrad bin. Und Belgrad tut über die Maßen weh. Hier bin ich nur wegen meiner Mutter. (»Wenn keiner/an dich denkt/deine Mutter/denkt an dich«, Hans W., 1944, Wandinschrift im GeStaPo-Keller. Dort wo eine deutsche Polizei »nur ihre Pflicht tat«.)

Kein Hanseatengeiz. Kein Snobismus wie in Düsseldorf. Göring wurde hier ausgelacht. Weil er jeden Tag die Uniform wechselte wie ein Karnevalsprinz. Aber Göring sagte dem Fleisch nicht ade. Er steckte eine Megatonne davon in den Wolf und drehte es durch. Wie die anderen Mörder. Und die deutsche Wirtschaft half mit. Und nach dem Krieg wurde Auschwitz dann exportiert. Ein Teil davon auf die kahle Insel Goli Otok.

Das einzige Gegengift: Partisanen und Edelweißpiraten. Nur will heut keiner was von ihnen hören. Oder lesen.

Alle Träume verwandeln sich in Alpträume. Es gibt kein Entkommen, Vladi. Hör auf, dir leid zu tun.

Die Souveränität zurückgewinnen. Leicht gesagt. In diesem Leichenschauhaus.

Erster Schritt: Gesundwerden.

Erst eine Woche nach dem Unfall taucht Marja auf. Sie ist bei dem Unfall nur leicht lädiert worden. Sie weint. Das kann ich nicht ab. Auch auf meiner Beerdigung wird nicht geweint. Sage ich. *Urbi et orbi*, verdammtnochmal! Meine Freunde, all meine Freunde werden kommen, die lebenden und die toten, und an gutgedeckten Tischen sitzen und tafeln und saufen und Partisanenlieder singen. Aber vorher will ich noch Taten vollbringen, eines wahren Künstlers würdig. Das ist der Dritte Schritt.

Den Zweiten muß ich in den nächsten Wochen mit Lola ventilieren. Die kleinste kriminelle Vereinigung: Zwei Freunde. Oder Mann und Frau.

Die Mullmumie murmelt am nächsten Tag, ich hätte seinen Schlaf gestört, indem ich in meinem gelacht. Warum erinnere ich mich nicht an diesen Teil des Traums? Wird es eines Tages gelingen, Drähte direkt am Traumzentrum des Gehirns anzubringen und unsre Träume auf eine Leinwand zu werfen? Traumzensur. Betrug auch noch im Schlaf. Als kleiner Junge dachte ich, der Schlaf wäre ein Dieb. Weil er dem Tag so viel an Abenteuern stiehlt. Ich wünschte mir, schlaflos zu sein. Aber nun ist eine Große Müdigkeit in mir. Daliegen, dem Schmerz in Kiefer und Jochbein mit dem Finger nachfahren. Am Ostermannbrunnen ein Flohmarkt. Von dem will ich jetzt träumen. Am hellen Tag.

Und von Dunja. In der Nacht vom zwoten auf den dritten Dezember der Unfall, und am fünften war sie schon da. Seltsamerweise scheint es ihr überhaupt nichts auszumachen, daß ich mit Marja am Meer war, sie bei mir war, als der Unfall passierte. Auch eine Art von Souveränität. Oder ein Achselzucken: Bis zum Polterabend darf der Mann sich austoben. Sagen die Leute. Wer? Hab' ich mich ausgetobt? Sex ist so natürlich und notwendig wie Schlaf, Essen und Trinken.

Ich war es, der eifersüchtig war. Als sie ihre dumme Affäre mit Sascha hatte. Und Eifersucht war es, die mich bewegte, mich »zu rächen«, indem ich umgehend mit einer anderen Frau anbändelte. Wie du mir, so. Reinster Blödsinn.

Gehirnerschütterung. Was träumte ich, als ich bewußtlos war? Hält ein Arzt nicht den Strahl einer kleinen Taschenlampe auf die Pupille des WIE TOT Daliegenden? Hat er einen Spiegel vor meine Lippen gehalten? Mir den Puls gefühlt? Einen Elektroschock versetzt?

Im Keller des Zentralgefängnisses, hier in Belgrad, habe ich all den Torturen standgehalten. Schlafentzug. Schläge. Der gemütliche, rundgesichtige, kommunistische Kriminalkommissar hat es Subalternen überlassen, meinen Kopf unter Wasser zu halten. Todesangst. Ja. Aber keine Aussage. Nie. An Elektroschocks erinnere ich mich nicht. Mehr.

Ejejej, Vladi, was geht dir wieder durch deinen erschütterten Kopf? Denk, wie damals, an deine Freunde, an Lola. Und dann muß ich lachen, wenn er mit seiner komischen Aussprache *Think positive!* sagt. Und Joe Louis für den Schöpfer dieser Lebensweisheit hält.

Kaum wachte ich aus der Bewußtlosigkeit auf, war er da. Lola. Und im Gegensatz zu mir weiß er, was den Kranken hier an Essen zugemutet wird. Und kocht für mich. Und bringt das Essen drei Mal am Tag in einem großen Henkelmann zu mir.

Und dann träum' ich wieder. Von Köln. Vladi als Römer. Vladi als Ubier. Gestrichen. Traumzensur. Die Ubier verbündeten sich mit den Römern. Zensur aufgehoben: Und die Germanen waren doch Barbaren. Als Plato seine Bücher schrieb, saßen die Germanen noch auf den Bäumen. Besser, man verbündet sich mit einer Hochkultur als mit Barbaren. Vladi als Ubier. Da fällt mir nichts ein. Dann das, was einige Historiker das Dunkel der Völkerwanderung nennen. Vladi als Wanderer. Der mit den Füßen abstimmt. Räume kennenlernt und füllt. Nach Köln kommt. Hungrig. Auf Wissenschaft und Wirtschaft, auf Kunst und Kultur. Vladi im Hochmittelalter: Und siehe, Köln ist die größte Stadt nördlich der Alpen. Und wie Jahresringe legen alle Epochen ihre Artefakte in die Stadt. Kein Bauer mehr sein. Stadtbürger. Wie das schon klingt! Vladi mit seiner kleinen Wohnung im

Kietz. Vladi mit seinem großen Haus in Belgrad. Das er aufgeben wird, wenn seine Mutter gestorben ist. Nicht früher. Nicht später.

Dann ist schon Weihnachten. Lola, Dunja und ich begehen dies Fest wie einen Karneval. Ich schustere meinem scheuen Freund eine Frau zu, die zu ihm paßt. Ihn befriedigt. Das ist gut für seine Leber, gut für sein Herz. Und Lola ist zwischen Sex und Suff hin- und hergerissen, entscheidet sich dann aber doch für Sex.

»Sie nähren sich vom Brot des Frevels und trinken vom Wein der Gewalttat«, meint der Prediger im

ZEHNTEN KAPITEL

und hat Zeit seines Lebens nicht mal die Tentakel des Weltgeistes kennengelernt, Deutsche Beamte, die von der Pflicht zur Kür übergehen

Eine Hochzeit ist eine putzige Angelegenheit. Da wird man – zumindest in der Kirche – zu lebenslänglich verdonnert, und auf die Frage, ob man die Strafe annimmt, muß man mit einem klaren »Ja!« antworten, nicht mit: »Unter der Voraussetzung, daß …« oder »auf Bewährung« oder »mit folgenden Auflagen« oder »Vielleicht« oder »ich bitte um Bedenkzeit, Euer Ehren« oder »ich bin mir noch nicht sicher« oder »unter der Voraussetzung, daß sie keine Jungfrau ist … gut kochen oder vögeln, am besten beides kann … daß ich vorher einen Psychologen zur Untersuchung meiner Verantwortungsfähigkeit konsultieren kann … daß meine Frau sich der Schwere ihres Delikts bewußt ist … daß sie mir innert zehn Jahren sieben gesunde Knaben gebärt …«

Also nur: Ja.

Im Standesamt. Nicht so förmlich, ein grinsender Lola hinter mir, eine selig lächelnde Brautjungfrau (seine neue Freundin) ihm zur Seite. Als Zeugen. Aber wenn ich sie nun schmiere, damit sie ableugnen? Wenn ich vorgebe, kein Serbokroatisch zu verstehen?

Drauf gehen wir tafeln. Und hauen uns voll mit jenen Köstlichkeiten, die in Belgrad und im ganzen Land gewöhnlicherweise den Bonzen vorbehalten sind. Immer noch. Aber die

Grenzen sind ja geöffnet, den Druck im Lande zu mindern. Es strömen hinaus: die mit der größten Initiative. Zurück bleiben jene, die sich bescheiden durchwurschteln, den Weg des geringsten Widerstands wählen. Mithin ist die Herrschaft der Neuen Klasse sicherer denn je. Das einzige, was sie gefährden könnte, ist eine Politik der (zu) hohen Verschuldung. Mit derlei Diskussionen, beschweren sich die Frauen, verderben wir ihnen Hochzeit und Silvester. So gehen wir vier tanzen. Leider nicht auf einem Vulkan. Die Flitterwochen verbringe ich mit Dunja in Istrien, und unsere Ausflüge nach Triest machen mir seltsamerweise klar, daß ich nach dieser Stadt ein unbestimmtes Heimweh habe.

»Was hältst du davon, hierher zu ziehen, wenn ... das Haus in Belgrad verkauft ist?« frage ich Dunja.

Sie strahlt. »Ich liebe Triest«, erklärt sie. »Diese Stadt ist so ... müde, in Würde gealtert. Und mir gefällt auch die Mischung der Völker in ihr. Ja, wenn wir alt geworden ...«

»Und zur Ruhe gekommen sein werden«, lächle ich. »Vielleicht sollten wir uns im italienischen Hinterland von Triest niederlassen.«

»Dann vermisse ich das Meer.«

»Ich nicht.«

Das macht Dunja stumm. Sie kennt meine Traumata. Wir küssen uns. Und verbringen ganze Tage in den Betten, in einem Land von Bettrand zu Bettrand, der UNO und dem EROS unterstellt.

Am 18. Januar fliegt Dunja zurück nach Deutschland. Ich mache mich an die Renovierung des Hauses in Belgrad, besorge meiner Mutter eine bessere Pflegerin – die vorige hatte keinen Respekt vor dem Alter – und ventiliere mit Lola mein Vorgehen »in Sachen Domraub«.

Am 10. Februar die schreckliche Nachricht: Dunja wird in einem Park von drei Männern überfallen, geschlagen und beraubt! (Erst im März erreicht mich die ominöse Mitteilung meines Informanten: Einige Beamte in der SoKo, die »an Spur 234/54/78 glauben«, seien von KK Knopf und einer Staatsanwältin – ? – beauftragt, den V. Heiter auf deutschen Boden zu locken. Am achten Februar habe er gesehen, wie drei von ihnen die »Köpfe zusammensteckten, im Nebenzimmer verschwanden und sich auf dem Korridor für etwas später in eine Kneipe verabredeten«. Hieß dies, in Hochdeutsch übersetzt, daß Beamte in der SoKo bereit waren, eine wehrlose Frau zu verprügeln, wenn dies Der Guten Sache diente? Ich halte inzwischen auch so was für möglich.)

Ich packe einen kleinen Koffer und rufe Lola an. Er warnt mich, nicht zu fliegen. Ich muß aber fliegen, muß nach Köln und Dunja in den Armen halten.

Die Stunden vor dem Abflug vertreibe ich mir mit Saufen. Ich trinke Cognac zuhause, im Flughafenrestaurant und im Flugzeug. Und je mehr ich trinke, desto nüchterner werde ich. Glaube ich. Eine große Klarheit kommt über mich. Eine Vision.

Und ich hole im Flieger, im Zehnminutentakt den weichen, köstlichen Branntwein aus Frankreich ordernd, einige lose Blätter aus meiner Brustinnentasche, lecke den Bleistift an und entwerfe mit kühnem Sinn einen bombensicheren Plan, wenn ich – an Stelle von Rex – der Planer dieses wunderschönen Verbrechens gewesen wäre:

Die Albrecht-Entführung!

Da schrillt keine Alarmglocke in Ihnen, meine Dame, mein Herr?

Die Albrecht-Entführung!

Ein genialer Plan, höchst simpel ausgeführt von einem Anwalt und einem Eierdieb. (Gescheitert, dies nebenher und in aller Professionalität gesagt – an der dummen Sitte vieler Täter, das Geld, das sie eingenommen haben, zu schnell wieder in Umlauf bringen zu wollen. Statt mindestens ein Jahr die Füße still zu halten, selbst Hunger und Elend ertragend, um sich dann, unbemerkt und in aller Ruhe, abzusetzen und an einem sicheren Ort im Ausland – Beirut? – das Lösegeld zu waschen.) Ich verbrenne die losen Blätter nicht, ich spüle sie in der Toilette, in winzige Schnipsel zerrissen, hinunter, nachdem ich meine Aufzeichnungen in meine gelbe Schreibkladde übertragen habe. Verschlüsselt, wie ich in meinem holden Wahn glaube, in einer Mischung aus deutscher und serbischer Schreibweise, letztere nicht richtig, sondern in phonetischer Umschrift: *Sich an die Versicherung wenden. An die bekannten Juweliere. An das Generalvikariat. Ware gegen Geld. So einfach. An einem Ort, wo die SoKo und das BKA keinen Zugriff haben. Einen ... zuverlässigen katholischen Pfarrer mit Funksprechgerät und dem Koffer mit Geld herumhetzen. Über zwei, drei Grenzen locken. Den Koffer aus dem Zug über ein Brückengeländer in ein tiefes Tal werfen lassen. Oder Übergabe Ware: Geld in einer abgelegenen U-Bahnstation. Oder in einem Kaufhausrestaurant mit günstig gelegenem Notausgang. Das Geld sofort umpacken. Den alten Koffer in der U-Bahn liegen lassen oder in einer Straßenbahn unter einem Sitz verstecken.*

Ich werde Rex, wenn ich ihn das nächste Mal sehe, mit einem perfekten Plan konfrontieren. Diese muskulöse, hirnverbrannte Null muß einsehen, daß erst das Gehirn eingeschaltet werden muß, ehe man zur Tat schreitet. Gewiß, gewiß, wieder der Konjunktiv, das Konditional. Aber es ist doch, verdammtnochmal, erlaubt zu träumen, wie man selber, so viele Jahre im Beruf, endlich DAS PERFEKTE VERBRECHEN begeht, den berühmten GROSSEN COUP. Nach dem man sich in aller Gemütlichkeit zur Ruhe setzt. Auf einem heruntergekommenen Weingut in den Hügeln von Istrien, zwanzig Autominuten entfernt von Triest ...

Ach, ja!

Am 11. Februar 1976, um zehn Uhr abends komme ich in Köln an. Die ganze Nacht hatte ich Dunja im Arm, wage nicht, ihn unter ihrem Nacken zu entfernen, auch wenn mir die Hand dabei einschläft; Kreislauf, Puls, Herz, Hirn arbeiten auf Hochtouren. Erst morgens, so um halb sechs, schlafe ich ein.

Viereinhalb Stunden später steht die Schmier auf der Matte, klingeln Beamte der SoKo, lassen kein Auge von uns beim Anziehen, bringen uns zur Zentrale.

»Vorgeführt erscheint der/die Nachgenannte, wohnhaft in, und erklärt: Name / Vorname / geboren am / Beruf/z. Z. der Tat / ausgeübter/Stellung im Beruf / Einkommensverhältnisse / Familienstand / Vor- und Familienname des Ehegatten / Wohnung des / Vater / Mutter / Vormund / Staatsangehörigkeit / Ehrenämter / Personalausweis / Vorstrafen: Hehlerei AG Köln 1971...« usw. usf. Der übliche Schmu.

Mein Gegenüber: eine hübsche Frau. Erst der Beamte der SoKo, dann zwei andere, ausgeruhte, und die Staatsanwältin, Frau Voss. Die ständig lächelt. Mir ohne Worte klarmacht: Herr Heiter, was zappeln Sie noch? Geben Sie auf!

Aber dies nie sagt. Sondern im Stillen Kämmerlein in zierlicher Schrift einträgt, die Spur 234 (Heiter) zur Hauptakte zu machen. Tatvorwurf: HEHLEREI.

Von da an werden alle anderen Spuren vergessen. Frau Voss hat ihren Sperling in der Hand. Sie trachtet nicht nach der Taube auf dem Dach. Sie wird simpel einen Strohhalm in das Arschloch des Arschlochs – verzeihen Sie, meine Dame, ich meine: des Sperlings – einführen und diesen aufblasen. Zum Adler. Und diesen kreuzigen. Am Scheunentor der Öffentlichkeit.

Zur Abschreckung.

Über die Heinrich Heine schon 1843 schrieb: *»Unsere zweite große Straftheorie ist die der Abschreckung. Diese ist weder religiös noch philosophisch, sie ist rein absurd. Hier wird einem Menschen, der ein Verbrechen beging«,*

– UND ICH HABE DAS IN DIESEM FALL NICHT MAL GETAN! –

»Pein angetan, damit ein dritter dadurch abgeschreckt werde, ein ähnliches Verbrechen zu begehen. Es ist das höchste Unrecht, daß Jemand leiden soll zum Heile eines Anderen.«

Tags drauf und wiederum am siebzehnten wird Dunja in die Mangel genommen.

Aber schon am dreizehnten erfolgt meine richterliche Vernehmung, und der Haftbefehl wird ausgestellt. Ich werde beschuldigt: »1974 oder später in Köln und an anderen Orten durch drei selbständige Handlungen 1.) Sachen, die ein anderer gestohlen hat, angekauft oder sich sonst verschafft zu haben, um sich zu bereichern.« Unter 2) und 3) dann so poplige Vorwürfe wie: ich würde Falschgeld in den Verkehr bringen und ohne die erforderliche Erlaubnis eine Schußwaffe geführt haben. Beweise für diese Lächerlichkeiten: Eine Dollarnote, als Lesezeichen in einer Bibel aufbewahrt und bei einer zweiten Hausdurchsuchung gefunden, und einen alten Ballermann, den ich mir einmal besorgt habe, in meinem Versteck hinter den Kacheln im Badezimmer aufbewahrt und dann vergessen. Eine falsche Dollarnote und eine unbenutzte Handfeuerwaffe: Geldstrafen. Aber der Hauptvorwurf lautet auf HEHLEREI. Beweise: Null.

In die Augen der hübschen Staatsanwältin sehend, erblicke ich den geballten Wunsch, der Öffentlichkeit mit mir den Kunstschänder, den Kirchenschänder vorführen zu können. Als ob ich …

Lächerlich. Absurd. Tiefkomisch. Ich schlafe gut in der Bonner Ungerechtigkeitsvollzugsanstalt.

»Warum isset euer Meister mit den Zöllnern und Sündern?«, wird meine Fangemeinde oft gefragt, und so antworte ich im

ELFTEN KAPITEL:

»Die Starken bedürfen des Arztes nicht, sondern die Kranken«

Nachdem Frau Voss den Haftbefehl beim Richter am Amtsgericht durchgesetzt hat, lädt sie mich zu einem »informatorischen Gespräch« ein.

»Eine erneute Vernehmung?« frage ich müde.

»Nein, es geht um etwas, das Sie sich durch den Kopf gehen lassen müssen. Sie haben ja – tut mir leid – nun genügend Zeit dafür.«

»Tut es Ihnen leid, mich zu Unrecht in U-Haft schmoren zu lassen?«

»Nicht im geringsten«, antwortet Frau Voss milde. »Ich habe Ihnen einen Vorschlag zu machen. Und den nehmen Sie, Herr Heiter, nur ernst, wenn ich Ihnen den Ernst der Lage klarmache.«

»Das heißt, Sie sind sich Ihres Rechtsbruchs nur zu gewahr und nutzen ihn, Druck auf mich auszuüben?«

»Rechtsbruch ... Rechtsbruch, nein, Herr Heiter, Recht kann nicht gebrochen werden von einem Staatsanwalt, einer Staatsanwältin – höchstens, sagen wir, etwas gebogen.«

Ich muß gestehen, diese Offenheit verschlägt mir zunächst die Sprache. Diese Frau erinnert mich an den Franzosen in Kleists *Minna von Barnhelm*, der, daraufhin angesprochen, er betröge, milde korrigiert: »Betrügen ... betrügen. *Non, corriger la fortune.*«

»Sie sagen nichts, Herr Heiter? Nun, ich erläutere Ihnen meinen Vorschlag, der, dies unter uns, von meinen Vorgesetzten gebilligt wird. Wir sind uns darüber bewußt, daß Sie im, sagen wir mal, Kunsthandel sind. Ein einziges Mal haben wir es Ihnen beweisen können, aber Ihr Lebenswandel, Ihr Lebensstil, die Kreise, in denen Sie verkehren, Ihr Verschwinden zu Zeiten, da ein Bild, eine Bordüre, eine Plastik den Besitzer wechselt, selbst Ihre Reisen ins Ausland, dies alles deutet darauf hin, daß Sie ein geschulter Dieb und Hehler sind. Wie gesagt, Sie sind nur einmal erwischt und entsprechend verurteilt worden, aber wir haben … so unsere Informationen.« Frau Voss blickt mich, freundlich lächelnd, an, kramt in ihrer Handtasche, holt Zigaretten und Feuerzeug aus ihr, greift dann in eine Seitentasche, bringt eine Packung meiner Lieblingszigaretten zum Vorschein, schnipst sie über den Tisch und gibt uns Feuer.

»Soll ich fortfahren?« fragt sie, den Rauch durch die Nasenlöcher ausatmend, Spott in den Augen.

Ich nicke.

»Es geht ganz simpel darum, Herr Heiter, daß Sie sich in den Ihnen bekannten Kreisen sachkundig machen, wer zur Zeit im Besitz besagter Beute aus dem Dom ist – und diese an den Eigentümer zurückgeben. Es geht uns nicht darum, daß Sie uns sagen, wer da gestohlen hat. Das überlassen Sie ruhig der Polizei. Es geht darum, daß Sie die Kultgegenstände finden, um dann zum einen die von der Versicherung ausgelobte Prämie zu erhalten, zum zweiten, sich ein zusätzliches Taschengeld verdienen, wenn der Betrag, der für das Wiederbeschaffen der Beute ausgelobt ist, sei es von kirchlicher, sei es von privater Seite, aufgestockt wird.«

»Ihr Wort in Gottes Gehörgang«, spotte ich. »Wollen Sie mir im Ernst einreden, daß ich besser sei als die über fünfzigköpfige Sonderkommission und … Herr Ratzki?«

Bingo! Die Dame zuckt zusammen und hustet. »Wer hat Ihnen von Ratzki erzählt?«

»Köln hatte schon immer eine Vorreiterposition in der Schaffung einer offenen Gesellschaft«, ist es an mir zu spotten. »Glauben Sie im Ernst, der Kölsche Klüngel könnte etwas verschweigen?«

Frau Voss hat sich gefaßt. Sie streicht sich sacht über das kurzgeschnittene, getönte dunkle Haar und lacht mich an: »Natürlich nicht. Aber daß diese Nachricht in der kurzen Zeit sogar Belgrad erreicht ...«

Ich lasse dies offen. »Und warum haben Sie dann trotzdem auf der Untersuchungshaft bestanden?« frage ich, ernstlich böse.

»Wir brauchen Tatverdächtige, wir brauchen Skalps, Herr Heiter. Es ist etwa ein Vierteljahr seit der Tat vergangen, und wir stehen mit ...«

»... leeren Händen da«, sage ich bitter, »und da muß dem staunenden Publikum ein Unhold serviert werden, ein völlig Unschuldiger.«

»Na, na, na«, schnalzt Frau Voss mit der Zunge, »sooo unschuldig sind Sie nun auch wieder nicht. Wir haben einige Informationen erhalten. Von Leuten, die Sie gut kennen – oder zu kennen glauben. Sie sollen die Tat schon über Jahre geplant haben. Sie hätten da nicht nur Andeutungen gemacht. Ihre Verlobte stand in besagter Nacht unter dem Einfluß eines starken Beruhigungsmittels. Ihr Alibi taugt also nichts. Einige Ihrer Freunde und Bekannten belasten Sie ...«

»Und Sie glauben diesen Gerüchte?«

»Es geht nicht darum, was ich glaube, sondern um ... Wahrscheinlichkeiten.«

»Und wegen einer höchst unwahrscheinlichen Wahrscheinlichkeit stecken Sie mich in U-Haft?«

»Herr Heiter, vor etwas über einem Monat wurden Teile des entwendeten Schatzes in der Dompropstei gefunden. Also gehen wir davon aus, daß die Täter aus Köln stammen. Leider, Herr Heiter, befand sich der kleine Fund nicht gerade in bestem Zustand. Das verstimmt ...«

»Vor etwas über einem Monat befand ich mich mit meiner Frau in Istrien, Frau Staatsanwältin. Und wenn, wie Sie sagen, die Beute sich in schlechtem Zustand befindet, ist nicht gerade dies ein Beweis für meine Unschuld?«

»Sie sind fähig, Spuren zu legen, die verwirren. Aber lassen Sie das. Finden Sie die Beute, sorgen Sie dafür, daß Sie an ihren Eigentümer zurückgelangt, und Sie sind nicht nur alle Sorgen los, sondern auch um mindestens fünfzigtausend DM reicher.«

Frau Voss steht auf.

Ich stecke das Zigarettenpack ein und lasse mich vom Wärter abführen. Also, Plan B. Man will mich im eignen Saft schmoren lassen? Wer Goli Otok überlebt hat, ist knochentrocken geworden. Vergeblich werden die Kranken auf das Austreten meiner Säfte warten.

Viertes Buch

SÜNDENBÖCKCHEN GESUCHT

Im

ERSTEN KAPITEL

entwischt der Fuchs, der keine Gans gestohlen hat und sie daher auch nicht wieder hergeben kann

Groteskerweise findet die Zeugengegenüberstellung, die beweisen soll, daß ich in einem Kölner Sportgeschäft die für den Einbruch notwendige Bergsteigerausrüstung gekauft habe, einen Tag *nach* der Verkündung des Haftbefehls statt. Aber der Verkäufer ist sich, ehrlicherweise, nicht sicher. Denn als das Gedächtnis noch frisch war, beschrieb er den Mann, der die Bergsteigerausrüstung gekauft hat, wie folgt: 185 cm groß, stämmige Figur, hohe Stirn, gewelltes schwarzes Haar, starker Kehlkopf. Dies trifft auf mich nun wirklich nicht zu. Dafür aber auf… Rex!

Niederlage der Staatsanwältin Voss. Und der SoKo.

Das hält diese aber nicht davon ab, aus dem Vorwurf der »Hehlerei« am 13. Februar 1976, genau drei Tage später, den des »Einbruchdiebstahls« zu machen. Aktenzeichen 45 Js 271/75.

Dann kommt plötzlich die Wende. Am 19. März 1976 wird die Untersuchungshaft aufgehoben. Man läßt mich frei. Gleichzeitig läuft hinter meinem Rücken eine gewaltige Maschinerie an: Die gesamte Sonderkommission, das LKA, das BKA, die Staatsanwaltschaft, das Generalvikariat, der Kardinal, der Justizminister, der Papst und, schlimmer, die gesamte Presse, absurderweise »Öffentlichkeit« genannt, sind hinter mir her. Und der legendäre

Undercover-Agent Ratzki! Eine Maschine, dazu konstruiert, Beweise zu fabrizieren, die es nicht gibt.

Vom »weiteren Vollzug der Untersuchungshaft verschont« werde ich unter folgenden Auflagen:
1. Er hat die Bundesrepublik Deutschland nicht zu verlassen und seinen Reisepaß und seinen jugoslawischen Personalausweis zu den Akten zu reichen.
2. Er hat binnen 14 Tagen feste Arbeit anzunehmen und dies unverzüglich der Staatsanwaltschaft nachzuweisen.
3. Er hat unverzüglich der Staatsanwaltschaft unter dem Aktenzeichen 45 Js 59/76 jeden Wohnungswechsel anzuzeigen.
4. Er hat sich einmal wöchentlich, und zwar jeweils montags, bei dem für seine Wohnung zuständigen Polizei-Abschnitt in Köln zu melden.

Nun denken Sie einmal logisch nach, auch wenn es auf Grund von Vorurteilen schwerfällt, meine Dame, mein Herr: Entweder bin ich der Planer und Vorbereiter des schröcklichen Verbrechens, dann schmor ich halt bis zum Jüngsten Gericht in Untersuchungshaft; oder ich bin es nicht, sondern das Zicklein, das auf einer Lichtung im Dschungel angepflockt wird, den Tiger (die Täter) anzulocken, um ihn erlegen zu können. *Tertium non datur.*

Ich war ja schon sieben Jahre nach Beendigung des Krieges in Belgrad ein Sündenböckchen – zarte 19 Jahre alt – für die Verfehlungen titoistischer Planungs-, Wirtschafts- und Finanzpolitik. Was ist, um meinen Lieblingsdichter zu zitieren, der Diebstahl von Lebensmittelmarken, verglichen mit ihrem Druck und ihrer Verteilung? Nun habe ich die Wahl, Zicklein zu sein, damit die irdische Gerechtigkeit Rex und Polonius schnappen kann (von denen die Jäger noch nichts wissen), oder Sündenbock (Haupttäter). Eine Wahl – nicht wahr? – zwischen Arsen und Zyankali, zwischen CDU und SPD, zwischen USA und UdSSR. Und am Himmel prangt der Große Arsch, der mich (verzeihen Sie, meine Dame!) zuscheißen wird. Ich habe die Freie Wahl:

Entweder von Rex oder seinen Freunden umgelegt oder von Frau Erster Staatsanwältin Cordelia-Hortense Voss vor Gericht gezerrt zu werden, wo mich die Höchststrafe für Einbruchdiebstahl erwartet, geht es doch – Sie erinnern sich? – um DIE GRÖSSTE KIRCHENSCHÄNDUNG SEIT DEM NORMANNENEINFALL.

Erholt, frisch, gesund und munter betrete ich meine Wohnung im lebendigsten Stadtteil Kölns. Ihr wurde durch eine geballte Ladung technischen Geräts allerdings inzwischen die Unschuld genommen. Nun gleicht sie dem Rohbau der Amerikanischen Botschaft in Moskau: Ganze Bataillone von Wanzen sollen mich bei lebendigem Leibe fressen. Also treffe ich meine Vorkehrungen.

Ich bummele zur Hohen Straße und mache innerhalb kürzester Zeit zwei der – geschätzten – acht Männer des Überwachungstrupps der SoKo oder des LKA aus. Ein Kaufhaus verschluckt mich. Und speit mich – ungesehen, unverfolgt – wieder aus. Mit drei verschiedenen Taxen erreiche ich meine Zweitwohnung in der Wahlenstraße. Aber die Igel sind schon da: Ein Herr im Blaumann, der ungeschickt die Straße kehrt; ein Überwachungswagen mit verspiegelten Fenstern etwa zwanzig Meter von meinem Atelier entfernt am Bordstein parkend; ein langhaariger Herr in seinem schnellen Ford, der den ganzen Tag die KÖLNER RUNDSCHAU liest (der Bommel an der Funkantenne verrät ihn). Und die Wohnung? Wirkt wie unangetastet. Aber ich kenne meine Unordnung, die so schwer wieder in unordentliche Ordnung zurückzuverwandeln ist. Und die üblichen Wanzen. Ich vermute sogar, daß eine Wohnung gegenüber zwangsgeräumt wurde, um ein kleineres Observierungsteam mit elektronischem Gerät einzuquartieren. Die Dienstmarken, der geflüsterte Hinweis, es ginge »um den Domraub«, und die Unterbringung der echten Mieter in einem Hotel der gehobenen Preisklasse verführt zwei oder drei Angehörige der Öffentlichkeit, brav bei der Jagd mitzumachen. Da haben sie etwas zu erzählen, wenn sie alt sind.

Ich hole zwei BAP-Kassetten vom Regal an der Wand, wo sich meine Stereoanlage befindet, und entferne die Sperren. Im Nu haben sie sich in ein Endlosband verwandelt. Die Kassette enthält ein 90-minütiges Selbstgepräch eines gewissen Vladimir Heiter, unterlegt mit dezenter Musik. Ich stecke sie in die Tasche und fahre auf direktem Wege wieder zur Theobaldsgasse, öffne, fröhlich einen Karnevalshit pfeifend, Haus- und Wohnungstür und bereite meinen Abflug vor. Meinem guten Bekannten Hans, der über uns wohnt, vertraue ich den Wohnungsschlüssel an und bitte ihn, die Post an sich zu nehmen. Er ist das schon gewohnt. In seinem Urlaub tun wir dasselbe für ihn.

Ich stelle das Radio an – nicht, daß dies gegen Wanzen hülfe – und bringe die Wohnung in Ordnung: Sie trägt deutliche Spuren der zweiten Hausdurchsuchung, und zumindest zwei der Wanzen fallen mir sofort auf. So beginne ich, laut vor mich hin zu schimpfen, spreche mit mir selbst, vom Radio untermalt, arbeite mithin am Soundtrack des Films VLADI HEITER UND DIE VIERZIG RÄUBER. Packe eine kleine Tasche, nehme eine gehörige Summe aus dem Versteck, das der werten Schmier entgangen, und gehe auf die Straße, die Lage zu orten. Und siehe, die Abhör- und Einsatzzentrale der Beobachtenden Fahndung befindet sich einige Häuser entfernt in einem – typisch! – Funkreparaturenfachgeschäft, so daß man auch ohne visuellen Kontakt ständig im Bilde ist. Ich tätige einige kleinere Einkäufe, spaziere nachhause zurück, bereite mir dort ein kleineres Mahl, ständig das Radio spielen lassend und (nicht zu) leise vor mich hin fluchend. Dann folgt ein langer, gesunder Nachtschlaf.

Am nächsten Morgen geht es durch den Keller in den nach hinten gelegenen, grasbewachsenen Hof, über eine kleine Mauer, durch ein Werkstattgrundstück und über eine weitere hübsche Mauer. Nach vierzig Schritten stehe ich in der Parallelstraße. Erst als ich schon in der U-Bahn bin, schätze ich, wird Alarm geschlagen.

Ich suche einen Bekannten auf, werde mit einem behelfsmäßigen Ausweis versehen und nehme die Straßenbahn nach Bonn, um den Kontrollen am Hauptbahnhof und auf dem Flughafen aus dem Wege zu gehen. In Bonn löse ich – nun mit rotem Schal und Hut – eine Fahrkarte für den Intercity nach Frankfurt, wo ich, an verschiedene Türen klopfend, schließlich auf die Hure Polly treffe. Sie bringt mich mit ihrem kleinen Renault in den Taunus und erzählt mir unter Tränen von ihrer Degradierung.

In einer hübschen, von einem Park umgebenen, gut gesicherten Villa hütet Rex wegen seiner Schußverletzungen aus Italien noch immer das Bett. Ich vermute, die sind längst geheilt. Nicht aber sein Stolz. Ich singe mein Klagelied, verschweige nur weniges. Ich habe nur einen Wunsch: den nach einer Wiedervereinigung mit Dunja (die vorausgeflogen ist) und meiner Mutter.

Ich stoße auf Verständnis und Mitgefühl.

Mich zu trösten wird mir eine kleine Orgie angeboten. Ich lehne bedauernd ab. Daraus wird dann kühn gefolgert, ein Künstler wie ich müsse Voyeur sein, so wird Polly befohlen, die »wahren Schätze« aus dem Weinkeller zu holen, werden Freunde und deren Pferdchen eingeladen, und es wird mir zugemutet, bei dem Treiben zuzugucken, das in diesem Profikreis gesitteter und keuscher ist als ein »Bäumchen-wechsle-dich-Spiel« in der Sauna.

Polly zwinkert mir zu, ich zwinkere ihr zu, sie greift mich bei der Hand, ich greife mit der anderen nach einer Weinflasche, und sie geleitet mich zu einem Gästezimmer unter dem Dach. Um mir zu demonstrieren, daß sie von Rex »völlig zu Unrecht«, wie sie schluchzend versichert, degradiert wurde, ist sie zu jeder Schandtat (ihr Ausdruck!) bereit. So stelle ich eine hübsche Ausgabe von Pietro Aretinos *Sinnlichen Sonetten* mit Kupferstichen nach den Bildern von Giuliano Romano auf den Notenständer neben das Bett, und wir probieren alle Stellungen, die dort gezeigt werden, durch. Wir lachen dermaßen, daß Polly bei der *Schubkarre* einbricht und sich fast die hübschen Zähne einschlägt. Darauf wird sie ernst; und da sie der Meinung ist, daß ein gutes Gelächter einen guten Orgasmus nicht ersetzen kann – dies entspricht ihrem katholischen Berufsethos –, sattelt sie auf, mich meine »Himmelfahrt« erleben zu lassen. Was sie auch schafft. Triumphierend steigt sie von meiner Leiche. Wir unterhalten uns noch etwas über das Unrecht auf der Welt, den Domschatz, die beste Parisermarke, den Heiligen Geist, Oralverkehr, die Jungfrau Maria, bis wir beschließen, ins Erdgeschoß zurückzukehren. Dort schnarchen die Männer, von den Frauen sitzen nur noch zwei, Lucy und eine Frau aus Ghana, beim Wein – erstere wirft mir einen wütenden, die andere einen belustigten Blick zu; und von Lucy erfahre ich schließlich, daß Rex und Polonius mit den Bemühungen des Preußen, einige Edelsteine aus der Beute in Österreich zu verkaufen, nicht zufrieden sind.

Etwas später wird Polonius wach, zieht sich Unterhosen und einen Morgenmantel an und teilt mir mit, er würde den Preußen umgehend herbeordern. Ich müsse eh auf meinen Paß warten.

Ein Schmuckstück ohne Geburtsurkunde, Paß und Stempel kann nur weit unter Wert verkauft werden. Rex und Polonius haben sich da mehr erwartet; und es ist offensichtlich, daß sie der ganzen Angelegenheit schon ziemlich müde sind. Genauer: sehr müde.

So wiederhole ich meinen Rat, den Dünnen und Ladrone umgehend auszuzahlen und den Schotter an seinen Eigentümer zurückgehen zu lassen. Und diesmal stimmen die beiden zu meiner Verwunderung zu. Auf einmal heißt es da: »Weg mit Schaden!«

Aber dann, nachdem ich sehr intensiv gebohrt habe, erzählen sie eine Geschichte über ihre beiden doofen Handlanger, die mir das Blut in den Adern gefrieren läßt.

»Sie laufen nicht nur aus dem Ruder«, sagt Polonius müde, »sie laufen Amok.«

Im

ZWEITEN KAPITEL

erleben wir, wie zwei wildgewordene Taschendiebe nach der Ziehung der Lottozahlen völlig ausklinken und dabei ganz aus dem Auge verlieren, daß sie vergessen haben, ihren Lottoschein abzugeben

Der Dünne und Ladrone fühlen sich ausgenutzt. Schon bei ihren Gesprächen in Köln-Ossendorf, wo Ladrone in Abschiebehaft sitzt, ist des Jammerns kein Ende. Der Wert der Beute beträgt, laut Kardinal Höffner im EXPRESS, zwischen zehn und fünfzehn Millionen, und sie, die auf dem Zwischendach des Doms gestanden, durch das schmale Fenster geschlüpft, sich abgeseilt haben in die Schatzkammer, Ladrone das Seil haltend, der Dünne in den Simeliberg tauchend, sie, die sich genau an die Vorschriften gehalten haben, welche Teile der Beute aus welcher Glasvitrine zu holen seien, sie, die Blut und Schweiß geschwitzt haben, das höchste Risiko getragen, sie sollen jetzt pro Nase nur fünftausend Mark kriegen? Und auch das erst nach einem halben Jahr?

»Das können Rex und Polo nicht mit uns machen«, beschließen sie.

»Und dabei hat Rex mir nicht mal gesagt, daß da ein Nachtwächter mit einem Deutschen Schäferhund nachts seine Runden im Dom dreht und alle Klinken probiert. Mann, das Herz blieb mir im Leibe stehen, als ich hörte, wie die Klinke runterging! Vor Schreck hab' ich die Monstranz, die ich in der Hand hielt, fallen lassen, statt sie in den Sack zu stecken!« Noch im Nachhinein wird der Dieb kreidebleich.

»Und ich, da oben, dem Regen und Wind ausgesetzt, das Seil in der Hand … Und dann gabst du das Zupfzeichen. Ich wurde fast ohnmächtig vor Schreck! Und ich zog die Beute mit allen Leibeskräften hoch wie einer jener mutigen Lebensretter, die den verschütteten Bergmann aus dem eingestürzten Stollen ziehen, aus dem noch Klopfgeräusche dringen«, wiederholt Ladrone seine Litanei. »Und dann diese besoffenen Leute auf der Domplatte, die sich einen Jux daraus machten, uns verfolgen zu wollen! Bestimmt haben sie eine genaue Personenbeschreibung gegeben. Wir trugen all das Risiko, und die sahnen ab! Aber warte …«

Ausländer in Abschiebehaft werden akustisch nicht überwacht bei ihren Besuchen. So können die beiden ungestört ihre Köpfe zusammenstecken und überlegen, wie sie ihren »gerechten Anteil an der Beute« kriegen können. Und ausgerechnet ich soll ihnen dabei auch noch helfen!

Der Dünne taucht bei Dunja auf; und nach der Abschiebung von Ladrone im Januar 1976 rufen sie sowohl in der Kölner Wohnung als auch in meinem Haus in Belgrad an. Rex und Polonius sind für sie unauffindbar; und sie geraten in Panik, weil sie vermuten, daß die Planer des Coups sie sogar um das vereinbarte, wie sie finden, zu niedrige Honorar für ihre nicht einmal halbstündige Dienstleistung betrügen wollen. In ihrer Dummheit unterschätzen sie den Einfluß und die Gefährlichkeit ihrer Auftraggeber ganz offensichtlich.

Boß der Jugo-Mafia in Mailand ist ein Mann mit vielen Narben, der breit wie ein Schrank ist. Er wird der *Drache* genannt und hat für freche Diebe keinerlei Sympathien. Ladrone kennt ihn von einem gemeinsamen Knastaufenthalt in Jugoslawien. Der Drachen verzieht keine Miene, als ihm Ladrone von der Einbruchsgeschichte und seiner Verhaftung erzählt. Gutmütig entläßt er ihn mit den Worten: »Keine Sorge, auf Rex und Polonius könnt ihr euch verlassen. Sie sind zur Zeit lediglich wegen einiger Kleinigkeiten abgetaucht und werden euch wohl kontaktieren.«

»Aber wo?« fragt der Dünne. »Wir haben zur Zeit auch keine feste Anschrift.«

»Wenn ihr beiden Hühnchen so rumirrt und jedem Idioten eure Geschichte auf die Nase bindet, wie ihr es grad bei mir getan habt, dürfte selbst ein blinder Hund eure Spur verfolgen können«, meint der Drache ganz freundlich. »Und jetzt verpißt euch! Ich habe Besseres zu tun, als eurem Heulen und Zähneklappern zuzuhören. Wenn ich euch richtig verstanden habe, hat Rex versprochen, euch nach einem halben Jahr auszuzahlen. Das dürfte wohl nicht vor Mai sein. Also haltet das Maul und die Füße still, und alles wird ein Happy End haben.«

Mit einer Handbewegung sind sie entlassen. Und stehen, wo sie schon früher gestanden haben: auf der Straße. Ohne Geld und ohne Kontakt zu Polonius oder Rex.

Der Drache aber informiert Rex unverzüglich, welche unverantwortlichen Mitarbeiter er beschäftigt, und rät zur Liquidierung der beiden.

»Na, so schlimm wird's wohl noch nicht sein«, sagt Rex. »Wenn diese Pfeifen noch mal bei dir auftauchen, sag ihnen, wenn sie das Maul aufmachen, setz ich 'ne Prämie auf ihre blöden Köppe aus. Und wenn sie vor der angegebenen Frist bei uns auftauchen, mach' ich sie platt und werfe ihre zerstückelten Kadaver den Schweinen vor.«

»Das klingt richtig gut«, lacht der Drache. Sie legen gleichzeitig auf.

Ladrone und der Dünne irren unterdessen durch Mailand und versuchen vergeblich, alte Beziehungen zu reaktivieren. Schließlich treffen sie auf einen gewissen Mario. Sie suchen eine Weinstube auf (Mario zahlt) und versuchen, einander beim Prahlen zu übertreffen.

»Ach, wo wir gerade dabei sind«, sagt Ladrone so nebenher wie möglich, »kennst du jemanden, der 'ne Partie großer Edelsteine kaufen möchte?«

Mario verspricht, sich umzuhören, zahlt, geht nach Hause und ruft einen gewissen Jacques in Zürich an.

Im

DRITTEN KAPITEL

harrt Undercover-Agent Ratzki in aller Ruhe der Dinge, die da kommen werden

Jacques Penchard alias James Croyden alias Luigi Latini alias Jan Pedersen alias Walter Ratzki sitzt in seinem Louis-XVI-Sessel vor dem breiten Fenster seiner Suite in einem alten, feudalen Hotel am Utoquai in Zürich und blickt, eine Tasse Pfefferminztee in der Hand, auf den See. Er ist im Einklang mit sich. Seine Netze sind ausgeworfen, seine Informanten in Alarmzustand versetzt, Polizeibehörden unterrichtet, Subagenten in Trab gebracht. Er braucht nur zu warten. Die Spesen zahlt die Versicherungswirtschaft. Üppig.

Ratzki ist sein Geld wert. 1971 hat ein Räuber Brillanten im Wert von über zwei Millionen Franken erbeutet. Ratzki übernimmt den Fall. Nach vielen Abenteuern und Hin und Her erreicht er, daß die Versicherung die Beute für 280.000 Franken zurückkriegt. Und es sind gerade anderthalb Jahre vergangen, als derselbe Täter just dasselbe Juweliergeschäft überfällt und diesmal Juwelen im Wert von zwokommadrei Millionen erbeutet. Ratzki wendet sich wieder über seine unterirdischen Kanäle direkt an den Täter, doch dies Mal versagt die Polizei. Es kommt zu einer völlig unnötigen Schießerei – noch heute rauft sich Ratzki die spärlichen Haare –, Polizeibeamte liegen in ihrem Blute, der Täter wird in Fetzen geschossen. Ratzki und seine Frau direkt in der Feuerlinie! Er nimmt es gelassen, aber seine

Frau dreht durch. Das versteht er nicht. In all den Jahren zuvor hatte sie Nerven wie Stahlseile. »Nimm dich zusammen, verdammt noch mal!«

Von der Beute taucht nur ein Fünftel wieder auf. In einem Schließfach des Hauptbahnhofs Mailand.

Er, Ratzki, hat nicht versagt. Die Polizei hat versagt. Tölpel. Übereifrig. Anfänger. Die ist schuld daran, daß seine Frau nun seltsame Anfälle von Migräne hat, Zäpfchen, Tabletten und Spritzen dagegen erhalten muß. Eine konspirative Lebensweise verlangt Opfer, Ratzki beschließt, noch entschlossener aufzutreten. Die Polizei hat so zu handeln, wie er es will. Oder er macht nicht mehr mit. Sollen diese Stümper »doch ihren Dreck alleene machen«, wie der sächsische König einmal sagte. Jetzt hat das BKA die Frechheit, ihn »unter Kontrolle bringen« zu wollen. Damit auch er Spesen Pfennig für Pfennig abrechnen muß? Soll er Anträge beim Chef stellen, eine Suite in einem Luxushotel beziehen zu dürfen, weil Verbrecher erster Klasse nicht in bayerischen Gasthäusern mit angeschlossener Metzgerei absteigen? Kann Ratzki nicht schon auf mehrere Fälle verweisen, wo hochrangige Beamte den Dienst quittierten und privat weiterarbeiten, weil sie die Pfennigfuchserei satt hatten?

Männer der Wirtschaft denken da großzügiger, effizienter, in großen Zusammenhängen. Sie sind mit ihrem Undercover-Agenten mehr als zufrieden: Erfolge sprechen für sich. Versicherungen machen, wie stets, ihre Wahrscheinlichkeitsrechnungen auf; und jeder geschnappte Hehler mit einem Umsatz von mehreren Millionen ist ihnen wichtiger als die Einsammelei von Eierdieben. Ein Ratzki braucht fleißige Zuträger, ein großes, funktionierendes Informationsnetz und – Geduld. Die hat er. Alle Zeit der Welt. Wenn er einen Berg von Überstunden vor sich herschiebt, dann, weil die Arbeit ihm Spaß macht. Vierundzwanzig Stunden am Tag. Er ist eben keine verbeamtete Null.

Und nun ruft der gute, alte, zuverlässige, da von ihm, Ratzki, vor zwei Gerichtsverfahren verschonte Mario an. *Hotline Milano!*

Eine »Partie großer Edelsteine«, angeboten von einem kleinen italo-jugoslawischen Gannef, der grad aus Köln zurückkommt. Ts, ts.

Der Fall erweist sich als einfacher als erwartet.

»Einen Paß braucht er, Mario? Schick ihn zu Giacomo in Genua. Ruf diesen an – ich tu's auch gleich – und mache einen guten Preis aus ... Ja, ja, ja. So um die dreihundert Mark. Keine Lira mehr. Der Mann muß nicht nur observiert werden, er muß an der Angel bleiben. Wer kann schon einem Paß für 300 Mark widerstehen? Sag Giacomo, er soll den aus dem vorigen Jahr 'rausrücken. Den auf den Namen Jeremia Ceccato. Hm ... Von Genua laß ich ihn nach Basel kommen. Oder Lugano, je nachdem. Aber mach es dringend. Ja, Giacomo ist manchmal etwas lahmarschig. Ich möchte lieber etwas später in Erscheinung treten. Ja, wie bislang. Der große Hehler ... Ja. Ja, ja. Ciao!«

Ratzki legt den Hörer auf und lächelt. Die Mausefalle ist aufgestellt. Die beiden Mäuschen, die in der Kölner Hohen Straße überm *MacDonald's* ihr Nestchen hatten, schnuppern schon am Käse. Und dem Heiter wird die Heiterkeit schon vergehen.

Und sie vergeht in der Tat. Ich liege, noch immer an meinen Gesichtsverletzungen laborierend, in Belgrad im Bett und döse. Dunja macht Frühstück. Es klingelt. Und es steht nicht die Weltrevolution vor der Tür, sondern Ladrone. Dunja fällt fast in Ohnmacht.

Ich erkenne Ladrone nicht wieder: Er strahlt Autorität und Optimismus aus. Und eine gewisse Härte. Er kommt gleich zur Sache.

»Wie dir bekannt sein wird, Vladimir, verstecken sich Rex und Polonius vor uns. Es ist offensichtlich, daß sie den Erlös aus dem Verkauf der Beute nicht mit uns teilen wollen. Uns ist bekannt, daß du zu ihnen Kontakt hast. Ich fordere dich hiermit auf, sofort ihre Adresse rauszurücken ...«

»Rex? Sich vor euch verstecken?« unterbreche ich ihn. »Da lachen ja die Hühner. Wer bist du, hier so einzudringen und mir auf die Nerven zu gehen?«

Ich werfe das Federbett ab und setze mich energisch auf die Bettkante.

»Dir auf die Nerven?« sagt er. »Du dumme Sau hast meine Frau gefickt. Denkst du, ich lasse das einfach so ...«

»Halt's Maul!« Ich stehe auf und mache wohl ein hübsches Bild mit meinen dünnen Stachelbeerbeinen, alle Farben des Regenbogens im Gesicht, unrasiert und hohläugig. Aber ich muß bluffen. »Ich habe nicht sie, sondern sie hat mich gefickt, mein Herr. Sie ist hierhergekommen, hat mich angefleht, hat sich breitbeinig auf den Tisch gelegt und die putzigsten Geschichten über dich erzählt. Ich – sie? Ladrone, du weißt, daß ein Mann solche Gelegenheiten nicht vorbeigehen läßt ... Nein, du weißt es nicht. Du bist kein Mann. Du bist eine Pfeife. Nach wie vor. Laß mich in Ruhe. Ich weiß nicht, wo deine Vorgesetzten stecken. Weiß nur, daß sie sich ausruhen. Weiß nicht, wo. Weiß nicht, wie lange. Und jetzt scher dich zum Teufel!«

Ladrone ist verblüfft. Er ist zutiefst in seinem Mannesstolz – was immer das sein mag – verletzt, und der Mann, der ihn gehörnt hat, gibt dies nicht nur zu, sondern tritt dem Hahnrei auch noch in den Hintern.

Zu meinem Erstaunen mischt sich nun Dunja in die Auseinandersetzung ein.

»Nun hör mal gut zu, du impotenter Eierdieb, ich habe deine Frau kennengelernt und kann nur zu gut verstehen, warum sie sich Vladi angelacht hat. Ein hungriger Mann ist ein schwacher Mann. Eine hungrige Frau ist eine wütende Frau. Was hast du ihr zu bieten? Ein Leben mit einer Niete, die müder, dümmer, schlapper und gewalttätiger als ein Bergarbeiter nach zwei Schichten im Schacht ist. Denkst du, es macht Spaß zugucken zu müssen, wie der Gemahl alten Omas die Handtaschen klaut? Daß der Göttergatte kein Format und keinen Saft und keine Kraft hat? Daß er seine Impotenz zu überspielen sucht, indem er seiner Frau alle naslang ein blaues Auge verpaßt? Du, ein Dreiminutenficker und Taschendieb spielst dich hier gegenüber meinem kranken Mann auf, als wärst du Django? Verpiß dich, oder ich ruf die Miliz!«

Ladrone starrt sie offnen Mundes an. Noch keine Landsmännin hat ihn je so runtergemacht. Er will etwas sagen, weiß aber nicht, was. So greife ich noch mal ein, um das Überraschungsmoment zu nutzen.

»Du tust mir leid, du Flasche. Ehrlich. Ich werde versuchen, ein gutes Wort bei Rex und Polonius für dich einzulegen, wenn sie mir mal über den Weg laufen. Ihr, du und der Dünne, habt die Frechheit besessen, einen Tag nach der Tat in meiner Wohnung in Köln aufzukreuzen. Was sagt uns das? Daß ihr schon damals versucht habt, eure Auftraggeber zu bescheißen. Ich sollte für euch die Beute verticken! Was habt ihr denn sonst von mir gewollt?«

»Wir? Und Rex bescheißen? Bist du wahnsinnig?« Das klingt nicht sehr überzeugend. Ladrone leckt sich über die Lippen und fährt leise und unsicher fort: »Du, Vladi, wir haben da ein dermaßen Großes Ding gedreht ...«

»Ihr?« fahre ich ihm in die laue Parade. »Rex und Polonius haben. Ihr wart doch nur die Hilfsarbeiter. Und ich bin sicher, daß der Boß euch euren Anteil auszahlt, sobald er dazu kommt.«

»Weißt du ... Weißt du, was wir kriegen sollen? Unseren Anteil? Lächerliche fünftausend Mark pro Nase, wo die Beute doch ...«

»Die Beute ist unverkäuflich, Junge«, sage ich langsam und nachdrücklich. »Ich bin aus der Branche, Ladrone. Die Beute ist – sprich mir langsam nach – unverkäuflich. Vielleicht wird sich irgendwann einmal ein Interessent für sie finden, wenn der Staub sich gelegt hat. Du sagst: lächerliche fünftausend Piepen? Mann, für eine halbe Stunde schwitzen? Das ist ein Stundenlohn von zehntausend Mark. So viel macht nicht mal der reichste Mann in Deutschland. Verpiß dich, warte, bis Rex dich ruft, und ihr kriegt euer Moos.«

Aber da steigt ein Leuchten in Ladrones Augen auf und erhellt mein Schlafzimmer.

»Der Dünne und ich haben einen Hehler gefunden«, sagt er stolz.

»Was habt ihr?«

»Einen solventen Hehler. Laß mich erzählen.«

Ladrone schnappt sich die Lehne des Stuhls, auf dem meine

Hose hängt, setzt sich, deutet mir mit einer Handbewegung, wieder ins Bett zu gehen, strahlt Dunja schelmisch an. Und erzählt. Von dem *Unbekannten*. Wie er in Genua einen Paß für dreihundert Mark erhielt. Wie der Verkäufer sie an den Unbekannten in Zürich verwies. Wie er von Mittelsmann zu Mittelmann geschickt wurde, schließlich in der Lobby eines »teuren, altmodischen Hotels« in Zürich auf den *Unbekannten* traf. Der Geld wie Heu hatte. Wie dieser ihm Geld und eine Fahrkarte nach Basel gab. Wie der *Unbekannte* mit keiner Wimper zuckte, als er, Ladrone, von Schmuck mit einem Wert von mindestens fünfzig Millionen Lire erzählte, wie ...

»Interpol«, unterbreche ich ihn schlicht. »So bin ich vor Jahren auch reingelegt worden, als ich einen Botticelli zu verkaufen versuchte. Und eine Altarbordüre.«

»Quatsch!« widerspricht der Taschendieb mit dem Ausdruck im Gesicht, den einer hat, der über große Erfahrung verfügt.

»Ich sag' dir, Vladi, dieser stinkreiche Typ ist ... nur Mittelsmann! Über wieviel Reserven muß dann der echte Interessent verfügen?«

»Über Handschellen«, spotte ich. »Dies ist genau das Muster, das ich zum Erbrechen kennengelernt habe. Ändere dein Aussehen, Mann, verschaff dir einen anderen Paß und geh nach Rom oder Neapel, dorthin, wo dich keiner vermutet. Das stinkt, Ladrone. Dein Unbekannter ist von der Interpol. Oder so'n Heini von der Versicherung ...«

»Aber ...«

»Halt's Maul. Seid ihr von Rex beauftragt worden, einen Interessenten für die Sore zu finden? Nein! Mach, was ich dir gesagt habe. Trenn dich für eine Weile vom Dünnen. Besorg ihm auch neue Papiere, und dann verpißt euch. Am besten nach Alaska oder Feuerland. Aber Rom tut's auch. Ist groß genug. Färb dein Haaar, gewöhn dir einen anderen Dialekt an. Dein Signalement ist schon an jede Polizeiwache in der Schweiz, in Italien und Jugoslawien gefunkt. Wehe dir, wenn du Rex die Interpol auf den Hals hetzt! Du landest exakt zwischen Hammer und Amboß, Kerl!«

Ladrone ist unbeeindruckt. Er schaut mich herablassend an.

»Darf ich, bitte, fortfahren? Danke. Der Unbekannte hat die Telefonnummer meiner Freundin Mira in Basel …«

»Von wem?«

»Von mir.«

»Hast du das gehört, Vladi, Herr Rührei hat 'ne Freundin!« mischt Dunja sich ein. »Hast du die auch von 'nem Unbekannten vermittelt bekommen? Oder bei 'ner Tombola gewonnen? Die arme Frau!«

Ladrone schiebt die Unterlippe vor und spielt beleidigt.

»Und was hast du dem *Unbekannten* noch gesagt oder gegeben?« frage ich ihn milde.

»Nix.«

»Und Rex und Polo hast du nicht genannt?«

»Nein. Der weiß eh, daß wir zu viert waren. Auf der Domplatte, mein' ich. Weiß der Teufel, woher er das hat.«

»Aus den Akten«, erwidere ich trocken. »Woher sonst?«

»Ich mußte doch darauf hinweisen, daß ich den Verkauf absegnen lassen muß.«

»Oh, Hermes, Gott der Kaufleute und Diebe!« stöhne ich. »Du erlebst, wie der Kerl sich als Mittelsmann ausgibt, und du erteilst alle nötigen Auskünfte über deinen Boss: Name, Vorname, Beruf, zweiter Wohnsitz, Schuhgröße, Kragenweite …«

»Quatsch!« protestiert Ladrone, sich im Aufwind wähnend. »Als der Unbekannte mich zuletzt in Basel anrief, sagte er, daß er mit den Interessenten gesprochen hat. Ich solle versuchen, Stepan in Köln und meine Bosse in Frankfurt zu erreichen, damit die Sache ordnungsgemäß über die Bühne gehen kann. Nur …«

»Nur was?«

»Ich hab' gestern in Mailand angerufen. Beim Drachen. Der ließ mir von Rex ausrichten, wenn ich mich nicht an die Verabredung halte und weiter ›Amok liefe‹ – stell dir vor, das hat er gesagt –, dann …«

»Ja?«

»Dann setzt er eine Prämie auf meinen Kopf aus. Und wenn wir vor Mai bei ihm auftauchen, bringt er … bringen Bekannte von ihm mich und den Dünnen um. Und dann will er, hat der Drache gesagt, unsere zerstückelten Kadaver den Schweinen vorwerfen. Damit es keine Beweismittel gibt.«

Ladrone ist sichtlich bleich geworden. Er feuchtet die Lippen an, sagt aber nichts mehr.

»Dann halt dich an die Anweisungen, wenn du in Ehren altern willst.«

»Aber so eine Gelegenheit kann man sich doch nicht entgehen lassen, Vladi. Endlich mal ein Goldregen. Fünfzig Millionen Lire, Mann! Vielleicht sogar noch mehr. Teil das mal durch vier ...«

Er beruhigt sich. Seine Augen erhalten einen träumerischen Ausdruck. Ich verschwende meine Zeit, wenn ich ihn zur Vernunft bringen will. Ich muß unbedingt mit meinem Kontaktmann in Köln telefonieren. Der könnte mir mitteilen, ob Ratzki in Zürich im Spiel ist oder ein anderer Heini von der Firma. Ich überlege.

»Sag mal, Ladrone, wie sieht der *Unbekannte* in Zürich eigentlich aus?«

»Richtig normal. Und sympathisch. So'n kleiner Typ, scharf angezogen. 'n schmaler Mund, 'ne spitze, lange Nase. Und die Haare, es sind ja nicht mehr so viel, so quer«, Ladrone macht diese Geste mit der rechten Handfläche über den vorderen Schädel. »Der ist solvent, sag' ich dir. Einmal konnte ich einen Blick in sein James-Bond-Köfferchen werfen: Funksprechgerät und gebündeltes Bargeld. Dollars, Franken, Francs und DeEmm. Mann, ich hab' den Mund nicht wieder zugekriegt. Als er dann aber guckte, hab ich ein gleichgültiges Gesicht aufgesetzt.«

Das ist der Beweis. Ratzki! Entweder im Auftrag von Interpol oder der Versicherung. Nur gut, wenn man sein Gegenüber kennt.

»Wenn ich von Rex oder Polonius höre, informiere ich dich. Gib mir deine Kontaktadressen«, sage ich nach einer Weile. Ladrone ist ganz ruhig geworden. Sacht lächelnd blickt er durch mein Schlafzimmerfenster in den Himmel: Die Wolken, die da segeln, sind voller druckfrischer Banknoten.

»Ach ja, das mit Marja vergeb' ich dir«, sagt er. »So ist sie eben. Sie braucht mal wieder eine Tracht Prügel.« Und lacht Dunja ins Gesicht. »Dann schmeckt der Braten besser, und die Frau weiß, daß ihr Mann sie liebt.«

»So«, erwidert Dunja. »Tut sie das?« Und geleitet ihn zur Haustür.

Nun bin ich sicher, daß sich bald beide an mich wenden werden, sowohl Rex als auch Ratzki. Dann kann ich sie kurzschließen. Aber immer noch, ja noch mehr, reizt es mich, in diesem Spiel meinen Part abzugeben.

Im

VIERTEN KAPITEL

gewähre ich dem König eine Audienz in Belgrad

Rex ruft an. Er merkt, wie kühl ich reagiere, und fragt besorgt, was los sei. Ich bestelle ihn nach Belgrad. Er stimmt sofort zu. Er ist, wie er sagt »der Sache müde geworden« und möchte »raus«.

»Mit deiner Hilfe, Vladi«, schnurrt er. Ich traue schnurrenden Unterweltkönigen nicht. Aber seine Absicht kommt mir zupaß. Ich habe mit diesem Einbruch nichts zu tun gehabt und ziehe keinen Nutzen aus ihm. Im Gegenteil. Ich habe nur Ärger. Mir liegt daran, zurück nach Köln zu können, die Wohnung aufzulösen und Geschäftskontakte zu knüpfen, auf keinen Fall will ich mir die Rückkehr in die Bundesrepublik Deutschland verbauen. Ihre herrschenden Kreise sind kunstliebend. Sie schätzen teure Bilder, und in vielen Fällen sind sie zu geizig, sie mit Alarmanlagen schützen zu lassen. Der Kunstmarkt boomt. Also boomt auch sein Schatten: der Kunstdiebstahl. Zudem übernimmt unsere Branche gewisse Züge des Großkapitals: Sie wird multinational. In der Informationstechnologie, der ich mich schon deshalb widmen muß, weil ich als Hehler in den Computern des Großen Bruders vermerkt bin, wird es hohe Zuwachsraten geben. Ich habe mich schon für einen Kurs in der sanften und intelligenten Zunft der Hacker einschreiben lassen. Ich muß lernen, statt des Dietrichs und des Kuhfußes ihre elektronischen Entsprechungen zu verwenden. Banken, Versicherungen, Finanzämter und Ölkonzerne lechzen danach, angezapft und verschlankt zu werden. Und all diese Künste werde ich mir nicht in Jugoslawien aneignen können. Überlassen wir also meine alte Heimat der Steinzeit des Taschendiebstahls. Mit Kreditkarten können Banausen und Volksfeinde nichts anfangen. Heute heißt es: Von den Multinationalen Konzernen zu lernen und elektronisch stehlen und Gewinne weltweit zu erzielen. Mein im vorigen Jahr verstorbener Steuerberater riet mir schon vor Jahren, Konten auf verträumten Inseln rund um Großbritannien und in der Karibik zu eröffnen. Und zwei Postkastengesellschaften mit beschränkter Haftung und Co. KGs kosteten mich lausige dreitausend US-Dollars.

Staatsanwältin Voss hat mir klargemacht, daß ich nur durch Unberechenbarkeit wieder zu meiner Souveränität kommen kann. Wenn eine Angehörige der Kranken Klasse süffisant meint, sie habe »so ihre Informationen«, gilt es, die Schuhe zu schnüren, den Wohnsitz zu wechseln, Leuten aus dem Wege zu gehen, die ihren Judaslohn von der Versicherung abholen möchten. In Deutschland sind auch die Gutmenschen noch Denunzianten. Noch heute wird mir übel, wenn ich daran denke, wie vor ein paar Jahren ein unerbittlich gutmeinender Akademiker Ulrike Meinhof an die Schmier verpfiff, um dann das Kopfgeld ihrem Verteidigungsfond zukommen zu lassen. Vor zweiunddreißig Jahren hätten unsere Partisanen so einen Denunzianten mit der Zunge an ein Scheunentor genagelt. Verstehe einer die Deutschen. Oder die Schweizer. Etwas muß verkehrt sein mit ihren Genen. Geschichte und Umwelt allein dürften nicht dafür gesorgt haben, daß ein gespaltenes Bewußtsein automatisch eine gespaltene Zunge schafft: Die Krankheit der Deutschen und Schweizer ist ihr Gehorsam. Ja, wenn sie dies wenigstens glücklich machte! In keiner anderen Gegend der Welt aber triffst du auf so viele Unglückliche, Unsichere, Verbiesterte, Unerlöste.

Menschen wie ich dagegen sind nicht gesonnen zu müssen, was sie zu wollen haben. Schon der junge Schiller erkannte: *Ich bin nicht gesonnen, hier der Unglücklichste zu bleiben, wenn es nichts als den Umsturz der Gesetze kostet, der Glücklichste zu sein.* Dann aber fiel er unter die Deutschen und nannte dies Reife.

Dunja unterbricht meine müßigen Gedanken, indem sie unter meine Bettdecke schlüpft. Sie ist sichtlich gewachsen: Statt Tränen zu vergießen beim Abschied, statt zu stammeln oder, schlimmer, ein gesetztes Wort zu finden, lieben wir uns für über zwei Stunden aus Vorfreude auf das Wiedersehen. Als sie ihre Koffer packt, pfeift und singt sie vor sich hin. Ihr Abgang fällt mit der Ankunft von Rex zusammen.

Der hat seine Elastizität wiedergefunden. »Du hast recht gehabt, Vladi«, beginnt er, das Lächeln des berühmten Tigers aus dem Limerick im Gesicht. »Wir haben einen Jahrhundertcoup verbockt und versiebt. Meine Schuld, das. Der größte Teil der Steine erwies sich als wertlose Halbedelsteine, womit kein Geld zu machen ist. Zunächst meinten Polo und ich, das ganze Gerümpel wegzuschmeißen. Aber nun sind wir geneigt, es für fünfzigtausend Eier – so viel ist ja als Belohnung ausgesetzt – an den Inhaber oder seine Versicherung zurückzugeben. Und da haben wir uns gedacht, das solltest du fingern. Was noch zu gebrauchen ist, gibst du zurück, das übrige Gold kannst du einschmelzen lassen, aus dem kleinen Schotter kannst du deiner Frau ein Collier machen lassen, und die beiden plappernden Blödmänner finden wir mit den Ringen ab. Irgendwelche Fragen?«

»Warum nicht alles zurückgeben?«

»Wir sind nicht von der Wohlfahrt.«

»Dann aber geht die Jagd nach den Tätern mit Volldampf weiter, Rex. Überlegt's euch gut. Seid nicht so kleinlich ...«

»Kleinlich? Du spinnst. Ich hab' mit der Katholischen Kirche nichts am Hut. Der tut's nicht weh.«

»Da spricht der Orthodoxe aus dir, was?«

»Ich bin nur beim Ficken orthodox. Ne, ehrlich, wir sehn nicht ein, nebenher nichts dazuverdienen zu können. Wir sagen dem *Preußen*, er soll dir zur Hand gehen.«

Also erhalte ich einen Aufpasser. Sie trauen mir nicht. Würd' ich auch nicht.

»Und mein Anteil?«

»Fünfzehn. Glatt.«

»In Ordnung, ich werd' mein Bestes tun. Und was mach' ich, wenn eure Hilfsarbeiter sich wieder bei mir melden?«

»Sag ihnen: Vor Mitte des Jahres lehnen wir jeden Kontakt ab. Ich liefer dir demnächst so ... achtzig bis neunzig Prozent des Plunders. Du sagst dem Dünnen und Doofen nix. Die müssen, verdammtnochmal, lernen, sich an Verabredungen zu halten. Du ahnst ja nicht, wo die überall aufkreuzen und prahlen und den Respekt für Polonius und mich vermissen lassen ...«

Wenn ich ihm jetzt erzählte, wie Ladrone hier auftrat, riefe Rex prompt nach einer Müllabfuhr, die beiden Eierdiebe in Säcke zu stecken und sie zu entsorgen. Mich schauderts. Und wenn ich ihm erzählte, daß der legendäre Undercover Ratzki seine Hilfsarbeiter schon an der Angel hat ... Nein, mit Mord, gar Doppelmord möchte ich nichts zu tun haben. Wenns zum Äußersten kommt, geh' ich lieber in den Knast. »Und was soll ich sagen, wenn diese Pfeifen hier auftauchen?«

Rex gibt mir die Telefonnummer eines Clubs, in der die Nomenklatura verkehrt. Er hat also immer noch beste Verbindungen.

»Dort können sie dich treffen?«

»Nach Anruf. Auf Bestellung. Da können die nicht so mir-was-dir-nix reinschneien. Ich habe dort viele Kunden, denen an Diskretion liegt.«

»Der Laden gehört dir?«

Rex nickt: »Offiziell meinem Frontmann. Er ist im Rathaus tätig.«

Ich muß sagen, ein wenig beneide ich Rex. Seine Firma hat Niederlassungen in drei Ländern.

»Es sollen hochgestellte Persönlichkeiten in dem Klub verkehren«, beginne ich vorsichtig. »Hast du da gute Pferdchen im Rennen?«

Er grinst. »Du weißt ja, Ware aus dem Ausland ist immer begehrt. Also tausche ich meine Pferdchen alle paar Monate aus ...«

»Du beschäftigst hier deutsche Nutten?« Jetzt bin ich wirklich erstaunt.

»Nutten?« Rex schnalzt mit der Zunge. »Edelstuten mit Stammbaum!«

»Und die dürfen hier einfach so arbeiten?«

»Natürlich nicht. Aber du weißt ja, in unserer Heimat gibt es noch echte Männer mit La ... Lo ... Labrador.«

»Libido, meinst du?«

»Genau. Außer in Teilen von Bosnien und dem Kosovo. Und wie du den Bullen bei den Hörnern schnappst, schnappst du dir Männer an den Eiern. Dann tun sie einem schon diesen oder jenen Gefallen. In Deutschland gewähre ich Schutz, hier kauf' ich mir diesen billig ein. Bring einen dieser verfressenen, korrupten Säcke dazu, auf einer langbeinigen Deutschen oder einer Dame ohne Bandscheiben aus Ghana zu turnen, oder laß sie von ihnen zureiten – nimm durch eine venezianische Scheibe das Treiben auf Super Acht auf, und du hast deine Ruhe.«

Rex steht auf. Die Audienz ist vorbei.

Einen Tag darauf erhalte ich einen Anruf von Petr, einem ehemaligen Kollegen von Lola. Bei den Junioren war er einst der beste Schwergewichtler Belgrads. Er ist ein Mann, den nichts erschüttern kann. Petr hat nur eine Allergie: Er mag keine Taschendiebe. Und er mag mich, weil ich dieselbe Allergie habe.

»Stell dir vor, wer hier gerad' zu Besuch war?« lacht er nach kurzem Smalltalk. »Der Dünne! Na, der hat Nerven. Weißt ja, vor etwas mehr als einem Jahr hab' ich diese Lusche zwei Stunden auf der Zigeunerinsel an den Füßen aufgehängt, weil er in das Revier von Stanko eingedrungen war ...«

»Welchem Stanko?«

»Der mit dem abben Bein. Arme Sau. Kriegt keine Partisanenrente. Dabei war er im Krieg gegen die Deutschen ein Held. Und das mit fünfzehn. Und dann wagt der Dünne sich doch frech in meine Bude. Du ahnst nicht, was er mir erzählt hat.«

»Ich kann's mir denken. Von seiner ... Arbeit mir R und P und Ladrone in einer schönen Stadt an einem dreckigen Fluß. Nicht wahr?«

»Du weißt es also schon?«

»Aus derselben Quelle.«
»Ist er lebensmüde?«
»Es sieht so aus. Und?«
»Ich möchte mal wissen, was … R davon hält.«
»Ruf ihn doch an.«
»Ist er in der Stadt?«
»Hm.«
»Und wo?«
»Komm nachher für fünf Minuten vorbei.«
»'n Ordnung.«

Petr klingelt nach einer halben Stunde. Ich gebe ihm die Nummer des feudalen Klubs, er ruft von einer Telefonzelle aus an, danach machen wir uns einen schönen Abend bei Lola. Dessen Freundin ist nicht gerade erbaut. Sentimentale alte Knacker nennt sie uns, sentimentale Dummköpfe, die der Partisanenzeit nachtrauern, Troglodyten und Fossile. Als der Wein alle wird, schwanken wir durch dunkle Straßen und klingeln an der gebeizten Eichentür eines hübsch renovierten Hauses unweit des Flusses.

Ein Auge stiert uns an. Das Paßwort stimmt, und zehn Minuten später sitzt Rex bei uns am Tisch und läßt Champagner auffahren. Er ist wieder mal auf Schnee, spricht schnell, seine Augen glitzern, er prahlt und weist dezent auf die Gäste an den Nebentischen.

»Fast alles UDBA-Männer heut nacht«, flüstert er. »Ist es nicht schön, wie sie unseren Staat und unseren freiheitlichen Sozialismus schützen? Der«, er weist auf einen breitschultrigen Mann mit zusammengewachsenen Brauen, »tuts nur von hinten. Der da neben ihm zieht sich immer gleich zwei Kondome über und läßt sich blasen. Ganz schön harte Arbeit für unsere Pferdchen. Aber er hinterläßt gute Trinkgelder. Die hübsche Dame neben ihm ist ein hohes Tier aus Bulgarien. Ihr könnt euch nicht vorstellen, was für ausgefallene Wünsche die hat. Die zarte Königin, mit der sie grad' flüstert, aus der VR Mongolien … Ja, wir sorgen hier schon für Völkerfreundschaft. Der da …«

»Nun laß schon«, bittet Lola leise. Ich lege meine Hand auf seinen Arm. Er zuckt zusammen, guckt mich an wie ein Fremder. »Ist in Ordnung, alles in Ordnung, Vladi. Mach dir keine Sorgen um mich.«

Ich grinse Rex an. Dušanka nickt mir leicht zu, deutet zum Ausgang und krault Lola an den Eiern. Da wird er ruhiger.

Petr erhebt sich, flüstert Rex etwas ins Ohr, der steht auf, und sie gehen in sein Büro.

»Zum Kotzen!« sagt Lola. Und seine Augen funkeln wieder. Wie früher. Wie vor einem seiner großen Boxkämpfe.

Und wir gehen. Dušanka hakt sich bei uns beiden ein. Die Luft ist warm. Es ist Frühling. Und ich hab' das nicht mal mitbekommen. Nur einmal, unter einer Straßenlaterne, schüttelt Lola den Kopf.

»Und du«, wendet er sich schließlich an mich, »du kennst nicht einmal deine Stadt mehr. Wolltest vorhin doch wahrhaftig nach rechts einbiegen. Wo wir doch ...«

»Ich bin mir und meiner Stadt manchmal ein Fremder«, erwidere ich gleichmütig. »In Köln kann ich dir jede Straße hier herbeten, aber jetzt ...« Ich zucke mit den Achseln.

»Nun hast du deine Freunde als Fremdenführer; und wenn wir«, Lola drückt seine Geliebte an sich, »mal nach Köln kommen ...«

»Manchmal muß einer sich aus dem Weg gehen, um bei sich anzukommen«, sage ich.

»Morgen leih' ich dir ein Buch. Von der Praxis-Gruppe ...« erwidert er zusammenhangslos. »Die haben Die auch plattgemacht.«

Ich frage nicht weiter nach. Ich bin müde.

»Einen Schwerbeschädigtenausweis müßten wir haben«, brüllt Lola. Sein halb abwesender, halb wütender Blick fällt auf seine Freundin. Er drückt sie an sich.

»Kannst du nicht heut Nacht mit Vladi schlafen?« fragt er.

»Aber Lola!« rufe ich.

Dušanka drückt mich an sich, küßt mich auf die Wange und lacht mich an.

»Ich bin doch keine Florence Nightingale vom Roten Kreuz«, sagt sie.

»Träumst du auch hier von …?« Lola kneift die Augen zusammen. Ich wende mich zum Gehen.

»Selten.«

»Das ist zu oft.«

SCHWARZES INTERMEZZO IV

Knien schreit Polonius. Rex kniet. Singen schreit Polonius. Rex singt. Hose runter schreit Polonius. Rex zieht die Hose runter. Sing die Internationale schreit Polonius. Rex singt die Internationale. Polonius rammt Rex den Schlagstock in den Anus. Rex singt die Internationale. Polonius schlägt Rex den Knüppel über den Kopf. Der Kopf blutet. Rex singt die Internationale. Polonius schlägt ihm mit dem Knüppel die Zähne aus. Jetzt werden wir die Stalinisten behandeln wie Stalin Kommunisten behandelt. Petr fällt Polonius in den Arm, Petr beißt ihm in den Arm, Petr sinkt zu Boden, Petrs Kopf zerplatzt wie eine Melone. Hier ist kein Urlaub. Hier wird gearbeitet. Hier werden wir umerzogen. Hier werden wir Menschen. Schlagen schreit Tito. Schlagen schreit Ranković. Schlagen schreit Einer der aussieht wie ich.

Markos Berg liegt der Insel gegenüber. Sing die Internationale schreit Rex. Auf Serbokroatisch. Nicht auf Russisch schreit Rex. Ranković singt die Internationale auf Serbokroatisch. Auf Deutsch auf Englisch auf Französisch auf Albanisch. Du hast deine Seele an Stalin verkauft schreit Rex. Ich habe meine Seele an den Teufel, an Stalin verkauft, singt Ranković. Ihr verdient kein Mitleid. Ihr verdient kein Erbarmen. Ich verdiene kein Mitleid, kein Erbarmen. Ich verdiene Schläge, Umerziehung, Wasserknappheit, den kalten Atem des Sturms. Die Bora, die Hitze. Ich verdiene umerzogen zu werden.

Kominformisten verraten die Heimat schreit Ranković. Wir verraten die Freiheit, die Heimat, die Armee, die Partei, unsere Führer schreien Tito und Kardelj. Knien schreit Ranković. Tito und Kardelj und Lola und ich und Rex und Polonius und Dunja und Marja und Dušanka und knien. Singen schreit Ranković. Wir alle knien. Eine Reihe, Zwei Reihen, Reihe auf Reihe, Reihe hinter Reihe. Die Internationale singen wir. Wir unterliegen nicht dem Feind singen wir. Wir unterliegen nicht der Hetze aus Moskau. Nicht der Hetze aus London nicht der Hetze aus Bonn nicht der Hetze aus Washington. Wir unterliegen der Selbstverwaltung. Ich verwalte dich, du verwaltest ihn, er verwaltet sie. Das Große Geheimnis: Die Selbstverwaltung. Wir sind ein einig Volk von Wärtern. Wir sind ein einig Volk von Geheimpolizisten. Wir sind die Zukunft der Partei. Wir sind Die Selbstverwaltung.

Leise schlagen Wellen auf den weißen Sand der Bucht. Unsere Wärter in riesigen Kriegskaravellen rudern in Richtung Festland. Sie haben das Trinkwasser mitgenommen. Sie haben das Essen mitgenommen. Sie haben den Schlaf mitgenommen. Sie haben die Luft mitgenommen. Sie haben den Sturm auf uns gerichtet, die Strahlen der Sonne, den Schatten des Mondes. Sie haben den Großen Bären verhaftet und auf Goli Otok gebracht. Sie haben die Pleiaden verhaftet und auf die Kahle Insel gebracht. Sie haben uns befohlen die Marmorbrocken von Ost nach West zu schleppen. Wir praktizieren die Selbstverwaltung. Wir tragen die Marmorbrocken von Wwesssst nach Osssss(ps)t! Wir tragen die Verantwortung. Die Revolution, die Revolution ist der höchste Wert.

Wir singen: In das Lager mit ihnen, auf die Kahle Insel mit ihnen, die dienen zwei Herren. Der patriotische Jugo Slawe ist der Bruder nicht mehr des Russo Slawen. Wir übernehmen alles, die Selbstverwaltung durchzusetzen. Wir schlagen uns mit dem Schlagstock. Wir singen die Sinternationale, die Kindernationale, die Rindermarmelade. Wir schlagen uns den Knüppel auf den Kopf: Du mir, ich dir, ich dir, Du mir. Wir schlagen. Wir umerziehen uns. Ich erziehe dich. Du erziehst mich. Er erzieht sie. Wir erziehen die Feinde. Die Feinde werden erzogen. Die Feinde wanken. Die Feinde geben nach. Die Feinde sind nun gleicher Meinung. Die Feinde ziehen unsere Uniformen an. Die Feinde übernehmen unsere Revolver, Pistolen, Gummiknüppel, Maschinengewehre, unsere Möven unsere Fische unseren Himmel unsere Hölle unsere Erde.

Schlepp diesen Marmorbrocken von hier nach da.

Schlepp diesen Marmorbrocken, der nicht behauen werden kann zum kühnen Denkmal unseres revolutionären Führers, sondern grad mal umerzogen werden kann zum Aschenbecher. Schlepp ihn auf den Hügel. Schlepp ihn den Hügel hinunter. Wir Jugo Slawen leben nicht mehr in Höhlen. Wir kriechen hin zu den Errungenschaften der Alten Griechen. Wir führen den Spießrutenlauf ein als olympische Disziplin. Die Arbeit in der sengenden Hitze auf kahlem felsigen Boden bessert uns, stählt uns, bringt uns revolutionäre Disziplin bei. Wir tragen Schilder mit der Aufschrift VERRÄTER. Wir müssen einander in die Münder urinieren. Wir tauchen einander die konterrevolutionären Köpfe in Klobecken. Wir werden täglich besser.

Dušanka schwingt die Peitsche die da Liebe heißt, Polly schwingt die Peitsche die da Hoffnung heißt, Lucy schwingt die Peitsche die da Glaube heißt. Wir verdienen es nicht besser. Wir übernehmen alle Aufgaben der Wärter. Wir führen die gnadenlose Selbstverwaltung ein. Wir verwandeln uns in Die Da. Tito ist unfehlbar, Ranković ist unfehlbar. Wir werden den Moskowiter in uns ausrotten. Wir werden roh. Wir werden rot. Wir sind die Zukunft

Hilf mir doch, Dunja!

Im

FÜNFTEN KAPITEL

entwickelt sich langsam der Kampf der Titanen.
Wer von ihnen ist der weniger üble?

»Guten Morgen, Leben!«

Und zum Henker mit den Erinnyen, den Rächerinnen von Freveln, Töchtern der Nacht; zum Henker mit euch, aufsteigend aus dem Tartaros, mich zu peinigen. Was hab' ich mit dir am Hut, Tisiphone? Hab' keinen Mord begangen. Was jagst du mich, Alekto? Warum bist du neidisch auf mich, Megaira? Oder ist das alles nur üble Nachrede nach § 186 StGB? Wart ihr nicht mal die segenspendenden Erdgottheiten, die Eumeniden, die Wohlgesinnten?

»Guten Morgen, du schöner, neuer Tag!«

Und zum Henker mit den Ausdünstungen von Tito, der sehr wohl wußte, was er tat. Soll er an den Blattern krepieren, an Hartem Schanker, schmerzhaftem Nierenversagen, an der Schwarzen- und Beulenpest, an sadistischen Viren, die sich genüßlich Zeit lassen, einen zu Tode zu quälen; und zum Henker mit Ranković, dem Heinrich Himmler der Selbstverwaltung. Mögen die Maden bei seinen Augen beginnen, wenn er noch in der Blüte seiner Jahre. Mögen Cholera, Typhus, Paratyphus, Parkinson's Putzteufelchen mit dir aufräumen, dich langsam kirre machen, oder möge die Wohlgesinnte Tisiphone an dich ketten all die Leichen jener, die du hast umlegen lassen. Für die Gute Sache. In ungelöschtem Kalk / in fließendem Vulkangestein / in Kupferbrei, der blubbernd raucht / in Viperngift und Tripperwein / in

Knoblauchfresserkot und Katernpisse / in Krötengalle, im Cocktail stinkender Abszeßergüsse / in Pumageifer und in Salpeter getauchten Krebslungen – in diesem Saft soll man das Politbüro schmoren. Und das ZK der Katholischen Kirche.

»Guten Morgen, Vladi!«

Gut rasiert, aber überhaupt nicht ausgeschlafen, sehe ich mein Gesicht im Spiegel. Ein gutes Frühstück wartet. Ebenso, aber nicht so sehnsüchtig, ein in Arbeit befindliches Bild. Malen ist eine gute Art, mit seinen Obsessionen fertigzuwerden.

Gegen die Kaffeekanne gelehnt ein Band mit Gedichten von François Villon, einem meiner liebsten Lieblingsdichter. Vor mir dampft der Teller mit Steaks in grüner Pfeffersoße, Brokkoli und in Folie gebackenen, frischen Kartoffeln. Man lebt. Die Nacht zuvor widme ich Frau Voss, die auch in diesen Sud gehört, den ich grad' erwähnte.

Mutter geht es besser. Sie hat sich entschuldigen lassen und ist wieder zu Bett gegangen. Das Leben hat es nicht gut mit ihr gemeint, aber ihre Mischung aus Härte und Weichheit hat sie trotz ihrer Krankheit nicht verloren; und mit großem Erstaunen bemerke ich, wie leicht sie über Dinge sprechen kann, die uns einst das Leben schwermachten. Was ihr natürlich überhaupt nicht gefällt, ist die Abwesenheit ihrer Söhne – mein Bruder lebt in Paris –, und um so mehr ist es eine ständige Quelle großer Freude, mich nun in ihrer Nähe zu haben.

Meinen Plan, nach ihrem Tod – über den sie voller Hochachtung spricht wie über einen Freund – nach Istrien zu ziehen, befürwortet sie. Von meiner Ablehnung Titos und seines Hofstaats will sie bis heute nichts wissen. Mit Lola soll ich über Politik reden, meint sie. Mich wundert ihre Übereinstimmung mit Dušanka, die doch zwei Generationen jünger ist als sie. Eigenartig, wie Frauen Traditionen bewahren, die gegen sie gerichtet sind.

Mittlerweile sind Ladrone und der Dünne mit zwei Bischofsringen im Gepräck nach Zürich gefahren, um mit dem *Unbekannten* zu verhandeln, der sich Jacques nennt. Rex hat ihnen gesagt, was mit ihnen geschieht, wenn sie ihn und Polonius reinreißen. Sie scheinen sich das zu Herzen genommen zu haben. Am Telefon wirkte Ladrone eingeschüchtert und beklommen. Gut. Ich denke dennoch nicht daran, mir mit einer Kanone Respekt zu verschaffen – oder mit Mord zu drohen. Rex hat mir den *Schotter* zukommen lassen. Das Herz blutet mir beim Aussortieren. Aber ich habe meine Lektion gelernt und greife nicht zum Cognac.

Im sicheren Postkasten ein Brief meines Kölner Kontaktmanns, ich sei noch nicht zur Fahndung ausgeschrieben. Seltsam. Ich habe keine einzige Voraussetzung der Aussetzung des Haftbefehls erfüllt; die SoKo mit ihren Niederlassungen in der Theobaldsgasse und vor meiner Zweitwohnung hat mich aus den Augen und Ohren verloren, ich habe mich nicht um einen Arbeitsplatz gekümmert und mich auch nicht wöchentlich gemeldet. Normalerweise beantragt die Staatsanwaltschaft dann beim Amtsrichter die Wiederinstandsetzung des Haftbefehls. Was hat die Staatsanwältin vor? Hat sie ein As im Ärmel? Kanäle zur Kripo in Belgrad? Werde ich hier schon überwacht? Mir ist bei aller Vorsicht nichts aufgefallen. Selbstverwaltungssozialismus à la Tito hin oder her, Jugoslawien ist ein armes Land, und wenn das deutsche Außenministerium in Einvernehmen mit dem Innenministerium im Deutschen Zentralfriedhof namens Bonn mit einem großen Sack voller Kredite winkt – oder eben nicht winkt –, scheut sich die Staatssicherheit nicht im geringsten, mit dem kapitalistischen Erzfeind zusammenzuarbeiten. Die Nomenklatura oder Neue Klasse hat keine Berührungsängste mit den Herrschenden in der BRD. Sie bilden die beiden Hälften des Großen Arsches, der am Himmel thront, und alle ohne Ansehen jedwelcher Grenzen an- und zuscheißen wird (Entschuldigen Sie, meine Dame!).

Daß ich kürzlich im Kölner Knast glimpflich behandelt wurde, fast human sozusagen, ist schierer Zufall. Hier wie dort warten die Kettenhunde nur darauf, losgelassen zu werden. Die Deutschen haben den Balg gewechselt. Daß sie ihre Lektion gelernt haben, bezweifle ich. Es war halt ein wenig irrational, das heißt unrentabel, sechs Millionen Juden umzubringen. Lebendig hätten sie Mehrwert erwirtschaftet. Herr Hitler war kein

Ökonom. Heutzutage töten die Deutschen nicht mehr. Sie lassen töten. Indem sie Bestien füttern und streicheln: Reza Pahlewi in Persien, Somoza in Nikaragua, Mobutu im Kongo, all die regionalen Satrapen der Washington & Co. KG.

Mein Land wird nur deshalb verwöhnt, weil sein Führer mit Stalin gebrochen hat. Teile & herrsche. Daß Tito sich dann unter der Hand in einen Miniaturstalin verwandelte, wird schlicht übersehen. Es fällt nicht ins Gewicht. Die Opfer stammen nicht aus dem Freien Westen. *Der ganze Balkan ist nicht einen einzigen Blutstropfen eines preußischen Dragoners wert.* Er ist nicht von Bedeutung. Und sollte ich wieder im Zentralgefängnis landen, mit Samthandschuhen würde ich behandelt, unter Ausschluß der Öffentlichkeit mit gezinkten Beweismitteln *rechtsstaatlich* verurteilt. Es hat alles seine Ordnung in Belgrad & Bonn. Es ist die Ordnung wohlerzogener Raubtiere, die zur Zeit noch genügend zu fressen haben.

»Ein Wanzenaufspürgerät?« staunt Lola und kräuselt die Stirn. »Was ist das denn? Und wozu brauchst du so was?«

So rede ich von etwas anderem, ihn nicht zu beunruhigen. Das Telefon klingelt. Lola nimmt ab: »Ja?«

»Wer ist am Apparat?«

»Das frage ich erst einmal Sie«, sagt Lola lächelnd.

»Jacques.«

»Jacques Wer?«

»Jacques Penchard.«

»Und mit wem möchten Sie sprechen?«

»Mit Ihnen.«

»Mit mir?«

»Ja, mit Ihnen, Herr Heiter.«

»Ich bin nicht heiter, ich hab' ein ernstes Gemüt.«

»Ich möchte ja auch im Ernst mit Ihnen verhandeln, Herr Heiter.«

»Ich hab' doch schon mal gesagt, ich bin nicht der Heiter.«

»Und wer sind Sie?«

»Das geht Sie einen feuchten Käse an.«

»Aber das ist doch Herrn Heiters Telefon?«

Ich schüttle den Kopf.

»Nein«, sagt Lola.

»Verzeihen Sie.«

Ratzki legt auf. Wir lachen. Und wieder klingelt das Telefon. Lola nimmt ab: »Ja?«

»Oh, Sie sind's schon wieder. Aber das ist doch Herrn Heiters Nummer, die ich gewählt habe.«

»Nein, Sie haben nicht Herrn Heiters Nummer gewählt.«

»Nicht? Ich habe aber von Jemandem, der ihn gut kennt, seine Telefonnummer bekommen, und genau die habe ich gewählt.«

»Und wer kennt Herrn Heiter gut?«

»Das geht Sie nichts an, wenn Sie nicht Herr Heiter sind.«

»Das geht mich sehr wohl etwas an, denn ich bin Herrn Heiters Manager.«

»Manager?«

»Ja, Manager. Maler brauchen heutzutage Manager.«

»Dann verbinden Sie mich bitte mit Herrn Heiter.«

»Erst sagen Sie mir, wer Ihnen die Nummer gegeben hat, und dann sagen Sie mir, was Sie von ihm wollen.«

»Ich denke nicht daran, Herr ...«

Lola legt auf. Wir lachen. Das Telefon klingelt. Lola nimmt ab. »Ja?«

»Ich habe es mir überlegt.«

»Was?«

»Wenn Sie unbedingt wissen wollen, wer mir diese Nummer gegeben hat, na bitte, hier ist der Name: Ladrone.«

»Das ist kein Name, Herr ...«

»Jacques.«

»Herr Jacques ...?«

»Jacques Penchard. Natürlich ist Ladrone einerseits eine Berufsbezeichnung, andererseits aber auch ein Spitzname für jemanden, der diesen Beruf hat.«

»Ich kenne keinen Dieb, der sich freiwillig Dieb nennen läßt, Herr ...«

»Penchard. Aber der hier nannte sich mir gegenüber so.«

»Dann hat er Sie bestimmt auf den Arm genommen.«

»Das glaube ich nicht. Ich habe nämlich zwei Ringe von Herrn Ladrone erhalten, die eindeutig gestohlen sind.«

»Dann muß ich Sie anzeigen, Herr Penchard. Geben Sie mir Ihre Adresse und Telefonnnummer.«

»Warum?«

»Damit ich Sie anzeigen kann ...«

»Paragraph 259/260 StGB«, flüstere ich.

»Sie sind nicht allein, Herr ...«

»Manager«, sagt Lola.

»Ich habe jemand am Telefon flüstern hören. Das war bestimmt Herr Heiter.«

»Nein, unser Geheimdienst. Der hört uns ab.«

»Hört Sie ab?«

»Ja. Werden Sie etwa nicht von Ihrem Geheimdienst abgehört, Herr ...?«

»Penchard. Nein, ich werde nicht. Aber nun möchte ich, bitte sehr ...«

»Das scheint mir unwahrscheinlich, Herr Penchard. Als berufsmäßiger Hehler werden Sie ganz bestimmt abgehört. Ich würde mir verbitten, als Hehler oder Stehler nicht abgehört zu werden.«

»Was? Warum?«

»Sie sind schließlich wichtig genug. Oder?«

»Ach, Sie meinen also, nur wichtige Personen werden abgehört?«

»Wer sonst? Unser Geheimdienst ist ein ehrenwerter Geheimdienst. Er verschwendet keine Steuergelder damit, unwichtige Leute abzuhören.«

»Hören Sie auf, mich zu verarschen, Herr ...«

»Manager. Ich versichere Ihnen, ich verarsche Sie nicht. Sie verarschen mich. Geben, ohne mich zu kennen, ohne meinen Namen zu wissen, frei und frech zu, Diebesgut erhalten zu haben – unser Geheimdienst, Herr Penchard, hat eine Fangschaltung. Wundern Sie sich also nicht, wenn bald die Polizei bei Ihnen auftaucht.«

»Das, Herr ... Manager, nehme ich gerade nicht an. Dies ist nämlich ein Ferngespräch.«

»Aus Zürich«, flüstere ich.

»Aus Zürich«, wiederholt Lola triumphierend. »Sehn Sie, man hat Sie schon am Kanthaken. Geheimdienste und Polizeien sind weltweit vernetzt via ...«

»Interpol«, flüstere ich.

»Haben Sie es gehört, Herr Penchard?«

»Ja«, sagt Ratzki. Und legt auf. Und ruft erst wieder drei Tage später an.

Meine gut instruierte Mutter nimmt ab: »Ja?«

»Guten Morgen, gnädige Frau, hier spricht Jacques Penchard aus Zürich. Kann ich bitte Ihren Sohn sprechen?«

»Der ist nicht hier.«

»Und wo kann ich ihn erreichen, gnädige Frau?«

»Nirgends, Herr ...«

»Penchard, Jacques Penchard. Und wieso kann ich ihn nirgends erreichen?«

»Weil er in Bonn in Untersuchungshaft sitzt, mein Herr. Aber woher wissen Sie denn, daß ich Vladimirs Mutter bin?«

»Ich habe es geschlußfolgert. Und in Bonn in Untersuchungshaft sitzt er nicht, gnädige Frau. Da bin ich sicher.«

»Nicht? Da bin ich aber froh. Und wo ist er nun?«

»Das, gnädige Frau, möchte ich gerade von Ihnen wissen.«

»Wieso ich?«

»Weil Mütter im allgemeinen genau wissen, wo ihre Söhne stecken. Normalerweise.«

»Wir sind keine normale Familie, Herr Pangloss.«

»Penchard. Daß Sie keine normale Familie sind, kann ich mir vorstellen.«

»Nun werden Sie nicht ausfallend, mein Herr.«

»Ich habe in keiner Weise versucht, Ihnen zu nahe zu treten, aber ...«

»Das nehmen Sie sofort zurück!«

»Ich nehme es mit dem Ausdruck größten Bedauerns zurück, Frau Heiter. Aber wo, denken Sie, könnte er sich nun aufhalten?«

»Zuhause, nehme ich an. Oder ist er wieder mal ... ausgebrochen?«

»Nicht, daß ich wüßte. Ich weiß aber, daß er nicht in Köln ist.«

»Wie können Sie, der Sie vorgeben, aus Zürich anzurufen, sicher sein, daß er nicht in seiner Wohnung in Köln ist?«

»Weil da keiner den Hörer abnimmt.«

»Mein Sohn nimmt nie den Hörer ab, wenn er malt.«

»Sie meinen also ...«

»Genau. Er ist da, wo er hingehört. Zuhause. Und malt.«

»Sind Sie sicher?«

»Wie kann ich sicher sein, wenn der Filou mich nicht einmal anruft, wenn er aus der Untersuchungshaft entlassen ist? Da macht man sich doch Sorgen.«

»Aber jemand, der Ihren Sohn gut kennt, hat mir kürzlich ausdrücklich die Telefonnummer gegeben, unter der ich nun Sie erreicht habe.«

»Ich nehme Ihnen nicht ab, daß jemand, der vorgibt, meinen Sohn – welchen Sohn meinen Sie eigentlich, Herr Pangloss ...?«

»Penchard. Haben Sie denn mehr als einen Sohn?«

»Ja. Ich habe zwei Söhne. Haben Sie es schon bei dem anderen versucht?«

»Mir ist nicht einmal bekannt, daß Herr Heiter einen Bruder hat. Wie heißt er? Wo wohnt er?«

»Was fragen Sie? Sind Sie von der Polizei? Mit der rede ich aus Prinzip nicht.«

»Nein, ich bin nicht von der Polizei. Ich möchte mich nur einmal mit Herrn Vladimir Heiter unterhalten.«

»Dieser Scheißkerl!«

»Ihr Sohn ein ...?«

»Nein. Sein Manager. Der wird gut dafür bezahlt, daß er meinem Sohn alle Störenfriede vom Hals hält.«

»Das tut er, gnädige Frau. Und wie! Ich sprach vor drei Tagen mit ihm.«

»Und Ihnen hat er nicht gesagt, wo Sie Vladi erreichen können? Gut. Und da soll ich ...? Nein, mein Herr. Selbst wenn ich wüßte, wo er sich gerade aufhält, würde ich Ihnen das nicht am Telefon sagen. Wir werden nämlich abgehört.«

»Ach, ja?«

»Ja. Wir haben die Ehre, ernstgenommen zu werden. Seit den späten Vierzigern. Vielleicht rufen Sie besser unseren Geheimdienst an. Wie heißt der nur zur Zeit? Wissen Sie es vielleicht?«

»Nein. Wie sollte ich? Und wieso soll er nun anders heißen?«

»Weil Verbrecherbanden immer, wenn ihre Sünden zu sehr zum Himmel stinken, sich einen neuen Namen zulegen. In Rußland zum Beispiel: Erst Tscheka, dann GPU, dann MWD, darauf NKWD... Oder diese Bananenbieger: Zunächst Standard Fruit, dann United Fruit, nun ... Chikita oder so ähnlich.«

»Hören Sie auf, mich auf den Arm zu nehmen, gnädige Frau. Ich bitte Sie doch nur...«

»Abgelehnt, Euer Ehren. Würde Ihre Mutter etwa, wenn ein verdächtiger Ausländer sie anruft, so ohne weiteres, ohne gute Referenzen gesehen zu haben, mit Ihrer Telefonnummer oder Adresse rauskommen?«

»Natürlich nicht.«

»Sehen Sie? Guten Tag.«

Und Mutter legt den Hörer auf. Wir wischen uns kurze Zeit die Lachtränen ab.

Aber Ratzki gibt so schnell nicht auf. Und ruft einen Tag später wieder an.

»Ja?« sage ich.

»Guten Morgen, hier Penchard, Jacques Penchard. Habe ich die Ehre, mit Herrn Vladimir Heiter zu sprechen?«

»Ja«, knurre ich.

»Aha, habe ich Sie also endlich erreicht. Ich habe schon mehrfach angerufen. Aber Ihr Manager und Ihre Mutter schirmen Sie wirklich gut ab.«

»Mein Manager? Ich habe keinen. Und meine Mutter ist zu krank, jemand abzuschirmen. Zumal ich überhaupt nicht hier war in den letzten Tagen. Ich war auf Bärenjagd.«

»Bärenjagd? Aber Herr Heiter, dafür ist doch jetzt überhaupt keine Saison.«

»Für die ist immer Saison, Herr Ratzki. Wo Sie doch allen anständigen Menschen einen Bären aufbinden.«

»Sie irren sich, Herr Heiter, hier spricht Jacques Penchard, nicht ein Herr, wie-war-noch-mal-der-Name?«

»James Croydon, Luigi Latini, Jan Pedersen, in einem Wort: Walter Ratzki, Euer Hochwohlgeboren.«

Die Stille am Telefon wird lang.

»Wer hat Ihnen das gesagt?« Ratzkis Stimme klingt leise.

»Meine Kollegen. Vom Geheimdienst. Ich bin in derselben Branche wie Sie, Ratzki, ich bin Undercover-Agent. Und ich bin hinter derselben Geschichte wie Sie her.«

»Und die wäre?«

»Hinter den Meisterplanern des Domraubs, mein Herr.«

Die Stille am Telefon ist nun sogar noch länger als die erste.

Ein beredtes Schweigen. Ich höre Ratzkis Atem.

»Wäre es dann nicht naheliegend, wir bündelten unsere Kräfte und träfen uns. Suchen Sie es sich aus: Zürich, Basel, Mailand, Lugano …«

»Oder Belgrad, Zagreb, Agram, Dubrovnik?« schlage ich vor.

»Ich traue Ihrem Heimatland nicht recht«, erwidert Ratzki flink.

»Und ich traue weder NATO-Staaten noch der Schweiz.«

»Und wie wäre es mit einem Treffen auf neutralem Boden, sagen wir in Liechtenstein?«

»Ich ziehe die Vatikanstadt vor«, bluffe ich.

»Ausgerechnet …?«

»Ausgerechnet. Das paßt doch. Oder? Haben Sie Angst, daß die Schweizer Garde Sie …«

»Mich? Sie!«

»Oh, nein«, lache ich, »die Beziehungen zwischen dem Vatikan und Jugoslawien sind seit Ante Pavelić hervorragend. Nur darf das keiner wissen. Und ich hoffe, es bleibt zwischen uns.«

»Selbstverständlich, Herr Heiter. Aber zur Sache: Wie weit sind Sie mit Ihren Bemühungen, an besagte Ware heranzukommen?«

»Sehr weit. Sie ist in Griffweite.«

»Bei Ihnen?«

Ich schnalze mit der Zunge. »Aber, aber, Sie wissen ganz genau, daß ich mit dieser Geschichte nur am Rande zu tun habe und hatte. Aber wie Ihnen Ihre Gewährsleute wohl erzählt haben, besitzen sie das Vertrauen ihrer Chefs nicht mehr. Mir aber ...«

»Ja?«

»Nun, ich könnte als Mittelsmann dabei helfen, diese leidige Geschichte zu einem guten Ende zu bringen. Ich weiß nun nicht, ob Sie im Auftrag der Versicherung, der Kirche oder von Interpol handeln – es kommt aufs Gleiche raus –, aber eines weiß ich nur zu gut: daß weder Ihnen noch der Staatsanwaltschaft Köln zu trauen ist.«

»Aber Herr Heiter, das ist doch wohl ein schlechter Witz!«

»Wissen Sie was«, beende ich das Gespräch, »ich brauche Sie nicht. Sie brauchen mich. Lecken Sie mich doch am Arsch, und belästigen Sie mich nicht weiter. Guten Morgen!«

Guten Morgen, Leben! Guten Morgen, du schöner, neuer Tag! Auf einmal habe ich Belgrad wieder lieb.

Im

SECHSTEN KAPITEL

schickt der König den Preußen, damit uns ein Waterloo erspart bleibt

Und nun wird es langweilig. Wie in einem drittklassigen Boxkampf schlurft der Champion durch den Ring, verteidigt sich mit kurzen Haken, während der Herausforderer O-beinig hinterherdackelt, zu offensichtlich auf das ungeschützte Kinn des Meisters pliert, um einen guten rechten Uppercut abzufeuern, aber selbst mit den eingesteckten Haken weichgekocht wird. In den Ecken lauern die Betreuer mit ihren Schwämmen und guten Ratschlägen. Die nicht befolgt werden. Der Ringrichter ist bestochen. Anruf Jacques, Lola fertigt ihn ab. Erneuter Anruf Jacques, Mutter fertigt ihn ab. Anruf Rex, ich fertige ihn ab und bitte um Geduld. Angebot von Jacques, ihn in Paris, Nizza, Athen oder Rom zu treffen. Darauf meine Angebote: Wladiwostok, Ostberlin, Sarajewo oder Prag. Dann legt der Preuße sich quer: Er will es noch einmal in Wien versuchen. Von Rex abgelehnt. Dann kommt auch der Preuße auf die Idee mit der Lösegeldmasche. Polonius lehnt müde ab: »Vor jeglichem Austausch der Geisel verlangen Familie oder Bullen ein Polaroidfoto, das beweisen kann, daß der Entführte noch gesund und munter ist. Unser Patient aber ist in seine Bestandteile zerlegt.«

Erneuter Anruf aus Zürich. Eine Dame ruft an. Sie nennt sich Sylvia, flennt und plärrt, ich solle doch mit Jacques reden und ihm eine Chance geben. Wenn nicht, würde ihr Vater Jacques wegen Schulden und Unfähigkeit verjagen. Ratzki setzt also darauf, daß ich gegen Frauentränen allergisch bin. Bin ich aber nicht. Ich bin geimpft. Und so kommt es zu den ersten ernsten Verhandlungen. Ich schneide das Gespräch auf Band mit. Ratzki ist ob meiner Förmlichkeit konsterniert. Ich bin sicher, er schneidet das Gespräch auch mit: Tonbänder werden vor Gericht zwar in den seltensten Fällen anerkannt, Versicherungen aber möchten über alle Schritte ihrer Agenten informiert werden. Wer die Musik bezahlt, bestimmt, welche Melodien gespielt werden.

»Erklärung an Eides Statt: Hiermit schwöre ich, Vladimir Heiter…«

Erst nach fünf Minuten werde ich unterbrochen: »Sagen Sie, was soll das alles? Ich weiß sehr gut, daß

– Sie den Einbruch in der Schatzkammer nicht geplant,

– die ausführenden Diebe dafür nicht angeheuert,

– sich in der Nacht von Allerheiligen nicht auf der Domplatte befunden haben

– und sich lediglich auf Wunsch der Staatsanwaltschaft Köln darum bemühen, die Beute aufzutreiben und sie an ihren rechtmäßigen Besitzer, die Diözese Köln, zurückzuvermitteln.

Diese und die Versicherung haben mich eingeschaltet, das Nötige zu veranlassen, damit Sie die jetzigen Inhaber der Beute überreden, sie gegen eine kleinere Entschädigung zurückzugeben –

Ist das genug? Ausreichend? Haben Sie das auf Band? Herrgottnochmal, gibt es denn keine Ehre mehr unter Dieben? Wieviel verlangen Ihre Auftraggeber? Wann und wo findet die erste Übergabe statt?«

Ich schnappe nach Luft. Diesen Mitschnitt werde ich für alle Fälle verbunkern. Aber dann fällt mir siedendheiß ein, daß jeder x-beliebige Trottel diese Erklärung auf Band sprechen kann. Daß ich nicht den Beweis habe, daß Ratzki alias Jacques Penchard der Inhaber dieser Stimme ist.

Vielleicht sollte ich eine bei einem Notar eidesstattlich abgegebene Erklärung verlangen? Aber soviel ich weiß, pflegen echte

Undercover solche Aussagen nur zu machen, wenn man ihnen eine Kanone ans Ohr hält. Nicht bei einem Notar. Aber das Band ist besser als nichts.

»He, Sie, Heiter, sind Sie noch am Apparat?«

»Aber ja«, erwidere ich so fröhlich es geht.

»Nun?«

»Geben Sie mir Ihre Adresse. Ich schicke einen meiner Mitarbeiter zu Ihnen. Er wird Ihnen meine Vorschläge unterbreiten.«

»Rufen Sie mich morgen früh unter dieser Nummer in Lugano an. Zwei Tage später bin ich in Rom. Da kann ich Ihren Mitarbeiter gern empfangen«, dies sehr knapp, geschäftlich. Ich notierte die Telefonnummer. Wir legen gleichzeitig auf.

Preuße zieht die Brauen hoch. »Bin ja gespannt«, sagt er.

Und wieder beginnt, was die Frechheit besitzt, sich Moderne zu nennen: Leben aus Zweiter Hand. In Heimen, Büros, Fabrikhallen, öffentlichen Schwimmbädern, in Schulen, Internaten und Universitäten, worüber unterhalten die Dödel sich? Über das, was sie in der Glotze gesehen haben, übers Heitere-Berufe-Raten, über Paul Temple und Seifenopern, über Talkshows und Tierserien.

Und ich hänge wieder am Telefon wie der Junkie an der Nadel. Warte auf Anrufe. Es wird noch so weit kommen, daß wir alle tragbare Telefone mit uns tragen, wie Ärzte beim Golfspielen den Beeper; es wird noch dazu kommen, daß man den Babies kurz nach der Geburt Chips ins Gehirn einpflanzt, damit sie drahtlos Rundfunk, Fernsehen und Anrufe empfangen können. Wir verwandeln uns in Zombies und Roboter.

Und nun, statt meinen nächsten Coup genau und zärtlich zu planen, statt gemütlich über Landstraßen von Großstadt zu Großstadt zu fahren, in verschiedenen Kaufhäusern die Werkzeuge für meine Einbrüche zu erwerben, statt mich mit meinen Kumpanen auf dem Bürgersteig vor italienischen Restaurants oder Eisdielen zu treffen, einen Espresso oder Café Corretto zu schlürfen und gemächlich Pro und Contra einer ins Auge gefaßten Arbeit zu ventilieren, sitze ich in Reichweite zweier Telefone, des mutmaßlich abgehörten und des vermutlich nicht abgehörten.

Es ist zum Speien. Das Leben ist woanders.

In lichten Momenten bin ich mir dessen auch bewußt. Aber man lebt bekanntlich auch von der Hoffnung. Daß das bald vorbei ist. Ist es aber nicht. Es hat noch gar nicht angefangen.

Ich bin Freier Unternehmer geworden, um selbstbestimmt oder zumindest selbstbestimmter leben und meinen Unterhalt verdienen zu können. Und jetzt sitze ich mit gespitzten Ohren, um den Hörer schnappen zu können, wie eine unqualifizierte, dafür aber hübsche Dame einer großen Firma, mit stets freundlicher Stimme den Anrufer um Geduld bittend, weil die Leitung zu Herrn X, Y oder Z besetzt ist. Ich: Ein Wanninger im Rückwärtsgang! Sie kennen diesen Herrn nicht, meine Dame, mein Herr? Kennen nur Tasso, Dom Carlos, Franz Moor, Faust und Götz von Berlichingen? Dann kennen Sie die falschen Klassiker. Für mich sind die Klassiker Deutscher Zunge Karl Valentin, Weißferdl, Otto Reutter, Bert Brecht und Heinz Erhardt. Der Buchbinder Wanninger des Genies Karl Valentin wird bei der Baufirma Meisel & Co. am Telefon von Anschluß zu Anschluß weitergereicht, bis er an den Rand des Wahnsinns gerät. Ich dagegen versuche (mit Hilfe meiner Lieben), besagte Baufirma quasi allein darzustellen, also Solo, und Wanninger/Ratzki treibt mich zum Wahnsinn.

Ein Anruf aus Frankfurt. Polly am Apparat.

»Vladi! Schön, daß ich dich erreiche. Kannst du mir sagen, wo ich Rex finden kann? Du ahnst nicht, was in unserem Lusthauptquartier los ist ... Nein, nicht das Übliche. Hier reichen sich die Undercover die Schwänze in die Hand ... Kölner Sonderkommission? Ja, so klangen sie. Ja, kölsch ... In Zivil. Jeden Tag mindestens drei. Aber nicht zusammen. Verkleidet. Als Zivile. Zum Schreien ... Ja, das Geschäft floriert. Und wie! Rex wird Augen machen, wenn er die Monatsbilanz ... Selbstverständlich zahlt der Steuern. Und Sozialabgaben. Erinnerst du dich nicht, wir alle sind ... Ja, Angestellte. Mit Nummernzählern in den Muschis. Und die laufen langsam heiß. Ehrlich ... Nein, an Sex nicht im geringsten interessiert ... Nein, Zuckerstange, dies ist ein sicheres Telefon. Hoffe, deins auch ... Was sagst du? Profis. Klar. Mann, bin ich müde. Wir schieben Überstunden, legen Sonderschichten ein ... Was? Fünfundfünfzig Mann? Und jeder erkundigt sich um drei Ecken rum nach Polo und Rex. Wir wissen ja von nix. Wir könnten nicht einmal unter der Folter gestehen, wo die sich grad' aufhalten. Aber du weißt ja, die Bullerei hält Nutten für doof ... Ja, die haben wirklich einen brandheißen Tip erhalten. Weißt du, von wem? ... Jugoslawen? Das gibt es nicht. Du verarschst mich doch? Niemals würde ... Ja, das sind Selbstmordkandidaten ... Deutschsein sei ansteckend? Na, du hast Humor. Mir kommt es aber auch so vor. Wo wollen die sich vor Rex verstecken? ... Du hast zu Alaska oder Feuerland geraten? Das ist nicht weit genug. Wenn die sich nicht auf dem Mond verstecken, werden Rexens Freunde sie dorthin schießen ... Kommst du bald mal wieder vorbei? ... Nein, ich muß mich nur dadurch erholen, daß ich mal wieder richtig ... Genau, Vladileins Himmelfahrt! ... Nein, Mann, das treibt einen doch in den Wahnsinn! Da hat man sein Hand-, Mund-, Muschi- und Arschwerk gelernt ... Meinethalben. Ja, auch zwischen den Brüsten ... Ja. Und da kommen diese Wichser und ficken dich dienstlich. Bist du schon mal dienstlich gefickt worden? ... Ja, mit der Betonung auf worden. Leideform ... Die haben da wohl einen Eid abgelegt, im Dienst das Vögeln nicht zu genießen. Das treibt einen doch die Wände hoch ... Nur bei Mutti? Da tun mir ihre Muttis aber leid ... Ja, so Schalter im Hirn, direkt zwischen den Ohren. Abstellen/anstellen. Lust hier, Dienst da. Dienst ist Dienst und *Fuck is* ... Ich sag' nur, Vladi, *fuck them, fuck them, fuck them!* Manchmal wünscht man sich ja wirklich ein paar scharfe Zähne an der Möse ... Ja, Mann! Und SCHNAPP! Das wär' was. DBEM ... Deutsche-Beamten-Entpimmelungs-Maschine. Patentiert, sag' ich dir ... Und das Wetter bei euch? Scheiße, bei uns regnet es ... Glückspilz! Ciao!«

Glückspilz, ha!

Haben Ladrone und der Dünne doch Ratzki tatsächlich Namen und Adressen ihrer Bosse gegeben. Gut für mich. Dann hat

Frau Voss keinen Vorwand mehr. Ratzki hat KK Knopf nicht das Bauern-, sondern das Königsopfer zum Fraß vorgeworfen. Ein guter Zug! Aber wer weiß? Am Ende bleibt es doch wieder an mir hängen, und Knopf wird sich an mir festbeißen. Ich bin zum Angelpunkt dieser leidigen Geschichte geworden. Also rufe ich Lola an. Wir verabreden uns in einer gemütlichen Kneipe am Fluß, eine, die ich schon als Vierzehn-, Fünfzehnjähriger frequentierte. Mutter übernimmt den Telefondienst. Sie blüht richtig auf, wenn sie etwas Vernünftiges zu arbeiten kriegt. Lola und ich stecken die Köpfe zusammen und trinken einen trockenen slowenischen Wein.

»Den Dünnen und Ladrone haben sie schon in der Tasche, aber Rex und Polonius kriegen die nie«, flüstert mein Freund. »Und du bist jetzt in Gefahr, an Stelle von Rex und Polonius zum Haupttäter aufgeblasen zu werden …«

»Unsinn«, widerspreche ich. »Selbst wenn man in Betracht zieht, daß mein Alibi ein bißchen schwach auf der Brust ist, stimmt doch alles Übrige nicht. Die Zeugenaussagen auf der Domplatte schildern zwei Männer und ihre Kleidung. Die Zeugen in dem Sportartikelgeschäft, wo die Bergsteigerausrüstung gekauft wurde, haben mich bei der Gegenüberstellung nicht erkannt. Und warum? Weil die Beschreibung exakt auf Rex zutrifft: ca. 30 bis 35 Jahre alt – ich bin 44; gewelltes schwarzes Haar – ich hab' glattes, spärliches –, starker Kehlkopf – hab' ich nicht; 185 Zentimeter groß, ich bin um Einiges kleiner … Ich bin gelernter Kunstdieb – nie hätte ich die Sore zerschrottet; als ein Teil der Beute in einer Kölner Kirche auftaucht, bin ich in Belgrad …«

»Hättest du nicht Polly schicken können?« wirft Lola ein.

»Hab' ich eine Frankfurt-Connection, bin ich Puffbesitzer und Zuhälter?«

»Vladi, ich spiel' nur mal den Advocatus diaboli. Ratzki und Voss können dich immer noch reinlegen. Sascha belastet dich, Schaf belastet dich ein bißchen, dein guter Ex-Freund und Fahrer Gottserbarmen belastet dich …!«

»Aus den Fingern gesogen, erfunden, um Straferlaß oder einen Teil der ausgelobten Belohnung zu ergattern.«

»Und? Und wenn sie vor Gericht als Zeugen schwören? Kannst du Meineide widerlegen? Nein. Du stellst dann in Augen von SoKo Domraub und Staatsanwältin einen vorzüglich fetten Sündenbock dar. Vergiß, daß Frau Votz …«

»Voss, Lola, Voss«, lache ich.

»Voss und Ratzki dir gegenüber zunächst ehrlich waren. Vor Gericht werden sie die Dinge anders darstellen.«

»Du vergißt, mein Freund, daß ich jetzt, wie von Frau Staatsanwältin gebeten, bei der Wiederbeschaffung der Beute behilflich bin. Als Mittelsmann zwischen Versicherung und Tätern. Im Höchstfall können die mir Beihilfe zur Hehlerei vorwerfen. Aber auf Bitten der Staatsanwaltschaft.«

»Hast du das schriftlich? Und hast du Ratzkis Aussagen schriftlich?«

»Lola, Tonbänder gelten zwar nicht als Beweismittel vor Gericht, aber jeder bessere Kripobeamte kann Ratzkis Stimme in eine Computergrafik umwandeln. Eine Stimme ist wie ein Fingerabdruck.«

»Denkst du, der Undercover wird vor Gericht auftreten? So einer tut derlei nie oder selten, und dann unter Ausschluß der Öffentlichkeit. Du hast ein Band, aber keine Live-Stimme dazu. Und kein Kripobeamter wird dafür bezahlt, dich, den gelernten Dieb und Hehler zu … entlasten.«

Mir wird ganz plümerant. Lola hat recht. Ich bestelle eine weitere Flasche Wein.

»Du bist ein Pessimist, Lola«, sage ich schließlich und weiß im selben Augenblick, daß für Optimismus kein Grund ist.

»Jetzt aussteigen, mein Freund?«

»Dafür ist es zu spät. Wenn du je wieder nach Deutschland zurückgehen willst, mußt du weitermachen. Aber auch, wenn nicht, meinst du im Ernst, unsere Schmier würd' dich frei rumlaufen lassen, wenn sie einen Bollerwagen voller Akten aus Köln kriegt? Es sind schon Kollegen für viel weniger Beweise zu langen Haftstrafen verurteilt worden. Hier in Belgrad. Titos Justiz ist so souverän, wie es die Außenhandelsbilanz zuläßt, Vladi.«

»Ich muß den Preußen exakt instruieren, worauf er beim Besuch in Rom zu achten hat. Am besten, ihn verkabeln. Ein Mikrofon im Knopfloch. Wie Wallraff …«

»Wer?«

»Ein genialer deutscher Undercover-Journalist, Lola. Es gibt Mikrofone, so klein wie eine Anstecknadel! Es gibt Kassettenrekorder, nicht größer als eine Zigarettenschachtel …«

»Hier?«

Lola hat mal wieder recht. Aber wenn der Preuße sich das nun in Rom beschafft? Aber er wird sich niemals bereit erklären, vor Gericht auszusagen. Nun merke ich erst, wie wenig ich auf der Höhe der Zeit bin. Eine Genossenschaft der Kunstdiebe und -hehler müßte ich gründen, die einen honorigen Anwalt unter Vertrag hat, so wie das in den Zwanziger Jahren in Berlin der Fall war. Aber im Gegensatz zu den damaligen Verteidigern der Spar- und Ringvereine müßte dieser genauso gut ausgestattet sein wie … wie Ratzki! Eignes Flugzeug. Abhöranlagen. Teleskope, Restlichtaufheller. Infrarotkameras … Ich komme ins Träumen.

Dabei werde ich vom Wirt gestört, der mich ans Telefon ruft. Mutter ist am Apparat.

»Der Preuße will dich sprechen. In einer Stunde. An Apparat Zwo. Ende.«

Der Job macht ihr Spaß. Sie fühlt sich wieder jung. Und da wir gerade keinen Angriff auf ihren Staat planen, ist sie guter Dinge und fühlt sich, sagt sie, »wie eine Schauspielerin in einem dieser schwarzen französischen Krimis«. Ihr Sohn: natürlich Alain Delon. Von dem sie seit einiger Zeit schwärmt (früher liebte sie Jean Gabin). Schon lange frage ich mich, warum ihre Ehe mit meinem Vater, einem braven Musikus, so harmonisch war. Vielleicht reichte ihr die Spannung im Liebesleben. Mir reicht die leider nicht. Bin wohl mehr raubtierisch.

Wir trinken wortlos unseren Wein, nach einer Viertelstunde zahle ich und wir gehen. Beim Abschied nimmt Lola mich in den Arm. Dem kann man sich nicht entziehen.

»Ach, Junge«, seufzt er, »ich mache mir Sorgen um dich.« Es ist wie in den guten, alten, schlechten Tagen.

Des Preußen fröhliche Stentorstimme am Telefon muntert mich wieder auf.

»Du ahnst nicht, Vladi«, erzählt er genüßlich, »was für eine Scharade die hier aufführen, um mich zum Besten zu halten. Das Personal: ein gewisser Jacques Penchard, seine Verlobte Sylvia – eine zweite Anna Magnani, sag' ich dir, nicht schön, aber Temperament, Leidenschaft, Rasse! – und deren angeblicher Vater. In Abwesenheit der beiden Letzteren erzählt mir Jacques am Swimmingpool eines dieser schicken, römischen Hotels, er sei zwar besagter Undercover für das Versicherungswesen, aber seine Ausgaben überstiegen seine großen Einnahmen, und so sei er gezwungen, ab und zu seinen zukünftigen Schwiegervater anzupumpen. Worauf der natürlich aus reiner Vaterliebe der Tochter rät, sich einen solventeren Gespons zu suchen. Also sei er, Jacques, mal wieder in einer Zwangslage und sehe in dieser Domraubgeschichte eine Möglichkeit, sich einen Übergangskredit zu besorgen. Kaum ist er weg, baggert das Weibsbild mich an. Sie spielt ihr Repertoire rauf und runter: Wirft sich mir an die Brust. Schluchzt, verbraucht in zehn Minuten zwei Päckchen Papiertaschentücher, heult Rotz und Wasser. Alles hinge von mir ab, dich zu überzeugen, daß diese Geschichte reibungslos über die Bühne geht. Jacques und du könnten ja bei einigen Klunkern halbe-halbe machen undsoweiter ...«

Mir schießt plötzlich ein Bild durch den Kopf. »Sag' mal Preuße, wie sieht der aus?«

»Wer?«

»Na, der angebliche Vater.«

»Wie der aussieht? Volles, fast schwarzes Haar, silberne Koteletten, massenhaft Lachfältchen um die Augen herum, sonst aber voller Ernst und Autorität, besonders, wenn er den Kopf schräg hält. Er sieht aus wie ein richtiger Chef, wie ein geborener Schlachtenlenker und Millionär. Die Klamotten entsprechend nachlässig: Der Anzug von der Stange und zerknittert, ein silberner Schlips voller Eiflecken, immer gelockert, der oberste, der Kragenknopf geöffnet, stark behaarte Fingergelenke ...«

Ich höre nicht mehr zu. Er ist's! Der Herr und Gebieter des

Belgiers von damals! Entweder ist Kriminalkommissar Knopfs Personaldecke dünn geworden, oder er hat gegenüber Ratzki einen bombensicheren Schachzug gemacht, ist von der Raum- zur Manndeckung übergegangen. Die trauen einander noch weniger als unsereins.

»... wenn die drei nicht von der Schmier sind, freß ich einen Besen«, endet der Preuße.

»Danke«, erwidere ich. »Und Ende. Bis bald!«

Also arbeiten SoKo und Ratzki nicht mehr gegeneinander oder separat. Sie haben ihre Kräfte zusammengezogen. Blücher und Wellington möchten Napoleon sein Waterloo bereiten. Aber wer ist nun Napoleon? Sind es Rex und Polonius? Oder soll ich ihn darstellen? Ich stelle mich vor den Spiegel und versenke die rechte Hand unter meinem Hemd, lege sie aufs Herz. Hand aufs Herz, meine Dame, mein Herr, möchten Sie sich etwa in meiner Lage befinden?

Im

SIEBTEN KAPITEL

wird mir klar, warum Triest nicht trist, sondern die schönste Hauptstadt der Melancholie ist

Nein, wir fuhren nicht stracks. Stracks ist nichts für mich. Ich folge meiner Nase. Und die dreht sich wie ein Wetterhahn. Also wandten wir uns in zwei Wagen zunächst gen Südwesten, ließen uns Zeit auf den Landstraßen, die nach Mostar führen. Welch eine Kultur die Türken uns hinterlassen haben! Die meisten Jugoslawen, die ich kenne, verneinen dies. Sie haben das Osmanische Reich in den Zeiten seines Niedergangs vor Augen, jener Zeit, da es ex- oder implodierte wie jedes Imperium auf Erden. Sie denken an die Zeit der Dekadenz, die durch Grausamkeit gegenüber den Unterworfenen geprägt war. Aber wenn ich vom Osmanischen Reich spreche, hier mit Lola, erst in Sarajewo, dann im tiefen Tal der Neretva, und, später in Mostar, wenn Lola und ich also nicht serbischer, nicht kroatischer Propaganda, sondern unseren Augen trauen, wird uns zutiefst, das heißt sinnlich, bewußt, welch ein elegantes, tolerantes Imperium dieses Osmanenreich war, voll von Poesie, Architektur und Musik und mit einem Horizont, der weit über Istanbul hinausreichte. Und es scheint uns, daß es traurige Zeiten sind, in denen Stämme, die gestern noch auf Bäumen gesessen oder in Höhlen gehaust haben, über Granatwerfer, Maschinengewehre, Telefon, Fernsehen und Radio verfügen und sich doch nur in ihre Steinzeit zurücksehnen, Geschichte fälschen und ihr popliges Staatswesen zum Zentrum der Welt machen möchten.

Wider alle Propaganda müssen wir denken, die Scheuklappen ablegen, über den Tellerrand gucken: Und es wird uns bewußt, wie erstaunlich modern und tolerant die Türken über Jahrhunderte waren, ein Reich gründeten und lenkten, in dem es dem Bulgaren erlaubt war, Bulgare zu sein, dem Athener, ein Grieche, dem Serben, ein Serbe, dem Kroaten, Kroate. Ein Reich, in dem sie Barbaren zivilisierten, indem sie Wasserleitungen legten und Hygiene lehrten (die in Preußen noch zu Zeiten Friedrichs des Großen unbekannt war), das Lesen und Schreiben, die Philosophie und Wissenschaften. Aber das Gedächtnis der Völker ist kurz.

»Schau dir diese Brücke an«, wende ich mich nach langem Schweigen an Lola, »Hajrudin hat sie 1566 gebaut, schau dir diese Eleganz der Hohlkonstruktion an, diese leicht wirkende Spannung zwischen zwei Steilufern. Da war das Osmanische Reich unter dem Sultan Süleiman auf dem Zenith ... Und ich sage dir, Lola, auch wenn dies den serbischen Schreihälsen nicht paßt: Das beste, was ihren Vorfahren passieren konnte, war die Niederlage auf dem Amselfeld im Jahre 1389, und wie Prinz Eugen 1718 Belgrad *befreite*, erinnert mich stark an die *Befreiung* Belgrads durch die Nazis. Ich bedauere sehr, daß die Türken Wien im Jahre 1683 nicht überrannt haben ...«

»Deine Thesen sind kühn«, lacht mein Freund.

»Vielleicht«, spinne ich diese aus, »wäre es für ganz Europa besser gewesen, wenn Karls des Großen Großvater die Araber *nicht* bei Tours und Poitier geschlagen hätte. Uns wäre viel erspart geblieben.«

»Wäre«, meint Lola altklug, »das ist Geschichte.«

»Ja«, erwidere ich nach einer Weile, »mich interessiert stets das ›Was-wäre-gewesen-wenn?‹. Erinnerst du dich daran, wie wir mal über Paul Valery diskutiert haben? Über dessen These, wäre Sokrates nicht am Strand über einen Kieselstein gestolpert, er wäre nie Philosoph und auch nicht als Zersetzer der Jugend und Störer der göttlichen und staatlichen Ordnung – man beachte die Perversität dieser Kopplung! – zum Tode verurteilt worden.«

»Schau hier«, ich zeige es Lola mit dem Kinn. »Ist dem katholischen Viertel von Mostar je etwas Böses unter den Türken passiert? Und wie niederträchtig und dumm ist der Vorwurf orthodoxer Serben gegenüber den Moslems in Bosnien, sie seien keine Serben, und das nur, weil sie die Religion der Herrscher angenommen haben. Ist denn ein evangelischer Bayer kein Bayer? Ich sag' dir, mein Freund, für meinen Geschmack war das Osmanische Reich vielleicht zu tolerant. Man hätte jeden Pfarrer an den Beinen aufhängen und auspeitschen sollen, so wie Petr den Dünnen auf der Zigeunerinsel aufgehängt hat, weil der in das Revier eines anderen Taschendiebs eingedrungen war. Christen sind ein größeres Übel als Taschendiebe. Letztere klauen dir nur die Börse, erstere Sinn, Sinnlichkeit und Verstand.«

Von Sonnenuntergang blinkt der Preuße uns an, und nach kurzer Diskussion beschließen wir, uns in einem kleinen Küstenort zwischen Mostar und Split ein Nachtquartier und, so möglich, Frauen zu besorgen. So nennt der Preuße das, Lola ihn einen Barbaren.

Dann aber stellt sich in Makarska heraus, daß Lola und ich noch satt sind, uns der »Sinn nicht nach Frauenfleisch steht«, wie der Preuße anzüglich frozzelt. Aber er hat Pech mit den Frauen und stößt abends um zehn wieder zu uns, die wir uns im Wohnzimmer einer Familie einquartiert haben, das zur illegalen Kneipe umfunktioniert worden ist. Der Wein ist gut, die Nacht mild; und nur zu bald zieht es uns in unsere Betten.

Am nächsten Morgen durchqueren wir jenen Küstenstreifen, der im Windschatten vorgelagerter Inseln liegt, und Dalmatien wird kahl. Die Fahrt auf der Adria-Magistrale ist anstrengend: Zur Linken vom Meer zerfressene Steine und Felsen, zur Rechten von der Bora zerfressene Steine und Felsen. Erst von Rijeka an wird die Landschaft weiblich, weich, sanft und freundlich. Lola löst mich am Steuer des Wagens ab, der Preuße hat es nicht so gut. Dies auch nicht verdient, ist er doch unser Aufpasser von Rexens Gnaden. Aber er ist kein übler Mensch. Selbst sein Machismo ist eher ironisch.

»Hat sich auf meine Kosten den Bauch mit bestem Essen und

Wein vollgeschlagen«, erzählt er, »und dann behauptet sie, sie sei müde. Na ja, eine müde Frau ist nutzlos.« Und fügt eine Minute später hinzu: »Aber ein müder Mann ist nutzloser als nutzlos. Wenn ich ehrlich sein soll, war ich hundemüde. Ich wollte nur was beweisen. Und das ist immer blöde.«

Die Dörfer Istriens geben vor, Städte zu sein – und gleichen Vogelhorsten auf den Bergen und Hügeln oberhalb satter Täler. Kroatien, Slowenien, Italienisch-Istrien: Die Kette der Hügel senkt sich sanft in Richtung Triest ab. In Koper halten wir und essen ... österreichisch. Kaiserfleisch! Davor aber einen Eintopf slawischen Ursprungs: pürierte Bohnen mit Gerste und Speck. Der Landwein: fruchtig, lebendig, sanft riechend. Wein und Bier wird hier schon zum Frühstück getrunken. Nach einem guten (aus Triest eingeschmuggelten) Espresso mit einem winzigen Klecks Schaum drauf, der hier Cappuccino genannt wird, schlendern wir zum Strand, an den aufgereihten Fischerbooten vorbei.

»Hier«, sage ich, »wird – im Gegensatz zu dem, was du mit Ratzki ausgemacht hast – die Übergabe nicht stattfinden.«

»Aber«, ruft der Preuße.

»Nicht!« wiederhole ich. »Wir haben eine ganze Welt von Denunzianten, Katholiken und Entrüsteten gegen uns, die von Ratzki verkörpert und koordiniert werden. Mir ist hier in Koper zwar noch nichts aufgefallen, aber es ist gut möglich, daß dieser Westentaschenjamesbond schon Staatsschutz und Kripo von Belgrad, Zagreb oder Ljubljana herbeordert hat. Also locken wir ihn oder seine Mitarbeiter ins Italienische. Ich denk da an die Strecke zwischen dem Schloß Miramar und Duino.«

»Eine gute Idee«, murmelt Lola. »Können ein Funksprechgerät hier zwischen den Felsen deponieren und Ratzki oder seine Mannen damit herumlotsen, bis wir sicher sind, daß ihnen keine Bullen folgen.«

Der Preuße nickt nachdenklich. Ich starre dem Meer ins Gesicht, dann in die Sonne. Das Meer blendet und erschreckt mich nicht mehr. Bin ich geheilt? Es ist zu früh, dies behaupten zu können. Aber ich fühle mich jung und gut, voll Ideen und Sprungkraft. Die Einzige, die ich vermisse, ist Dunja; am liebsten würde ich durch den Karst im Hinterland gondeln und Ausschau nach einem aufgegebenen Bauernhof halten. Deren es viele gibt, denn Triest ist eine von Italien ausgehaltene alte Hure, und das zweigeteilte Hinterland spiegelt die Zweiteilung der Welt zwischen West und Ost, Nato und Warschauer Pakt. Solange die Beziehungen zwischen Italien und Jugoslawien nicht völlig normalisiert sind – was auf Grund der Nachkriegsgeschichte schwer ist –, hat dieser Streifen Italiens keinen ökonomischen Wert. Und die Subsidien – wie jene für den tiefen Süden des Landes, den Mezzogiorno – versickern wie dort. Die Kapitalisten werden schlapp, die Arbeitslosigkeit wird nur dadurch vermindert, daß die Beschäftigung im Öffentlichen Dienst einen riesigen, nutzlosen Wasserkopf bildet, und da es keine Arbeitslosigkeitsversicherung gibt, wird jeder Zweite früh auf Rente oder Pension geschickt. So ein Leben wünsche ich mir auch, das des glücklichen Arbeitslosen als Frührentner, um meinen Knastfreund zu zitieren.

Marx echauffierte sich stets über den Couponschneider – er selbst war aber zu doof, an der Börse aufs richtige Pferd zu setzen; und sein Freund Engels mußte ihn aushalten. Wär's nicht schön, die ganze Welt bestünde nur aus Couponschneidern, die nur noch zwei Stunden am Tag arbeiten?

Ist diese dumme Geschichte endlich vorüber, werde ich endlich jenen Plan umsetzen, den ich nun schon fünf Jahre ventiliere. Vielleicht hat sogar Lola in ihm Platz.

In strahlendem Sonnenschein, mit denselben tiefen Wolkenbänken über Kroatien, Slowenien und Italien, umsegeln unsere Karavellen, der reparierte Mercedes und der leichtfüßige, teure Fiat, die Bucht von Triest. Triest, die neurotischste Stadt östlich von Manhattan, Hauptstadt der Irrenbefreiung, Sitz der Avantgarde zur Bekämpfung von Geisteskrankheiten, Hauptstadt lächelnder Melancholie, in Ehren erblaut.

Triest, wir kommen!

Lola und ich quartieren uns in einem guten Hotel an der Piazza Unitá d'Italia ein, der Preuße wird in ein Zimmer im dritten Stock eines abbröckelnden Gebäudes unweit der Kirche San Spiridione verfrachtet. Auf getrennten Wegen suchen wir unsere Verbindungsleute auf und besorgen uns, was wir für den ersten Domschatz- und Geld-Austausch brauchen.

Ein als Fischer verkleideter Freund des Preußen lungert derweil am Strand von Koper herum und beobachtet die Felsen, zwischen denen wir ein Funksprechgerät versteckt haben. Am nächsten Tag ruft er an und berichtet, daß ein stämmiger Mann, wohl über fünfzig Jahre alt, und eine junge, stramme Begleiterin, sehr beamtinnenhaft aussehend, aufgekreuzt sind, wie ein Liebespaar sich den Felsen genähert haben – derweil unweit der Straße entlang des Strandes zwei unauffällige Autos mit je zwei Mann Besatzung sie im Auge behielten. Als sie das Funksprechgerät und unseren Brief in den Händen hatten, berichtet unser Gewährsmann, sahen sie ziemlich enttäuscht aus. Sie schlenderten zurück zu ihrem schnellen BMW, benutzten ein Autotelefon, guckten sich um und gingen dann auf die zivil aussehenden Beobachter in den wartenden Wagen zu, deren Insassen die Fenster herunterkurbelten. Als er, unser Gewährsmann, einen Korb in Händen, näherkam, sei die Enttäuschung in den Gesichtern der sechs Abgesandten Ratzkis sehr deutlich zu sehen gewesen. Der stämmige Mann und seine stramme Begleiterin hätten ihr Auto in Richtung Ljubljana gelenkt, die anderen Autos wären in Richtung Kroatien gefahren.

Wir hatten zwei Tage Zeit. Und wir nutzten sie.

Zur Erholung.

Ratzkis Abgesandten haben wir gesagt, wir würden den Austausch jetzt in Ljubljana oder Rijeka durchziehen. Aber der Fuchs hat bekanntlich mehr als zwei Ausgänge in seinem Bau. So fahren wir die Küstenstraße in Richtung Nordwesten hoch, vorbei am protzigen »Leuchtturm des Sieges«. Zur Linken grüßt das Schloß Miramar. Blieben wir auf dieser Straße und führen über Duino und die Grotta del dio Mitra hinauf in Richtung Gorizia, auf was träfen wir? Auf den größten Soldatenfriedhof der Welt. Eine Million Soldaten verloren in der Schlacht am Isonzo zwischen 1915 und 1918 ihr Leben. Für Kaiser, König und Vaterland; und auf beiden Seiten Tausende von Feldkaplanen, die versicherten, Gott sei auf ihrer – jeweiligen – Seite. So erinnere ich mich lieber an die Gesichter und Namen zweier Männer, die damals in einander gegenüber gelegenen Schützengräben lagen und ihre heilige Pflicht taten: zu überleben. Und uns zu berichten. Hemingway auf der italienischen Seite, auf der anderen der österreichische General, Antifaschist und spätere Bundespräsident Theodor Körner. Noch vor dem Hafen von Sistiana biegen wir in einen kleinen Weg ein, der sich zu einem steil über der Adria gelegenen Rastplatz erweitert.

»Von diesem Platz habe ich geträumt, Lola«, murmele ich.

»Geträumt?«

»Genau. Von diesen zwei Bänken, dieser Brüstung, dieser großen Tonvase, diesem Blick auf den Ziegenpfad zur Linken, die verrosteten Schienen, die zu einer Mole hinausführen, dieser Art Steinbruch daneben, dem Bogen der Steilküste – und jenem Hochsitz da vorn«, ich deute mit dem Zeigefinger auf ihn, der fast völlig von den Bäumen ringsum verdeckt wird. »Ich mußte mich nur erinnern, wo und wann ich diesen Fleck gesehen habe. Und dies fiel mir gestern im halbwachen Zustand vor dem Aufstehen ein …«

Wir schweigen und blicken zum Horizont, der sich deutlich zwischen Meer und Himmel abzeichnet. Diese verschiedenen Blaustufen müßte ich malen. Völlig als Bildausschnitt gesehen. Abstrakt.

»Für eine Übergabe ist dieser Ort ideal«, stimmt mir Lola, ohne daß ich ihn gefragt habe, zu. »Ein Mann mit Schrotflinte am südöstlichen Eingang, ein anderer an der Ausfahrt in Richtung Duino, und …«

Später schlendern wir durch die von der österreichischen Kolonialmacht über den trockengelegten Salinen aus dem Boden gestampfte Neustadt, nähern uns der Altstadt und lassen uns von unseren Nasen leiten. Ich benutze zudem meine Augen auf der Suche nach einem Rudel verfressener Frührentner, die uns als Trüffelschweine dienen können. Und dann sehe ich sie, drei Proleten i.R., die geruhsam, aber zielbewußt vor uns durch die enge Gasse spazieren und in einer unscheinbaren Kneipe verschwinden.

Zur Tarnung sprechen wir deutsch, als wir die Bestellung aufgeben und der alten Kellnerin nachstarren, die durch das Gewusel im Restaurant tänzelt. Und so werden wir auch gleich auf Deutsch angesprochen. Wie sich herausstellt, ist der alte Mann, der sich mit nachsichtiger Neugier an uns wendet, ein ehemaliger Insasse des KZs San Sabba, das die Deutschen 1943 hier einrichteten.

»Entschuldigen Sie«, sagt der Alte und wendet uns sein freundlich lächelndes Gesicht zu, »aber wenn ich Ihnen einen guten Rat geben darf, fangen Sie mit *iota* an, in der dunkle Bohnen, zerdrückte Kartoffeln und Sauerkraut für die Cremigkeit der Grundlage sorgen, und wenn Sie keine Angst vor Schweinefleisch haben – ich bin Jude, habe aber keine –, in dieser Taverne kommt dies geräuchert hinein. Lorbeer, Thymian, Knoblauch und so zwei, drei andere, mir unbekannte Kräuter geben die Würze ...«

Ich danke ihm auf Italienisch, Lola auf Serbokroatisch, der Preuße auf Französisch. Nun lacht der Alte und zwirbelt dabei die Grannen seiner mächtigen weißen Brauen.

Im weiteren Verlauf bestellen wir schlicht dasselbe wie unsere drei wohlgenährten Basisepikuräer. Der Alte nickt wohlwollend und nippt ab und an an seinem Wein. Nach der *iota* gehen wir zu *girai* über, winzig kleinen Fischchen, bemehlt, in Olivenöl kroß gebraten. Nun fällt es unseren Freßführern auf, daß wir sie nachahmen. Sie lächeln stolz, bestellen eine Kanne Landwein für sich und für uns, der zur Seezunge gerade recht kommt – es gibt nichts Besseres als Triestiner Seezunge! Der Alte bedauert, wegen eines Magenleidens nicht essen zu dürfen, und rät uns allen zu *cucina carsolina* oder *frittata di erbe*. Unsere drei Gourmets, die gleichzeitig Gourmands sind, öffnen ihre Leibriemen und entscheiden sich für das erste, dito Lola und der Preuße. Darüber ginge nichts, versichern sie und genießen den herben Schinken, die gerösteten Pilze, dazu gegrillte Hühnchenteile und Würste mit in Rosmarin geschmorten Kartoffeln und wildem Spargel und weichgekochtem, zerdrücktem Ei. Ich verzehre mein einfaches Omelette mit frischen Kräutern aus dem Karst mit Andacht. Dann gehen wir zum Saufen über. Unsere Zungen lockern sich. Wir werden gefragt, warum wir Deutsch miteinander gesprochen haben, wo wir doch Jugos sind.

»Zur Tarnung. Ich habe noch den alten Zeck zwischen den beiden Hauptbevölkerungsgruppen in Istrien erlebt«, erwidert Lola.

»Und Sie«, wendet sich der Alte an mich, »waren damals noch zu jung. Aber Sie können versichert sein, dieser elende Streit zwischen dem, was die Verbrecher Ethnien nennen, ist gottlob vorbei. Die Grenze zwischen den Zonen A und B wird seit letztem Jahr als endgültige Staatsgrenze anerkannt, von beiden Seiten. Aber sie ist durchlässig, sehr durchlässig geworden. Wir fahren rüber, um bei euch einzukaufen, was billig ist, und Jugoslawen, Ungarn, ja sogar Ukrainer und Rumänen kommen busseweise, um Jeans, Haushaltsgeräte, Turnschuhe, Kleidung zu kaufen …«

»Wir haben diese Busse gesehen«, lacht Lola. »Auf fast jedem Parkplatz.«

»Handel und Hochzeiten sind die ersten und besten Annäherungen zwischen den Völkern«, erwidert der Alte ruhig. »Aber sagen Sie mir eins: Wo, wie und warum haben Sie Deutsch gelernt?«

»Während der Schwarzmarktzeit im Krieg, in Belgrad«, so Lola.

»In Belgrad, um mich darauf vorzubereiten, eine Art … Handelsattaché in Ostberlin zu werden«, der Preuße.

»Mein Vater war Österreicher«, schließe ich. »Aber ich lebe schon seit vielen Jahren in Köln.«

Der alte Mann, der sich als Giorgio Bazlen vorgestellt hat, erzählt lachend, daß er gleich zwei Mal von Antifaschisten befreit worden sei, direkt nach dem Krieg aus dem Internierungslager, und dann »vor zwei Jahren, von *Professore* Basaglia aus der Irrenanstalt«, denn »ich bin halt genauso neurotisch wie meine Heimatstadt Triest.«

Seltsamerweise wendet sich das Gespräch dann einem Thema zu, das ich lieber außen vor ließe: Deutschland. Ist der Soldatenfriedhof daran schuld oder das einzige, ehemalige KZ dieser Gegend? Ich frage nicht und versuche, die Antworten so präzise wie möglich zu halten, sie zu trennen von meinen Vorurteilen. Das fällt nicht leicht. Bis mir der Kinnladen herunterfällt.

»Sagen Sie, Vladimir, warum müssen ausgerechnet die Sozialdemokraten Ulrike Meinhof in Stuttgart-Stammheim umbringen lassen?« fragt plötzlich der Alte.

»Umbringen?« stammle ich. »Es war Selbstmord!« Und möchte am liebsten im Boden versinken, als alle Männer am Tisch darauf laut und wütend zu lachen beginnen.

»Es gibt ihn also noch, den guten, alten Candide«, prustet einer unserer Gourmetfreunde und beginnt heftig zu husten. Er heißt Angelo und war Schweißer auf einer der stillgelegten Werften. »Geht als politischer Flüchtling nach Westdeutschland und glaubt noch immer an den Weihnachtsmann, den Osterhasen, den Klapperstorch und den unschuldigen Kanzler Schmidt!«

»Lassen Sie sich nicht von unserem Lachen irritieren«, wendet Giorgio ein, »aber ich glaube, kein einziger vernünftiger Mensch außerhalb der Föderativen Republik Deutschland glaubt an diese törichte Selbstmordtheorie. Und ich wette mit Ihnen um eine Kiste dieses schönen, leichten Landweins aus dem Karst, daß, nachdem die dummen Deutschen sich von ihrem neuen Propagandaminister...«

»Den gibt es nicht«, widerspreche ich fest.

»Ja, er heißt heute Staatssekretär im Bundeskanzleramt oder Minister für Wahrheit und Geistesadel«, sagt lächelnd der Alte. »Seit er und die gesamte deutsche Presse erfolgreich Kämme an Kahlköpfige verkaufen, also ... ich wette mit Ihnen, daß, weil dieser Propagandaversuchsballon seinen erfolgreichen Jungfernflug hinter sich hat, Schmidt und Co. in absehbarer Zeit auch den Rest der Roten Armee Fraktion beseitigen werden.«

Alle starren mich gespannt an.

»So, glauben Sie das«, erwidere ich schwach. Und fester: »Ich auch. Ich glaube es auch.«

»Es ist keine Frage von Glauben oder Unglauben«, wirft nun der dickste der Gourmets ein, ehemals Angestellter der Brandyfirma Stock, jetzt glücklicher Arbeitsloser. »Es ist eine Frage der Mathematik.«

»Mathematik?« staunt sein Freund Emilio Righetti, ehemaliger Arbeiter in der Textilfabrik Sitip.

»Ja«, ruft Angelo, er hält zwei Hände hoch, groß wie Kohlenschaufeln. »Erstens, Signora Meinhof war die intelligenteste Sozialistin seit Rosa Luxemburg«, er biegt den Daumen der Rechten ein, »zweitens, egal, was man von Stadtguerilla hält, sie hat ihr Leben dafür eingesetzt, daß ihre Theorie wahr, echt und richtig ist (ich teile diese nicht, bin auch gegen die Brigate Rosse, aber das besagt nichts); drittens: weil sie in Theorie und Praxis eine kämpferische Kommunistin war, bildete sie eine Gefahr für die sozialdemokratischen Sümpfe in Bonn; viertens: Schmidts Bosse in Washington und dem Pentagon rieten dringend zu ihrer Beseitigung; fünftens, die Trilaterale Kommission ebenso; sechstens« – bei jeder Zahl verschwindet ein Finger – »die NATO: durch den direkten Angriff auf zwei Basen der Yankees in Deutschland hat die Rote Armee Fraktion eine Front gegen die verbrecherischen USA außerhalb von Vietnam eröffnet: dadurch, daß Signora Meinhof und ihre Genossinnen und Genossen ihren Angriff direkt gegen die Machtzentren der deutschen Republik und die Kriegsverbrecher in Washington richteten, machten sie der Welt klar, daß eine völlig neue und völlig andere Generation von Deutschen nach dem Tode von Adolf Hitler entstanden ist ...«

»Aber, da muß ich doch ...«, rufe ich protestierend.

»Laß ihn ausreden«, unterbricht Lola mich leise.

»Wo war ich geblieben?« fragt Angelo rhetorisch und starrt auf die verbliebenen drei Finger der Linken. »Siebtens: Stammheim ist das sicherste Gefängnis der Welt. Jede Zelle wird akustisch und optisch überwacht, kein Gefangener kann einen Furz lassen, der keine Spuren in den Akten hinterläßt. Also ist ein Selbstmord unmöglich.«

»Siehst du, siehst du«, schreit sein Freund Emilio. »Es kann doch sein, daß sie sich erhängt hat – und die Wärter, der Staatsschutz, der Krisenstab, der Kanzler und dessen Mitganoven haben ihn ... geschehen lassen. Mit offenen Augen. Und geschlossenen Lippen.«

»Ist das kein Mord?« fragt der Alte. Er saugt an seiner Zigarette und wirft sie entschlossen auf den Boden. »Der Staat hat gegenüber seinen Gefangenen und Geisteskranken eine besondere Fürsorgepflicht. Aber das«, fährt er lauter fort, »ist garantiert nicht passiert. Sie haben ihr Gehirn in all der Folterhaft nicht kaputtgekriegt, haben keinen seelischen und mentalen Krüppel in diesem Neonazigerichtsgebäude präsentieren können, statt dessen eine kämpferische Frau. Und so haben sie sie umgebracht, um zu demonstrieren, daß sie aufgegeben hat. Noch mal, Vladi, nimmst du die Wette an?«

»Nein«, erwidere ich nach kurzem Besinnen. »Aber warum hackt ihr alle so auf Deutschland rum?«

»Weil wir gebrannte Kinder sind«, sagt der Alte bestimmt.

»Die Westalliierten haben nach dem Zweiten Weltkrieg das Unkraut nicht gejätet und verbrannt, sie haben es ... genetisch, das heißt mit Dollarspritzen, etwas verändert und mit reichlich Düngemitteln gehegt und gepflegt. Selbst hier sind wir Opfer der *germanisazzione*, der Germanisierung ...«

»Nicht genug!« schreit Emilio. »Ich wünsche mir sehr wohl ein bißchen weniger Korruption und dafür mehr Disziplin.«

Er bestellt einen Grappa, aber »den vom Brunello, aus Umbrien!«

»Vaterlandsverräter«, lacht die Tischrunde und wendet sich italienischen Problemen zu: Dem nicht mehr schleichenden, sonden rapiden Fabrikensterben in Triest, der Rolle der Gewerkschaften, den Demonstrationen in der Stadt, dem Für und Wider einer proletarischen Alternative zu den Roten Brigaden ...

Die Sonne ist schon etwas gesunken, die Lichtverhältnisse in der Taverne verändern sich, als hätte der Lichtingenieur eines Theaters spezielle Knöpfe gedrückt: Zigarettenrauch und Staub flirren in dem in Augenhöhe hereinflutenden Licht. Ich denke unwillkürlich an die guten Schwarz-Weißfilme Hollywoods und Berlins, an ›Casablanca‹, ›M‹ und jenen verrückten Streifen, in dem die Heldin Marlene Dietrich ihrem Geliebten barfuß in die Wüste folgen will, die Pumps in der Hand, im Flimmern und Flirren des Gegenlichts; denke daran, welch ein Qualitätsfanatiker Fritz Lang gewesen ist, der spezielle Rauchmaschinen hintereinander aufstellen ließ, um Grautöne in einer Kneipe wie diese zu zaubern, die dem Raum eine magische Tiefe geben.

Und dann zieht mich Giorgio, der Alte, beiseite, blickt mich aus zusammengekniffenen Augen an und sagt leise: »Du hast mir gar nicht erzählt, daß du auch in einem KZ warst.«

»Warum sollte ich das?« erwidere ich unwillig.

»Weil wir zu einer Bruderschaft gehören.«

»Ich halte nichts von Bruderschaften der Opfer der Geschichte«, sage ich hart. Einige Köpfe wenden sich uns zu und drehen sich wieder um.

»Aber du hast doch auch eine Panne weg. Oder?«

»Klar. Er«, ich deute mit dem Kinn auf Lola, »war auch da.«

»Er hat's mir gegenüber grad' erwähnt. Aber du warst sehr jung, damals.«

»Kriegsjahre zählen dreifach, Schwarzmarktjahre doppelt«, gebe ich zu bedenken.

Der Alte nickt.

Vielleicht sollte ich auf ihn eingehen. Aber ich kann es im Moment nicht: Der gestrige und heutige Tag haben mich glücklich gemacht, Istrien, Triest, die See, der Karst, das Seesalz in der Luft, die Nähe zu Lola, die Freundlichkeit all dieser unbekannten Männer in der Taverne, das gute Essen, der Wein, der Grappa. Mir fehlt nur noch Dunja. Aber das wird nachgeholt.

Der Alte tut mir leid. Er hat keine Dunja. Seine Familie wurde mit Stumpf und Stiel ausgerottet. Er leidet daran, überlebt zu haben. Er sagt, er sei neurotisch wie diese Stadt. Jedem seine Neurose. Ihn hat nicht die Klappse befreit, ihn hat der befreit, der die Irrenoffensive in Triest möglich gemacht hat, dieses Genie der Psychiatrie, Doktor Basaglia. Ich bin aus dem einzigen Grund nie zu einem Psychoanalytiker oder Psychologen gegangen, weil ich befürchtet habe, von ihnen angepaßt zu werden: An die Normalität der Geistesgestörten, die Wirtschaft und Staat in Betrieb halten. Wäre nach einer Behandlung vielleicht doch noch Lehrer an einem Provinzgymnasium geworden. *Voll resozialisiert.* Es mag wahr sein, daß eine gute Analyse in Freudschem oder Reichschem Sinne die Fortsetzung des Partisanenkrieges mit anderen Mitteln ist. Meine Karriere als Kunstdieb aber ist es auch.

Giorgio ist alt und klug genug, mich brüten zu lassen. Er pafft wohl die vierzigste Zigarette, seit wir uns am Tisch bei ihm niedergelassen haben, das faltige Gesicht ruht auf der Schale seiner linken Hand, wodurch die Falten größer werden, aber das Lachen steckt nicht nur in den Mundwinkeln, es steckt auch in den Augenwinkeln und Augen selbst. Ich mag ihn. Aber reden mag ich jetzt nicht. Das, sehe ich, begreift er. Und so lächle ich ihn an, zucke bedauernd mit den Achseln und lausche den Diskussionen am großen Tisch. Dort steht schon die dritte Flasche Grappa, aber mir ist eher nach dem leichten Karstwein zumute.

»Dir auch?« frage ich den Alten. Der macht diese Geste: Na, wenn's unbedingt sein muß. Statt Bruderschaft der KZ-Opfer. Wir bilden eh die Fünfte oder Sechste Internationale. Die hat auch ihre Rechtgläubigen und Häretiker. Aber unsere Feinde sehen sehr wohl, daß unsere Freundlichkeit keine Schwäche darstellt; daß im innersten Kern unserer Liebe zum Leben, zum Menschen, zur Freiheit ein genau abgemessener Anteil von Haß auf jene steckt, die Knäste und KZs errichten, mit Gesetzbüchern wedeln, Abweichler verfolgen, Minderheiten bekämpfen und ausrotten, Kriege erklären, Gehorsam verlangen und das Abdanken von Hirn und Menschlichkeit. Verstehen wir uns, Frau Voss, Herr Ratzki, Herr Justizminister, Herr Kanzler, Herr Generalfeldmarschall, Herr Oberkommandierender, Herr Vorsitzender, Herr Kardinal, Eure Eierlose Heiligkeit, Papst Bigottius XX., oder auch nur du, Frau Hauswart mit dem Heißen Telefon zur nächsten Wache ...?

»Alles paletti?« fragt Lola. Er legt den Arm um meine Schultern. Ich nicke. Der Alte lächelt befriedigt, dem Preußen fallen die Augen zu; unsere glückliche Frührentnerbrigade protestiert, als die alte Kellnerin darum bittet, abräumen und die Rechnungen eintreiben zu dürfen, versprechen, diese Angelegenheit vor die UNO zu bringen, sparen nicht an Trinkgeldern, laden uns ein, mit ihnen zur nächsten Taverne zu wanken, die bis morgens um vier offen hat. Wir lehnen ab. Schützen Müdigkeit vor. Der Alte durchschaut uns und lädt uns, derweil die anderen zur Tür schwanken und ein Partisanenlied anstimmen, noch auf ein Glas in seiner Wohnung ein. Wir nehmen dankend an. Und finden heraus, daß unsere Rechnung bereits bezahlt ist. Ich gebe der Kellnerin ein gutes Trinkgeld, als auch schon das Licht abgedreht wird.

Groß steht ein klarer Sternenhimmel über Triest. Ein starker, kalter Wind weht. Mir wird klarer. Nie wieder werden starke Winde und die See mich krank machen können. Dessen bin ich mir bewußt.

Das

ACHTE KAPITEL

denkt nicht daran, drittklassige Hollywoodfilme zu imitieren, sondern schildert die Fortsetzung des Kampfs der Titanen als gegenseitiges Abtasten in Zeitlupe

Wir haben Ratzkis Beauftragte genügend durch den italienischen und den slowenischen Teil Istriens gescheucht, bis wir sicher sind, daß die beiden Wagen mit den jugoslawischen Beamten an jedem Grenzübergang abdrehen – Rabuisse – Pese – Lipica (Lipizza) – Fernetti. Daß ihre Funkverbindung so gut ist, irritiert uns. Aber am Übergang Fernetti/Sesana sind wir uns sicher, daß unsere Landsleute nicht wagen, auf italienischem Boden zu operieren, und wir sind auch sicher, daß Ratzki von italienischer Seite noch nicht unterstützt wird.

Wir schleusen den BMW durch Opicina, von wo aus er über Triest und die Küstenstraße in unsere Nähe geführt wird. Unsere eigenen Autos stehen, im Gebüsch versteckt, mit ihren Schnauzen in Richtung Sistiana-Malchina, beziehungsweise Aurisina-Prepotto; ein Fischerboot mit zwei schweren Außenbordmotoren wartet im Notfall im Hafen von Sistiana auf uns. Aber dann stellt sich heraus, daß all unsere Absicherungsmaßnahmen unnötig sind.

Von meinem Hochsitz aus beobachte ich, wie ein stämmiger Mann in den Fünfzigern, in einen viel zu knapp geschnittenen Anzug gepreßt, schwitzend den Ziegenpfad hinunterstolpert, der im Zickzack auf die Mole zuführt, gefolgt von seiner jungen, strammen Begleiterin, die nach ein paar Schritten aus ihren hochhackigen Pumps schlüpft und graziös von Stein zu Stein hüpft, bei weitem müheloser und eleganter als der Dicke.

Unterhalb der Brüstung, die den Parkplatz umgibt, mache ich zu rechter Hand Lola aus, der sich den beiden mühelos nähert, eine abgesägte Schrotflinte unter dem linken Arm. Sein Freund hat derweil Posten unter einem großen Laubbaum nördlich des Rastplatzes bezogen.

Zwischen den Bäumen sehe ich einen Ausschnitt der Bucht von Sistiana mit den Bootsanlegeplätzen im strahlenden Sonnenschein. Im Glast der ruhig daliegenden See die Umrisse des Schlosses von Duino, wo Rilke seine Elegien schrieb. Der Himmel heute ungewöhnlich hoch, vielleicht weil ich das breite Hufeisen der Bucht mit ihren künstlichen Molen von schräg oben betrachte. An den Molen aufgereiht die bunten Fischerboote. Da unten wird es selbst im Winter nicht kälter als drei Grad minus, im Schnitt aber sieben Grad plus. Im Karst ist es entschieden kälter. Und wenn wir uns nun ein Häuschen in dieser Gegend suchten? Besser nicht. Sind die Zeiten besser, wird es hier wohl von Touristen wimmeln.

Schön ist es, tagzuträumen, aber ich wende meine Augen der felsigen Küste unter mir zu, wo sich in Zeitlupe und völlig friedlich das Tableau der Übergabe entfaltet. Auf einem hohen Felsen, direkt über dem Wasser, sitzt Lola und putzt gemächlich seine Schrotflinte, etwa fünfzig Meter zu seiner Linken, fast genau unterhalb des Hochsitzes, die Beauftragten von Ratzki, die sich ratlos umblicken und dabei Lola bewußt übersehen. So klettere ich von meiner hölzernen Plattform herunter und hüpfe den Ziegenpfad hinunter, der sich vom Rastplatz bis zum Wasser windet. »Wenn bei Capri die rote Sonne im Meer versinkt …« pfeife ich, um mein Kommen anzukündigen.

Nachdem ich zwei Drittel meines Abstiegs hinter mir habe und nun in voller Sicht bin, deute ich mit dem Zeigefinger der Rechten in Richtung des Felsbrockens, unter dem wir den zusammengeknoteten Fahrradschlauch mit dem *Schotter* versteckt haben. Fragend blicken die Frau und der Mann zu mir hoch.

Dann kapieren sie; und ich mache ihnen die Suche leichter, indem ich »heiß« und »kalt« rufe, je nachdem, welchem Felsen sie sich nähern.

Im Augenwinkel erblicke ich endlich Lolas Freund, der, sein Gewehr mit Zielfernrohr im Anschlag, zwischen den verrosteten Schienen liegt, die zur Mole hinausführen. Unsere Geschäftsfreunde sind sich nicht bewußt, im Fadenkreuz des Schützen zu sein. Aber es wird ihnen keiner aufgebrannt, sie fallen nur dem Sonnenbrand zum Opfer. Schließlich stößt die Beamtin auf den Felsen, unter dem das Gesuchte liegt. Sie greift danach und überreicht es ihrem Begleiter, der den Beutel öffnet, den Schlauch aufschneidet, eine Juwelierlupe wie ein Monokel über dem rechten Auge befestigt und den *Schotter* begutachtet: den wertvollen Ring (Ziffer 3), den zerlegten Diamantenanhänger (Ziffer 6), den vollständigen Diamantenbesatz der Lunula (Ziffer 8, unten), den Diamantenbesatz des Kreuzes der Sonnenmonstranz, mehrere einzelne Diamanten in Silberfassungen (Ziffer 8) und schließlich die Stücke vom Brustkreuz (Ziffer 9) …

Als ich nähergehe, sehe ich, wie seine Hände zittern. Nicht vor Angst – Lola ist weit entfernt, und das Putzen der Flinte gleicht eher dem Flicken eines Fischernetzes, so friedlich hockt er da. Die Hände des Beamten zittern vielmehr vor Gier, was er sich selbst gegenüber nie zugeben würde. Seine Begleiterin lächelt, kommt mir entgegen, öffnet das Jäckchen über der weit ausgeschnittenen Bluse, die zu bersten scheint von den (wie üblich – leider!) eingepreßten Kugeln ihrer schneeweißen Brüste, deutet wohl an, daß sie in guter Absicht und ohne Waffen unterwegs, außer jenen eben einer Frau. Ihrer großen Handtasche, mit einem Riemen über der linken Schulter getragen, entnimmt sie, gaaaaaanz langsam, mit Zeige- und Mittelfinger der Rechten einen von einem Gummiring zusammengehaltenen Geldpacken. »Zählen Sie nur nach«, gurrt sie mit bayerischem Akzent.

Ich stecke den Packen achtlos in die Tasche.

Der Dicke flucht leise. Seine Begleiterin dreht sich um.

»Was ist?«

»Scheiße«, stößt der Mann zwischen fast zusammengekniffenen Lippen hervor, »so zwei, drei Diamanten sind mir hier in die Spalte gerutscht«, und er legt sich auf die linke Schulter und führt die Rechte zwischen die beiden großen, polierten Felsbrocken.

Die Szene hat nichts Sizilianisches an sich. Daran ändern auch die heruntergeklappten Läufe der Schrotflinte und die Brise vom Meer nichts. Ich stelle mir vor, das ganze wie ein Bauern-Breughel zu malen, in der Aufsicht, perspektivverschoben: Das Meer, die Mole mit den Schienen, die exakt im linken, unteren Bildrand auslaufen, die kubistischen Formen im aufgegebenen Steinbruch, der bewaldete Steilhang, und die wenigen Menschen, ein mir unbekanntes Sprichwort illustrierend.

Wir lassen die beiden Deutschen allein, klettern in aller Ruhe den Steilhang hoch, verschwinden im Halbdunkel, steigen auf zur Brüstung des Rastplatzes, von der aus ich male, mit multiperspektiven barocken Geräten versehen, die die Landschaft in kopierbare Rechtecke auflösen, so, als betrachte ein müßig auf der Seite liegender griechischer Gott – Pan? – die Szenerie, um dann in den Traum zu fallen.

Wir lassen die Luft aus den Reifen des BMW. Unsere Wachen links und rechts des Rastplatzes zur Strada Costiere nicken uns beruhigend zu und verschwinden.

Wie wir.

Ich habe alles nur geträumt.

Der Krieg ist nicht ausgebrochen. Die Titanen lächeln.

Kleinere Rückzugsgefechte schildert das

NEUNTE KAPITEL

und das Große Aufatmen, das Aushändigen einer Milden Gabe und die Wiederherstellung des Wichtigsten Rechtsgutes, der Ruhe im Karton

Der Dampf ist raus.

Zwar verüble ich Ratzki ein wenig, daß er versucht hat, die Übergabe in Koper unter den wachsamen Augen jugoslawischer Beamter über die Bühne gehen zu lassen; aber es war mir ja bewußt, daß er ein Gannef ist, den nur der Zufall auf die andere Seite gebracht hat. Als Kinder haben wir ja auch Räuber und Gendarm oder Indianer und Cowboys mit verteilten Rollen gespielt. Also, was solls?

Einen Tag später ruft er an und will sofort wissen, ob es stimme, daß der Münchner einige Steine verloren hat, und wie viele es wären. Es sieht so aus, als habe der wackere Beamte einige für sich selbst abgezweigt. Dann vereinbaren wir eine Übergabe in Triest. Ohne Brimborium und sizilianischen Touch. Der Preuße berichtet Polonius und Rex und wird beauftragt, auch diese Übergabe zu überwachen. Mich läßt das kalt. Es ist bald vorbei.

Dieses Mal mieten Lola und ich lediglich einen Fahrer, der Ratzkis Beauftragten vor einem Autoersatzteilgeschäft ein Päckchen überreicht und im Gegenzug eine Tüte erhält. Sie enthält die vereinbarten dreißigtausend Mark.

Somit ist jetzt für etwa fünfundsechzig bis siebzig Prozent

der Beute die Belohnungssumme ausgezahlt. Wenn man bedenkt, daß der Preuße zehn Prozent der Steine in Wien verhökert hat, bleiben noch zwanzig bis fünfundzwanzig Prozent der Steine, darunter die wertvollsten, übrig; dazu das komplette Gerippe der Kußtafel, die von Diesel nicht zerstört worden ist. So war die Vorderseite mit der emaillierten Jesusminiatur ebenso intakt wie die Rückseite mit dem Deckel für das Reliquienfach.

Von Ratzki erfahre ich, daß seine Auftraggeber über den Zustand der Beute entsetzt sind.

»Ich bin, wie ich Ihnen schon gesagt habe, noch entsetzter als die«, erwidere ich. »Aber wir leben im Zeitalter der Barbaren. Hätte ich diesen Coup geplant und durchgezogen, so hätte ich es anders gemacht. Dann hätte Ihr Auftraggeber etwas mehr ausklinken müssen als das Taschengeld, was wir nun vereinbart haben. Da hätte es der Diözese, der Versicherung, den Bullen und Ihnen auch nichts genutzt, das geforderte Geld radioaktiv zu bestrahlen, mit Farbstoff zu versehen oder was es noch an Mätzchen gibt ...«

»Was meinen Sie«, fragt Ratzki nach kurzer Pause, »wenn ich Ladrone und den Dünnen hoppsgehen ließe?«

»Eierdiebe«, erwidere ich, »die waren ja nur die Handlanger, die eine halbe Stunde schwitzen mußten ...«

»Und die beiden Herren ... in Frankfurt?«

»Welche Herren?« stelle ich mich dumm.

»Keine Chance?«

»Weiß ich doch nicht. Wir beide sorgen nur dafür, daß endlich Ruhe im Karton herrscht, das Wichtigste Rechtsgut wiederhergestellt ist.«

»So sehen Sie das?«

»Genau. Und weil endlich RUHE IM KARTON herrschen muß ...«

»Und wie halten Sie es mit dem Rest?«

»Davon rede ich doch gerade, weil endlich ...«

»Ruhe im KAAATTONG heißt das«, verbessert Ratzki mich lachend.

»Genau, darum erhalten Sie alles, was ich jetzt noch habe, gratis von mir. Für Null.«

»Den gesamten Rest?«

»Den hab' ich«, sag' ich, und betone das ICH, »leider nicht. Der Herr, mit dem Sie in Rom am Swimmingpool saßen, wurde leider *vor* mir beauftragt, sich um den Verkauf des Schotters zu kümmern ...«

»Des was?«

»Na, ich meine den Schrott, in den diese Barbaren den Schatz verwandelt haben, Herr Ratzki. Den kriegen Sie, soweit ich über ihn verfüge, umsonst.«

»Umsonst? Und was steckt dahinter?«

»Die Ruhe im Kaaattong.«

»Kann ich dann im Gegenzug etwas für Sie tun?«

»Null.«

»Aber einen Gefallen darf ich Ihnen tun?«

»Gefallen? Nur zu gern. Ich möchte gern verreisen, und da ich gegen die Auflagen der Aussetzung des Haftbefehls in Köln verstoßen habe, kann ich meinen deutschen Paß nicht benutzen. Ich habe gehört, Sie seien da so eine ... Art Großhändler in Fleppen.«

»So, hörten Sie das?«

»Ja, von einem der beiden Eierdiebe, die sich Ihnen anvertraut haben.«

»Das sind keine Eierdiebe, das sind Siebe«, verbessert mich Ratzki, hörbar erbost. »Ja, es stimmt. Damit könnte ich Ihnen dienen. Ich brauchte nur das Paßfoto.«

»Schicken Sie Ihren gemütlichen, dicken Mitarbeiter, den ich bei Sistiana kennenlernen durfte, mit der Fleppe, der Nietzange und dem Stempel, wenn Sie drauf bestehen, mir im Gegenzug einen Gefallen zu tun, Herr Ratzki.«

Und so geschah es.

Am hellichten Tag. Der Münchner kam in seinem BMW in Begleitung eines jüngeren Mannes um die fünfundzwanzig, der bestimmt seine zweihundertfünfzig Pfund wog. Ich übergab ihm ein großes, verschlossenes Nescaféglas, bat ihn, dieses dem

Jacques Penchard ungeöffnet auszuhändigen; er zauberte einen grünen Paß aus der Brustinnentasche, nietete mein Foto darauf und stempelte es. Also war er von der Schmier. Mir war das egal.

Die Büchse enthielt unter anderem den Kußtafel-Saphir, zwei tropfenförmige Steinrosetten, eine Perlenkette, mehrere Rubine, diverse Edelsteine und eine diamantbesetzte Rosette. Behalten Sie letztere im Auge und Gedächtnis, meine Dame, mein Herr!

Fünftes Buch

DER ÜBERRASCHENDE SIEG DES RECHTS

Im

ERSTEN KAPITEL

räumt die Geballte Faust des Rechts in unserem Spiel zunächst einmal die Bauern ab

›Die Vernehmung wurde um 12.20 Uhr unterbrochen. Milo. K. bekam Brötchen, Äpfel und Limo zum Mittagessen. Zwischenzeitlich wurde versucht, seinen Anwalt zu erreichen. Der Büroangestellte sagte, daß er zur Zeit Sitzung habe.‹

I. GRUNDREGEL EINER VERNEHMUNG:

Sobald der vorläufig Festgenommene gegenüber dem Netten Beamten (jenem, der im Gegensatz zum Bösen nicht prügelt) auspackt, behandelt ihn gut und versucht alles Menschenmögliche, den lästigen Anwalt, der, wenn er gut ist, versuchen könnte, das Schlimmste zu verhindern, außen vor zu lassen.

›Ich wußte von meiner Mutter, daß der Vladimir Heiter einen Autounfall in Belgrad hatte. Mit ihm im Wagen hat meine von mir getrennte Frau gesessen.‹

– Riechen Sie das Motiv Numero Zwo, meine Dame, mein Herr? –

›Ich muß noch erwähnen, daß wir uns in Frankfurt, Nähe Flughafen, mit dem *Unbekannten* treffen wollten. Stepan und ich haben dieses Lokal auch aufgesucht und den *Unbekannten* angetroffen.‹

– Ja, wen suchten die Drei denn in Frankfurt, ausgerechnet Frankfurt? Mich? Wohl kaum. Erinnern Sie sich daran, wer in Frankfurt seinen Wohn- und Geschäftssitz hatte? –

›Nach einigen Tagen gelang es mir, den Heiter in Belgrad telefonisch zu erreichen. Er sagte, er habe in Haft gesessen. Seine Frau Dunja sei zusammengeschlagen worden. Heiter vermutete, daß dies von der Polizei angezettelt worden sei, damit er in eine Falle laufe. Ich erwiderte, ich hätte einen guten Aufkäufer für die Sachen. Heiter sagte, daß ich sehr vorsichtig sein sollte, da es vermutlich ein Mann von Interpol sei. Stepan und ich sollten um Gottes Willen nicht nach Deutschland fahren, weil wir ja dort von der Polizei gesucht würden ... In Zürich übergab ich die beiden Ringe dem *Unbekannten*. Am nächsten Tag rief er mich an. Er sagte, daß er die Ringe überprüft habe und sie wirklich aus dem Domraub stammten. Der *Unbekannte* wollte von mir die Telefonnummer des Heiter. Ich habe sie ihm gegeben. Danach brach für einen Monat die Verbindung zu dem *Unbekannten* ab ... Stepan und ich blieben in Basel. Der *Unbekannte* hat uns mehrfach angerufen und uns vertröstet. Nach einem Monat war ich es leid. Ich flog nach Belgrad, um noch einmal mit Heiter zu sprechen. Er drohte, die Miliz zu verständigen, wenn ich ihn nicht in Ruhe ließe ...

Mittlerweile war es schon Juni. Als ich aus Belgrad zurückkehrte, setzte sich der *Unbekannte* wieder telefonisch mit mir in Verbindung. Er sagte, daß er gute Nachrichten für uns habe. Im Hotel Royal in Lugano war ein Zimmer für uns reserviert. Am 16. Juni, gegen 10.00 Uhr, erschien der *Unbekannte*. Er fragte uns, ob wir uns etwas Geld verdienen wollten. Wir sollten am nächsten Tag Antiquitäten in einem Wagen nach Stockholm bringen. Dort würde sich jemand mit uns in Verbindung setzen. Die Unterlagen für diese Antiquitäten wie Zolldeklaration usw. wären schon vorbereitet.

Dann zeigte uns der *Unbekannte* das Fahrzeug. Es war ein Mercedes, 200 B, weiß/beige, mit Frankfurter Kennzeichen. Als besonderes Merkmal würde ich sagen, daß am Wagen eine Antenne war, jedoch kein Radio ... Auf der Autobahn, etwa 30–40 km vor Zürich, gerieten wir in eine Verkehrskontrolle. Bei der Überprüfung stellte die Polizei fest, daß die Zulassung und das Aussehen des Fahrzeuges voneinander abwichen. Auf der Polizeiwache stellte sich heraus, daß der Wagen als gestohlen gemeldet war. Ich hatte einen falschen Reisepaß auf den Namen Ceccato, Stepan hatte einen falschen Personalausweis. Wir wurden wegen PKW-Diebstahls festgehalten. Zwei oder drei Tage später sagte man mir, daß man Schmuck im Auto gefunden habe.‹

– Ein genialer Schachzug Ratzkis! Er liefert der Polizei zwei der Täter und einen kleinen Teil der Beute frei Haus. Und wo hatte er die her? Von mir. Und die kleinen Ganoven haben ein weiteres Motiv, mich zu belasten – als Chef der Bande.

›Als Stepan und ich den *Unbekannten* in Lugano trafen, hat dieser uns erzählt, daß Heiter ihm schon Schmuck für ca. 56.000 DM verkauft hätte. Es wären Sachen aus dem Kölner Dom. Heiter und der *Unbekannte* wollten sich in drei Wochen in Mailand treffen. Heiter sollte bei diesem Treff den restlichen Schmuck an den *Unbekannten* verkaufen. Heiter sollte dafür einen Mercedes 350 SL mit allen Schikanen und für seine Frau einen starken Citroën bekommen. Weiterhin sollte der *Unbekannte* dazu noch 100.000 DM an Heiter übergeben. Mir wurde von dem *Unbekannten* erzählt, daß Heiter die Sachen alle auseinandergebrochen habe. Nur noch die Steine seien übrig.

Wir sollten in 3 Wochen ebenfalls in Mailand sein. Der *Unbekannte* wollte dann die 100.000 DM nicht an den Heiter weitergeben, sondern an uns. Der Heiter sei ja ein Halunke.‹

Von da an läuft alles wie auf Schienen. Ladrone und der Dünne fügen simpel stets meinen Namen ein, wo es Rex und Polonius lauten müßte. Vor denen haben sie zu Recht Todesangst.

Dann in total professioneller Weise gelingt es den beiden Frankfurter Unterweltskönigen, sich massiv in Erinnerung zu bringen. Am 9. Juli meldet sich ein (angeblicher) Bruder und möchte Ladrone besuchen – in der Zürcher Auslieferungshaft. Der Besuch wird verweigert, aber: ›Der Bruder hinterließ für Milo K. einen Brief, der unserer Übersetzerin vorgelegt wurde. Sie hat uns empfohlen, diesen Brief nicht an K. auszuhändigen. Er beinhalte auf jeden Fall die Anweisung, nicht alles zu sagen:

Lieber Milo,

Du sollst dich nicht einsam fühlen und dir absolut keine Dinge ›ausdenken‹. Habe Vertrauen in uns, und Du sollst uns auch nicht enttäuschen. Jetzt mußt Du stark sein, daß Du alles durchhältst. Ich aber glaube, daß Du vernünftig bist, und Du sollst nicht vergessen, daß Du das ganze Leben vor Dir hast. Dein: Unterschrift unleserlich.‹

Dieser massive Drohbrief wird von der Spezialabteilung der Haftsachenleitstelle Zürich dennoch »ausgehändigt« (Akten, S. 10071)...

Und so geschah es, daß Ende Juni 1976, ausgerechnet am Peter- und Paulstag, den katholische Fischer auf der ganzen Welt als Feiertag begehen, wieder die Menschenfängerin und Staatsanwältin Voss die Initiative ergreift: Nicht nur ich werde zur Internationalen Fahndung ausgeschrieben, sondern auch... Dunja. Wegen Diebstahls in der Kölner Domschatzkammer.

Ich aber, davon nichts ahnend, trippelte fröhlich wie ein Huhn in Belgrad herum. Solange der Westentaschenbond nicht den Rest der Beute erhalten hatte, glaubte ich, unersetzbar zu sein. Ich bereitete mich ganz entspannt darauf vor, mit dem Preußen nach Mailand zu fahren und dort den Rest der Beute an Ratzki zu übergeben. Über mir: der Hühnerhabicht.

Eine Woche vor der Reise teilte »Jacques« mir mit, daß Stepan und Milo in der Schweiz verhaftet worden seien. »Andere Kräfte haben sich eingeschaltet, und mein Wort gilt nicht mehr viel«, sagte er müde.

Das hätte mir zu denken geben müssen, nicht wahr, meine Dame, mein Herr, die Sie, wie ich hoffe, mittlerweile meine Sympathisanten geworden sind?

Aber ich fuhr trotzdem nach Mailand. Nein, natürlich traute ich Ratzki noch immer nicht vollständig, benutzte daher auch nicht seinen Paß für den Grenzübergang nach Italien. Aber ich fuhr, und das war mein Verhängnis.

Denn kaum hatte ich Belgrad verlassen, und das konnte ich bei bestem Willen nicht wissen, legte die Schmier das Ostereierversteck an, das sie am Tage nach dem Jahrtausendeinbruch nicht hatte anlegen können.

Am 3. Juli machte die Belgrader Kriminalpolizei auf Ersuchen der SoKo Köln eine Hausdurchsuchung im Haus meiner Mutter, das ich bewohnte. Nachgewiesenermaßen wurde es vom Keller bis zum Dach mitsamt Garage, Nebengebäude und Hof akribisch und sehr lange durchsucht. Nichts von dem, wonach gesucht wurde, wurde gefunden. Die Schmier verabschiedete sich höflich, hinterließ eine Kopie des Durchsuchungsbefehls – und nahm auf Ersuchen der Kölner Kollegen meine Frau Dunja zum Verhör mit.

Der Grund? Oder Anlaß?

Der Dünne und der Doofe hatten in Zürich behauptet, Dunja habe im November – während der Hausdurchsuchung am Tage nach »der größten Kirchenschändung seit dem Normanneneinfall« – einen in der Diele meiner Kölner Wohnung stehenden Koffer mit der Beute in den Keller gebracht!

Und jetzt wird's gemein: Ratzki übergibt der SoKo den Schotter, den er von mir erhalten hat, und die – schickt einen Reitenden Boten zur Kripo nach Belgrad. Diese wiederum begibt sich gemessenen Schritts am siebten Juli erneut zur Mladen Stojanovića im Nobelviertel Dedinje. Der Belgrader Kommissar Simon Z., stadtbekannt für seinen Intelligenzquotienten, der knapp unter dem des Murmeltiers liegt, hat sich den Kopf zerbrochen, wie und wo er den endgültigen Beweis meiner Täterschaft deponieren kann: Nach einiger Suche findet er einige Nuggets, die ein mir bekannter Zahnarzt eingeschmolzen hat, den falschen Paß, etwa 30.000 Francs und packt einige Stücke aus der Beute, die Ratzki nach der zwoten und dritten Übergabe erreichten, dazu. Das alles verstaut er geschmackvollerweise in einem James-Bond-Köfferchen und legt es unter meinen alten Chevy in der Garage, so daß Haus, Hausnummer, geöffnetes Garagentor und *Osterei* zusammen fotografiert werden können.

Am dritten Juli wurde nichts gefunden, am vierten wird Dunja in Untersuchungshaft genommen nach dem Motto: Die

Täterin haben wir, die Tat wird sich schon finden. Am siebten »findet« man das James-Bond-Köfferchen, darin sich unter anderem einige Steine und die diamantenbesetzte Rosette befinden, die ich Ratzki gerade hatte zukommen lassen – ich hatte Sie gebeten, die Rosette genau im Auge zu behalten, meine Dame, mein Herr! –, und am dritten November wurde mein armes Hascherl, natürlich im

NAMEN DES VOLKES

zu zwei Jahren Haft *wegen Beihilfe zum schweren Diebstahl* verurteilt!

Und das alles nur, weil der Dünne und Ladrone in ihrer Angst gelogen haben, daß sich die Balken biegen! Zeugen wurden nicht geladen, schon gar nicht die wackeren Kölner Kripobeamten, die am Tage nach der Tat in unserer kleinen Wohnung gewesen waren, alles durchsucht und uns ständig bewacht hatten. Die ergebnislose Hausdurchsuchung vom 3. Juli in Belgrad wurde erst gar nicht erwähnt ...

Aber, wie gesagt, das weiß ich alles noch nicht, als ich mich aufmache, mit dem Preußen in einem gemieteten Wagen samt Fahrer und selbstverständlich nicht dem Paß von Ratzki, sondern einem besseren mit jugoslawischem Namen, nach Mailand zu fahren, um (unter anderem) Ratzki zu treffen. Ich bin sicher, daß er nichts gegen mich plant, solange ich ihm nicht den Rest der Beute – wie versprochen, für null – ausgehändigt habe. Den Preußen nehme ich mit, damit er das Zeug rausrückt.

Ja, ja, ja, meine Dame, mein Herr, das war ein bißchen viel der Naivität. Aber ich ging fest davon aus, daß Ratzkis Geld- und Arbeitgeber von der Versicherung mehr an der Wiederbeschaffung der Beute (»zu Schleuderpreisen«, wie er später sagen wird) interessiert wäre, als daran, einen Mann ins Gefängnis zu bringen, der ihm dabei hilft.

Der Preuße und ich werden sofort nach unserem Treffen mit Ratzki verhaftet. Das ist mir schon öfters passiert, aber noch nie hat es mich so betroffen gemacht.

Um so mehr, als man den Preußen nach einem Tag laufen läßt.

Erst später wird mir klar, warum. Er paßt nicht in das von Frau Voss und der SoKo verfaßte Drehbuch, wonach ich die Hauptrolle zu spielen habe und die wahren Helden (oder Bösewichter, das kommt auf die Perspektive an) nie existierten. Und raten Sie mal, was den italienischen Behörden geschickt wurde als Beweismaterial, mich einzusperren und dann an Deutschland auszuliefern? Unter anderem just jenes Foto, das meinen alten Chevy in der Garage, das Haus, die Hausnummer, die geöffnete Garagentür und das *Osterei*-Versteck zeigt!

Oh, Hermes, Gott der Diebe und Kaufleute, ich war geliefert! In Köln trommelte Staatsanwältin Voss eine Pressekonferenz zusammen und präsentierte der Öffentlichkeit das Trio Infernal der größten Kirchenschändung des Jahrtausends: Vladimir Heiter, der bis ins Mark verderbte Planer des Einbruchs, und seine beiden, sich reumütig an die Brust klopfenden Hilfsarbeiter Stepan B. und Milo K. Ich verhülle mein Haupt und ersterbe vor Scham: Ich werde als Der Neue Herostrat in die Geschichte eingehen, der, um berühmt zu werden, sakrale Kunstschätze mit einem Wert von weit über zehn Millionen Mark in Schrott verwandelt hat!

Eine Tragödie!

Aber wie Sie wissen, meine Dame, mein Herr, folgt auf die Tragödie das Satyrspiel, in diesem Fall eine Scharade.

Das

ZWEITE KAPITEL

illustriert, daß der Mensch für die Freiheit geboren ist wie die Nachtigall für den Gesang

Es sitzt der Vladi in seinem Loch / er läßt die Zeit nicht rasten / Er sagt TROTZDEM immer noch / und hämmert in die Tasten:

Ja, jetzt, meine Dame, mein Herr, haben Sie mich auf frischer Tat erwischt, beim Verfassen schlechter Knastpoesie. Da sitze ich also in Mailand; angeblich kämpfen zwei Länder um meine Auslieferung: die Bonzenrepublik Arschzusammenkneifistan/Deutschland (BAD) und Österreich. Das kommt Frau Voss, der SoKo und, wie ich später erfahren muß, dem Pforzsitzenden Richter am Landgericht zu Kölle zupaß. Das Verfahren wird abgetrennt. Dem Ersten Urteil, auch Vor-Urteil genannt, gegen Ladrone und den Dünnen, soll ein Nachurteil, auch Nachteil genannt, folgen.

Nach einiger Zeit gefällt es mir nicht mehr so gut hinter Gittern: So breche ich aus. Und werde leider am gleichen Tag wieder geschnappt. Und in den Knast zurückverbracht, wo ich, wie es wörtlich heißt, wegen Fluchtversuchs dem verschärften Haftregiment unterworfen werde. Finden Sie das etwa fair? Ist die Freiheit nicht das höchste Menschenrecht, der Kampf um sie nicht eine der höchsten Tugenden? Ist sie nicht seit Menschengedenken das wichtigste Ideal unserer Species? Und ich werde dafür bestraft, sie erringen zu wollen. Und mit ihr: ein Stück Glück. Das Streben nach letzterem ist sogar in der US-amerikanischen Verfassung als eines der höchsten Güter verankert! Ja, die Yankees können, Freiheit und Glück entweder zu erwerben oder zu verteidigen, in den nächstgelegenen Waffenladen gehen und sich vom Colt Peacemaker (sic!) bis zum M 16 alles zulegen, um diese hehren Ziele zu erreichen.

Glauben Sie mir: Die Welt steht auf dem Kopf. Und die Wut der Menschen ist noch nicht groß genug, sie auf die Beine zu stellen. Daher wird ein Freiheitstriebtäter wie ich bestraft. Einige meiner Kritiker werfen mir vor, mein Weltbild sei zu simpel, es sei, sagen sie, manichäisch. Ja, es *ist* simpel. Es wurde an zwei orthodoxen Ostersonntagen geschaffen: Am 6. April 1941 – ich war noch keine neun Jahre alt – brachte Görings Luftwaffe zehn Prozent der Bevölkerung des Belgrader Zentrums um; sie folgte dabei Hitlers Befehl an seinen Freund, *Belgrad ist in rollenden Angriffen zu zerstören;* eine Kriegserklärung war nicht erfolgt; und am Ostersonntag 1944 bombardierten amerikanische *Fliegende Festungen* noch mehr zivile Ziele als die Nazis drei Jahre zuvor. Da war ich noch keine zwölf Jahre alt.

Die Nazis hielten sich für die Herrscher des Lichts; die US-amerikanischen Präsidenten aber auch. Noch immer. Und die Lichtgestalt von gestern, lehrt uns die Geschichte, ist der Teufel von heute. Das Nazireich ging unter, das Yankeereich stieg auf. Und bekämpfte im folgenden das Reich der Finsternis, das nun ... in der Sowjetunion lag.

Wie wir wissen, ist jede Theologie eine Erfindung des Teufels. Der findet in der Bibel immer das rechte Zitat, seine Taten zu rechtfertigen.

Ich ein Manichäer? Aber nicht doch. Habe ich etwa Frau Staatsanwältin Voss als peitschenschwingende, sadistische, häßliche, humorlose, blutsaufende Vampirin gezeichnet? Nein.

Mein Gegenüber Ratzki als Monster, Menschenfresser, SS-Mann? Als einen alle Gegner aus den Stiefeln schießenden Helden eines Hollywood-Films? Nein.

Nur als kleine, nette Spießer, die sich nicht einmal vorstellen können, was Gerechtigkeit ist, und daher das herrschende Recht, (welches ohnehin das Recht der Herrschenden ist – hie wie dort, im Westen wie im Osten) ein bißchen *biegen*, um Menschen zusätzlich unglücklich machen zu können. Das herrschende Recht exkulpiert sie; noch pflastern keine Leichen ihren Weg, sondern nur Hunderte von Jahren, die andere (die nach juristischem Dualismus auf der anderen Seite und dort ganz unten angesiedelt sind) verbüßen müssen in Knästen, Fabriken, Waisenheimen, Erziehungsanstalten, Irrenhäusern oder unter den Brücken.

Nie verzeihen sie dem, der sie ohne Kleider gesehen hat und über sie lacht. Da haben sie ein sehr, sehr langes Gedächtnis. Wie Elefanten. Aber letztere haben dieses nur, wenn ihnen jemand persönlich ein Leid angetan hat. Ein sehr großes.

So schulde ich nur meiner Mutter eine Entschuldigung: Dafür, daß ich mich wieder einmal habe dumm erwischen lassen, dafür, daß ich die rechtsverbiegenden Spießer falsch eingeschätzt habe und ihr jetzt keinen schönen Lebensabend bereiten kann, den sie nun wirklich verdient hat. Und meiner geliebten Dunja, die, da bin ich mir leider sicher, ihre Wut (wie die meisten) gegen den Falschen, nämlich mich, richten wird.

So gönne ich mir einen kleinen Luxus: ein bißchen Selbstmitleid. Weil jetzt nur noch zwei Menschen Mitleid mit mir zeigen: meine Mutter und Lola. Von Ihnen, liebe Leserin, lieber Leser, erwarte ich natürlich keines. Es genügt mir, wenn Sie nach der Lektüre ihrer Tageszeitung, in der, wieder einmal und wieder triumphierend, berichtet wird, daß einer IM NAMEN DES VOLKES verurteilt wurde, leise, aber bestimmt (und hoffentlich einmal: organisiert) sagen: Aber nicht in MEINEM NAMEN.

Ja, und nun legen Sie mal das Buch zur Seite und wenden sich Ihrem Nächsten zu, der jetzt gerade neben Ihnen im Bett liegt oder vor der Glotze hockt, und versuchen Sie, ihn oder sie zumindest für heute für ein paar Stunden glücklich zu machen.

Ja?

Bitte!

Markieren Sie das Buch mit einem kleinen Lesezeichen. Und wenn Sie mein Opus Magnum morgen wieder zur Hand nehmen, warum lesen Sie Ihrem Partner nicht hie & da daraus vor? Seien Sie versichert: Das bringt mehr als Kino und Fernsehen.

Im

DRITTEN KAPITEL

gibt ein Triebtäter wieder einmal seinem Trieb nach

Können Sie sich vorstellen, daß in meinem Lexikon dem Stichwort *Trier* bei weitem mehr Raum gewidmet wird als dem *Trieb?* Trier erhielt einundzwanzig Zentimeter Spaltentext, dazu ein hübsches Foto der Porta Nigra, während *Trieb* gerade einmal acht Zentimeter eingeräumt werden. Wie pervers dumpfer Aberglauben bis auf den heutigen Tag enzyklopädische Wissenschaft prägt, sehen Sie daran, daß allein der Unterabteilung des Stichworts *Trier* No. 3, *Erzbistum* T., sechs Komma sechs Zentimeter gegeben werden.

Der alte wie der moderne Manichäismus hat viele Verkleidungen. (Eine besteht darin, seine Gegner… des Manichäismus zu beschuldigen.)

Warum diesem Trier (von dem wir Ausländer im Grunde nur deshalb gehört haben, weil dort 1818 der deutsche Philosoph Karx Marx geboren wurde), diesem von Kaiser Augustus gegründeten Kaff mit einigen schönen Baudenkmälern – bezeichnenderweise wurde keines davon nach dem 18. Jahrhundert errichtet – soviel Bedeutung beigemessen wird, enthüllt die Zeile No. 12 des Lexikon-Eintrags. Dort versteckt sich der Hinweis auf die *»Deutsche Richterakademie und eine Katholische Akademie«*. Seit Beginn der Aufklärung wissen wir also: Trier ist Nebenwohnsitz der Könige der Finsternis. Die wiederum bis heute frech behaupteten, Herrscher des Lichtreiches zu sein.

Unverständlich auch, wie besagtes Lexikon den Begriff *Trieb* eingrenzt: »Seelische oder körperlich-seel. Antriebe, die ohne Vermittlung des Bewußtseins entstehen, gefühlsmäßig als Drang erlebt werden und das Bewußtsein (Denken, Wahrnehmen) einschränken können ... Im eigentlichen Sinne werden zu den Trieben die angeborenen körperlich begründeten Bedürfnisse gerechnet (z.B. Nahrungs- und Sexualtrieb); sie weisen Parallelen zum Instinkt und Appetenzverhalten beim Tier auf; im weiteren, z.T. übertragenen Sinn werden auch Motivationen, Bedürfnisse und Interessen als ›Trieb‹ bezeichnet ...«

Mit verschwiemeltem Raunen übernimmt man einige Thesen von Freud und gibt dabei die menschlichen Triebe zur Ausbeutung frei: »Prinzipiell ist das menschl. Triebleben im Unterschied zum tierischen stark bildbar (Ablenkung auf andere Gegenstände, Aufschiebung der T.-Befriedigung, Sublimierung, T.-Verzicht).«

Übersetzt heißt das: Vögel nicht, bete! (Kirche), oder: Nicht vögeln, sondern lernen, lernen, lernen! (Lenin), oder: Nicht vögeln, sondern kaufen, kaufen, kaufen (Dagobert Duck). Es läuft alles aufs Gleiche hinaus: Das ZK der Katholischen Kirche ist das Spiegelbild des ZKs der Kommunistischen Partei (daher bekämpfen sie sich auch so). Und der Konsumkapitalismus übertrumpft beide.

Die Instinktlehre von W. McDougall unterscheidet immerhin 18 Grundtriebe. Ob auch der Freiheitstrieb dazu zählt, der allen Menschen und Tieren innewohnt? Ich äußere meine Zweifel. Denn frei sind wir für die Freiheit geboren, und erst eine unnatürliche, ja perverse Abrichtung führt dazu, daß der Hund sich im Zwinger und der Mensch sich im Büro oder in der Fabrik wohlfühlt.

Druck meiner Mitgefangenen führt dazu, daß ich in die allgemeine Misere entlassen werde, aus dem *verschärften Haftregime* in das, was perverserweise *normal* genannt wird.

Wer aus dem Knast auszubrechen versucht, ist ein Freiheitstriebtäter, der von normal empfindenden Menschen geliebt und verehrt wird. Ist es da ein Wunder, wenn die Insassen von

Haftanstalten laut feiern, wenn ein Feind ihrer Freiheit in seinem Blute liegt, ein Buback in Karlsruhe, ein von Drenkmann in Berlin, ein della Chiesa in Italien, ein Carrero Blanco in Spanien, ein Somoza in Paraguay? Das Unglück der Oberen gehört zu den kostenlosen Vergnügen der Unteren. Und es ist eine Schande für die Menschheit, wenn Feinde der Freiheit friedlich im Bett sterben wie Franco und Stalin, zufällig bei einem Luftangriff auf Berlin wie Freisler, von eigner Hand wie Hitler und Göring.

Ist es nicht ungeheuerlich, ein Rechtsbruch erster Ordnung, wenn ich in Milano elf Monate in Abschiebehaft sitze, wenn daraufhin das Verfahren gegen Stepan und Milo abgetrennt wird und im Dezember 1976, meilenweit von jedem Versuch einer *Wahrheitsfindung* entfernt, über die Bühne geht, wenn es blauäugig schon im August in der Presse heißt: »Heute sind die Sachverständigen davon überzeugt, daß es der Kriminalpolizei Köln gelungen ist, weit mehr als die Hälfte des Domschatzes sicherzustellen«, wenn ich im Urteil gegen Ladrone und den Dünnen vom Vorsitzenden Richter am Landgericht Köln als planender Chef des Einbruchdiebstahls hingestellt werde und derselbe Richter sich im späteren Prozeß gegen mich als unbefangen bezeichnet …? Aber unsereins ist Rechtsbrüche gewohnt. Wir weinen nicht. Wir kämpfen. Unausrottbar unser Freiheitstrieb. Und, juchhe, im Juni des nächsten Jahres geht es per Eisenbahn, in der Gefängniszelle des Schnellzuges von Milano, der Hauptstadt der Lombardei, nach Köln. Wissen Sie, meine Dame, mein Herr, wo diese Stadt liegt? »Am Rhein?« Das ist zu einfach. Sagen wir's präziser: Das Landgericht zu Köln am Rhein liegt genau am rechten Ort: 35 Kilometer südlich vom Neandertal. Der Neandertaler ist bekanntlich nicht ausgestorben. Heute trägt er an unteren Gerichten schwarze Talare und Bäffchen, an den oberen rote.

Mir ist es richtig peinlich, auf dem Weg zu den Neandertalern zu sein, und so mache ich mich in meiner sehr, sehr engen Zelle im Zug, in der man nur sitzen kann, daran, mich zu entfernen – »at my own chosen speed«, wie Bob Dylan singt. Die oberen

Zähne habe ich im zarten Alter durch Schläge und schlechte Kost auf Goli Otok verloren. Als es mir – auch finanziell – wieder möglich war, ließ ich mir daher ein gutes Halbgebiß einsetzen. Und in dem habe ich (als gelernter Kunstdieb auch schlechtere Zeiten vorhersehend) *Engelshaar* verborgen. Dies besteht aus einem starken Bändchen, in das Industriediamanten eingelassen sind. So säge ich mich, tonlos pfeifend, durch das Fenstergitter, das den Blick auf die liebliche Landschaft des Kantons Uri so schmerzhaft verhäßlicht. Bei Fluelen bremst der Lokomotivführer ab. Ich steige durch das nunmehr offene Fenster hinaus in die Schweiz.

Und genieße meine Freiheit. Als erfolgreicher Freiheitstriebtäter.

Der Zug fährt in die eine Richtung, ich schlendre in die andere. Und ringsumher scheint es zu singen im Summen der Bienen, im zärtlichen Rauschen der Baumkronen in der leichten Brise, im Tuckern eines weit entfernten Traktors, im Gackern der Hühner, im Klopfen meines Herzens, im Trommeln meines Pulses:

Willkommen, edler Knacki!
Du Krönung der Natur!
Mit deinen dicken Eiern
Willkommen auf der Flur!

Ei! ei! da bist du wieder!
Und bist so lieb und schön!
Und freun wir uns o herzlich,
Wieder *draußen* Dich zu sehn …

Ich ziehe meine Jacke aus, falte sie sorgfältig und lege sie ins Gras am Wegesrand, lasse mich langsam in den Schneidersitz nieder, ziehe das Hemd aus, pflücke einen Grashalm, stecke mir diesen zwischen die Zähne und lasse mich, behaglich stöhnend, im Grase nieder, lagere meinen armen, geplagten Schädel auf dem Hemd, schließe die Augen bis auf Schlitze und singe:

Oh Himmel, strahlender Azur …

Eine Melodie, die ich, gesungen von Ernst Busch, dem Röhrenden Hirsch der Rechtgläubigen Deutschen Arbeiterklasse, als Ohrwurm im Gedächtnis trage. Ein Falke kreist über mir, ich neige den Schädel, weil die Augen die Sonne der Freiheit kaum ertragen können, und verfolge eine Wolke, die, begrenzt von Bergen, von Nordost nach Südwest segelt. Die Zeit steht still. Unweit meiner Augen ein gefällter Baumstumpf, und ungläubig blicke ich auf eine Reihe Bienen, die, mir unverständlich, dort ein Treffen feiern und tanzend miteinander kommunizieren. Was mögen sie sagen, rufen oder singen? Dann, wie verabredet, breiten sie die Flügel aus und ziehen lautlos von dannen.

Ich drehe mich ächzend um, auf den Bauch, spreize meine Ellbogen und lasse das Kinn auf meinen gefalteten Händen ruhen. So schweift der Blick in Grasspitzenhöhe über einen brachliegenden Acker. Unvermutet fällt mir auf, daß der Güllegestank, der die Eisenbahn so lange begleitet hat, hier verschwunden ist. Bin ich also aus der westlichen Zivilisation gefallen?

Kies knirscht. Ich drehe mich nicht um. Hinter mir geht jemand auf dem Weg, parallel zu den Eisenbahnschienen, in meine Richtung. Müßig richte ich mich auf. Eine alte Frau in einem verschossenen, dunkelblauen Kleid, darüber sie eine schwarze Schürze, passend zum Kopftuch, gebunden, in schweren lehmbespritzten und, wie es aussieht, Männerschuhen schlürft auf mich zu. Ihr apfelrundes, von tiefen Linien durchfurchtes Gesicht zeigt keinerlei Ausdruck.

»Guten Tag, gute Frau!« rufe ich fröhlich.

Keine Antwort. Vielleicht ist die Alte taub. So springe ich auf und verbeuge mich ein wenig. Die dunklen Augen, die sich nun mißtrauisch verengen, erschrecken mich. Ein mißtrauischer Blick von jenseits des Todes – wo Menschen sind, da ist auch er! – streift mich. Ihr Mund preßt sich zusammen. Ich mache die serbische Geste der Vergeblichkeit und setze mich auf die Jacke. Wie in Zeitlupe zieht die Alte an mir vorbei mit seltsam, ihrem Alter widersprechenden, federndem Gang. Die Spitze des

Kopftuches hebt sich vom dunklen Blau ihres Rückens ab. Dann nicht mehr. Schließlich hat es sie nie gegeben. Ein Phantom aus Uri in Uri, eine urige Frau. Schon habe ich sie vergessen. Mein Magen beginnt zu grimmen. Langsam ist es Zeit, sich Gedanken über die Nacht, den nächsten Tag, die Flucht zu machen. Ich habe kein Geld. Mittlerweile werden Fernschreiben von Dienststellen zu Dienststellen geflitzt sein, Telefone heißgelaufen, Kehlen trocken geschrien und geschimpft, Stirnen und Stiernacken mit Taschentüchern trockengelegt, Bittgebete um meine Wiederergreifung in Kirchen, Kapellen und Amtsstuben abgefeuert und auf taube Ohren gestoßen, die offensichtliche Unordnung der offiziellen Ordnung sichtbar geworden, Hundestaffeln bestellt und – wieder abbestellt worden sein.

Freiheit macht müde. Ich schließe die Augen und beschließe, mich von der Kühle der Abenddämmerung wecken zu lassen.

»Frisch atmet des Abends lebendiger Hauch, Purpurisch zuckt durch düstrer Träume Ritzen / alterndes Licht und äugelt aus dem Strauch, / In goldenen Flammen blitzen / der Berge Wolkenspitzen …«, von wegen! Kies knirscht. Ich öffne leicht die Augen. Ein dramatischer Sonnenuntergang wie im Fremdenverkehrsprospekt. Hinter mir geht jemand auf den kiesigen Weg. Nein, es sind mindestens zwei, die dort nun angelangt und stehengeblieben sind. Sachte wende ich den Kopf. Polizisten! Sie schlendern auf mich zu. Ich richte mich auf und lege die Hände auf die angezogenen Knie.

»Guten Abend«, sagt der Größere der beiden, blond und grobknochig, mit einem sympathischen Lächeln. »Könnten wir Ihre Papiere sehen?«

Dies ist seinem kleineren, drahtigen Kollegen mit dem großen, dunklen Haarschwall unter der Mütze wohl zu zivil. Er bellt irgendwas. Ich verstehe kein Wort. Nun zupft der Größere den Kleineren am Ärmel und flüstert ihm etwas zu. Sie sind sich anscheinend über die Art und Weise des Umgangs mit Touristen nicht einig.

»Sind Sie«, fragt dann der Größere, »sind Sie der gesuchte Heiter?«

»Sehe ich so aus?« erwidere ich milde.

»Ja«, schreit der Kleine.

»In etwa«, versetzt der Größere. Und legt mir im Namen des – Sie wissen ja schon, meine Dame, mein Herr – die Hand auf die Schulter. So gehen wir zu Dritt dem Sonnenuntergang entgegen.

Der Freiheitstrieb, stellt sich im

VIERTEN KAPITEL

heraus, wird mit zunehmendem Alter nicht schwächer, sondern stärker

Die Routine auf der Wache ist mir geläufig: Der Kleine, Drahtige mit seiner immensen Tolle auf dem Kopf – die Mütze hat er am obligaten Haken an der Wand aufgehängt – müht sich, mit den vierundvierzig Tasten seiner mechanischen Schreibmaschine zurechtzukommen, zwei gebeugte Zeigefinger kreisen über ihnen, Falten graben sich in die klare Stirn, in den Augen der Ausdruck tiefster Vergeblichkeit. Befreit springt der Beamte auf, als ein Fernschreiben der (schon lange kann ich Buchstaben, die auf dem Kopf stehen, im Nu entziffern) Grenzpolizei Lörrach-Stetten eintrifft, in der handschriftlich hinzugefügt ist: ›Ein Beschuldigter Heiter ist ohne weitere Angaben nicht zu ermitteln.‹

So springe ich denn auf und verlange mit fester Stimme meine sofortige Freilassung. Die Beamten lachen nur. Dann erscheint ihr Vorgesetzter in der Tür, der große Blonde gesellt sich zu ihm. Sie flüstern. Dies nutzt der Kleine aus Uri, mich gründlich zu filzen. Frustriert grunzt er und sagt etwas zu mir. Er muß es drei Mal wiederholen, ehe ich ihn verstehe.

»Wie ich aus der Zelle im Zug kommen konnte? Nun, einer Ihrer italienischen Kollegen war etwas hilfreicher als Sie.«

Wieder sagt er etwas, wiederholt sich und gibt genervt auf. Der Vorgesetzte wirft mir einen langen Blick zu, zuckt mit den Achseln und knallt beim Hinausgehen die Tür zu. Der kleinere

Beamte flüstert dem Großen etwas ins Ohr. Dann folgt er dem Chef.

»Sagen Sie«, wende ich mich an den großen, sympathisch aussehenden Blonden, »wie haben Sie mich so einfach finden können?«

Er lächelt. »Das Liesel«, sagt er. »Sie hat uns von ihrem Bauernhof aus angerufen. Da läge so ein fauler, verdächtig aussehender Ausländer im Gras. Wir sollten uns mal intensiv um den kümmern. Ein Tagedieb sei auch immer ein Dieb.«

Die alte Vettel! Da schlage doch der Teufel drein! Gewiß ist sie Calvinistin. Calvinisten sind schlimmer als die Beulenpest, schlimmer als Katholiken! Ihre Leibfeindlichkeit und ihr Arbeitsethos sind nicht zu schlagen. Da liege ich, wie Die immer sagen, in »Gottes schöner Natur« und entspanne mich, und schon ist das ein Verbrechen! Wenn die Alte die Bienen gesehen hätte, wäre sie wohl gleich in Ohnmacht gefallen: Diese Symbole öffentlicher Unzucht, von Blümchen zu Blümchen fliegend, sie mit Pollen zu befruchten! Orgien, überall, und keine Polizei greift ein! Eine verheiratete Frau hat ein- oder zwei Mal im Jahr die Beine zu spreizen, gottsergeben an die Decke zu blicken, derweil der Ehegespons sich Mühe gibt, schnell fertig zu werden und keine Lust zu empfinden (vor der die beiden ein langes Gebet, die Knie auf einer möglichst harten Kokosfasermatte, bewahren soll). Gottes eigene Denunziantin! Und wer dergleichen noch höflichst grüßt, ist ein verdächtig aussehender Ausländer. Es ist an der Zeit, die 999 Gerechten in der Schweiz zu warnen, und die Alpenrepublik anschließend mit Neutronenbomben in einen Freizeitpark zu verwandeln, wobei als besondere Attraktion ein Spaziergang durch die unterirdischen Flure der Banken in der Zürcher Bahnhofstraße anzubieten ist, wo sich die Safes befinden. Gäbe es diese Sehenswürdigkeit nicht, die Schweiz wäre ein Drittweltland mit Ackerbau und Viehzucht, dessen Exportschlager die leckere Schokolade ist. Moral von der Geschicht / grüße alte Weiber nicht. Oder? Erhol dich nicht in Wald und Hain / im Unterholz grunzt ein Denunziantenschwein. Oder?

Der kleine Beamte aus Uri kommt nun zurück und nähert

sich der Schreibmaschine wie ein Matadorlehrling dem Stier. Der große Blonde lächelt mich an, ich grinse zurück. Und erfahre etwas später, daß er Fremdarbeiter aus Zürich ist, den ein widriges Geschick hierher verschlagen. Er sorgt für ein herzhaftes Abendbrot, drauf wird er mit einer Kopfbewegung seines Vorgesetzten angewiesen, mich in die Arrestzelle zu sperren. Dort plaudern wir noch ein wenig. Ich bin ihm dann noch sehr dankbar dafür, wie sacht er die Türe von außen hinter sich schließt.

Ich schlafe den tiefen Schlaf der Gerechten.

Am nächsten Morgen werde ich lautstark geweckt. Prompt melden sich Eier und Hirn (das erotischste aller Organe), Triebbefriedigung zu fordern. Damit kann ich leider nicht dienen. Ein erstaunlich gutes und kräftiges Frühstück, bestehend aus einem großen Becher starken Milchkaffee, drei Wecken, guter Butter, Wurst, Käse und Marmelade, befriedigt dafür Zunge und Magen. Der große, blonde Beamte hat leider seinen dienstfreien Tag; der kleine Urige rächt sich dafür, indem er mich noch einmal filzt.

Drauf folgt wieder das befremdliche Zusammenstecken der Köpfe der Beamten (Schweizer Balzverhalten? Wer weiß, wer weiß?). Wohlweislich habe ich beim Aufstehen vergessen, mir die Schnürsenkel zuzubinden. Der neue Kollege des Urigen, ein gebeugter, älterer Mann mit den tiefen, vertikalen Falten des Magenkranken über den Mundwinkeln, winkt mir mit dem Finger, wie die Hexe Hänsel und Gretel gewinkt hat, was bedeuten soll, es sei Zeit, zum Bahnhof zu fahren. Ich gehe zwei, drei Schritte auf die Beamten zu, der Neue wendet sich schon in Richtung Tür, als ich stolpere, den kleinen Urigen etwas anrempele, derweil Zeige- und Mittelfinger meiner Rechten am Revers seiner Uniform vorbei in die Brustinnentasche fahren, sich um die Oberkante einer Brieftasche schließen, sie herausholen und die Beute hinter meinem Rücken unter das Sakko, in den Gürtel stecken. (Siehe oben unter: Pattenzupfen)

Ich entschuldige mich höflichst und wortreich (für das Anrempeln) und binde unter dem mißtrauischen Blick des Beamten die Schnürsenkel.

Etwa zwanzig Minuten später sitze ich wieder einmal auf dem Logenplatz eines Schnellzugs in Richtung Basel.

Ich schließe die Augen und verdaue.

Erst im schönen Kanton Aargau, unweit von Zofingen, leide ich wieder an der kombinierten Attacke von Geschlechts- und Freiheitstrieb! Die Eier werden mir dick, verdächtig tuckert es in den Schläfen. Es hilft nichts: Ich muß den Trieben nachgeben. Ich beuge mich nieder, nestele wieder am Schnürsenkel des rechten Schuhs, ziehe diesen aus, lege ihn auf den Schoß, bohre mit dem Sporn meiner Gürtelschnalle im Absatz und hole aus einem gut getarnten Versteck ein weiteres feines Engelshaar. Dann säge ich mich, tonlos pfeifend, durch das Gitter, das den freundlichen Blick auf die liebliche Landschaft des Kantons Aargau so schmerzhaft verhäßlicht. Die Welt hat es nicht verdient, durch Gitter betrachtet zu werden.

Vor Zofingen bremst der Lokomotivführer. Ich steige durch das nunmehr offene Fenster und springe ab, ehe er den Bahnhof erreicht. »At my own chosen speed«, wie Bob Dylan krächzend singt, entferne ich mich Richtung Stadt. Den Fehler, müßig im Grase zu liegen, einen Grashalm zwischen die Zähne zu nehmen oder gar Eingeborene freundlichst zu grüßen, mache ich nicht mehr. Ich mische mich unter eine Gruppe von Bauern, Pendlern, Hausfrauen und Rentnern, die es vom Bahnhof zur Innenstadt zieht. Aus den Augenwinkeln sehe ich, daß hier nur Schulkinder lachen, lächeln, fröhlich plappern, nicht ahnend, daß man ihnen dies gründlich austreiben wird, und bemühe mich, denselben verdrossenen Gesichtsausdruck zu tragen wie die abgerichteten Erwachsenen um mich herum. Ich glaube, nicht aufzufallen. Und doch streifen mich einige mißtrauische Blicke. Kommt das daher, frage ich mich beklommen, daß jeden Morgen dieselben Leute den gleichen Schnellzug besteigen, die immer gleichen Personen am immer selben Bahnsteig aussteigen, daß ständig dasselbe Ritual von den dazu Verurteilten absolviert werden muß? Oder ist mein Anzug für einen Wochentag zu elegant? Blitzen meine Sommerschuhe zu sehr? Ja, die Männer meines Alters um mich herum tragen Arbeitskleidung oder alte, dunkle Anzüge, die glänzen vom zu vielen Bügeln ... Ich habe weder Zeit noch Geld zum perfekten Mimikry. So flüchte ich in ein Café, das schon geöffnet hat. Schon? Es geht auf elf Uhr morgens. Also sitze ich ganz allein im Raum, wie auf dem Präsentierteller. Hätte ich doch Schwyzerdütsch gelernt. Aber welches? Gestern abend hat mir der große blonde Beamte aus Zürich gestanden, er fühle sich wie ein Fremdenlegionär in Uri. Sobald als möglich wolle er zurück in die Heimat. Dabei haben hier gar keine Kriege zwischen den Kantonen stattgefunden, keine Völkermorde der einen (Kroaten) an den anderen (Serben und Juden) ... Warum sind diese Eingeborenen so mißtrauisch? Die Inhaberin des Cafés sieht mich so seltsam an, die Kellnerin ebenso. Warum sind die Blicke der Passanten durch das Fenster in meine Richtung so mißtrauisch? Herrscht im Nachbarskanton Quarantäne? Trage ich Pestbazillen an meinen Sohlen? Sieht man mir an, daß ich ständig geil und gut gelaunt bin? Bis auf gewisse Nächte. Unvermittelt denke ich an ein schönes Buch, dessen Autor und Titel mir gerade entfallen ist, in dem es irgendwo heißt:

»Es kommen keine Fremden nach Lugurokumbo. Deshalb entsteht auch eine große Aufregung, als ich im Dorf ankomme. Die Leute schauen mißtrauisch über die Hofmauern und ziehen sich schnell zurück, wenn ich sie anschaue ...«

Aber dies Zofingen ist doch kein Ort in Mali, wo Sklavenjäger auftauchen könnten! Die einzigen Sklaven, die heute noch von der Schweiz ans Ausland verkauft werden, sind die Angehörigen der Schweizer Garde, die im Vatikan kastriert werden (nein, natürlich nicht wirklich!), ihren Dienst als Sicherheitskräfte für den Papst zu verrichten.

Eine Tür im Hintergrund des Cafés führt auf einen schmalen Korridor. Die zweite Tür zur Linken, gegenüber, trägt das WC-Zeichen. Ich pinkle, wasche mir die Hände, schließe mich im Toilettenkabuff ein und durchstöbere die geklaute Brieftasche. Der Paß ist für mich nutzlos: Alter, Größe, Haar und Augenfarbe stimmen mit meinen Daten nicht überein. Und einhundertundsiebzig Franken sind zwar besser als nichts, bringen mich aber nicht weit.

Ich begleiche meine Rechnung für Kaffee und Kuchen am Tresen, bitte um Kleingeld, Telefongespräche führen zu können, und spüre den Blick der beiden Frauen im Raum selbst noch dann, als ich schon auf der Straße stehe.

Ich rufe Lola in Belgrad an. Niemand meldet sich. Bei der Auskunft erhalte ich die Zürcher Nummer von Friedrich Ohrle, den ich im Knast in Regensdorf kennengelernt habe und für vertrauenswürdig halte. Ich werfe das Silbergeld in den Schlitz, wähle und höre das Tuten. Nach einer Weile wird der Hörer abgenommen: »Ja?« Eine mißtrauische Frau.

»Hier Vladi. Kann ich Fritz sprechen?«

»Der ist nicht da, der Galgenvogel.«

»Und wo kann ich ihn erreichen?«

»In der Basler Haftanstalt, Herr...«

»Heiter, Vladi.«

»Sie rufen besser nicht hier an, Herr... In Zusammenhang mit Ihrem Namen hatte Fritz im letzten Winter Ärger. Ein gewisser Sascha hat meinen Mann irgendwelcher Dinge oder Verbindungen beschuldigt, und dann war die Polizei hier. Und bis Mitte vorigen Jahres sind wir wohl abgehört worden, meinte Fritz. Dabei hatte er sich so lange nicht mehr strafbar gemacht! Damit fing er erst jetzt wieder an, als uns die Räumungsklage drohte. Guten Morgen!«

Fehlanzeige.

Also hat die SoKo alle Leute auf Kriminalkommissar Spechts Skizze unter die Lupe genommen.

Langsam gehen mir die Optionen aus. Pollys Rufnummer in Frankfurt habe ich vergessen; mein Kontaktmann in der SoKo wird mich wohl ans Messer liefern nun, da ich dank Ratzkis Schachzügen nutzlos für ihn geworden bin; Gotterbarmen ist ein schäbiger Verräter... Es bleiben nur Rex und Polonius, bzw. deren Kontakte, aber deren Telefonnummern herauszubekommen...!

Es klopft an der Tür der Telefonzelle.

Schmier in Zivil!

Freiheit ist ein kostbar Gut / es will bewahret werden. Denn wir, schrieb einer meiner Lieblingsdichter, der zum (geistigen) Eigentum »ein lasches Verhältnis hatte« (wie er es nannte): Denn wir...

»... wandeln nicht im Walde für uns hin,
Sondern unter Polizisten.«

Schlechte Zeiten für Freiheitstriebtäter.

Zu spät, erst nach dem höflichen Klopfen an der Tür, fällt dem Beamten ein, als wen oder was seine Vorgesetzten mich geschildert haben, so blicke ich, die Tür aufstoßend direkt in die Mündung seiner Pistole. Das Loch dort: tiefschwarz. Wie meine Zukunft für die nächsten Jahre.

Die Angehörigen der Kranken Klasse, zeigt das

FÜNFTE KAPITEL,

hassen und fürchten Freiheitstriebtäter wie Hunde an der Kette die Wölfe

Ich lobe mir den blonden, anständigen Polizisten, der seine Brötchen im Kanton der Liesels verdienen muß. Er ist noch nicht verroht durch seinen üblen Beruf und hat zumindest ein Verständnis für den Drang nach Freiheit; aber alle Bullen, Wärter und Richter, auf die ich von nun an treffe, haben weder Sinn noch Verstand noch Gefühl. Nicht einmal Sportsgeist! Statt zu sagen: »Gratuliere zum dritten Fluchtversuch nach Ihrer Verhaftung in Mailand! Tut uns leid, daß wir auch diesmal besser waren. Ihre Pflicht ist es zu fliehen, unsere, Sie wieder einzufangen. Waidmannsheil ...«

Nein, ich werde gründlich gefilzt und wie eine Salami verschnürt: »die sehr gründlich durchgeführte leibesvisitation ergab, dass heiter in den absätzen seiner schuhe saegeblätter versteckt hatte. aus sicherheitsgründen wurde heiter hierauf von zofingen nach basel mit einem gefangenenwagen, in begleitung von polizeibeamten, transportiert. die übergabe konnte hier aus zeitgründen erst am 24. Juni 1977 erfolgen. die durchlieferungskosten werden deshalb das übliche mass übersteigen. wir dürfen es ihnen überlassen, die zuständige deutsche justizbehörde über die fluchtgefahr zu orientieren. federalpolice bern.« – Die gleichen ekelhaften Petzsusen wie einst in der Volksschule, nicht wahr?! Damals hätten sie Klassenkeile gekriegt, heute wäre das

Widerstand gegen die Staatsgewalt gemäß § 113 des Schafsgekrächzfluchs.

Nach der »Durchlieferung« durch die Löcher im Schweizer Käse werde ich den Federaldeutschen »übergeben« und »in die vollzugsanstalt loerrach eingeliefert«.

Sie können sich vorstellen, meine Dame, mein Herr, wie gerührt ich Deutschen Boden wieder betrat und prompt dabei auf die Knie sank.

Von denen ich mich bald wieder aufrichten muß: Ich betrete nämlich das nach dem Dom bedeutendste Kulturdenkmal Kölns, den Neuen Klingelpütz. Im idyllischen Vorort Ossendorf gelegen, gilt dies Bauwerk als Taj Mahal der Post-Bauhausperiode. Dies eingeschossige Kurhotel für Schwere Jungs und Mädels, die sich einer Schlankheitskur unterziehen, und Leichte Mädchen, die hier unter Aufsicht zunehmen wollen, ist »eine großzügige Anlage, in einem Gürtel von Dienstwohnungen und Grünflächen eingebettet« und »fügt sich gut in das Wohngebiet ein. Lediglich die 1.300 m lange Mauer erinnert an den Zweck des Gebäudekomplexes«, schrieb die *Rheinische Post* in ihrer Rubrik *Modernes Leben* im Dezember 1972. Begeistert.

In den meilenlangen Korridoren, in denen Grünkübel stehen, hängen Bilder, Karnevalsposter und Plakate der Fremdenverkehrswerbung von Österreich, auf Spanplatten aufgezogen, läuft mehrfach täglich ein fröhlicher Pater Rollschuh, um die Konterbande zu verteilen, die er unter der Kutte trägt und der er seinen Spitznamen *Schwarzer Krauser* verdankt. Daneben befinden sich, seitlich versetzt Betonflachbauten, die vom Kurhotelradio zärtlich *Bungalow* genannt werden. Jeder Bungalow beherbergt sechzig Patienten, hat einen Waschraum mit Duschen, einen kahlen Hobbyraum mit Skatkarten, Schach und Tischtennis. Im Kurhotel Ossendorf werden eintausendeinhundert Patienten – die meisten wegen ihrer vergrößerten Freiheitstriebdrüse – behandelt, einige, wenige wegen Kleptomanie, alle wegen manisch-depressiver Ablehnung der, so Regierungsmedizinaldirektor Dr. Leibnitz (nicht mit dem gleichnamigen Keks verwandt), *besten aller möglichen Welten*. Es ist reiner Zufall, daß sie zu fünfundneunzig Prozent den untersten Volksschichten entstammen, aber nicht der geringste, daß Vater Staat sie kostenlos behandelt, was viele Steuerzahler erbost nach der Kopf-ab!-Therapie rufen läßt.

Die Suiten der Bungalows sind etwa acht Quadratmeter groß und etwa zwei Meter siebzig hoch. Nur die Schäferhunde des Sicherheitspersonals haben etwas mehr, nämlich die für Adolf Hitlers Lieblingstiere gesetzlich vorgeschriebenen neun Quadratmeter. Vor den industriell hergestellten Smogwolken am Himmel der Kölner Bucht werden die Patienten durch Gitter aus Beton geschützt; besonders allergische Freiheitstriebtäter erhalten zudem je ein Fliegengitter sowie eine Sichtblende. Die zartgelb gestrichenen Suiten – zartgelb, so der Hotelpsychologe, hat sich als aggressionshemmend erwiesen – enthalten ein elegantes Mobiliar im Helmut-I.-Stil: ein hochklappbares Bett, einen kleinen Tisch, einen gemütlichen Stuhl, einen bezaubernden Lokus ohne Brille mit Holzdeckel (Schweden-Design), einen etwas nüchtern wirkenden Plastikeimer und ein entzückendes Waschbecken in der Größe von Maos Spucknapf. Zugunsten der Kaltwassertherapie, die bei guter Verträglichkeit eine hellrote Hautfarbe (bei Negern natürlich eine andere), eine Tonisierung des Gesamtkreislaufes, des Nervensystems und des Stoffwechsels bewirkt, wurde auf den Warmwasserhahn grundsätzlich verzichtet.

Ein Blechnapf ist in dieser eleganten Anlage verpönt: Die Patienten erhalten eine gesunde Hausmannskost, die bewußt nicht von Köchen, sondern Dachdeckern oder Schlossern zubereitet wird, damit sie basisnäher schmecken. Die Näpfe – Vater Staat scheut keine Mühen und Kosten – sind verchromt. Es hat sich nämlich herausgestellt, daß Menschen, die immer aus dem Blechnapf fr..., nein: essen, allen Kuren zum Trotz rückfällig werden. Chrom dagegen enthält ein notwendiges Spurenelement namens Resocialisin.

Kurhotel Ossendorf beschäftigt dreihundertfünfzig geschulte, höfliche und hilfsbereite Resozialisierer und Animateure, zwei Oberlehrer, die chronischen Anal-Phabetismus (eine Magen-, Darm- und Anuskrankheit, an der vor allem die untersten Schichten leiden) behandeln, vier Geistliche und einen Psychologen. Kritiker der Klinik, die an allem nörgeln müssen, bemäkeln das Zahlenverhältnis der beiden zuletzt genannten Berufsgruppen. Dabei ist es logisch und kostengünstiger, einen Pfarrer zu beschäftigen, der hundert Patienten auf einmal behandeln kann, als Psychologen oder Psychoanalytiker, die sich jahrelang nur mit einem Patienten beschäftigen. Zudem sind bei Ersteren Wunderheilungen nicht nur möglich, sondern alltäglich, während letztere Wunder leugnen.

In einem Merkblatt, das den Patienten der Klinik nach Überschreiten der Schwelle mit einem breiten Lächeln überreicht wird, heißt es, Patienten, denen das Jüngste Gericht noch bevorsteht, könnte auf Verlangen Arbeit zugewiesen werden. Und: »Über die Belohnung darf er frei verfügen.« Einen gerechten Lohn haben die hiesigen Patienten auf Grund ihrer fragwürdigen Herkunft (Plebs, Pöbel, Mob, Lumpenproletariat, Kanaille, Slumbewohner, Arbeitslose, Arbeitsscheue etc.) noch nie in ihrem Leben erhalten oder gesehen. So ist es äußerst großzügig, wenn ihnen für einen kleinen Zeitvertreib wie Tütenkleben, Lüster- oder Haarklemmen basteln, Schnellhefter kleben und falzen eine Belohnung von 1,50 DM pro Tag geschenkt wird. »Wenn muntre Reden sie begleiten, fließt die Arbeit fleißig fort«, sagt der Dichter, oder so ähnlich: Aus therapeutischen Gründen müssen die Reden – insbesondere bei Rückfallfreiheitstriebtätern – Selbstgespräche sein. Da darf die Suite dreiundzwanzig Stunden am Tag nicht verlassen werden. Vater Staat kommt seiner Fürsorgepflicht in vorbildlicher Weise nach: Heftige Schübe des Triebes führen zur Ansteckungsgefahr!

So beantrage ich, kaum habe ich die Klinik betreten, die Genehmigung, malen zu dürfen. Und ein Wunder geschieht – vielleicht, weil der Vorsitzende Richter am Jüngsten Gericht zu Köln, vierhundertachte Strafkammer, einen Talar trägt, wie es sonst nur Pfarrer tun! Das Malen wird genehmigt. Und von den Petzsusen der *federalpolice* Bern gewarnt, kommt auch er der Fürsorgepflicht in undsoweiter nach, indem er eine Quarantäne anordnet.

In mich gehend werde ich im Nu zum Esoteriker, zum Vorreiter des New Age in diesen Heil'gen Hallen, und beschließe, nicht nur regelmäßig zu meditieren, sondern auch zu fasten. Letzteres wird von den fürsorglichen Sanitätern, die in meinem Bungalow tätig sind, zu Unrecht als »Hungerstreik« an die Kurhoteldirektion und das Gerücht zu Köln gemeldet. Dabei fällt es mir nicht im geringsten ein zu streiken, setzte ich mich doch dann der Gefahr einer Aussperrung von seiten meines Tarifpartners aus, die nur zu Heimatlosigkeit, Hungersqualen und sozialer Feme führen könnte.

Und hier brach die 25 Jahre alte Triumph-Adler-Schreibmaschine zusammen, dennoch bitte ich den Setzer, weiterhin die bisherige NORMALSCHRIFT zu verwenden –

Da die Mühlen der Juhu!-stitz langsam mahlen, wird die Quarantäne mit einigen Tagen Verspätung angeordnet, was dazu führt, daß sich ein wunderbares Treffen mit zwei Jugoslawen des Patientenkollektivs im Bungalow 6 der Klinik ergibt. Sie sprechen mich harsch darauf an, ich würde mich mit fremden Federn schmücken. Ladrone hat ihnen lang und breit geschildert, wie er und der Dünne in fröhlicher und erfolgreicher Kollaboration mit Rex und Polonius den Jahrtausendcoup geplant und durchgeführt haben.

Zerknirscht gehe ich in mich und bitte Mirko Sch., diese Geschichte doch demnächst vor Gericht zu wiederholen. Er lehnt ab. Ich ergrimme, weise mit spitzem Finger auf seinen Begleiter Djuricic A. und bitte ihn freundlich, in meinem bevorstehenden Prozeß auszusagen, was er im Hobbyraum des Bungalows aus dem Munde von Ladrone gehört hat. Er erwidert, damit habe er keine Schwierigkeiten. Ich bin überglücklich: Schon wieder zwei Zeugen, die belegen können, daß leider nicht ich, sondern andere den Einbruch in der Schatzkammer geplant und durchgeführt haben.

Tags darauf werde ich im Besuchertrakt dem Vorsitzenden Richter am Landgericht Dr. Emil Schönberger vorgeführt, der mir ins Gesicht sagt, mein ungemein ausgeprägter Freiheitstrieb zwinge ihn leider, mich in »strenge Einzelhaft« zu stecken. Vergebens versuche ich, ihm klarzumachen, daß jegliche angeordnete Quarantäne den Freiheitstrieb nicht dämpfe, sondern im Gegenteil sämtliche Symptome zum vulkanartigen Ausbruch brächte. Wie üblich, wenn man mit einem Angehörigen der Kranken Klasse vernünftig spricht, verschließt er die Ohren vor sämtlichen Argumenten. Im Abgehen lächelt mich dieser seltsame Mann freundlich an und verspricht, mir den besten aller Zwangsverteidiger im Prozeß beizugesellen. Dieser taucht am nächsten Morgen auf und versichert freudestrahlend, ein intimes Gespräch mit dem Richter habe ergeben, daß dieser entschlossen sei, mich auch dann zu acht Jahren Aufenthalt in der Ungerechtigkeitsvollzugsanstalt zu verurteilen, wenn die Hauptbelastungszeugen, die er auf Grund ihrer tätigen Reue nur zu fünf Jahren verdammt habe, ihre Aussagen gegen mich vollständig widerriefen.

Sie sehen, meine Dame, mein Herr, meine Karten für die in Aussicht gestellte Scharade in einem Kölner Gerichtssaal waren hervorragend.

So beschließe ich zu fasten und mich von den Menschen fort und zu den Tieren zu gesellen. Beim angeordneten Einzelhofgang im gepflegten Park zwischen den Bungalows, unter den freundlichen Augen zweier sympathischer Bediensteter, füttere ich die Tauben, die, angezogen von der Tierliebe der Patienten, morgens, mittags und abends den gepflegten Rasen ansteuern. Wer aber mag mein Erstaunen zu schildern, als mir dies Taubenfüttern ... verboten wird? Heißt es nicht beim Propheten, je unmenschlicher die menschlichen Verhältnisse, desto größer die Liebe zum Tier?

Nun werden Sie einwenden, meine bisherige Schilderung des Kurbetriebes in Ossendorf widerspreche der jetzigen Behauptung, er sei unmenschlich. So erkläre ich in aller Bescheidenheit, daß mir dieser Gedanke lediglich deshalb gekommen ist, weil ich, der Kleine Kunstdieb, hier zu Unrecht Privilegien genieße, die in diesem Hohen Hause bislang nur jenen zugedacht waren, die in der Sprache der Obrigkeit *Terroristen* genannt werden: Einzelhaft; Einzelbad; Einzelhofgang; Einzelhobbyzelle, wo ich gezwungen bin, verpönten Hobbies wie der Malerei und der Onanie nachzugehen. Das Füttern der Tauben im tierfreundlichsten Lande der Welt führt bei mir zum Aussetzen jeder *Freistunde*, also dem Aufenthalt im Freien der Unfreien!

Nun erst wird aus meinem Fasten ein politischer Protest. Und in diese Phase des schlimmsten In-Mich-Gehens fällt die Nachricht vom Tod meiner Mutter. Mein Kampfgeist ist schwer angeschlagen, und ich verfalle der Krankheit der Dichter, der Melancholie.

Diese läßt mich davon Abstand nehmen, mich auf den Prozeß dadurch vorzubereiten, daß ich das *Schlußwort des Angeklagten* zum geschliffensten Produkt der Rednerkunst mache. Statt dessen übernehme ich jene Rolle, die mir seit dem Ersten Treffen mit der Starstaatsanwältin Voss im März sechsundsiebzig zugedacht war: die des Narren.

Gladiatoren, Skifahrer, Leichtathleten und Fußballer werden vor ihren großen Auftritten im Leistungsvergleich in ein Trainingslager geschickt; im

SECHSTEN KAPITEL

verfalle ich dem unbegreiflichen Wahn, dieses, wie die verfluchten Feinde des Deutschen Staates, eine Stätte zu nennen, in der Isolationsfolter geübt wird

Stellen Sie sich vor, meine Dame, mein Herr, im Morgengrauen würde die Tür Ihrer bescheidenen Wohnung eingetreten, und die Schergen des Staates lieferten Sie in Untersuchungshaft ein. Wer schrie da nicht: »Aber ich bin doch unschuldig!« Drauf fallen die Wände Ihrer Einzelzelle auf Sie. So zerbrechen Sie sich die ganze erste Nacht Ihren Kopf, was Sie in diese Lage versetzt haben könnte. Eine jede von uns und jeder hat einmal eine Tat gedacht oder begangen, die gegen DAS GESETZ ist.

Am nächsten Morgen öffnet eine Mitleidige Seele Ihre Zellentür, löffelt Ihnen den Fraß in den Blechnapf. Etwa in der Lubjanka, dem Großen Zellenhaus der Tscheka, des KGB und des NKWD in der Sowjetunion. Eine Stunde später erscheint dieser freundliche, aber stumme Diener seines Staates erneut.

»Sie kommen gewiß mit dem Entlassungsschein, den der Untersuchungsrichter unterzeichnet hat«, rufen Sie, und das Herz lacht Ihnen wieder im Leibe, und Stolz erwacht in Ihnen, Bürger eines Landes zu sein, in dem Unrecht, wo auch immer es geschieht, sofort getilgt wird. Der Diener schüttelt den Kopf.

»Aber das muß doch alles ein furchtbarer Irrtum sein!« schreien Sie, plötzlich ernüchtert. »Hier kann ich doch nur einen Tag oder eine Nacht verbringen, weil einer sich leider geirrt hat. Morgen bin ich frei, nicht wahr?« Statt dessen betritt der wackre Wärter Ihre Zelle und legt ohne ein Wort Tolstois *Krieg und Frieden* auf den Stuhl neben Ihrer kargen Pritsche. Lautlos, wie er gekommen ist, verläßt und schließt er wieder die Zelle. Und siedendheiß wird Ihnen klar, daß Sie wohl eine längere Zeit hierbleiben müssen. Drauf fallen, tonnenschwer, die Wände auf Sie herab.

Ich dagegen, in eine Kurklinik eines Rechtsstaates eingeliefert, habe nicht nur große Erfahrungen mit Heilanstalten, sondern auch Glück mit dem Personal. Als ich am fünften Tage meines Aufenthalts im Hotel Ossendorf den freundlichen, ärmlich, aber reinlich uniformierten Bediensteten in Bungalow 6 bitte, mir doch ein Buch aus der Bibliothek zugänglich zu machen, erlebe ich, wie er zwei Stunden später, unter dem Gewicht seiner Last ächzend, die Gesammelten Werke von Honoré de Balzac mitbringt ... Wieder ein Sympathisant von Freiheitstriebtätern!

Im solidesten, ernsthaftesten, rechtsstaatlich imprägnierten Bürger eines jeden Landes steckt, tief im Inneren, ein Same dieses Triebes. Völlig unvorhergesehen beginnt er zu keimen: Ein wackerer Buchhalter fängt an, die Bücher nicht nur zärtlich zu halten, sondern sie auch zu frisieren, um seinen Lebensabend komfortabler gestalten zu können; ein durch und durch seinem Arzt- und Beamteneid verpflichteter Gutachter schreibt gegen eine kleinere Gebühr einen knackigen, jungen Mann wehruntauglich; ein Bankdirektor beschließt eines schönen Tages, Firmenschecks nicht mehr deren Konto gutzuschreiben, sondern übergibt sie mir; ein Bundeskanzler erhält Zuwendungen von einer französischen Ölfirma; einige junge Spekulanten einer Privatbank in Köln benutzen Gelder ihrer Klienten im Börsenpokerspiel, um die Gewinne mit dem Namensgeber des Geldinstituts zu teilen und die Verluste an die Kunden weiterzugeben; einige Großbanken wirtschaften eine florierende Automobilfabrik in Bremen herunter und treiben sie in den Bankrott; und hier erlebe ich nun einen Staatsdiener, der das Herz am linken Fleck hat und mir die Gesammelten Werke des Chefideologen der Roten Armee

Fraktion alias Baader-Meinhof-Bande schon vor dem Frühstück in mein Quartier bringt!

Meditierend, fastend, hungernd und dürstend nach Gerechtigkeit versenke ich mich mit roten Ohren in die Lektüre dieses Chefterroristen namens Balzac, dessen Opus Magnum schon mit einem Donnerschlag eröffnet: »Im übrigen bedeutet ein Argwohn gegen die Behörden bereits den Anfang der Zersetzung der Gesellschaft.«

Diese kühne These allein verlangt mir eine Woche strengsten Nachdenkens ab, bis ich nachgebe und – zustimme. So verschlinge ich Band auf Band und treffe auf Thesen, die ein Salomon nicht besser hätte ausdenken und formulieren können: »Vermögen können nur noch durch Zufälle oder durch eine Entdeckung rasch erworben werden – sonst rühren sie immer von einem gesetzlich geschützten Diebstahl her.« Und Sie können sich denken, meine Dame, mein Herr, wie betroffen ich bin, als ich auf eine auf Frau Staatsanwältin Voss und Herrn Richter Schönberger geworfene Handgranate stoße, die ihre und ihrer Vorgesetzten lahmärschigen Beschwichtigungen in der Luft zerfetzt:

»Die liebenswürdige moderne Philanthropie glaubt, die furchtbare Tortur der Isolierung zuerst erkannt zu haben, aber sie täuscht sich. Seit der Abschaffung der Folter hat die Staatsanwaltschaft … entdeckt, was für furchtbare Helfer der Justiz … durch die Einsamkeit entstehen können. Zwischen der Einsamkeit und der Folter besteht genau derselbe Unterschied wie zwischen einer Nervenkrankheit und einer chirurgischen Krankheit. Sie ist Leiden multipliziert mit dem Unendlichen. Dieser grausame Zustand der Seelenfolterung, der in gewissen Fällen, zum Beispiel im Politischen … ungeheuerliche Dimensionen annimmt …«

Da breche ich in Tränen zusammen! Zum zweiten Male in meinem Leben habe ich mich eines Angriffs auf das Herz des Systems schuldig gemacht; 1951, als Neunzehnjähriger, attackierte ich das Herz des jugoslawischen Staates, das Politbüro. Als ich ergriffen wurde, hatte ich es nicht mehr mit weltlicher, sondern kirchlicher Justiz zu tun, mit der Inquisition. Ich wurde zum Tode verurteilt und später zum KZ begnadigt.

Jetzt werde ich beschuldigt, einen zweiten, ungeheuerlichen Angriff auf das Herz des Systems geführt zu haben; und wieder habe ich es nicht mit weltlicher, sondern geistlicher Justiz zu tun. Wer, wie ich, im Verdacht steht, einen Einbruch in die Schatzkammer eines Domes geplant und durchgeführt zu haben, ist nicht als mutmaßlicher Einbrecher nach Paragraph blabla des GerechtigkeitSabtreibunGsgesetzBuches, sondern als Staatsfeind, als ... Politischer schuldig. Da wird mir klar, daß es mir recht geschieht, wie Ulrike Meinhof behandelt zu werden!

Diese, vom Freiheitstrieb durchdrungene, sozusagen voll verseuchte Persönlichkeit wurde zur Behandlung ihres gefährlichen Virus bekanntlich ebenfalls in die Kurklinik Ossendorf eingewiesen und lobte die Kur in den höchsten Tönen:

»Das Gefühl, es explodiert einem der Kopf (das Gefühl, die Schädeldecke müßte eigentlich zerreißen, abplatzen) –

– das Gefühl, es würde einem das Rückenmark ins Gehirn gepreßt –

– das Gefühl, das Gehirn schrumpelte einem allmählich zusammen wie Backobst –

– das Gefühl, man stünde ununterbrochen, unmerklich, unter Strom, würde ferngesteuert –

– das Gefühl, man pißte sich die Seele aus dem Leib, als wenn man das Wasser nicht halten kann –

– das Gefühl, die Zelle fährt ... Man kann nicht klären, ob man vor Fieber oder vor Kälte zittert – man kann nicht klären, warum man zittert ...

– das Gefühl, man verstummt – man kann die Bedeutung von Worten nicht mehr identifizieren, nur noch raten – der Gebrauch von Zischlauten – s, ß, tz, sch – ist absolut unerträglich –

– Kopfschmerzen –

– Flashs –

– Satzbau, Grammatik, Syntax – nicht mehr zu kontrollieren ...

– das Gefühl, innerlich abzubrennen, auszubrennen –

– das Gefühl, wenn man sagen würde, was los ist, wenn man rausgelassen würde, das wäre, wie dem anderen kochendes Was-

ser ins Gesicht zischen, wie z. B. kochendes Tankwasser, das einen lebenslänglich verbrüht, entstellt. – Rasende Aggressivität, für die es kein Ventil gibt. Das ist das Schlimmste …«

Erschrocken lege ich ihre Aufzeichnungen aus dem Jahre 1972, die in einem anderen Bungalow dieser Kurklinik im verträumten Ossendorf verfaßt wurden, neben die Werke Balzacs. Typisch Frau! Immer nur »das Gefühl, das Gefühl, das Gefühl …«! Frauen fehlt einfach die Gewißheit, daß Vater Staat in seiner unendlichen Güte unser Bestes will. Frauen pflegen dann spitz zu versetzen: »Das kriegste aber nicht«, das Nachthemd runterzuziehen und sich umzudrehen. Ihnen fehlt die Einsicht, daß wir zutiefst in uns gehen müssen, uns auf den Prozeß vor unseren irdischen Richtern vorzubereiten, sei es im eigens dafür errichteten Prachtbau in Stuttgart-Stammheim oder, in meinem Falle, in den miefigen Hallen des Landgerichts Köln. Ich verstehe meine Staatsanwältin, meinen Richter, das Justizministerium. Frau Meinhof mußte leider ungeheilt das Kurhotel Köln-Ossendorf verlassen. Wir haben gesehen, wozu das führte – und was die Bürger in Triest davon halten. Wie weise dagegen und gesund und munter verließ der andere Namensgeber der Baader-Meinhof-Bande diese Welt! Und wie geläutert deren Generalfeldmarschall, der (sic!) Rechtsanwalt Horst Mahler, der dieselben Höhen und Tiefen eines Kuraufenthalts genoß – und sich dann wie ein Terrier in Waden und Fersen seiner ehemaligen Genossen verbiß, sie endlich zur Einsicht zu bringen. Der Größte aller Deutschen Viehlosophen, Helmut Hegel, half ihm dabei, und so knurrte Mahler markig: »Ob du an den gegebenen Haftbedingungen kaputt gehst oder nicht, hängt nicht von diesen Bedingungen ab, sondern allein von dir!« Von der erfolglosen Pfeife namens Karl Marx stieß er dagegen zum erfolgreichsten Dichter Deutscher Zunge vor, zu Karl May: »Indianer weinen nicht!« Und von Karl May ging er zügig zu Deutschlands verkanntesten Viehlosophen Helmut Heidegger über: »Wie ich von den Umständen bestimmt werde, hängt davon ab, wie ich mich in ihnen denke, wie ich die Objektivität als Moment meiner Subjekthaftigkeit denke …«

Drei Monate gibt mir das zu denken. Dann beschließe auch ich, ein Subjekt zu werden. Und was für eins! Aber dann komme ich wieder ins Schleudern. Ausgerechnet ein Brite bringt mich von der inbrünstigen Bewunderung Deutscher Justiz ab: »Die Justiz«, schreibt Frank Kitson, dieser Cheftheoretiker der Bekämpfung von Freiheitstriebtätern: »Die Justiz könnte als eine Waffe im Arsenal der Regierung benutzt werden. In diesem Falle wird sie nichts weiter sein als eine propagandistische Verkleidung für die Beseitigung unerwünschter Personen des öffentlichen Lebens.«

Helmut Hegel sagte bekanntlich: »Freiheit ist die Einsicht in die Notwendigkeit.« Diese Einsicht erwarben die Häftlinge im Siebten Stock in Stuttgart-Stammheim allerdings etwas spät. Aber: »Wer strebend sich bemüht«, wie der Dichter sagt, kommt ans Ziel, kann endlich dazu übergehen, denen, die ihnen folgen, klarzumachen, daß sie geirrt, und Vater Staat den letzten, großen Gefallen tun: Ein Anwalt stopft sich zwei große Pistolen (mitsamt Kimme und Korn!), Sprengstoff und Kabel einer Stereoanlage in den Enddarm, schmuggelt sie in den Siebten Stock des Kurhotels Stuttgart-Stammheim, und die geheilten Freiheitstriebtäter wenden sich als typische Renegaten dem von der *Sündensau in der Wiener Berggasse* erfundenen Todestrieb zu: Der Erste schoß sich als Linkshänder mit der rechten Hand mittels einer großen Pistole mit Schalldämpfer durch die Mitte des Hinterkopfes durchs Hirn, wobei die Kugel zur Stirn austrat; die Zweite erhängte sich mit Hilfe des Kabels am Fensterkreuz und konnte nicht wissen, daß das Kabel bei der vorsichtigen Abnahme der Leiche zerriß; der Dritte erschoß sich auf dem Bett sitzend und sang als letztes Lied: »Hinter Ihnen steht einer / hinter Ihnen geht einer / drehnse sich nicht um!«; die Vierte versuchte vergeblich, sich mit einem kleinen Brotmesser in den Herzbeutel zu stechen, wies also die Frechheit auf zu überleben. Um dann frech zu behaupten, sie sei Opfer eines vergeblichen Mordversuchs. Freiheit als Einsicht in die Notwendigkeit führte zur Selbsttötung als Ergebnis tätiger Reue! Die Operation, den Freiheitstrieb mittels einer sehr schwierigen Operation schmerzlos zu beseitigen, war gelungen: Die Patienten waren tot. Ich dagegen bin da von ganz anderem Kaliber, meine Dame, mein Herr. Ich werde es nicht soweit kommen lassen.

Ich gebe einfach den Versuch auf, mich auf den Strafprozeß vorzubereiten. Dito den, weiterhin Tauben zu füttern. Dito den, die Freiheitlich Demokratische Grundordnung entweder zu verteidigen (Herrscher des Lichts) oder zu beseitigen (Herrscher der Finsternis). Das Gute siegt bekanntlich ohnehin. Die Rolle, die ich von nun an übernehmen und mit ganzer Seele ausfüllen werde, wird von Erwachsenen abgelehnt, belächelt, nicht ernst genommen, verspottet, als böses Beispiel zitiert, und nur von denen, die Kinder sind oder geblieben sind, herzlich geliebt.

So lasse ich, von der Quarantäne körperlich und seelisch geschwächt, immer wieder den Pinsel des Malers sinken und greife zum Bleistift; in mir wächst der Wunsch, der Wilhelm Busch des Deutschen Widerstandes zu werden, der Grock, der Otto Reutter, der Meister der Valentinade!

Hier einige Muster meiner neuen Kunst, die ein Sympathisant unter den Bediensteten aus meinem Abfallkorb rettete, sie der Nachwelt zu überliefern:

Solang der häftling rätselhaft / sitzt er in der isohaft / ist das rätsel dann gelöst / er in fabelhaft verwest.

Es heißt der rechtsstaat rechtsstaat / weil rechts statt links den staat hat./ Hätt links den staat, wär allerdings / bald die linke nicht mehr links./ Zwischen lechts und rinks / hast du die wahl,/ und wer die wahl hat / hat die qual.

Sind alle schläfer erst in der kartei / ist's mit beischlafdiebstahl schnell vorbei./ Es rottet sich kein frecher mob / gibt's pro bürger einen kob./ Hinter gittern klau und klemm / heißt der bulle IBM./ Es rettet dich kein heilger geist / wenn der papst erst PIOS heißt./ Am tage X heißts: ab die rüben! / für alle die in BeFa sieben / doch hilft kein hin- und auch kein herold / wenn man ihn zeitig hin- und herrollt …

Genug? Reichts? Schnauze voll? Blättern Sie weiter – aber nicht, ohne Ihre Liebste oder Ihren Liebsten geknuddelt zu haben.

Mit Hilfe des Meisters elisabethanischer Ästhetik
beschreibe ich im

SIEBTEN KAPITEL

die Schönheit helmutianischer Begebenheiten

Ort der Handlung: Modell Deutschland, Jüngstes Gericht zu Köln.

Zeit: Zwischen dem Zweiten und Dritten Weltkrieg.

Personen und Begebenheiten sind, wie in Schelmenromanen üblich, erstunken und erlogen.

Ein abgedunkelter, leerer Saal, durch einen Orchestergraben, in dem eine halbe Hundertschaft Bereitschaftspolizei kauert, von der Bühne getrennt.

Vor dem Eisernen, mit rotem Samt verhüllten Vorhang steht der weißgeschminkte Clown oder Narr, ein fast genau 45 1/2-jähriger Filou, in bunte, mit poppigem Flitterkram behängte Kleidung gezwängt. An einem schwarzen Gurt, mit aufgestickten weißen Totenschädeln und gekreuzten Knochen verziert, trägt er eine Elektrogitarre, auf deren Korpus eine Halterung für eine Mundharmonika montiert ist.

Während sich der Saal nach intensivster Leibesvisitation der nur so strömenden Massen von Liebhabern modernen Musicals langsam füllt – schwerbewaffnete Gerichtsdiener, in Karate und Meineid ausgebildet, leiten das Publikum zu den Plätzen – steht der Narr völlig ruhig da und spielt ein Partisanenlied aus Montenegro als Blues in b-Moll.

Die Saaltüren schließen sich. Von einer Empore richtet sich ein

Scheinwerfer auf den Narren, dessen grell weiße Gesichtszüge er im weiteren nicht mehr verläßt. Der Clown wartet, bis völlige Stille herrscht, die nur vom Bleistiftspitzen der anwesenden Gerichtsreporter akzentuiert wird, öffnet den feuerrot überschminkten Mund und verkündet:

Meine Damen, meine Herren, zur Entlastung des Kulturetats sehen Sie heute statt einer teuren Opernaufführung

DAS MUSICAL: DER DOMRAUB ZU KÖLN

Dargestellt von der Laienspielschar
Unter der Leitung des Trägers
Des Katholischen Verdienst-Kreuzes
Dr. Emil Schönberger;
Verfaßt von Frau Cordelia Voss,
Unterstützt vom 55köpfigen Kinderchor
Der Kölner SoKo Domspatzen,
Dramaturgie und Souffleur: Walter Ratzki.
Ich bitte um Stehenden Applaus!
– *Das Publikum tobt* –

ERSTER AKT

Meßknaben, ihre Weihrauchgefäße schwenkend, geleiten den RICHTER zu seinem Platz

– *Das Publikum steht wieder auf und tobt* –

Vier GARTENZWERGE trippeln hinterdrein, die restlichen RICHTER und zwei völlig verschüchterte SCHÖFFEN

– *Das Publikum benutzt Trillerpfeifen und Feuerzeuge, seine Anerkennung auszudrücken* –

– *Die Ouvertüre erklingt; sämtliche Akteure und die Statisten begeben sich zu ihren Plätzen* –

RICHTER: Wenn wir mißfallen, so ist's mit gutem Willen;
Der Vorsatz bleibet gut, wenn wir ihn nicht erfüllen.
Zu zeigen unsre Pflicht durch dieses Spiel,

Den Narr'n zu hängen, das ist unser Ziel.
Wir kommen nicht, euch zu ergötzen;
Die Absicht ist, in Reu und Leid den Sündenbock zu setzen.
Die Spieler sind bereit; wenn ihr sie werdet sehn,
Versteht ihr alles schon, was ihr nur wollt verstehn.

STATISTEN: Kölle Alaaf! Alaaf, Alaaaf!

ORCHESTER: Tsching-bum! Tsching-bum! Tsching-Bum!

NARR *(bei sich)*: Ich glaub', ich bin im falschen Stück.

RICHTER: Zusammengetreten ist das Jüngste Gericht,
Zu retten der SoKo Domraub Ehr' und Gesicht;
So ruf' ich nun den ERSTEN ZEUGEN auf,
Damit die Gerächtigkeit nimmt ihren Lauf.

1. ZEUGE: November '75 stand ich so im Laden,
Als zwei Verbrecher ihn betraten;
Der eine schien ein tumber Tor,
Die Sprache kam mir spanisch vor...

LADRONE: Serbokroatisch.

RICHTER: Schnauze!

– Beifall auf den billigen Plätzen –

1. ZEUGE: Eine Bergsteigerausrüstung verlangt der andre,
Worauf zum Lager ich gleich wandle...

RICHTER: War der das? (*weist auf den* NARREN)

1. ZEUGE: Aber nein, Herr, der war größer und breiter.

RICHTER: Also nicht dieser Vladimir Heiter?

1. ZEUGE: Nein, dieser halbglatzige Narr paßt nicht in die Rolle,
Der, den ich meine, der hatte 'ne Tolle.

RICHTER *(bei sich)*: Die verdammte Voss hat ihn nicht präpariert!
Wurde nicht gefoltert, nicht geschmiert.
(Laut) Führt ihn ab wegen Falschaussage!
Bitte, notieren Sie, Frau Voss, diese Klage.

BEREITSCHAFTSPOLIZEI *(prügelt den* ZEUGEN *aus dem Stand)*: Kölle Alaaf!

STATISTEN: Alaaf!

ORCHESTER: Tsching-bum!

RICHTER: Das wirst du büßen,
Ich will die Alpträum' dir versüßen.
NARR: Ich beantrage, aus dem Sportartikelladen
Die andren Zeugen noch zu laden.
RICHTER: In diesen und in allen Fällen
Sind Anträg' schriftlich nur zu stellen.
NARR *(tritt dem schlafenden* PFLICHTVERTEIDIGER *vors Schienbein)*:
Ans Werk! Ans Werk! Ans Werk, Herr!
VERTEIDIGER: Kölle ...
STATISTEN: Alaaf!
RICHTER: Wir wenden uns der Tatnacht zu,
Sonst gibt der Narr uns keine Ruh.
BEREITSCHAFTSPOLIZEI *(prügelt LADRONE in den Zeugenstand, steckt ihm den Spickzettel zu, ölt seine Zunge)*:
Kölle!
PUBLIKUM: Alaaaaaaaf.
LADRONE: Mit drei Klimmzügen ich den Zaun überwand ...
STAATSANWÄLTIN *(erregt)*: Ganz anders als geprobt, das ist allerhand!
LADRONE: Ach ja, zu dritt wir auf der Domplatt' standen –
Der Dünne und ich reumütig uns wanden ...
RICHTER: Langweilt Uns nicht mit eurer Reu,
Dafür gab's fünf Jahre nur für euch zwei.
LADRONE: Ich also hoch ...,
Vor mir starrt das Loch ...
STAATSANWÄLTIN: Schilder dem Hohen Gericht
Die ganze Vorgeschicht!
LADRONE: Mit Titanenkräften bog ich die Stange nach oben ...
SACHVERSTÄNDIGER: Das ist erstunken und erlogen!
RICHTER: Herr!
LADRONE: Ach ja, nachdem es uns gelungen,
Die Stäbe durchzusägen,
Haben der Dünne und ich jeder einen Eisenstab
Nach unten gebogen ...

SACHVERSTÄNDIGER: Erstunken und erlogen!
RICHTER: Herr!
SACHVERSTÄNDIGER: Wär's so getan, wie er es schild-
Ert, die Alarmanlage hätt' geschrillt!
LADRONE: Unsinn! Die Eisenstäbe sind gebrochen.
So steht's auch in den Akten
Sie stell'n mich hin als ein' Beknackten,
Wenn das so weitergeht, wird es gerochen.
RICHTER: Genau.
SACHVERSTÄNDIGER: Im Objektiven Tatortbericht...
Am dritten November verfaßt,
Wird bewundert der Täter Geschick...
RICHTER: Verräter!
SACHVERSTÄNDIGER: Ganz ohne Beschädigung jeglicher
Drähter
Sägten der oder vielleicht auch die Täter...
RICHTER: Verräter!
SACHVERSTÄNDIGER: Den mittleren Stab rundum an,
Stemmten ihn sacht aus der Mauer...
RICHTER *(bei sich)*: Du verdirbst das Konzept, du Zwerg!
SACHVERSTÄNDIGER: Drückten ihn hoch und banden ihn...
RICHTER: Gleich wirst du gedrückt und gebunden, du Hirn!
SACHVERSTÄNDIGER: Mit rotem Isolierdraht an einem der noch aus dem Mauerwerk ragenden Teile des äußeren Gitters so fest, daß...
RICHTER: Hinter hervorragenden Gittern wirst du
bald so festgehalten, daß du blau wirst!
SACHVERSTÄNDIGER *(kühl)*: Daß die Öffnung zwischen den beiden verbleibenden seitlichen Messingröhrchen 25 x 40 cm betrug. Der eigentliche Ventilator wurde dann beiseite gebogen. Siehe hierzu die Tatortfotos und der Bericht der Einbruchsberatungsstelle vom 4.11.1975!
RICHTER: Einbruchsberatungsstelle! Das ist ja das Letzte! Seit wann werden Einbrechern Beratungen gewährt? In die Grube des Löwen mit ihm, daß der ihn zerfetze!

BEREITSCHAFTSPOLIZEI *(prügelt den Sachverständigen aus dem Raum)*: Kölle …

STATISTEN: Alaaaaaaaf!

2 IM PUBLIKUM: Buh!

RICHTER: Abführen! Paragraf 310 StGB: Herbeiführen einer Explosion durch Freisetzen der Wahrheit: Fünf Jahre!

BEREITSCHAFTSPOLIZISTEN *(s.o.)*

NARR: Zwei zu null für mich!

RICHTER: Zu Ihren Gunsten berücksichtigen Wir,
Herr Zeuge, daß Sie das erste Mal hier
Auf der Bühne stehn. Ihnen fehlen die Nerven.
Bitte bleiben Sie jetzt bei der Wahrheit.

NARR: Ich merk' die Absicht und bin verstimmt,
Wenn die Scharade so ihren Fortgang nimmt.

LADRONE: Der Koffer?

RICHTER *(gnädig)*: Der Koffer.

LADRONE: Als ich am Tage nach der Tat
Heiters Diele betrat,
Gleich ins Auge der Koffer mir fiel,
darin unsre Beute mit sehr viel …

NARR *(tritt dem schlafenden* PFLICHTVERTEIDIGER *vors Schienbein)*: Wach auf und tu was für deinen Mandanten,
Die lügen doch schaurig, die alten Bekannten!
Die sind viel zu blöd, um die Wahrheit zu sehn,
und deshalb tun sie jetzt alles verdrehn.
Warum laden wir nicht die drei wackren Beamten,
Die an dem Tag meine Wohnung durchkramten?

STAATSANWÄLTIN: Die sind alle im Urlaub, glaub' ich.

RICHTER: Sie haben nicht zu glauben, Sie haben zu handeln –
Oder in ein reißend Tier Wir uns verwandeln!

3 ZEUGEN: Auf keinem Fleck der Wohnung stand
Irgendein Koffer mit solchem Tand!
Den hätten wir doch wohl durchsucht
Und gleich drei Zell'n in der U-Haft gebucht!

NARR: Den Antrag auf Vereidigung ich stelle
Und den auf meine Freilassung auf der Stelle!

RICHTER: Gemach, du Narr, das ist zu schnelle;
Die Zeugen haben nach all dieser Zeit ...
Sich nur ein wenig geirrt. *(Leise und drohend:)* Ihr Leute, seid helle!
Euren Irrtum rasch zuzugeben, ist besser!
Sonst landet eure Karriere schnell unter dem Messer!
3 ZEUGEN: Wackre Beamte sind wir,
Nur der Wahrheit und nichts als der Wahrheit verpflichtet,
Und diese Wahrheit, die sagen wir hier.
Auch wenn die Presse was andres berichtet:
Wir schwören bei unserem Beamteneid,
Daß penibelst wir unsre Pflicht getan,
Mit Lügen dienen wir nicht, tut uns leid,
Auch wenn unsre Vorgesetzten tun uns in Acht und Bann.
NARR: Antrag auf Vereidigung
Ist hier gestellt.
RICHTER: Das ist eine Beleidigung, und die wird geahndet,
Nach einer, äh, ... anderen Wahrheit wird hier gefahndet.
PFLICHTVERTEIDIGER *(erwacht, springt auf den Richter zu, flüstert ihm ins Ohr)*: Verzeihn Sie, Herr Richter, die Presse schaut zu
Und stell' ich den Antrag nicht, gibt sie keine Ruh.
(Laut): Antrag auf Vereidigung wird hiermit gestellt.
3 ZEUGEN: Wir schwören hier beim Allmächtigen Gott,
Daß ein Beutekoffer in der Diele nicht stand.
Jeder, der andres behauptet, ist ein Hundsfott
Und ein Verräter an unserem Land!
DRITTER ZEUGE *(wütend, bei sich)*:
Ich soll aus den Augen verloren haben
Den Busen der Dunja, dran die Augen sich laben
an jenem Tage, jenem Morgen?
Ach, Dunja, ich tät's dir so gerne besorgen!
(Die 3 Beamten ab.)
NARR: Ich stell den Antrag, meine Frau nun zu laden,
Die in Belgrad für ein Verbrechen sühnt,
Das sie nicht auf ihre Seele geladen;

Verurteilt durch ein Gericht, das berühmt
Dafür ist, die Gesetze zu biegen,
Wenn Kredite aus Bonn auf dem Tisch dafür liegen,
Verurteilt ohne jegliche Zeugen,
Auf Grund der Taten von Polizisten,
Die selbst dem Teufel den Hintern küßten.

RICHTER: Abgesehen wird von der Ladung der Dunja
gehen Wir doch vom Wahrheitsvorbehalt aus
Bei der Aussage dieser drei Beamten im Haus
Und *(bei sich)* dem frechen Leugnen der Hur'.

NARR: Vier zu eins für mich. *(Er beginnt zu träumen und verfolgt die weitere Verhandlung nur noch mit einem Ohr.)* Beantragt wird nun die Zeugin Voss, Staatsanwältin am Landgericht zu Köln.

RICHTER: Gewährt.

NARR: Haben Sie angeordnet, daß die drei Beamten nochmals über ihre Hausdurchsuchung vernommen wurden, als Ihnen durch die Aussagen der bereits verurteilten Zeugen Stepan B. und Milo K. bekannt wurde, daß sich in meiner Wohnung ein Koffer mit der Beute befunden haben soll?

STAATSANWÄLTIN: Nein.

NARR: Sahen Sie zu einer solchen Anordnung auch keine Veranlassung, als in der Presse und der Öffentlichkeit von einem Versagen der Kölner Polizei gesprochen wurde?

STAATSANWÄLTIN: Nein.

NARR: Ist Ihnen bekannt, daß diese Beamten sich mit der Mitteilung an ihren Vorgesetzten gewandt haben, wonach es unmöglich war, während der Durchsuchung und bis zur vorläufigen Festnahme der vier Anwesenden einen Koffer aus der Wohnung in den Keller oder an einen sonstigen Ort zu verbringen?

STAATSANWÄLTIN: Nein.

RICHTER: Herr Angeklagter, Sie scheinen zu vergessen,
Daß hier 'ne Scharade gegeben. Die Fressen
Von Presse und Öffentlichkeit zeigen Ihnen,
Daß sie für Frohsinn gezahlt und heitre Mienen.

Bleiben Sie weiter
so prosaisch, Herr Heiter,
wird Ihnen das Lachen vergehn.
Das werden Sie sehn.
Auch ohne Zeugen und Beweise
Tunk' ich Sie gründlich in die Scheiße!

STATISTEN: Amen!

POLIZEI: Kölle...

1 ZUSCHAUER: Alaaf!

2 REPORTER *(stehn auf, rennen zur Tür)*: Zur Redaktion!
Zur Redaktion! Die Wende im Domraub-Prozeß!

RICHTER: Hiergeblieben! Unglaublich!
Sie haben zu drucken, was ich ins Urteil schreib!
Wende im Prozeß? Ach, gehen Sie mir vom Leib
Mit solchem Schmarrn
den mach ich fertig, den Narrn!

BEREITSCHAFTSPOLIZEI *(ergreift die Reporter und schleift sie die Treppen im Gerichtsgebäude hinunter)*: Kölle!

1 ZUSCHAUER: Aaaaaa...!

RICHTER: Na?

2 ZUSCHAUER: Aaaaaaah...

RICHTER: Na? Wird's bald?

BEREITSCHAFTSPOLIZEI *(klopft mit Schlagstöcken auf ihre Schilde)*: Kölle!

ZUSCHAUER: Alaaaaaaaaaaaaaaaaaaaaaaaaaaaaaaaaaaaaf!

PAUSE

ZWEITER AKT

CHOR DER BEREITSCHAFTSPOLIZEI:
Vom Himmel hoch, da komm' wir her,
Wir bringen gute, neue Mär,
Daß in Köln selbst die Ganoven
Über die Untat war'n betroffen.

CHOR DER KÖLNER GANOVEN: Wir lie'm den Dom zu

Kölle,
Und sowat donn mer nit,
Dat müsse Düsseldorfer wäse sing
Oda Ußlända, un die gehörn int Sing Sing!

Wat sing ma froh, wat sing ma heiter
Dat jefange diese Vladi Heiter,
'ne dreckche Jugoslawe
Dem haun ma vor dä Larve!

Aba et jit ja noch Richter
In Kölle am Ring,
die so 'nem Jelichter
ein semmeln ring!
Kölle!

ZUSCHAUER: Alaaf.
RICHTER: Wir mache wejta mitte lustje Rächtsbiejung!
ZUSCHAUER: Alaaaf.
RICHTER: Herr Heiter, ich ermahne Sie,
Sie haben zu reimen gnadenlos,
Sonst ist hier die Hölle los!
Haben Sie weitre Fragen
An Frau Staatsanwältin Voss,
Haben Sie sich entsprechend zu betragen,
Sonst geht der Prozeß in die Hos'.
NARR: Frau Staatsanwältin, ist Ihnen bei diesem Stande
Der Wahrheitsfindung klar, daß auch in diesem Lande
Ihre Anklageschrift nicht wert ist das Papier
Auf das sie geschrieben. Bitte antworten Sie, jetzt & hier!
STAATSANWÄLTIN: Nein.
NARR: Kennen Sie Namen und Anschrift
Des Jacques, dem ich auf Ihre Bitten hin
Verschafft die Beute in Ihrem Sinn?
STAATSANWÄLTIN: Dazu …
habe ich keine Aussagegenehmigung!
NARR: Haben Sie mit diesem Jacques, seiner Verlobten
oder deren Vater gesprochen?

STAATSANWÄLTIN: Dafür habe ich keine Aussagegenehmigung.
RICHTER: Sie haben Ihr Wort gebrochen,
Sich an unser Drehbuch zu halten.
Doch noch – noch, Herr Heiter! – laß ich Gnade walten.
NARR: Warum haben Sie in Ihrer Anklageschrift
Von einem »Unbekannten« gesprochen?
Selbst der Dümmste in diesem Saal hat gerochen,
Daß Ihre Anklage durchlässig ist und versypht.
RICHTER: Hüten Sie Ihre Zunge, Herr Heiter,
So geht das hier wirklich nicht weiter.
Jeder weiß hier im Saal,
Daß Herr Jacques von der Interpol war,
Dem Sie entwischt fast um ein Haar.
3 REPORTER *(springen auf, eilen zur Saaltür)*: Bombe im Gerichtssaal! Anklagebehörde arbeitet mit Undercover-Agenten!
RICHTER: Dies ein Mißbrauch der Vierten Macht im Lande!
Den Prozeß zu sprengen sind Sie imstande!
Festnehmen! Paragraf 353 StGB: Verbotene Mitteilungen über Gerichtsverhandlungen: Ein Jahr Gefängnis.
BEREITSCHAFTSPOLIZISTEN *(ergreifen die Reporter)*: Kölle ...!
1. ZUSCHAUER: Alaaaaarm!
1. REPORTER: Öffentlich ist dieser Prozeß,
Oder meinen Hut ich eß!
2. REPORTER: Auf Rechtsbeugung gibt es fünf Jahre, Herr Schönberger.
3. REPORTER: Eines der höchsten Rechtsgüter unseres Grundgesetzes ist die Freiheit der Information und damit der Presse.
RICHTER: Halten Sie die Fresse!
Sie wissen nicht, wovon sie reden,
Es geht um eines Undercovers Leben!
Dies zu schützen mit allen Mitteln,
Befehle ich jetzt meinen Bütteln:
Abführn!

(Reporter werden abgeführt.)

ZUSCHAUER: Buuuuuuuh!

RICHTER: Ruhe im Saal, oder ich lasse räumen!
Das ließ ich mir so nicht träumen,
Daß die Kölner Presse so unpatriotisch ist
Und verbreitet jeden Mist,
Der von diesem Schelmen ist *(deutet dabei auf den* NARREN).

NARR *(aufwachend)*: Ich stelle den Antrag, Sie wegen der Besorgnis auf Befangenheit abzulehnen.

RICHTER: Iiiiiiiiiiiiich befangen?
In diesen Hallen sicherlich
Ist niemand unbefangener als ich!

NARR: Sie führten den Vorsitz in einem Prozeß
Gegen die Diebe, die mich hier belasten,
Als »Chef der Bande« wurd' ich da bezeichnet.
Beweise dafür gab es nicht. Deshalb reicht es!
Ein Nach-Urteil hinzunehmen des Vor-Urteils
Bin ich nicht bereit.
Auch wenn Sie die Hände jetzt ringen,
Sie fangen mich nicht in Ihren Schlingen!
Sie sind befangen, befangen, befangen!

DIE DREI RICHTER *(stehen auf, verbeugen sich, lassen die Meßknaben die Weihrauchkessel schwenken)*:
Ein, zwei, drei, vier Eckstein,
Der Kerl da muß verrückt sein,
Das wolln wir doch mal sehn,
Ob wir eingehn auf sein Flehn!

RICHTER *(zählt die Knöpfe am Talar ab)*:
Befangen – unbefangen –
Befangen – unbefangen –
Befangen – unbefangen!
Ha!
Diesen Urteilsspruch vom HERRn ,
Seh' ich wirklich schrecklich gern!
Weil damit bewiesen wird,
Daß der Angeklagte irrt.

Meiner Urteilskraft zu trauen,
Rat' ich allen, Mann wie Frauen.
Denn die Knöpfe sind Bewei-
Se, daß ich Unpartei.
So helfe mir Gott, der Heilige Geist und die Jungfrau Maria!
ZUSCHAUER *(kniend)*: Amen!
POLIZEI: Kölle!
ZUSCHAUER: Alaaaaaaaaaaaaaaaaaaaaaaaaaaaaaaaaaaaaf!

DRITTER AKT

LADRONE *(greinend)*: Ich weiß nicht, was soll es bedeuten,
Daß mir so traurig ist,
Ein Märchen aus uralten Zeiten
Geht mir ständig durch den Sinn,
Das Märchen, das ich euch erzähle
Über diese arme, unschuldige Seele . . .
RICHTER: Herr Zeuge!
LADRONE: Ich meine: Schuldige Seele.
STAATSANWÄLTIN: Wie schaffte der Angeklagte die Beute
Nach Belgrad, lieber Herr Zeuge?
LADRONE: In seinem schnieken Mercedes,
Das wissen doch nun alle Leute.
NARR: Ich kann hier zwanzig Zeugen nennen,
Die sagen und beschwören können,
Daß mein schicker Benz
In seinem Zweiten Lenz
In Belgrad in der Garage,
Da gibt es keine Frage.
Die Teile, ihn zu repariern,
Ließ ich erst später überführn.
Nach Belgrad wurden sie geflogen
Erst Ende Oktober fünfundsiebzich.
Ladrone hat sehr dumm gelogen.
Und es steht fünf zu null für mich!
RICHTER: Kerl, wozu wir fähig sind,

Weiß hier in Kölle jedes Kind;
Das bringen wir dir auch noch bei,
Da hilft dir kein Geschrei!
NARR: Ich beantrage die erneute Aussage der Zeugin Voss.
RICHTER: Wohlan!
NARR: Liebe, verehrte Frau Voss,
Ihre Anklageschrift ging in die Hos'.
Könnten Sie jetzo einmal
Allen Leuten hier im Saal
Klar und deutlich sagen,
Wie der größte Teil der Beute,
Und das wissen alle Leute
Zurück nach Köln am Rhein gekommen,
Zu der armen Opfer Frommen?
STAATSANWÄLTIN: Dafür...
habe ich keine Aussagegenehmigung.
NARR: Ach, ist Ihnen nicht bekannt,
Daß ich Herrn Jacques sie übergab?
STAATSANWÄLTIN: Dafür...
habe ich keine Aussagegenehmigung.
NARR: Sechs zu Null für mich!
PFLICHTVERTEIDIGER: Im Übrigen schließe
Ich nicht nur die Augen,
Sondern mich dem Antrag
Der Staatsanwaltschaft
Als Diener des Rechts
Gewissenhaft an.
RICHTER: Haben Sie noch etwas anzumerken, Angeklagter?
NARR: Natürlich nicht. *(Lacht.)*
RICHTER: Im Namen des Volkes...
ZUSCHAUER *(stehen auf)*: In unserem Namen!
RICHTER: In der Strafsache
Gegen den Kunstmaler Vladimir Heiter,
Geboren am 7.9.1932 in Belgrad,
Letzte Wohnung in Deutschland:
Theobaldsgasse 192, Köln 1,

Jugoslawe und Deutscher, verheiratet,
Wegen Diebstahls in einem besonders
Schweren Fall,
Hat die Große Strafkammer des
Landgerichts Köln am 9.3.1978
für Recht erkannt:
Der Angeklagte wird wegen gemeinschaftlichen Diebstahls in einem besonders schweren Fall zu einer Freiheitsstrafe von 7 Jahren und 6 Monaten verurteilt
(§§ 242, 243 Abs. 1 Nr. 1 und 4, 25 Abs. 2 StGB)
Gründe ...

NARR *(lacht hysterisch)*: Welch eine Scharade!

RICHTER *(nachdem der gesamte Saal schon eingeschlafen ist):* ... ohne erkennbar gewordene finanzielle Notlage hat er keine Bedenken gehabt, die Beute auszuwerten, die Edelsteine herauszubrechen und das Einschmelzen der Gerätschaften und Schmuckstücke zu veranlassen. Auf diese Weise hatte er durch Verfolgung eigennütziger Ziele einen unermeßlichen Schaden verursacht, wobei der materielle Wert ...

NARR *(weint)*: Das gerade ist doch der Beweis ...!

GUTACHTER: Da geht sein Künstlerherz doch einmal mit ihm durch.

NARR: Das ist doch der beste Beweis meiner Unschuld!

RICHTER: Wachtmeister, entfern' Sie ...

VORHANG

Im

ACHTEN KAPITEL

des Epilogs erster Teil

Mich beschleicht – im Gegensatz zu meinem berühmten, aber leider fiktiven Kollegen – nicht das geringste Bedenken, wenn ich nun die Feder niederlege, das Manuskript abschließe, der Literatur Ade sage, nachdem ich in völliger Muße und Zurückgezogenheit, gesund übrigens, wenn auch mit einem schwachen Herzen und etwas müde, mich anschicke, meine Geständnisse in der sauberen und gefälligen Handschrift, die mir eigen ist, dem geduldigen Papier vorerst nicht mehr anzuvertrauen.*

Ich sitze in der Ungerechtigkeitsvollzugsanstalt Werl. Werl ist übrigens ein Wallfahrtsort. Die werden Ihre Gründe gehabt haben, mich in diesem Kaff in Westfälisch-Sibirien einzusperren. Pure Häme, schätze ich.

Ansonsten geht es mir gut. Das Essen ist erträglich. Ich male und zeichne viel, mache auch hie & da Geschäfte mit den Wärtern, etwa wenn sie mir für ihre Porträts etwas mitbringen. Ich bin Angehöriger einer gesunden Subkultur. Ich habe Freunde, darunter jugoslawische. Milo und Stepan, die auch hier einsitzen, habe ich natürlich verziehen. Rex und Polonius, nun unter anderem Namen und mit anderen, durch plastische Chirurgie veränderten Gesichtern, geht es gut, sie haben ihr Einverständnis gegeben, »mit der Wahrheit rauszukommen. Uns kriegen die

* Zu Teilen von Thomas Mann gestohlen.

ja nicht mehr.« Und, was wichtig ist in einer Anstalt für Schwerstverbrecher, ich habe einen guten Protektor. Er nennt sich Tito, hat fünf Morde begangen, wurde dafür zu fünf Mal lebenslänglich verurteilt; und wann immer ihm ein neu eingelieferter Jugoslawe gefällt, geht er zu den übelsten Wärtern und »rät« ihnen, diesen gut zu behandeln: »Ihr wißt ja, ich hab' schon 5 mal LL, und wenn du Scheiße baust, kommt es mir nicht drauf an, dich umzulegen. Das wären dann 6 LL oder 7 oder 8...«

Mein guter Knastgenosse ppz hat mir einen Anwalt für ein Wiederaufnahmeverfahren besorgt. Der ist guter Dinge. In diesen Tagen soll der Bescheid des Oberlandesgerichts eintreffen. Ich onaniere mäßig, aber regelmäßig, mich dabei an Martin Luthers Maxime haltend: »In der Wochen zwier a zwier...«

Wenn ich erst draußen bin, werde ich mir als erstes eine Homepage im Internet einrichten, und wenn Sie dort erfahren, wie es mir geht, bin ich gern bereit, weitere Schwänke aus meinem Leben zu erzählen; und sind dann Ihre Vorauszahlungen in einer Höhe aufgelaufen, daß sich eine Erstauflage von zehntausend Exemplaren lohnt, geht Ihnen ein Jahr später das Buch zu, das ich Ihnen bei einer Lesung auch gern signiere.

Merken Sie sich nur diese Bankverbindung – da ich zur Zeit »nicht geschäftsfähig« bin, stellt mein Freund mir seine zur Verfügung: Postbank Berlin BLZ 100 100 10

Konto P. P. Zahl 44 01 27 – 102.

Auf Wiedersehen.

ENDE

Das

NEUNTE KAPITEL,

in aller Eile und im *Untergrund* verfaßt, bringt den zwoten Teil des Epilogs

Das Wiederaufnahmeverfahren hatte in zweiter Instanz Erfolg!

Für kurze Zeit und in der Hoffnung, daß ich das Wiederaufnahmeverfahren zurückzöge – welch ein Skandal, wenn bewiesen werden könnte, daß ein Mann durch die SoKo, die Staatsanwaltschaft und den bekannten Undercover-Agenten Ratzki zum Sündenbock in der Domraub-Affäre gemacht wurde! –, befand ich mich in einer Anstalt des Offenen Vollzugs.

Da gefiel es mir nicht sonderlich, und ich entfernte mich, wie Bob Dylan singt *»at my own chosen speed«* und war gezwungen, aus Geldmangel kurzfristig einige kleinere Enteignungen vorzunehmen.

Dann aber eine schöne, saubere, große. Meine Mitarbeiterinnen wurden – Dionysos-sei-Lob! – nur zu Bewährungsstrafen verurteilt, und ich – befinde mich

IN DER GROSSEN WEITEN WELT!

Interessiert es Sie, wie es mir dort ergangen?

Wenn ja, überweisen Sie den Betrag für einen

WEITEREN BAND MEINER ERINNERUNGEN

auf das besagte Konto und lassen Sie mich in aller Ruhe schreiben.

Auf ein Neues?

DER AUTOR

Peter-Paul Zahl, geboren am 14. März 1944 in Freiburg/Breisgau, verbrachte neun Jahre in der DDR, elf in der BRD, elf in Westberlin, zehn im Knast und lebt nun seit 1985 auf Jamaica. Zum zweiten Mal geschieden, hat er sechs Kinder und drei Stiefkinder in vier Ländern.

Erhältliche Bücher:

Die Glücklichen. Schelmenroman. Berlin 1979 (auch dtv 20465, München 2001)

Schutzimpfung. Gedichte. Rotbuch Verlag. Berlin/Hamburg

Alle Türen offen. Gedichte, Rotbuch-Verlag. Berlin/Hamburg

Der Staat ist eine mündelsichere Kapitalanlage. Hetze & Aufsätze. Karin Kramer Verlag, Berlin 1989

Die Erpresser. Eine böse Komödie. Karin Kramer Verlag, Berlin 1990

Das Ende Deutschlands. Roman. Kramer Verlag, Berlin 1997

Der schöne Mann. Roman. Das Neue Berlin 1994

Nichts wie weg. Roman. Das Neue Berlin 1994

Teufelsdroge Cannabis. Roman. Das Neue Berlin 1995

Lauf um dein Leben. Roman. Das Neue Berlin 1996

›Stätten meiner Kindheit. Essay.‹ In: Paul Parin, *Heimat, eine Plombe*. Europäische Verlagsanstalt. Hamburg 1996

Fritz, A German Hero. Schauspiel. Trotzdem Verlag 1994

Johann Georg Elser. Ein deutsches Drama. Trotzdem Verlag 1996

Don Juan oder Der Retter der Frauen. Komödie. Trotzdem Verlag 1998

Geheimnisse der karibischen Küche. Rotbuch Verlag, Hamburg 1998

Ananzi ist an allem schuld. Gutenachtgeschichten aus Jamaika. Elefanten Press, Berlin 1999

Ananzi mek it. LMH Publishers, Kingston 2001

Jamaika. München 2002

Preise:

Förderpreis für Literatur der Freien und Hansestadt Bremen für *Die Glücklichen*, 1980,

Glauser, Deutscher Krimipreis für *Der schöne Mann*, 1994,

Stipendium des Kultusministeriums Nordrhein-Westfalen, 1998

Übersetzungen:

Victor Serge, *Geburt unserer Macht.* Roman, aus dem Englischen; Trikont Verlag, München 1976

Ramón José Sender, *Sieben Rote Sonntage.* Roman, aus dem Englischen; Rotpunkt Verlag, Zürich 1991

Gedichte aus dem Englischen, Amerikanischen, Spanischen und Patois